GENA SHOWALTER

DESAFÍO ETERNO

Editado por Harlequin Ibérica.
Una división de HarperCollins Ibérica, S. A.
Avenida de Burgos, 8B - Planta 18
28036 Madrid
www.harlequiniberica.com

© 2022 Gena Showalter
Título original: The Immortal
Publicada originalmente por HQN™ Books
© De la traducción del inglés, María Perea Peña
© 2026 Harlequin Ibérica, una división de HarperCollins Ibérica, S. A.
Desafío eterno, n.º 331 - 18.2.2026

Imagen de cubierta: Dreamstime.com

ISBN: 979-13-7017-206-0
Depósito legal: M-26849-2025
Impreso en España por: BLACK PRINT
Fecha impresión Argentina: 17.8.26
Distribuidor exclusivo para España: LOGISTA
Distribuidor para México: Distibuidora Intermex, S.A. de C.V.
Distribuidores para Argentina: Interior, DGP, S.A. Alvarado 2118.
Cap. Fed./Buenos Aires y Gran Buenos Aires, VACCARO HNOS.

A Jill Monroe y Naomi Lane por la(s) lectura(s), los trucos y las sugerencias. Chicas, sois dos de las mejores personas del mundo, os quiero y os adoro. Obviamente, cualquier error que haya en la historia es culpa vuestra.

A Helen Mays y Wendy Higgins por ser increíbles en todos los sentidos. ¡Gracias!

Prólogo

Extracto de *El libro de las estrellas*
Anónimo
Advertencia: Texto vivo sujeto a cambios

Son guerreros ancestrales, malvados hasta la médula y leales solo unos a otros. Son conocidos como los Astra Planeta, Estrellas Errantes, Señores de la Guerra de los Cielos (el principio del fin) y viajan de mundo en mundo, aniquilando ejércitos enemigos. Atraídos por la guerra, convierten hasta la más mínima escaramuza en una orgía de dolor y derramamiento de sangre.

Ver a estos guerreros significa que pronto se saludará a la muerte.

No tienen ética, matan sin piedad, roban sin escrúpulos y destruyen sin sentimiento de culpa. Su objetivo es simple y su meta, inmutable. Obtener una bendición, cueste lo que cueste. Quinientos años de victoria sin sufrir una sola derrota. Un requisito en su interminable batalla contra un dios poderoso: Erebus el Inmortal, Amo de las Profundidades, el Oscuro. Sin esa bendición, los diez Astra reciben automáticamente una maldición. Quinientos años de derrota absoluta. —Página 1

El siguiente paso ha llegado, cada uno de los nueve Astra deben completar una tarea imposible.

Actualmente, la puntuación es de Astra, 1, Erebus, 0.

Halo Phaninon, segundo al mando, Primero y Último de la Orden, la Máquina, el Anillado, Inmortal de Inmortales, es el nuevo contrincante.

Debe realizar los doce trabajos de Hércules... en un día.

Para este asesino sin emociones, el fracaso no es una opción. Si debe arrasar un mundo y a todos sus habitantes para alcanzar la victoria, que así sea. ¿Y si debe destruir a la hembra que puede devolverle la vida a su corazón muerto, a su compañera predestinada? ¿Qué hará entonces?

Averigüémoslo. —Página 10.519.

1

Un reino lejano
Hace mucho tiempo

«Las emociones son nuestro mayor enemigo». El director caminaba lentamente por delante de sus pupilos, estudiantes de la Orden. Arrastraba tras él la cola de su voluminosa túnica negra.

El acólito más notable, Cuatro, estaba hombro con hombro con otros nueve en una fila perfectamente recta. Cada uno de los chicos llevaba una túnica incolora y unos pantalones holgados; todos mantenían la mirada fija al frente, la barbilla en alto, las manos entrelazadas a la espalda y los pies descalzos y juntos. Ninguno se atrevía a inhalar más de ocho veces por minuto. La cantidad permitida.

Aunque solo tenía doce años, Cuatro ya destacaba sobre los demás. Su padre era un dios de la guerra de dos metros y medio de altura, así que él podía llegar a ser incluso más grande que el director. Si eso sucediera...

«El director morirá gritando».

Aquel hombre severo y despiadado tenía la piel carmesí y ojos de obsidiana, sin blanco. Los instructores eran copias exactas de él. La única diferencia residía en los símbolos que tenían grabados en la cara. Cuando pensaban en cualquier tipo de castigo, aquellos símbolos resplandecían.

Los del director nunca dejaban de brillar.

—Repetidlo —ordenó, en aquel momento.

—Las emociones son nuestro mayor enemigo —repitieron los chicos al unísono, de forma monótona.

Cuatro sentía aquellas palabras con toda su alma. Lo que daría por liberarse de cualquier suavidad, por no sufrir más el tormento del dolor y la pérdida. Quizá, entonces, por fin podría olvidar su décimo cumpleaños. El día en que los invasores asesinaron a su madre y lo llevaron a la Orden.

Allí, los niños huérfanos de mitos y leyendas aprendían a asesinar a reyes y a dioses. Los mejores verdugos recibían recompensas. Quienes fracasaban eran utilizados a menudo en prácticas de tiro.

—Hoy vais a demostrar que habláis en serio —dijo el director, continuando su lento ir y venir, alargando la espera. Poniendo a prueba a sus alumnos, siempre poniéndolos a prueba. En aquella habitación blanca y vacía, sus pasos eran silenciosos—. ¿Os digo cómo?

—Si lo desea, director —respondieron los chicos, de nuevo al unísono.

A Cuatro se le revolvió el estómago. La bilis le quemaba el pecho. Llevaba toda la mañana sintiéndose mal, incluso antes de que fueran a llamarlo a su dormitorio, un pequeño cubículo que contenía solo una cama, una mesita de noche y un puñado de libros que había recibido por su comportamiento ejemplar. Una prisión austera que había llegado a apreciar. Cuanto menos poseía alguien, menos podían usar los demás en su contra. Sin embargo, no reveló su malestar físico ni con palabras ni con hechos. Sabía que lo mejor era no hacerlo.

¿Qué les obligaría el director a soportar aquel día? ¿O, peor aún, a hacer?

Su piel resplandeció aún más al pasar junto a Cuatro. Cinco, el chico a su derecha, emitió un gemido casi imperceptible. En un abrir y cerrar de ojos, el director regresó con el muchacho. Cuatro no se movió. Obligó a su corazón a mantener un ritmo lento y constante, para que una capa de sudor no le humedeciera la piel y lo delatara.

El director ronroneó.

—¿Tienes miedo, Cinco?

Cada estudiante era conocido solo por un número. Un recordatorio de una terrible verdad: que eran fácilmente reemplazables.

—No, señor —dijo Cinco, pero un ligero temblor demostró que era un mentiroso—. No temo a nada.

—No estoy seguro de creerte —respondió el director. Levantó un brazo y chasqueó los dedos—. Pero hay una manera de saber la verdad.

Los instructores observaban la escena desde la pared del fondo, alineados igual que los estudiantes. Un hombre se puso en movimiento y se acercó a su superior.

El miedo se sintió en el aire.

—Azótenlo —ordenó el director—. Recibirá veinte latigazos. Si hace algún ruido, córtenle la lengua. Si derrama una lágrima, ciéguenlo.

Nadie reveló su reacción cuando el instructor caminó silenciosamente y se colocó detrás de Cinco, pero, por dentro, Cuatro libraba una guerra feroz. Le caía bien el chico y lo protegía siempre que podía. De los diez estudiantes de su grupo, Cinco era el más amable. A diferencia de los demás, compartía sus recompensas, sin importar lo que fueran. Comida. Mantas suaves. Armas especiales. Pero Cinco también era el más débil de todos, y estaba a punto de sufrir torturas indescriptibles. ¿Podría mantener silencio hasta el final de la flagelación? ¿Podría hacerlo alguien?

Mientras el instructor desenganchaba una cuerda de púas del cinturón de su túnica, Cuatro luchó contra el impulso de proteger a su amigo. Ya había cometido ese error una vez, con otro estudiante. En el momento en que intervino, lo empeoró todo. Al menos a Cinco no le estaban dando un animal para criar y luego matar.

El primer golpe cayó después de un silbido. El alivio se apoderó de él al prolongarse el silencio. Después, llegaron el segundo y tercer golpe. Cinco lo hizo bien; su rostro permaneció inexpresivo.

El director se inclinó, poniéndose a la altura de los ojos de su víctima.

—Con cada latigazo, te estás liberando de tu vergüenza secreta. Agradéceme esta oportunidad.

—Gracias, director.

¡Silbido! ¡Crack!

¡Silbido! ¡Crack!

Tras el séptimo golpe, el director desvió lentamente su atención hacia Cuatro. Inclinó la cabeza, mirándolo fijamente. Los símbolos en su piel brillaban cada vez más. Cuatro no reveló nada.

—Dime qué opinas de la situación de Cinco —lo persuadió el malvado.

—No puedo —respondió, en un tono calmado y frío que lo dejó helado incluso a él—. No opino nada de su situación.

—¿De verdad?

¡Silbido! ¡Crack!

¡Silbido! ¡Crack!

«Tranquilo. Tranquilo. Inhala, exhala».

—Así es.

Tras examinar el rostro de Cuatro, el director sacó una daga de un bolsillo oculto de su túnica y le ofreció la empuñadura.

—Mátalo.

Cuatro parpadeó dos veces.

—¿Señor?

—Matarás a Cinco o yo te mataré a ti. La decisión es tuya. Tienes un minuto para decidir.

Mientras Cuatro sostenía la mirada del hombre, supo dos cosas con absoluta certeza. Si dudaba en hacerlo, moriría aquel día. Si revelaba una sola emoción, querría morir.

Con férrea determinación, tomó el arma y la agarró con firmeza. Retrocedió un paso hacia la derecha, interponiéndose entre Cinco y el instructor. Miró la espalda de su compañero, la sangre que le empapaba la túnica.

«Puedo hacerlo».

Había causado muchas muertes en los dos últimos años. Su lista de asesinatos era el doble de larga que la de los demás. Pero, claro, había nacido para aquello. Y sin embargo...

Se sentía como si una parte de él muriera cada vez que robaba la vida de otro.

¿Lo haría de todas formas? Sí, claro. Sin dudarlo.

Dio un paso al frente. Solo había unos centímetros entre su pecho y la espalda destrozada de su nuevo objetivo. Extendió la mano y agarró la barbilla del chico, haciendo que ladeara la cabeza. Con la mano libre, presionó con la punta de la daga en el esternón de Cinco.

A su amigo se le escapó un gemido de miedo y a él se le tensó el nudo que tenía en el estómago.

—Se te acaba el tiempo —dijo el director.

Cuatro puso la mente en blanco, una habilidad agotadora que había perfeccionado con esfuerzo. Uno a uno, sus pensamientos pasaron a un segundo plano y sus emociones se desvanecieron hasta que no sintió nada. Solo un vacío frío y persistente. Se calmó y su respiración se estabilizó. Aquello no era nada. Una sola muerte entre cientos.

Cuando el chico abrió la boca para protestar o suplicar, Cuatro se encontró con la mirada obsidiana del director y hundió la daga profundamente. Giró la muñeca al final. El hueso crujió.

Cinco se tensó contra él, emitiendo sonidos ahogados. A los pocos segundos, una eternidad, cayó al suelo.

De la herida brotó la sangre y salpicó el cuerpo inmóvil y el suelo. A él... no le importó. Iba a sobrevivir costara lo que costara.

El líquido caliente se acumuló a sus pies y el hielo que tenía por dentro se derritió rápidamente. El malestar le oprimió el estómago.

—¿Qué es lo que huelo en ti, eh? ¿Miedo? —preguntó el director, mientras pasaba la punta de la nariz por el cuello de Cuatro—. No, no es miedo, sino otra cosa —dijo, y se irguió. Se giró hacia el instructor que llevaba el látigo—. Dele veinte latigazos.

«No dejes entrever nada».

—Gracias, director.

El instructor se situó tras él y comenzó a darle latigazos sin demora.

Silbido. Crac.

El dolor se extendió por todo su cuerpo.

Silbido. Crac. Silbido. Crac.

Sostuvo la mirada del director hasta el final, y sonrió.

—Gracias de nuevo, director.

El hombre frunció el ceño y le pasó dos de sus negras garras por la mejilla.

—Sientas lo que sientas, se te pasará rápidamente —dijo, y se alejó mientras le hablaba al instructor—: Dele veinte más.

2

Harpina, el reino de las arpías
6:00 de la mañana
Día 1

—Levántate de la cama, perezosa. La Operación Lady O Be Good comienza dentro de treinta minutos.

Aquella voz tan querida, pero malvada, precedió al repentino tirón de las tres mantas que cubrían a Ophelia Falconcrest, dejándola solo con una sábana. Aunque llevaba un pijama de franela de pies a cabeza, el aire gélido la envolvió rápidamente, y gimió. Incluso el frío más suave afectaba a las arpías-ninfa, como ella.

A medida que se despertaba, lentamente, fue cada vez más consciente de que tenía una resaca terrible, y gimió con más fuerza. Le palpitaba la cabeza, tenía el estómago revuelto y notaba en la boca un sabor a basura. Nunca más iba a beber alcohol. Tal vez. Probablemente.

—Vete —murmuró—. Déjame morir dramáticamente y en paz.

—El lema que le robaste a Survivor es «Burlar, superar y sobrevivir». A menos que hayas decidido optar por uno nuevo. Ríndete y cede.

Vivian Eagleshield, Vivi, era su mejor amiga y torturadora favorita. Aplaudió dos veces y le ordenó, con un acento ruso exagerado:

—¡Arriba, arriba, lady O! Hoy es un gran día para ti. O sea, sí, es un gran día para mí. Sabes que me tomo en serio mis grandes días.

—Eres la mejor y la peor, y te quiero, pero también te odio un poco —dijo Ophelia. Chasqueó los labios resecos y gimió—. Si me tuvieras algún cariño, harías como si el día de hoy no existiera.

—¡Arriba! ¡Arriba!

—Eres muy cruel y desalmada —gimió ella. Entreabrió los párpados, ásperos como papel de lija. Aunque le ardían los ojos, hizo todo lo posible por concentrarse—. Vuelve mañana, a más tardar, el viernes.

Como la mayoría de las arpías solteras, solo disfrutaba del lujo de dormir en una cama cuando estaba a salvo en su mundo natal, y ella nunca renunciaba fácilmente a sus lujos.

—Y deja de llamarme con ese apodo ridículo —añadió.

Aunque, sin duda, lo superaba. Ophelia la Suspensa. Un título que se había ganado hacía ocho años, a los dieciocho. El día que le regaló la virginidad a su novio y, de ese modo, puso fin a su lucha por convertirse en la arpía número uno: la General.

Antes, la virginidad era un requisito para cualquier aspirante a General e, incluso, para la propia dirigente. Haber renunciado voluntariamente a sus ambiciones por una linda sonrisa y una falsa promesa de amor eterno era uno de sus mayores arrepentimientos. Sobre todo porque era la única hermana de Nissa la Grande, la anterior General de las arpías, conocida por su inquebrantable estándar de excelencia.

¿Y qué había obtenido a cambio de su renuncia? Cero orgasmos, una amarga ruptura al día siguiente y un futuro descarrilado. Lady O No.

Lo peor de todo era que aquel error devastador había sido el primero de los muchos que cometió a lo largo de su vida. Para ser sincera, los errores se habían convertido en su especialidad. Como solía decir su hermana: «Si alguien premiara las prioridades equivocadas, el mal gusto con los hombres o la mayoría de los errores, tú te merecerías el primer premio, el segundo y el tercero, Ophelia».

Cerró los ojos con fuerza y gimió.

—Odio mi vida.

—¿Y qué? —replicó la cruel e insensible Vivi—. Me amas y no me voy a ir hasta que te levantes y me saques de la habitación.

Uf. No había nadie más testarudo que la arpía-vampiresa. Así pues, o participaba en su propio despertar, o su amiga continuaría torturándola. Pestañeó para que sus ojos se acostumbraran poco a poco a la luz de la mañana, que se filtraba a través de la solitaria ventana de su habitación. Un espacio estrecho, pero precioso, por el que había tenido que luchar a brazo partido, ya que Nissa esperaba que viviera en el palacio.

¡Demasiada luz! Le picaban y le lloraban los ojos y veía borroso el mobiliario minimalista. Parpadeó rápidamente de nuevo y, por fin, encontró a Vivi. Una belleza elegante, de complexión delgada, cabello y ojos oscuros y piel pálida.

—Tienes dos facetas en constante conflicto: la triunfadora y la autodestructiva —le dijo Vivi, con una dulce sonrisa que ocultaba su corazón de hierro—. ¿A que no adivinas en qué dirección te has inclinado esta vez?

—No —refunfuñó ella.

—Claro. Porque no necesitas adivinarlo. Ya sabes que has tocado fondo y te has escabullido. Pero ¿sabes qué? Esta es mi misión de rescate. Te vas a levantar y nos vamos a ir al gimnasio para que sudes la resaca. No vas a perderte tu reunión con la General Taliyah.

—No me lo recuerdes —dijo ella. Se acercó a las botellas de vodka vacías que había en su escritorio, una tabla de madera desmontable—. No después de haberme esforzado tanto por olvidarlo. ¿Qué hora es, por cierto?

—Las seis de la mañana.

¿Cómo? ¿Tan temprano? Ignorando sus dolores, se incorporó y se estiró. Movió las diminutas alas translúcidas que tenía entre los omóplatos, aliviada por liberarlas del colchón.

—La reunión importante no es hasta el mediodía —se quejó.

—¡Ya lo sé! Así que será mejor que empecemos a despejarte cuanto antes.

«¡Que alguien me salve!». Taliyah Skyhawk, la nueva General Arpía, había solicitado una entrevista con ella. Su amiga creía que le esperaba un ascenso. Tal vez, liderar una patrulla propia o unirse a una unidad de mayor rango. Su sueño. Ella no estaba convencida y temía lo peor.

—¿Y si se queja de mí? He servido lo mejor que he podido, pero ¿es suficiente con lo que he hecho?

Nissa siempre se quejaba.

«¿Por qué no diste más rápidamente el primer golpe, Ophelia?».

«¿Tu intención es someterlo o hacerle cosquillas, Ophelia?».

«¿Cómo es posible que seamos de la misma familia, Ophelia?».

—¿Y qué tiene de malo que se queje? —preguntó Vivi—. Ella solo corrige a los que ama. Y tu habilidad supera con creces tus errores.

Cierto. Y, con sinceridad, había sido una soldado ejemplar últimamente. En general. Más o menos. Su historial brillaba como un diamante recién pulido. Circonita cúbica. Se había graduado en la Universidad Arpía con gran deshonor, en la especialidad de Asesinato y una asignatura secundaria en Venganza. Nunca había faltado a clase ni a ningún entrenamiento sin una excusa excelente.

Para mantener su incomparable resistencia, corría a diario de vez en cuando. En su tiempo libre, participaba en innumerables simulaciones de combate digitales para perfeccionar sus habilidades más letales desde la comodidad de su habitación. Nunca cuestionaba a sus superiores con frecuencia. Siempre que patrullaba la ciudad, permanecía casi completamente alerta, incluso cuando aparecían chicos guapos. Incluso en vacaciones y días festivos, siempre evitaba algunas veces a los hombres como si fueran una plaga. ¡Porque lo eran!

Su primer novio le había enseñado bien la lección. Su segundo y último hombre le había servido de recordatorio. El romanticismo solo llevaba al desamor. Los hombres la deseaban hasta que la conquistaban. En cuanto se daban cuenta de que no podían satisfacer su faceta ninfómana, su orgullo se desplomaba y se marchaban.

«Entonces, ¿por qué sigo anhelando a alguien que sea mío?».

Como si no supiera ya la respuesta. Era una ninfa débil y tonta que buscaba el placer por encima de todo. Cuando se excitaba, su sentido común se apagaba.

Lo cierto era que, si se les permitía desenfrenarse, las ninfas se obsesionaban con la búsqueda de la pasión. Querían lo que querían, y lo querían a menudo. Incluso cuando un amante no tenía nada que dar, las ninfas rogaban y suplicaban el clímax, sin rastro de orgullo. Ningún hombre podía seguirles el ritmo.

Afortunadamente, su parte de arpía mantenía a su parte de ninfa encerrada en el fondo de su mente y se aseguraba de que ella nunca volviera a olvidar su plan vital: intentar otra vez conseguir el puesto de General. Los requisitos para el título habían sido revisados recientemente y se había eliminado la regla de la virginidad. Cualquier contendiente mayor de edad podía mantener relaciones sexuales a diario si así lo deseaba.

Ahora, ella tenía la oportunidad de postularse para el puesto. Y se postularía o moriría en el intento. Así pues, mejor evitar la tentación por completo y mantener la concentración. Es decir, no habría sexo para ella. Trabajando mucho y de manera constante, y con una dedicación inquebrantable, podría completar los diez requisitos para llegar a ser General tan solo en unos cuantos siglos.

¿Quería gobernar a toda la especie, como Nissa? Sí. Pero, por otro lado, no. La idea de tener tanta responsabilidad le provocaba estremecimientos, pero no iba a detenerla ni por un segundo. Tenía que demostrar su valía. Y lo haría. Gradualmente. Paso a paso.

Vivi chasqueó los dedos frente a su cara.

—¿Me has oído?

Genial. Se había quedado absorta en sus pensamientos.

—No. Estoy pensando en mi siguiente paso. Tengo que matar a alguien, Vee.

Se ruborizó al pensar en aquella carencia. En su clase, todas tenían una lista de asesinatos considerable. Ella también debería tenerla.

—Lo harás.

—¿Por qué estás tan segura?

Durante las últimas semanas, había luchado contra innumerables fantasmas: cáscaras descerebradas chupa-almas que intentaban drenar la vida de sus víctimas. O, mejor dicho, había tratado de luchar contra ellos. En cuanto se acercaba, desaparecían.

—Porque te conozco. Y sé que tienes miedo de que Taliyah te destierre de Harpina. Lo cual es ridículo, por cierto —dijo Vivi, y abrió los brazos—. Tal vez te destierre, pero ¿y qué? Lucharás para que cambie de opinión. ¿Y sabes qué? Cuando tú luchas por algo, ganas. Siempre. Por eso me rebajé a amarte, ¿no? Luchaste en guerras por mi afecto.

Ella dio un resoplido y le arrojó un almohadón a su vampiresa favorita. Tanto si la General criticaba su actuación como si no, el destierro era una posibilidad muy real.

Probablemente, Taliyah esperaba que ella tomara represalias contra los Planeta Astra por su participación en la muerte de Nissa.

Tenía derecho a hacerlo. No hacía mucho tiempo que nueve señores de la guerra habían conquistado el reino de las arpías por razones que, aparentemente, nadie consideraba dignas de conocer. ¡Y lo habían hecho en un solo día! Su poder parecía ilimitado, y su temperamento, aún más.

Sus vastos ejércitos estaban compuestos por guerreros de diversas especies, desde vampiros purasangre hasta banshees, pasando por cambiaformas y gorgonas. Básicamente, cualquier cosa que se encontrara en mitos y leyendas.

Ella nunca se había enfrentado a un Astra, ni siquiera a un soldado bajo su mando. Antes de que su unidad llegara al campo de batalla, la contienda había... terminado. Las arpías de todo el país se habían quedado dormidas, ella incluida. Despertó semanas después y descubrió que Roc, el comandante de los Astra, había matado a Nissa.

Nissa, muerta.

Se apretó la lengua contra el paladar. Tenía todo el derecho a buscar la venganza de sangre contra el comandante de los Astra. Entre las arpías eran comunes las venganzas de todo tipo. Y veneradas. Mientras el castigo fuera acorde con el crimen, ni siquiera la propia General tenía derecho a impedir su venganza.

Aunque entre Nissa y ella había una diferencia de edad de siglos y no se llevaban especialmente bien, eran familia. Las últimas de su linaje. En el fondo, Ophelia sí había querido a su hermana. Todavía la quería. Odiaba al comandante por lo que había hecho. ¿Podría vencerlo en una batalla? En aquel momento, no, y no había razón para engañarse a sí misma. Al contrario. ¿Quería pasar el resto de su vida intentando hacerle daño y consiguiendo únicamente molestarlo, solo por satisfacer su sed de venganza? Tampoco. ¿Quizá sí? Ya no sabía nada.

—¡Chop, chop! —exclamó Vivi, y aplaudió con más fuerza—. No te quedes ahí sentada, mirando a la nada. Levántate y vístete.

—De acuerdo, de acuerdo. Pero no me reuniré con Taliyah.

Si la General tenía algo que decir, podía ir a buscarla y decírselo.

—¡Eso sí que es bueno! Claro que vas a ir. ¡Levántate!

Refunfuñando, se desenredó de la sábana, se puso de pie y entró al baño a trompicones. Vivi y ella compartían el pequeño espacio. Vivi estaba obsesionada con la limpieza y lo mantenía todo ordenado, incluso después del paso del huracán O, de categoría 5. Su amiga redecoraba con un nuevo tema cada mes. En aquel momento, ella se veía rodeada de cosas llenas de brillo y glamur.

Después de cepillarse los dientes dos veces, por si acaso, se echó agua tibia en la cara. Se le alivió el dolor de cabeza y se le calmó el estómago mientras se ponía un sujetador deportivo negro y unos pantalones cortos, demasiado pequeños, a juego. La misma ropa deportiva que las demás arpías. ¡Ay, cuánto deseaba que el estilo cubriera todo el cuerpo!

Se hizo una coleta apretada y se reunió con Vivi. Llevaban la misma ropa, pero eran completamente diferentes. Hielo alto y esbelto versus fuego con curvas y pantalones cortos.

La vampiresa movió un dedo delante de su cara.

—¿Me estás escuchando o no? Vas a correr en la cinta hasta que sudes hasta la última gota de vodka, y vas a recordar todo el tiempo que yo, bajo ninguna circunstancia, me relaciono con perdedores. O sea, sí, eres una ganadora. Así que hazlo. Gana.

Las amigas eran lo peor y lo mejor.

—¿Por qué eres tan terrible y maravillosa conmigo? —se quejó ella, robándole unos auriculares por los que había pagado un dineral.

—Porque tú eres aún mejor y peor conmigo —respondió Vivi, y le dio un abrazo que necesitaba mucho. Después le dijo, suavemente—: Todo va a salir bien, O.

Ella estrechó a la increíble mujer con todas sus fuerzas. Se habían conocido hacía once años, durante el campamento de entrenamiento para arpías, donde las niñas aprendían a dominar su increíble poder y sus impredecibles ataques de ira. Un día, ella rescató a la escuálida Vivi de una paliza por parte de otras arpías. Por supuesto, a Vivi le gustaba decir que era ella quien la había salvado. Pasara lo que pasara, desde entonces eran inseparables y su lealtad era inquebrantable.

—¡Bien! —gritó, cuando finalmente se recostó—. Me reuniré con Taliyah.

Vivi le sonrió radiante.

—¿Ves? Una ganadora.

Se dirigieron del cuartel al gimnasio, donde abundaba de todo, desde cintas de correr hasta cuadriláteros de boxeo y estaciones de pesas. Por todas partes, las arpías se entrenaban al máximo nivel.

Vivi y ella dieron codazos e intercambiaron una ronda de amenazas para conseguir las mejores cintas de correr. Ella se colocó los auriculares. Con la banda sonora de una película de acción a todo volumen, puso la máquina en la inclinación más alta y a una velocidad moderada. Subiendo. Calentando. Sudando. Pensando en todo lo que podría salir mal aquel día. Cuanto más marchaba, más dudas la asaltaban. Vivi tenía razón. ¿Por qué iba a desterrarla Taliyah? Ciertamente, era una ganadora.

¿Suspender? ¡No! Mejor dicho, aprobar a lo bestia. Aceleró y corrió a una velocidad constante mucho más alta. Ella no era una decepción ni una pérdida de espacio. No estaba dispuesta a dejar un legado de desgracia y deshonra. Valía. Su temperamento era tan feroz como el de cualquier arpía. ¡Probablemente más feroz! Su terquedad era insuperable, solo había que preguntarle a cualquiera. Si una arpía solicitaba ayuda, ella le proporcionaba un refuerzo implacable, garantizado y, después, solo ridiculizaba levemente a la otra arpía.

«Arpías hoy, arpías siempre».

«Burlar, superar y sobrevivir».

Pero, si la General Taliyah la desterraba, ¿qué podría hacer? ¿Qué recurso le quedaría?

Disminuyó el paso. ¿Dónde podría ir? No tenía parientes ni amigos fuera del ejército arpiniano. Pero, allá donde terminara, Vivi la seguiría. Ni siquiera era una pregunta. En algún momento del futuro, se sentarían en unas mecedoras gemelas y hablarían sobre la venganza por su exilio. El gran incendio de Harpina. Sus antiguas amigas se verían obligadas a buscar la venganza de sangre contra ellas. En su lecho de muerte, ella se daría cuenta de que nunca había sido la buena de la historia, de que siempre había sido la villana. La ruina total de una civilización antaño grandiosa recaería enteramente sobre sus hombros.

«Lo echas todo a perder, Ophelia». La voz de Nissa resonó por su cabeza de nuevo. «Te falta disciplina».

Aunque redujo el paso, se le aceleró el corazón. Su respiración se volvió superficial. ¡No! ¡No! Ella no echaba nada a perder. Tenía mucha disciplina. Y lo demostraría. Burlar, superar y sobrevivir.

Se dejó llevar por la banda sonora. En los libros y las películas, los superhéroes se enfrentaban a adversidades terribles, pero siempre salían airosos. Si alguien tenía motivos para merecer el estatus de superheroína en aquel momento, era ella. Bueno, casi superheroína. Siempre que caía, luchaba por levantarse. Casi nunca dejaba pasar un insulto. Y era inteligente, en ocasiones. Los chicos guapos a los que rara vez se permitía acercarse casi nunca le llamaban la atención. Excepto a veces. O casi siempre. ¡Pero nunca dejaba de resistirse!

Umm. Chicos guapos.

La excitación la abrasó y gimió de nuevo. Entonces gruñó. Una necesidad, no, por favor. Cualquier cosa menos una necesidad. Era un hambre temporal pero insaciable sin satisfacción verdadera y duradera, durante la que casi todo provocaba sus deseos. Aunque, en realidad, ella nunca había conocido una satisfacción verdadera y duradera. La mayoría de las ninfas no la sentían hasta que encontraban a su media naranja.

Durante una necesidad, su interruptor de insensatez se activaba y se olvidaba de todo menos del orgasmo.

Desde la llegada de los Astra, se sentía a menudo como si flotara en el momento álgido de su peor necesidad. ¿Por qué, por qué por qué nadie más parecía tan excitada por ellos? ¿Acaso exudaban una vibración específica para ninfas, o algo así?

En fin. Tenía cosas más importantes en las que pensar, como, por ejemplo, en qué quería Taliyah de ella, y en cómo iba a convencer a la General de que le permitiera quedarse en Harpina y seguir en el ejército. Las arpías estaban en guerra, y ella había soñado con experimentar algo así desde sus tiempos en el campo de entrenamiento. Que la despidieran en aquel momento sería un horror, sobre todo cuando la vida por fin había vuelto a ser interesante.

Los Astra estaban en lucha contra un dios llamado Erebus, el Inmortal. Padre de la General Taliyah. Hijo biológico del dios Chaos. Y creador de fantasmas: viles criaturas capaces de aparecer en forma de espectro o de encarnarse a voluntad y de destruir a cualquiera que se cruzara en su camino.

Cada noche, durante su patrulla, Ophelia anhelaba que le llegara otra oportunidad de atacar a los fantasmas. Solo una más. Quizá, dos. Si corría un poco más rápido o se balanceaba con un poco más de fuerza, lograría su objetivo por completo.

Notó un movimiento a su derecha. Giró la cabeza bruscamente... ¡Uf!

Vivi estaba de pie junto a la cinta de correr, recién duchada, sosteniendo un cable delgado y negro y una botella flexible. Ya no llevaba ropa, sino el uniforme de arpía: una coraza de metal y malla, una minifalda de cuero plisada, protectores de brazos y espinillas y botas de combate.

Su amiga tiró con indiferencia del cable: el enchufe de la máquina. Cuando la cinta se detuvo con un chirrido, Vivi bebió de la botella.

Cuando recuperó el equilibrio, ella se arrancó los auriculares de los oídos.

—¿Por qué haces eso?

—Llevas cinco horas y media corriendo. Ahora tienes media hora para prepararte para tu reunión con Taliyah, el tiempo justo para ducharte, vestirte y no darle demasiadas vueltas. Pero mejor date prisa o llegarás tarde.

¿Qué? ¿Treinta minutos para ducharse, cambiarse e ir corriendo al palacio? Aleteó y salió corriendo.

—¿Supongo que tengo que limpiar la máquina por ti? —preguntó Vivi.

En el vestuario, se duchó, se puso el uniforme y salió corriendo del cuartel. El palacio estaba a solo un kilómetro y medio, una carrera fácil a través de un terreno boscoso y jardines impecablemente cuidados. Pasó junto a una fuente de mármol y subió cien escalones, el único camino hacia las puertas principales.

La opulencia de los aposentos reales siempre resultaba deslumbrante. Jarrones valiosos, mármol con vetas doradas, alfombras lujosas y retratos con marcos dorados de generales anteriores. Tesoros adquiridos a lo largo de los siglos.

Evitó mirar el retrato de Nissa, que estaba colgado justo encima de la repisa de la chimenea, entre dos escaleras, y dobló una esquina. Las grandes puertas en forma de arco del salón del trono se alzaban ante ella. Aceleró y ¡guau!

Se estrelló contra un hombre que era como una pared de ladrillos y que no estaba allí hacía una fracción de segundo. Rebotó, y él extendió los brazos musculosos, la sujetó con fuerza y la atrajo hacia sí.

Sus miradas se encontraron y ella jadeó. Por un instante, el resto del mundo dejó de existir, como si el reloj de la eternidad se hubiera parado. Bueno, ¿y por qué no? Su corazón, sin duda, se había parado en seco.

El hombre era una bestia con un ligero aroma a cerezas ahumadas y sándalo; en otras palabras, pura lujuria para ella. Tenía unos ojos extraordinarios, con los iris dorados rodeados de estrías giratorias de jade y ámbar. Eran hipnóticos.

Ella hizo todo lo posible por concentrarse mientras su mente iba dándole detalles al azar. Era uno de los Astra, el segundo al mando. Se llamaba Halo... algo más. Supuestamente, «el bueno». Nunca levantaba la voz y, a veces, sonreía. Guapo. Fornido. Sexy. Ardiente. Umm. Muy ardiente. Irradiaba tanto calor como un horno.

Todo su cuerpo respondió y se volvió líquido. Su mirada se posó en la gran cantidad de tatuajes que cubrían la parte superior de su cuerpo. No podía distinguir las imágenes porque saltaban de un lugar a otro en su piel. Un momento... La información encajaba. Los tatuajes en movimiento no eran realmente tatuajes, sino alevalas.

Cuando un Astra mataba por su causa, el acto manchaba su alma y su piel. Si alguien más observaba una de las imágenes, despertaba el recuerdo del Astra con todo detalle.

Recientemente, la General Taliyah había emitido una nueva norma para todo el reino: no estaba permitido mirar un alevala sin permiso.

Taliyah. ¡Reunión! ¡Retraso! Con el ceño fruncido, se apartó del abrazo del señor de la guerra.

—La próxima vez, vigila dónde te teletransportas, imbécil.

Los que se teletransportaban nunca tenían en cuenta a aquellos a quienes impedían el paso.

Sin esperar su respuesta, salió corriendo. No podía llegar tarde, no podía llegar tarde. ¿Y si Taliyah ya se había ido?

¿Iba a perder la oportunidad de explicar todas las razones por las que la General se equivocaba al creer lo que creía? ¡No!

Entró corriendo en la sala del trono y miró a su alrededor. ¡Gracias a Dios! La General no había dejado su asiento. Aquella diosa de cabello pálido llevaba un vestido de color azul hielo, una delicada creación que contrastaba con su mirada ardiente. Su segunda al mando, Paloma, estaba a su derecha. Una arpía fantasma de cabello plateado y piel blanca. La encarnación de una reina de hielo que no tenía ningún lado tierno. Un puñado de arpías revoloteaba por allí.

—¡Que alguien encuentre a Blythe ya! —bramó Taliyah.

Blythe, la Destructora, la hermana viuda de la General.

En cuanto la vio, la General la señaló con un dedo acusador y le espetó:

—Llegas tarde.

Ella maldijo al Astra.

—Pido disculpas, General —dijo, e inclinó la cabeza

respetuosamente en lugar de dar excusas—. Nunca volverá a suceder. Le doy mi palabra.

Esperaba una reprimenda. Algo. Cualquier cosa. En cambio, recibió un silencio inquietante. Un momento. Su mirada se desvió. Todas se habían quedado paralizadas.

—¿General?

Con el corazón acelerado, recorrió la espaciosa habitación. Comprobó el pulso de cada una de las presentes, pero no encontró ninguno. Sin embargo, se negó a sucumbir al pánico. Podía resolverlo. Podía.

Era Ophelia Falconcrest y podía con todo.

3

Harpina
6:00 de la mañana
Día 1

Halo Phaninon, Inmortal de Inmortales, se puso una toalla alrededor de la cintura y salió de su baño privado. Su concubina estaba desnuda e inclinada sobre la cama, leyendo un libro. Excelente. Le pagaba bien a la amazona por atenderlo cada mañana a aquella misma hora.

«Estate presente. Prepárate. No esperes nada a cambio». ¿Por qué calmarse con la mano cuando podía permitirse fácilmente un receptáculo cálido y suave? Aunque no le gustaba tocar, ni que lo tocaran, funcionaba mejor con una descarga física al día, al menos. Era un pequeño alivio de la presión implacable que sentía por dentro. La constante presión de un puño con púas alrededor de cada uno de sus órganos.

A veces se imaginaba que tenía el pecho lleno de engranajes y poleas de metal, alimentados por los recuerdos de sus años en la Orden, y que cada vez lo apretaban más.

—Buenos días, Halo.

Andrómeda pasó otra página sin molestarse en levantar la vista. Llevaban un año, tres meses y ocho días así.

Aquel día se inquietó al verla y se subió los pantalones cortos. Frunciendo el ceño, se frotó el centro del pecho.

¿Qué era lo que sentía? No era un deseo devorador ni una pasión desbordante. En realidad, él nunca había experimentado esas cosas.

Le pareció que reconocía un sentimiento de... ¿culpabilidad? Pero ¿por qué iba a sentirse culpable? Andrómeda estaba allí por voluntad propia y él le pagaba generosamente sus atenciones.

«Simplemente, entrar y salir». No debía tolerar ni la más mínima debilidad. Nunca. Aunque desdeñara las lecciones que había aprendido en la Orden, nunca dudaba en ponerlas en práctica. La lógica y la precisión guiaban sus decisiones, no la emoción.

Decidido, se colocó detrás de la amazona, la sujetó por las caderas y le separó los pies de una patada.

Ella pasó otra página.

Él frunció los labios. Era la cuarta concubina que había contratado en su vida. Hermosa más allá de lo imaginable, alta y musculosa, con cabello pálido y piel dorada.

La mayoría de las amazonas eran conocidas por su fuerza, sed de sangre y una ausencia total de blandura. Mujeres a las que no les incomodaba en absoluto su desapego. La compañera ideal para él. Andrómeda oscilaba entre el acero afilado y la mantequilla derretida.

El sentimiento de culpabilidad aumentó.

«No hagas esto», se dijo.

—¿Tienes un día ajetreado por delante? —preguntó ella, cuando él continuó de pie detrás de ella, inmóvil.

—Sí —respondió, y respiró profundamente. Exhaló el aire.

—Genial.

¿Quizá fuera hora de elegir una nueva concubina?

—Basta de charla.

—Claro, jefe.

Ella pasó la página. Apretando los dientes, él retiró la toalla, arrojó la tela junto a la amazona y colocó la punta de su erección en su centro.

«Esto no está bien», pensó.

Se estiró y se agarró a la barandilla de la cama. «¡Hazlo!».
Con una fuerte embestida, se hundió en la amazona.

El placer lo invadió y respiró con más facilidad. De
acuerdo. Sí. Era agradable. Justo lo que necesitaba para empezar el día debidamente.

Se apartó un poco y volvió a embestir. Y otra vez. Más
rápido. Más rápido. Frunció el ceño. Ya no sentía tanto placer. Más rápido aún.

Ella gimió y continuó leyendo. El deslizamiento se volvió más resbaladizo. Mejor. Y peor. Los engranajes de su
pecho se tensaron y cualquier placer erótico se transformó
rápidamente en dolor.

La frente se le llenó de gotas de sudor. Bombeó aún más
rápido, martilleándola. Sin embargo, los engranajes también aumentaron su velocidad.

Se le tensaron los músculos, como si fueran de piedra.
Los tendones, también. «Ignora el dolor».

Martillando... Se vaciaría y se reiniciaría. Como siempre.

«¡Vamos, vamos!». Solo necesitaba un minuto de tranquilidad. Incluso unos pocos segundos bastarían.

Andrómeda dijo:

—¿Quieres que cambie de posición o tal vez...?

—Dije que no hubiera más charla —respondió él, con
aspereza.

Dentro. Fuera. Dentro, fuera. Más rápido.

Más rápido...

—¡Ahhh!

Halo se liberó de ella, cortando el contacto. Jadeaba,
casi jadeaba, palpitaba de pies a cabeza.

—Vete. No, no digas nada más —espetó, cuando ella se
enderezó y lo miró—. Solo vete.

Dejando la toalla atrás, regresó al baño, donde se duchó
y se puso una camiseta negra, unos pantalones de cuero y
unas botas. Sus movimientos se volvieron cada vez más
secos, a medida que su frustración aumentaba. Necesitaba
desesperadamente algún tipo de reinicio.

¿Por qué no cazar a uno o a veinte fantasmas y lanzarse al combate? Sí. Halo envainó un arma de tres hojas en su cinturón. Un arma forjada en trinita: una combinación de hierro de fuego, vidrio demoníaco y madera maldita. La única sustancia capaz de matar a un fantasma en cualquiera de sus formas. Cuantos más fantasmas mataba, más y mejor protegía a sus hermanos, los Planeta Astra, los Señores del Cielo que habían alterado para siempre su destino el día que fueron reunidos por el dios Chaos para que le sirvieran, durante un tiempo, como guardia real.

Aunque habían pasado siglos antes de que los otros Astra lograran construir un puente entre el recipiente vacío que era y el hombre digno en el que podría convertirse, persistieron hasta que lo lograron. Le enseñaron, por ejemplo, la alegría de proteger lo que le pertenecía y el valor de la confianza. La dulzura de creer en alguien más que en sí mismo. Se habían ganado su lealtad una y otra vez. No amaba nada, excepto a aquellos hombres.

Luchaban juntos por ascender. En el momento en que ascendía, un inmortal alcanzaba un nuevo nivel de poder adquiriendo habilidades y fuerza.

Si los Inmortales lograran ascender antes que ellos...

«Perderé más hermanos».

Halo se frotó el corazón. Cada quinientos años, los Astra participaban en una serie de desafíos individuales con consecuencias para todo el ejército. Si uno fallaba, todos fallaban. En aquella ocasión, el ganador ascendería. Erebus o los Astra.

Tan solo unos días antes, el comandante Roc había completado con éxito la tarea inicial. Ahora se avecinaba la segunda, que comenzaría en cualquier momento.

Él estaba listo para hacer su parte, fuera cual fuera.

Se desvió hacia el Árbol de las Calaveras, un importante punto de referencia en el reino de Harpina, la tierra de las arpías y su hogar actual. Aquel árbol colosal estaba en el centro de la plaza del pueblo, donde abundaban las tiendas. Sus ramas gruesas se extendían en todas direcciones y daban unas flores rojas en forma de calavera. Las flores perfumaban el aire con un aroma dulce que no le disgustaba.

En busca de Erebus y de sus marionetas descerebradas, los fantasmas, recorrió al acecho las calles adoquinadas.

Las tiendas aún no habían abierto y había pocas arpías por la zona. Esto no le desagradaba. A las arpías les gustaba parlotear de todo y pelearse por nada. Si no se burlaban de uno, lo miraban con lascivia. Y, en ambas ocasiones, planeaban asesinarlo. Les gustaba decir y comprar las cosas más ridículas, demostrando pura emoción y haciendo gala de muy poco control.

Pasó por ocho karaokes, seis salones de masajes con final feliz, una casa de artículos de segunda mano, o lo que fuera, y de un letrero de neón que decía ¡TODO VALE! Extrañas criaturas, las arpías.

Los soldados que estaban patrullando se apartaban de su camino porque sabían dos cosas: nadie debía acercarse a un Astra sin permiso a menos que fuera absolutamente necesario, y nunca lo era.

Ni rastro del enemigo. Qué decepción. Sin embargo, era solo cuestión de tiempo. Cuando comenzara la segunda prueba, el dios Chaos sembraría el Chaos a todas horas.

Merodeó por las calles durante horas, registrando hasta el último centímetro. Solo se detuvo cuando vibró su reloj interior, a las 11:58. Próxima reunión con el comandante.

Envainó sus armas y se dirigió al palacio, a una sala de conferencias que Roc reservaba para tales reuniones. Un área espaciosa con un largo escritorio y diez sillas, una para cada Astra y una para Taliyah. La pared estaba llena de pintadas; algunas, con el número de teléfono de una arpía, otras, con sugerencias vulgares. Un puñado de ellas ofrecían bocetos lascivos.

Roc ya ocupaba su asiento a la cabecera. El Comandante, de dos metros de altura, con el pelo negro rapado y una barba que necesitaba un recorte, estaba reclinado, sumido en sus pensamientos, acariciándose la barbilla.

Aquella visión familiar relajó un poco la presión de sus engranajes. Aquel era un nuevo día para servir a sus hermanos lo mejor que pudiera. Y así lo haría.

—Disculpas por la espera, comandante.

Sin dudarlo, Roc le indicó que se sentara.

—El arma perdida está en juego.

Él se sentó a la derecha de su líder y preguntó:

—¿Sabes qué es?

La tarea de bendición que había tenido que llevar a cabo Roc se dividía en tres partes: un matrimonio de treinta días, la preservación de la virginidad de su esposa y, finalmente, su sacrificio. Sin embargo, Roc y Taliyah se habían enamorado y habían copulado a menudo. A pesar de la inexistencia del himen de la General, Roc había sido declarado ganador definitivo de su misión y había puesto a todo el ejército de los Astra a un paso más de la ascensión del grupo. Sin embargo, desviarse de la misión les había costado caro a todos. A Erebus le fue entregada un arma misteriosa, y eso también acercó al dios un paso más a la ascensión.

—Ahora sé su nombre —respondió Roc—, pero poco más. El Bloodmor.

El Bloodmor. Halo buscó en sus archivos mentales, pero no encontró información. No importaba.

—Alguien tiene que saber algo. Y, pronto, nosotros también lo sabremos.

—De acuerdo —dijo Roc, y tamborileó con los dedos sobre la mesa—. Chaos nos advirtió. Dice que el Bloodmor nos hará más daño en un día del que nos ha hecho la Espada del Destino en siglos. A ti, en particular.

La Espada del Destino. Un arma capaz de adivinar los muchos caminos que podía tomar el futuro y que le proporcionaba a Erebus la información necesaria para idear la caída de cualquiera. Otra arma entregada a Erebus en tiempos pasados. La espada infernal había sido devastadora para los Astra durante siglos, ¿y aquel Bloodmor era aún peor?

Él se agarró a los brazos de su silla. Con voz tensa, preguntó:

—¿Dudas de mi capacidad para tener éxito, comandante?

—En absoluto —respondió Roc, y se pellizcó el puente de la nariz—. Me estoy ahogando en mi propia culpabilidad. La segunda tarea de bendición comienza hoy. Una batalla de ingenio y armas, a muerte. Esta vez, Erebus ha podido elegir a su oponente. Te eligió a ti.

¿Enfrentarse a los Inmortales en un campo de batalla? Él se entusiasmó.

—Lo he matado en veintitrés ocasiones —dijo. El dios siempre había resucitado, pero una muerte era una muerte—. Y lo mataré la vigésimo cuarta, sin falta.

Nada lo detendría. Se puso de pie de un salto. De repente, todos los músculos de su cuerpo estaban vivos, vibrando del desafío. ¿Qué era ese aroma?

Olió. Olió de nuevo. Y otra vez. El perfume le llenó la nariz, los pulmones. Rico. Dulce. Muy dulce. Como el placer mismo. Se le nubló la cabeza, los engranajes de su pecho se aflojaron. Sus párpados se volvieron pesados.

—¿Ocurre algo? —preguntó Roc, frunciendo el ceño.

Todo. Nada. No sabía nada en aquel momento. No, no era cierto. Sabía que debía encontrar el origen del olor. ¡Rápido!

—Vuelvo enseguida.

Salió de la habitación. La agresividad le endureció los músculos y se quitó la camisa, dejando caer la prenda sin pensarlo. Sus alevalas saltaron. Siguiendo la fragancia, cada vez más intensa, se dirigió al otro lado del pasillo, dobló una esquina y se detuvo al borde de un balcón con vistas al vestíbulo. Con la sangre caliente, bajó la barbilla y se concentró.

Debajo de él había un espacio abierto repleto de arpías que iban y venían. Se quedó un instante observando... Casi podía saborear la dulzura.

¡Allí! Ella. La que acababa de entrar corriendo. Se le escapó un gruñido. Baja y curvilínea, de piel morena y pelo largo del color de la arena. Llevaba trenzada la parte superior de la cabellera y la inferior, cayendo en ondas brillantes por su espalda.

Se teletransportó y apareció justo delante de ella. ¡Impacto! Cuando rebotó, él la agarró y la atrajo hacia sí. Jadeando, ella le dio una palmada en el pecho; sus adorables garras rosas se curvaron y le cortaron la piel. Se creía una depredadora aferrada a su presa, ¿verdad?

Su tacto... no le molestaba. ¡Lo cual sí le molestaba mucho! Entonces sus miradas se encontraron y ya nada le molestó. Olvidó el resto del mundo. Los engranajes dejaron de rechinar. La presión se alivió mientras un calor abrasador emanaba de él, como si estuviera acumulado para un momento como aquel. Sus ojos. Exquisitos. Verde claro, enmarcados por un abanico de pestañas negro azabache y coronados por unas pobladas cejas, también negras. Unas cuantas pecas. Un labio superior carnoso y un labio inferior aún más carnoso, luciendo una pequeña y sensual hendidura en el centro.

Abrió la boca para exigir respuestas: ¿quién era ella? ¿Dónde había estado escondida desde que él había llegado? ¿Cómo se atrevía a emanar un olor tan embriagador?

«¡Quiero más!».

—La próxima vez, vigila dónde te teletransportas, imbécil —se quejó ella.

Se liberó y salió corriendo.

Él observó, conmocionado, cómo la pequeña arpía se dirigía a la sala del trono. Era igual de espectacular desde atrás.

«Tengo que abrazarla de nuevo. La abrazaré de nuevo».

Aquel pensamiento lo invadió. Se teletransportó de nuevo...

Un Roc con el ceño fruncido apareció frente a él.

—Agradecería que me dieras una explicación.

Cierto. Su reunión. Hizo un gesto negativo con la cabeza mientras sentía cómo se le enfriaba la sangre. A medida que la niebla perfumada se disipaba de su mente, se calmó. Al menos, un poco. Los engranajes se pusieron en marcha.

—No estoy seguro de qué es lo que ha pasado. Había una arpía...

—Ah —dijo Roc. Extendió la mano y le dio una palmadita en el hombro—. No digas más. Yo...

El comandante se quedó en silencio. Inmóvil. Demasiado inmóvil. ¿Respiraba? Confundido, él tocó la mejilla.

—¿Roc?

No hubo respuesta. Ni siquiera un pestañeo.

Miró a izquierda y a derecha. Las arpías también se habían quedado quietas. De hecho, algunas se habían quedado congeladas en plena acción, con los pies flotando a centímetros del suelo. Toda conversación había cesado. El silencio reinaba en el palacio.

—Te pido disculpas por la teatralidad.

La voz se oyó por todas partes antes de que Chaos, el Océano de la Oscuridad, se materializara a pocos metros de distancia.

—Mi nueva pitonisa, Neeka, tiene tendencia a lo dramático. Ella me ha pedido que te pregunte si estás preparado para jugar.

El dios tenía el mismo aspecto aquel día que siglos atrás, cuando se lo había comprado a la Orden. Cabello negro, salvaje y rizado, piel más negra aún y ojos como la misma noche. Chaos medía dos metros y vestía una túnica oscura, la vestimenta típica de cierta generación de deidades. Él estuvo a punto de caer al suelo debido a la fuerza del poder del dios.

Era el tipo de poder que heredaría con su próxima ascensión.

Resistió el impulso de hundirse tanto tiempo como pudo. Al final, cayó de rodillas. Aunque respetaba al hombre, no le gustaba. Sus interacciones rara vez terminaban bien.

—Estoy listo para la batalla —dijo, con la voz enronquecida.

El nivel de poder disminuyó y pudo incorporarse.

—¿De veras? —preguntó Chaos, enarcando una ceja—. Ni siquiera sabes contra quién vas a luchar.

—Voy a luchar contra Erebus. ¿Contra quién, si no?

—Sí —dijo el dios. Avanzó hacia él y lo rodeó, y le llenó las botas de polvo con el dobladillo de la túnica—. ¿Contra quién, si no?

—¿Voy a matar también a sus fantasmas? —preguntó. No se le ocurría ningún otro ser al que Erebus pudiera controlar.

Chaos se detuvo frente a él y le ofreció una sonrisa desafiante.

—Debes luchar contra el campeón elegido por Erebus, sea quien sea. Tú también eres libre de elegir un campeón, por supuesto.

No era necesario.

—Elijo luchar yo mismo.

Siempre.

El dios inclinó la cabeza en señal de aceptación.

—En las próximas semanas, te enfrentarás a tu oponente doce veces. Cada batalla estará inspirada en uno de los trabajos de Hércules. Tómate las once primeras pruebas como oportunidades de aprendizaje. Aprende de cada una. La calificación cuenta. La duodécima decide al ganador del premio. El perdedor muere y no resucitará con ayuda externa de ningún tipo.

Él asimiló los detalles y asintió. Hasta el momento, no había oído nada alarmante.

—La primera batalla comienza mañana —continuó Chaos— y también hoy y dentro de una semana. Pero solo después de la congelación. Entre una y otra, pasarán siete días. El ciclo termina solo con la muerte definitiva. No hay necesidad de preocuparse por los demás Astra. Están fuera de los límites.

¿Otra congelación? ¿La primera batalla ocurriría aquel día y al día siguiente? ¿Podría ser todo más confuso por parte del dios? Al menos, no tendría que dividir su atención entre el deber y la protección.

—Estaré listo.

—¿Sí?

Una sonrisa aquí y allá. Entonces Chaos le dio más información:

—Harpina es el campo de batalla. Una trompeta anuncia un nuevo enfrentamiento. Un solo toque, y hay que matar. Dos toques, y hay que resolver un rompecabezas o realizar una hazaña. Antes de empezar, grita el nombre de tu campeón. Al final de una tarea, oirás otra trompeta. Esta noche, te encontrarás con Erebus en el coliseo de las arpías. Un saludo entre rivales. No habrá derramamiento de sangre entre vosotros.

—No lo mataré... todavía —prometió Halo.

—Exactamente lo que dijo él de ti.

El dios lo estudió durante un largo instante, con curiosidad, en silencio. También lo había hecho el día que se conocieron. El día que pronunció las palabras que cambiaron su vida para siempre: «Serás mi mayor gloria. Mi Halo. Te enseñaré una mejor manera de odiar».

—Lucha bien. Al final, no tendrás éxito de otra manera.

—Nunca lucho de otra manera...

Chaos se desvaneció antes de que pudiera terminar la frase.

Él trató de encontrarle sentido a todo lo que había oído. Doce hazañas, doce enfrentamientos librados por Erebus o su campeón. Doce oportunidades para que el dios lo torturara de alguna manera. Todo comenzaba al día siguiente, pero, también, pasado mañana. Y, sin embargo, el día no terminaría hasta que él ganara o perdiera la duodécima batalla.

¿Qué le decía y no le decía Chaos? Al menos, creía que había entendido la instrucción sobre Harpina: no debía abandonar el campo de batalla, el reino, por ningún motivo. Un guerrero persistía hasta el final de la guerra. Sin retirada ni rendición.

Un ruido le llamó la atención. Era una voz aguda, femenina, presa del pánico. Provenía de la sala del trono. ¿Acaso alguien más estaba al tanto de los acontecimientos?

Se teletransportó a la sala..., donde encontró a la belleza

de cabello oscuro y cuerpo voluptuoso corriendo de arpía en arpía.

—No te asustes, no te asustes, no te asustes —les canturreaba. Sacudió a una de ellas y luego abofeteó a otra—. ¡Despierta! Lo digo en serio. Esta bromita es muy vieja.

Al verla, a él le hirvió la sangre y la presión se alivió, como si ya estuviera programado para ello. Apretó los puños. ¿Acaso iba a participar la mujer de dulce aroma en su misión? ¿Era una herramienta que Erebus esperaba usar en su contra? Debía de serlo. Incluso la General estaba suspendida en el tiempo en su trono, casi en pie, como si se hubiera detenido en medio de una reprimenda.

Con la Espada del Destino, el dios podría haber predicho fácilmente su reacción sin precedentes ante cierta mujer. Que él supiera, su enemigo había usado aquella arma misteriosa, el Bloodmor, para fabricar la respuesta. De cualquier manera, aquella arpía era peligrosa para él. Así pues, ¿qué iba a hacer con ella?

4

Ophelia sintió una presencia. Una calidez familiar se entremezclaba con el aroma que ella había llamado pura lujuria: una combinación de cerezas ahumadas y sándalo. Era su aroma. El del Astra. Con la más mínima ráfaga, diferentes partes de su ser cobraron vida de forma sorprendente. Vibró de impaciencia y se conmovió de miedo.

Temblando, se giró para mirarlo. Oh, sí. Era Halo, el imbécil que tenía la culpa de que hubiera llegado milisegundos tarde a su reunión con la General, ganándose el comienzo de una reprimenda severa y completamente inmerecida.

Él estaba de pie cerca de la entrada, a unos seis metros de distancia, abriendo y cerrando los puños. ¿La habría acechado y seguido sin que ella lo supiera?

Eso era halagador y molesto a la vez. Pero su imagen... era de una fuerza y determinación salvajes, con un cuerpo hecho para la guerra, su tipo favorito.

Se le aceleró el corazón y comenzó a latirle con tanta fuerza como si acabara de terminar otra carrera de cinco horas en la cinta.

«¡Concéntrate!». Bien. Seguramente el amable Astra la ayudaría a entender lo que estaba pasando. Se le acercó rápidamente.

—¿Sabes qué está pasando?

¿Dónde estaba Vivi? ¿Estaba bien? ¿Se había quedado todo el reino atrapado en el tiempo?

Él entrecerró los ojos. El más leve descenso de sus párpados era aterrador.

—No hagas preguntas, arpía. Contéstalas.

¡Uf! No tan agradable, después de todo. Ella se irritó.

—Antes que nada, amigo, relájate.

—Tendré lo que quiero.

La agarró de la muñeca y ella jadeó al sentir una fiebre
corporal que le subió por todo el cuerpo en un instante.

¡Aquel calor! Era delicioso. Con una docilidad humillante,
Ophelia permitió que el lobo feroz la llevara a una habitación.
Su habitación, sin duda. Allí, la potencia de su aroma aumentaba exponencialmente. En otras palabras, su ser se saturó de
pura lujuria. Se tambaleó al borde de una necesidad.

Presa del pánico, se zafó de él. El calor disminuyó. Bien.
De acuerdo. Mejor. Observó su entorno con atención. Una
gran *suite*, reservada para un líder condecorado, para alguien que sirviera directamente bajo el mando de la General. Ella reconoció el conjunto de armas que colgaban de la
pared. Cosas que el anterior dueño había coleccionado de
sus conquistas.

Solo había entrado una vez en aquella cámara, cuando
un oficial superior la había informado sobre una escaramuza entre berserkers renegados. A pesar de la llegada de
Halo, la estancia no había cambiado. La cama tenía dosel
y estaba cubierta con un edredón rojo carmesí. Una lujosa
alfombra de piel de cambiaformas oso se extendía ante la
chimenea. Junto a cada fila de armas había un retrato con
marco dorado de una gran arpía fallecida.

—¿Necesitas más tiempo para terminar de catalogar
todas las salidas de la habitación y las armas que puedes
usar contra mí o puedo empezar mi interrogatorio? —le
preguntó Halo.

—Terminé cinco segundos antes de que llegáramos.
Ahora estoy preguntándome cuál es tu objetivo final. Tú
dices que es un interrogatorio. Yo digo: «Astra, por favor».
Me has traído a una habitación para repoblar el mundo.
Admítelo.

Él parpadeó mientras seguía irradiando aquella deliciosa calidez.

—No vamos a mantener relaciones sexuales, arpía.

—Sí, eso es cierto. No vas a tener tanta suerte.

Se cruzó de brazos como si hubiera practicado su pose de poder favorita frente a un espejo antes de decidir mostrársela al mundo. No estaba mal. Ella miró cómo se flexionaban aquellos músculos tatuados. Cómo se movían las imágenes. Especialmente, una de ellas, la de una hermosa mujer con ojos brillantes que le hacía señas para que se acercara...

¡No! No eran tatuajes. Eran alevalas. «Concéntrate».

Sin embargo, ya era demasiado tarde. Se formó un vínculo entre la imagen y ella, y un recuerdo que no era suyo le llenó la cabeza...

De repente, estaba mirando hacia otra habitación, más grande que aquella, con muebles dorados. Una mujer, la mujer tan bella que tenía tatuada Halo, estaba tumbada sobre un lujoso colchón, desnuda. Una gloriosa melena de rizos rojos caía sobre unos delicados hombros blancos como la nieve.

—Eres el inmortal que mata a otros inmortales —ronroneó la pelirroja, sin miedo al guerrero que la acechaba con una daga de ébano en cada mano—. El señor de la guerra que me ha perseguido por las galaxias durante semanas.

—Sí, lo soy —respondió Halo. Su voz era tan fría como su expresión, como si fuera completamente ajeno a la situación. Estaba allí, pero no estaba allí, mientras la mujer sonreía y abría las piernas—. Entonces, ¿has venido a matarme?

—Eres la diosa Succubia, ¿verdad?

Un profundo abismo de nada; eso era él. Aquella visión obscena no le afectó en absoluto.

Fue una verdadera sorpresa. Succubia era la diosa original de la lujuria. Ella había estudiado en la universidad a la diosa, la estrella de innumerables sueños húmedos. Una poderosa hechicera que existía desde hacía eones y de la que se decía que era madre de todos los súcubos, íncubos y ninfas, y que tenía la capacidad de encender la pasión de cualquiera hasta alturas desesperadas e inalcanzables.

La superheroína definitiva. Casi. Más o menos. Principalmente, Succubia había sido pura maldad y una plaga para la humanidad, alimentándose de aquellos con quienes se acostaba. Pero, sinceramente, podían hacerse cosas peores, ¿verdad?

—Sí, lo soy —dijo Succubia, imitando la frialdad de Halo, incluso mientras le hacía señas para que se acercara.

—Entonces, sí, he venido para matarte —dijo él.

—Y aún no has atacado. Porque no puedes dejar de preguntarte qué se siente estando dentro de mí —respondió ella. Con los párpados cerrados en señal de invitación, la diosa se pasó una uña roma entre los pechos—. Puedo darte un placer que va más allá de tus sueños más salvajes. Seguramente has oído los rumores.

—¿Qué necesidad tengo de placer? —preguntó Halo, mientras otro Astra aparecía junto a la cama—. Y dudé solo porque esperaba a nuestro público.

Entonces se movió demasiado rápido para seguirle la pista. Al principio.

La conmoción hizo que ella se tambaleara por dentro. ¡Qué salvajismo! No mostró ni una pizca de piedad mientras destrozaba a la diosa y la rebanaba y descuartizaba en incontables pedazos. No vaciló, ni siquiera sudó ni perdió el aliento. Cuando terminó, juntó con calma los bordes del edredón ensangrentado, creando una bolsa de muerte mientras su compañero le daba una palmadita en la espalda para felicitarlo por aquel trabajo bien hecho. Él se sonrojó, casi avergonzado.

Tal vez ella nunca supiera lo que hizo Halo con los restos de la diosa. El recuerdo se desvaneció y el presente, el Halo de la vida real, regresó a su conciencia. Él no había variado su posición ni lo más mínimo. No, se alzaba a unos metros de distancia, con sus brazos musculosos aún cruzados sobre el pecho y con una expresión impasible.

Un temblor le recorrió la espalda. Tragó saliva. Si Halo había sido lo suficientemente despiadado como para destruir a la diosa de la lujuria, ¿qué le costaría hacer lo mismo con ella, una simple descendiente?

Un momento... ¿Se había congelado, por fin, como los demás? No pestañeaba.

—Tú también, no —gimió ella. Se acercó rápidamente, le puso una mano sobre el corazón y golpeó varias veces. Latía. ¡Vaya! Latía rápido. Y con fuerza. Como un martillo. Y su piel... era tan caliente. Umm. Como una manta acogedora contra la que valía la pena acurrucarse.

Él dio un gruñido y ella se sonrojó y retrocedió de un salto. «De acuerdo. No está congelado. Me alegro de saberlo».

Él entrecerró los ojos ligeramente, y fue tan aterrador como antes.

—¿Qué recuerdo has presenciado?

¿Debería disculparse por maltratarlo? No, de ninguna manera. Él la había agarrado de la muñeca en primer lugar. Ella solo había terminado lo que él había empezado. Expresaría su arrepentimiento después de que él lo hiciera, no antes. El hecho de que no estuviera castigándola por haberse dejado atrapar por un alevala sin el permiso requerido era el primer punto a su favor.

—Arpía —le espetó él—. Te he hecho una pregunta. Responde.

—He visto la muerte de un tesoro casi galáctico, la diosa de la lujuria.

Él se quedó pensativo un instante y asintió.

—Una de mis tareas de bendición más difíciles.

¿Difícil? En absoluto.

—La mataste fácilmente.

—Sí, pero tuve que perseguirla durante semanas, mientras sufría los ataques de legiones de amantes dispuestos a hacer cualquier cosa por complacerla.

Oh, tener legiones de juguetes solo para ella. ¡No! Ophelia, mala. Nada de jugar con el placer.

—¿Cómo pudiste herir así a una oponente desarmada? Entiendo que era la encarnación del mal y todo eso, y que tuviste que acabar con ella para tu realizar tu tarea o lo que sea, pero no tuviste piedad.

Él arrugó el ceño, como si la pregunta lo dejara perplejo.

—¿Por qué iba a tener piedad si es un obstáculo en mi camino a la victoria?

Buena respuesta.

—Pero ¿tenías que convertirla en confeti? No era necesario.

Las arrugas se profundizaron, como si su perplejidad aumentara.

—¿Y darle la oportunidad de resucitar?

Halo se esfumó y volvió unos segundos más tarde con una camiseta.

—Basta de preguntas, arpía. Responde a las mías. ¿Por qué estás consciente ahora mismo?

Eh...

—¿Por qué lo estás? —insistió él, y se pasó la lengua por sus dientes rectos y blancos—. ¿Cómo te llamas?

—Ophelia —respondió. No hacía daño decírselo.

—El resto —ordenó él, flexionando los bíceps bajo la tela.

—Soy Ophelia... Falconcrest —dijo ella, y apretó los dientes—. Y ni se te ocurra mencionar la serie de televisión. Lo único que conseguirás es que quiera volver a verla de un tirón, y no hay tiempo.

Ella escrutó su rostro en busca de algún cambio de expresión. ¿Sabía ya que era la hermana de la General Nissa? ¿Sí? Y, si no lo sabía, ¿le importaría en algún sentido cuando lo descubriera? Él no dejaba entrever nada, pero ella notaba que sus terminaciones nerviosas vibraban al percibir una agresión, como si él emitiera una descarga de baja intensidad.

—¿Quién es tu padre? —preguntó Halo.

Eso la golpeó como un puñetazo, y se estremeció.

—¿Por qué importa mi padre?

De ninguna manera compartiría esa pequeña joya de información. Los hombres olvidaban sus límites personales en cuanto oían la palabra ninfa.

—Mis razones no te incumben. Solo debe importarte responder a mis palabras.

—Deberías leer mi expediente —bromeó ella, negándose a ceder.

Él chasqueó la lengua.

—No te muevas de aquí. Si te vas, te encontraré, y te prometo que no te va a gustar lo que ocurra después.

Su amenaza persistió. Cuando él desapareció, el aire se quedó helado y ella tuvo un escalofrío de furia, no de excitación. Ni siquiera un poco. ¿Dónde se había ido? ¿Y cuándo regresaría? Un momento, ¿por qué le importaba a ella? Cuando un hombre corpulento y aterrador le ordenaba a una que se quedara quieta, tenía que salir corriendo a la primera oportunidad. Por supuesto que se iba en aquel mismo instante.

Se dirigió a la puerta apresuradamente. Sin embargo, se detuvo en seco con la mano en el pomo. Conocía los peligros de actuar guiándose por las emociones: era la clave de cualquier desastre. La lógica fría y dura sería una guía mejor y la llevaría a un destino mejor. Así que se tomaría un segundo para pensarlo.

El Astra había vivido mucho tiempo. Sabía cosas de las que probablemente ella nunca había oído hablar. Si alguien podía averiguar y arreglar lo que había sucedido, ese era Halo. ¿De verdad quería convertirlo en su enemigo desde el principio?

Hasta entonces, no había intentado hacerle daño. Y no lo haría. Todos los Astra obedecían a Roc y a Taliyah, y Taliyah consideraba que sus arpías soldado estaban fuera del alcance de los Astra. Ophelia era una de esas soldados. Por lo tanto, Ophelia estaba completamente a salvo en presencia de Halo. Por el bien del reino, podía dejar para otro momento lo que le había hecho a Succubia. Y la brusquedad con que la trataba a ella.

De acuerdo. Sí. Se quedaría quieta cinco minutos. Si tardaba más, se largaría. Su tiempo también era oro. O lo que fuese.

Resignada, se puso a deambular por la cámara. En su pequeña habitación tan solo tenía espacio para una cama y una mesita de noche. Sin embargo, lo compensaba con los edredones hechos a mano que había robado y con un montón de premios que le había dado Vivi. A la segunda mejor amiga del mundo. Al casi asesinato más increíble. Reconocimiento por la Audición Selectiva Milagrosa. Más accidentes en una semana. Más desastres en un mes.

Echó un vistazo a los cajones de la cómoda. Camisas negras lisas, perfectamente dobladas. Ropa interior negra, también perfectamente doblada. Calcetines. Negros. Doblados. Intuyó una conexión.

Aunque se sentía mezquina, volvió a abrir el cajón de la ropa interior, miró a la izquierda, luego a la derecha, y luego tiró un montón. ¡Oh! Un momento. Qué tela tan suave. Qué deleite se sentía en la piel.

—¡No es posible que tengas solo veintiséis años! —exclamó Halo, a su espalda—. ¡Eres prácticamente una mortal!

Uy. La había pillado con las manos en la masa. Con las mejillas ardiendo, se apartó y se volvió.

Él llevaba una carpeta en las manos y la estaba mirando con algo parecido al horror. Para su alivio, no mencionó que estaba fisgando sus cosas, y ella cerró el cajón con un golpe de cadera.

—Tu padre es una ninfa —dijo él. Sus extraordinarios ojos se clavaron en ella—. Una especie conocida por su picardía y su insaciable deseo sexual. Se rumorea que el clímax de una ninfa provoca días de euforia en un amante.

Ella sonrió con una dulzura empalagosa.

—Son semanas de euforia, gracias —replicó. Y, por su experiencia, era una mentira absoluta.

—Los de tu especie producen una feromona conocida por atraer a presas desprevenidas a sus garras.

¿Se le había endurecido la voz al final? ¿La culpaba por

su atracción hacia ella? Claramente, se sentía atraído por ella. De repente, su lado ninfómano tuvo esa absoluta certeza.

—¿Mis garras? —preguntó, bajando la voz—. Te aseguro que no estoy atrayendo a nadie con feromonas. Me deseas por mí misma, grandullón. Y que conste que soy una arpía cien por cien, de primera.

Lo mismo ocurría con todas las arpías. Aunque era cierto que tenían habilidades diferentes que dependían de su padre.

—¿Y qué? ¿Qué más tienes sobre mí? —le preguntó.

—Actualmente no tienes consorte conocido.

—¿Y qué? Muchas arpías no tienen consorte conocido. Nadie ha sido lo suficientemente bueno para mí.

—Todos los maestros, instructores y superiores han lamentado tu terquedad.

—Me apasiona creer que tengo razón.

Necesitaba hacer algo con las manos, así que tomó lo primero que vio, un pequeño jarrón de cristal lleno de anillos. Ohhh. Diamantes. Y zafiros. Y rubíes. Y esmeraldas. Y perlas. «¡Míos, todos míos!».

No. Error. Las arpías disfrutaban de las cosas bonitas, sí. Y disfrutaban aún más robando cosas bonitas. Pero no robaban a escondidas de otra arpía. Solo a la cara.

Dejó el jarrón y tomó un joyero repleto de dientes. Una opción más segura. Excepto que, en cierto modo, también quería robarlos, quizá más que las joyas. El joyero volvió a su sitio.

Halo continuó examinando las páginas de su expediente. De vez en cuando, se ponía tenso.

¿De verdad tenía que ser tan guapo? Todo aquel cabello oscuro, espeso y brillante que, probablemente, tenía el tacto de la seda. Y aquel cuerpo enorme y musculoso, con sus hombros anchos y fuertes... Sería increíble sentirlo sobre ella.

«¿Qué estás haciendo?».

—¿Y quién es tu padre? —le preguntó. Era lo justo. Si él elegía un tema, ella también tenía derecho a informarse.

—Era un dios de la guerra, y yo lo maté —respondió Halo. Le dio la información con facilidad, como si el detalle no le importara. Volvió a mirarla y dijo—: Apodos, la Suspendida. Otros apodos: Phel, Fifi, Dama Orgasmo, Dama O, Dama O No, Dama No O, Dama Go O, Dama No Go O, la Gran O, la Gran O No, el Punto O, el O Sin Punto, Huracán O.

A las arpías les gustaba arrastrarse por el lodo las unas a las otras. ¿Y qué?

—Olvidaste a la Ama O, la Ama No O y la Ama O No.

Él continuó leyendo:

—No tienes ninguna muerte en tu haber.

—¡Tu madre no tiene ninguna muerte! —exclamó ella. Qué descaro el de aquel hombre, echándole en cara sus mayores defectos de aquella manera. Ella no le había hecho nada, pero eso podía cambiar en un instante—. Si quieres quedarte alucinado, mira mis estadísticas de mutilaciones y saqueos. Sí. Exacto. Son exorbitantes.

—Conocida por ser volátil, con un temperamento explosivo. Como demuestran las ciento dieciocho menciones de episodios, entre comillas, las noventa y ocho menciones de altercados por ira incontrolable y las dos mil doce recomendaciones para promoción —recitó él. De nuevo, levantó la mirada—. ¿Qué es un episodio?

—¡Tu cara! Pero, eh, ¿has dicho dos mil doce?

No era para tanto, pero un par de miles de arpías habían hecho sus recomendaciones por alguna razón. Lo que fuera. Se encogió de hombros, como si no le importara.

—Quizá debiera estudiar otro alevala. Tú no deberías conocer la historia de mi vida mientras yo me veo obligada a remendar fragmentos de información sobre la tuya.

—El nombre de tu madre es confidencial —dijo él, ignorando todo lo que había dicho ella—. ¿Por qué?

—Para mantener mi privacidad. ¿Por qué iba a ser?

Y para ocultar su conexión con Nissa a los forasteros.

—Deberías probarlo alguna vez. Cinco estrellas. Muy recomendable —añadió.

Él cerró la carpeta de golpe.

—¿Qué suspendiste?

—La asignatura de Tolerar a hombres irritantes.

Se le agotó la paciencia y se abalanzó sobre él, intentando arrebatarle el expediente de las manos. La carpeta desapareció.

Antes de que pudiera retroceder, Halo la rodeó con un brazo por la cintura y la atrajo hacia sí. A ella se le entrecortó la respiración. El deseo de liberarse... no surgió.

Las estrías multicolores de sus iris giraron y la atrajeron aún más.

El perfume a sándalo y cerezas ahumadas se intensificó. Sus inhalaciones se aceleraron, pero también las de él.

—Vas a dejar de usar tu feromona conmigo, Ophelia —le ordenó. Su tono controlado persistió, pero su intensidad aumentó otros mil grados. Era una advertencia de peligro inminente; ella lo sabía.

Quería que le importara. Necesitaba que le importara. Pero él la estaba envolviendo con una calidez increíble, y aquella era una sensación que había anhelado toda su vida. ¿No sentir, por fin, ni una pizca de frío? Era un sueño.

—Te he dicho la verdad. No voy a usar mi feromona contigo.

No pretendía ronronear, pero ronroneó. Y había dicho la verdad. Su lado arpía luchaba constantemente con su lado ninfa, lo que le dificultaba liberar la infame feromona. Tenía que esforzarse para hacerlo, así que era improbable que la hubiera liberado por accidente.

Además, detestaba el resultado. O un ingenuo afligido dispuesto a hacer cualquier cosa aunque solo fuera por estar cerca de ella, o un sociópata decidido a poseerla sin importar el precio. Sexy, sí, pero tan molesto...

—No te creía antes y no te creo ahora —dijo él. Le miró fijamente los labios y lamió los suyos. ¿Estaba...? ¿Quizá estaba pensando en... besarla?

—Para.

—Lo siento, señor de la guerra, pero la verdad es la

verdad. Sin feromonas —dijo. ¿Sonaba petulante?—. Me deseas porque me deseas —añadió. Sí, sonaba petulante.

Él irradiaba tensión.

—Vas a dejar de hacer esto —le dijo. Sin soltarla, avanzó sigilosamente, obligándola a dar marcha atrás, hasta que llegaron a un poste de la cama—. Yo te voy a obligar.

A ella se le aceleró el pulso y se quedó sin aliento. Y se enfadó. Sobre todo, se enfadó. Sonrió con sorna y le preguntó:

—¿Tienes pensado golpearme con tu vara de carne, Astra? Siento que se expande, incluso ahora.

Él frunció el ceño levemente. La agarró por las muñecas y la sujetó con los brazos sobre la cabeza.

—Estás usando tu feromona. Admítelo. No me mientas otra vez, mujer.

—Para volver a mentirte, tendré que mentirte por primera vez. Cosa que no he hecho.

—Vas a parar, o yo... yo...

Halo volvió a fruncir el ceño y se quedó inmóvil. Emitió un gruñido silencioso antes de desaparecer y aparecer de nuevo ante su vista. Ella tuvo una sensación gélida en las muñecas levantadas y arrugó la frente. Levantó la mirada... ¡El muy imbécil la había encadenado a una viga de metal! La furia venció a su deseo. Levantó la rodilla para clavársela al Astra en la ingle. Él huyó del ataque, alisándose la camisa y el rostro.

—Tengo mucho que hacer hoy. Hasta que sepa qué papel desempeñas en mi tarea, te vas a quedar aquí, reflexionando sobre los peligros de atraer a un hombre como yo.

Ella apenas lo oyó. Se le había quedado la mente atascada. Halo la había encadenado y no podía perseguirlo.

¿Y él pensaba que le daban ataques? Pues se lo iba a confirmar. Con un grito, se abalanzó hacia él, dispuesta a arrancarse las extremidades aunque solo fuera para pegarle un cabezazo en la cara. Sin embargo, las ataduras no cedieron y los tendones se negaron a separarse de sus hombros.

—Te destriparé por esto —le susurró.

—Compórtate —le ordenó él, imperturbable.

Luego, desapareció.

Entre gritos, Ophelia se giró y atacó la cama con un fervor enloquecido. Pero la ronda inicial de puñetazos y patadas hizo que entrara en razón, y los golpes aleatorios se convirtieron en algo metódico. Si lograba partir el poste de la cama por la mitad, podría liberar el grillete deslizándolo. Sin embargo, cada vez que hacía una mella, la madera se reforzaba misteriosamente.

Le crujieron los huesos y se le hicieron añicos. Los músculos se le desgarraron. Ella se negó a rendirse y siguió pateando y golpeando con más fuerza. Seguramente el poste se astillaría en cualquier momento...

Nadie mantenía a Ophelia Falconcrest atada a una cama sin permiso. ¡Nadie! Golpe, golpe, patada. Arrojó todo su cuerpo contra el poste, y las diferentes heridas que tenía protestaron palpitando dolorosamente.

—Debo decir que eres incluso mejor de lo que esperaba —dijo alguien, con una voz siniestra. Ella percibió el sonido al mismo tiempo que una brisa gélida la envolvía—. Bravo, arpía. Bravo.

Ophelia se giró y las cadenas resonaron. Se dio cuenta de dos cosas a la vez: de que Erebus era igual a su retrato y de que el enemigo estaba allí, a su alcance. Se agachó, preparándose para atacar mientras evaluaba la situación. Él era más alto y ancho de lo que había imaginado, con una mata de rizos claros. Tenía el cuerpo musculoso y llevaba una túnica del color de la obsidiana que cubría casi por entero su piel pálida y escarchada.

Sus rasgos faciales eran prominentes. Los ojos, negros y deslumbrantes, y las pestañas, muy largas. Una nariz grande y aguileña. Labios carnosos. Una mandíbula fuerte y una barba trenzada.

Tuvo una descarga de adrenalina tan fuerte que le alivió los dolores punzantes que recorrían su cuerpo.

—¿Por qué no te acercas un poco más? —le preguntó, pestañeando.

—Lo haré. Pronto —respondió él, y la observó mientras ella respiraba agitadamente. A diferencia de Halo, sonrió levemente—. El señor de la guerra puede hacer cualquier cosa... menos resistirse a ti. Tú, querida mía, le darás todo lo que nunca ha tenido y todo lo que siempre ha deseado. Y, entonces, yo podré quitárselo.

No sabía a qué se refería el dios, pero tuvo un presentimiento que la dejó helada.

Entonces él dijo:

—Vas a morir, Ophelia Falconcrest. Una y otra y otra vez.

El pánico la invadió como si fuera una tormenta de hielo que amenazaba con abrumarla.

—Puedo hacer que estas muertes sean fáciles para ti, o puedo hacer que no sean fáciles —prosiguió él, y su sonrisa se ensanchó—. No te ofendas si elijo esto último.

Se abalanzó sobre ella y la empujó contra el colchón. Mientras forcejeaban, a ella se le pasaron mil pensamientos por la cabeza: «Atrapada como un cordero en el matadero. No soy rival para alguien tan poderoso. Voy a perder y voy a morir muy pronto. Y, tal y como ha prometido, él está disfrutando. ¡Ay! Demasiado que hacer. Demasiado que demostrar. ¿Dejar a Vivi? ¡Jamás! Pero voy a perder. Bueno, al menos, moriré en el campo de batalla. El sueño de toda arpía. Algo propio de una leyenda, pero no de la clase de leyenda que esperaba».

«Aquí yace Ophelia Falconcrest. Una damisela en apuros».

«¡Lucha con más fuerza!».

Al final, Erebus logró clavarle una daga en el hueco sobre el esternón. El metal frío le cortó las vías respiratorias y un dolor abrasador la consumió. La sangre le subió por la garganta y, al llegar a sus pulmones, la ahogó. Se le nubló la visión. Estaba mareada.

—Pobre arpía —arrulló Erebus, apartándole con ternura el pelo de la frente—. Sientes que la vida se te escapa. Qué terrible debe de ser darte cuenta de que no eres tan indestructible como creías. Inmortal, pero no. Cuanto más joven eres, más rápido llega la muerte antes de que una herida pueda regenerarse. Aunque estoy seguro de que ya lo sabías.

«Lucha...».

—No me odies porque me encante esto. Eres magnífica —dijo él, y le besó la punta de la nariz—. Estás consiguiendo que sienta aún más emoción por lo que viene después.

«Lucha...».

Él retorció la daga con euforia mientras anunciaba:

—Prepárate, pequeña. Tu segunda muerte no será tan suave como esta. Pero, claro, yo no soy el hombre que empuñará la espada, sino Halo.

«Lucha...».

La muerte llegó cuando ella exhaló su último aliento.

5

La pequeña belleza podría ser un gran problema.

Halo acechaba por las catacumbas iluminadas con antorchas que había bajo el coliseo, decidido a desmantelar cualquier trampa que pudieran haber tendido sus enemigos.

Ninguna misión había sido nunca más vital que aquella y, una y otra vez, sus pensamientos se dirigían a la arpía que había atrapado en su dormitorio. Una habitación que tenía las paredes reforzadas con trinidad, lo que limitaba las capacidades de los fantasmas. Ophelia no era un fantasma, la sustancia no la afectaba, pero Erebus sí lo era.

¿Era una aliada del dios? ¿Acaso la seductora y curvilínea arpía era la encargada de distraerlo a él?

Entrecerró los ojos. Aunque aquella fémina llena de energía le parecía una contradicción andante, defensiva y atractiva a la vez, había disfrutado de su compañía mucho más de lo debido. Había experimentado la tranquilidad que llevaba buscando tanto tiempo, pero, también, una tensión peor y mucho más intensa que cualquier otra.

Cuando ella le había dicho que no se acostaría con él, lo estaba mirando como si fuera un trozo de pastel de miel caliente recién salido del horno. En aquel momento su cuerpo había empezado a latir. Y, ahora, al recordarlo, latía también.

A pesar de que ella lo negara, la causa debía de ser la feromona de ninfa. Sin embargo, por muy potente que fuera, él no iba a sucumbir. En vez de eso, aprendería más sobre Ophelia Falconcrest y fortalecería sus defensas contra el atractivo de la arpía.

«Vuelve con ella. Ahora». Aquella orden inesperada e instintiva lo sobresaltó. Se tambaleó. ¿Volver a su distracción antes del encuentro con Erebus? Difícilmente. No era tan insensato.

Dedicó toda su energía a su misión y se concentró en su entorno. En los muros de piedra agrietados había antorchas eternas que proyectaban tenues rayos de luz dorada hacia los altos techos abovedados y el suelo de tierra. El aire fresco y húmedo estaba impregnado de diferentes olores y se notaba el hedor metálico de la sangre vieja, con un matiz de humo y madera quemada. Una mezcla de perfumes desvanecidos.

Al no encontrar ningún rastro de algo ilícito, se teletransportó al centro del campo de batalla. El sol se estaba poniendo y sus rayos teñían algunas zonas del cielo con un fuego azul.

Antes de que los Astra invadieran Harpina, él había pasado un año recorriendo el reino en una forma invisible para todos sus habitantes. Había presenciado cientos de combates violentos en aquel estadio, en el que las arpías resolvían sus disputas entre los rugidos de la multitud. Si Ophelia hubiera asistido, él habría percibido su olor.

¿Qué hacía en su tiempo libre? ¿Era el sexo una de sus ocupaciones? Como ninfa, debía de tener un apetito sexual insaciable.

Un fuego de... de algo que no supo identificar le quemó el pecho y lo dejó desconcertado.

«Recuerda tu entrenamiento o lo perderás todo».

Aquella orden severa surtió efecto. Se puso firme. Los demás Astra contaban con él y no iba a defraudarlos.

Una trompeta resonó desde las gradas. Él frunció el ceño, empuñó dos dagas y miró a su alrededor.

Erebus apareció al otro lado del campo de batalla en un destello de luz, con su habitual túnica negra. Corría una suave brisa que hacía ondear el dobladillo de su vestimenta. Tenía los rizos pálidos manchados de sangre fresca, sangre que también le salpicaba la cara y le cubría las manos. Tras él se extendía un ejército de fantasmas. Eran mujeres vestidas con ropas de viuda, desplomadas e inmóviles, flotando a varios centímetros del suelo. Un silencio inquietante envolvía a la muchedumbre.

Con una sola orden de su creador, aquellos fantasmas atacarían con un ansia feroz, desesperados por alimentarse, por succionar su alma. Era un acto repugnante que podría agotar, incluso, la fuerza de un Astra.

—Hola, Halo —dijo Erebus—. Nuestro primer cara a cara en solitario desde hace siglos.

Al oír su voz, sintió una oleada de odio. Jamás había olvidado aquella emoción a pesar de su entrenamiento.

—Considera que ya hemos intercambiado los cumplidos de rigor. Se levanta la sesión —respondió, y se preparó para irse a su dormitorio.

—Sé lo que significa la arpía-ninfa para ti y sé por qué no se ha quedado paralizada como las demás.

Aquellas palabras lo detuvieron en seco. Tuvo una terrible sospecha. El dios había mostrado la misma satisfacción después de que Roc conociera a Taliyah, puesto que el camino para su derrota ya estaba bien establecido.

—Cuéntame, por favor.

—Estoy seguro de que tú mismo puedes encajar las piezas del rompecabezas con un poco de esfuerzo.

Su instinto lo apremió. «No digas nada. No reveles nada». Sabía que era mejor no conversar con el adversario. Especialmente, con aquel.

Sin embargo, sí dijo algo:

—¿Por qué iba a molestarme? Los dos sabemos que te alegra hacerlo por mí.

Si había algo que hacía disfrutar más al dios que provocar la miseria de un Astra, era provocarlo con la verdad, con una pizca de información que Halo deseaba confirmar desesperadamente.

¿Por qué el aroma embriagador de Ophelia impregnaba la brisa, incluso en aquel momento? Se puso tenso. ¿Se habría liberado de las cadenas?

Erebus sonrió lleno de satisfacción.

—Ella es tu gravita. Es parte de ti y, por lo tanto, está exenta de la congelación. Considéralo una escapatoria.

Se irguió con orgullo y, a la vez, con un sentimiento de negación. ¿Ophelia era la mujer hecha solo para él? ¿El tesoro que debía proteger con su vida? ¿El sol capaz de mantenerlo en órbita?

No. Negó con la cabeza. Alguien tan emocionalmente atrofiado como él no estaba destinado a tener una gravita.

¿O sí?

Cambió el peso del cuerpo de un pie a otro. Un Astra reconocía a su gravita cuando producía polvo de estrellas para ella. Sus manos liberaban aquel polvo y, al mismo tiempo, hacían una afirmación que ningún otro señor de la guerra podía refutar.

—Ah, antes de que lo olvide —añadió el dios, con regocijo—. Permíteme agradecerte que hayas sujetado a tu hembra. La pequeña potra se pone furiosa, ¿verdad? Sin esas cadenas, podría haberme lastimado. Me pregunto si forcejeará más fuerte mañana.

Él se encogió por dentro.

—Mientes. No puedes entrar en mi dormitorio.

—¿De verdad? Digamos que hay margen de maniobra y dejémoslo así.

El dios se echó a reír mientras su ejército y él desaparecían.

El corazón comenzó a latirle como un tambor de guerra. Se teletransportó a su habitación. No, Ophelia no podía estar muerta. No era posible que él, maestro estratega de los Astra, hubiera dejado a una fémina inocente en una situación de vulnerabilidad ante el ataque de un enemigo.

Mientras examinaba la habitación, estaba tan tenso que sentía los músculos como si fueran rocas. Había un fuerte olor a cobre en el ambiente. Al verla, el oxígeno se congeló en su garganta y lo asfixió. El cuerpo destrozado de Ophelia yacía sobre su cama, sorprendentemente inmóvil. Tanta sangre... Una daga sobresalía de la parte superior de su esternón.

Sintió una opresión en el pecho. Erebus lo había hecho. El dios había entrado en la habitación a pesar de sus defensas y había asesinado brutalmente a una pequeña belleza de suaves curvas y aroma delicioso, y lo había hecho de la misma manera que Cuatro había matado a Cinco.

«Inhala profundamente. Exhala despacio». Esperaba que el ejercicio de respiración lo calmara un poco, pero no le sirvió de nada. Las brasas de la rabia produjeron llamas. Bobinas y engranajes giraron con más fuerza que nunca.

Miró el rostro de Ophelia, sus rasgos delicados que, en aquel momento, estaban fijos y tenían una expresión de feroz determinación. ¿Aliada de Erebus? No. Aquella mujer había luchado por su vida con todas sus fuerzas.

Sin duda, había muerto maldiciendo su nombre. Y él se lo merecía. Ophelia se había ido para siempre.

Se tambaleó hacia atrás.

El dios había dicho algo que le resonó en la mente. «Me pregunto si luchará con más fuerza mañana».

Los muertos no podían luchar. ¿Había insinuado Erebus una posible resurrección? ¿O algo más? Según Caos, mañana también era hoy, y hoy Ophelia había vivido.

Se le encogió el corazón. ¿Se repetiría el día hasta que él completara sus tareas, como si fuera un juego?

«¿Estás listo para jugar?».

¿Tendría una segunda oportunidad para proteger a la arpía? ¿Para descubrir su conexión, fuera cual fuera? ¿La recordaría por la mañana? ¿Lo recordaría ella a él?

Eran muchas preguntas y solo una forma de obtener respuestas: esperar.

Tembló mientras se tendía junto al cuerpo. Apretó su mano fría y flácida y cerró los ojos, deseando que llegara el sueño...

6:00 de la mañana
Día 2

—Levántate de la cama, perezosa. La Operación Lady O Be Good comienza dentro de treinta minutos.

A Ophelia se le abrieron de golpe los párpados en cuanto Vivi le arrancó el edredón. El instinto de supervivencia rugió antes de que el pensamiento despertara por completo. «¡Lucha!».

Se puso de pie al instante, dando puñetazos al aire, con el corazón en la garganta.

—Vaya, vaya, vaya —dijo Vivi, agachándose. Se irguió y levantó las manos con un gesto de inocencia—. Esperaba resistencia, no un combate instantáneo. Aunque, sí, por esto podrías merecerte un nuevo premio para la pared de tus éxitos. A «la que se despierta con bragas de chica grande».

Entre jadeos, ella se fijó en la habitación. Su habitación. La suya. No la del Astra. No había ni rastro de Erebus. No le habían clavado una daga en las vías respiratorias.

Bien. De acuerdo. Pero ¿qué significaba eso? ¿Que su muerte solo había sido un sueño muy realista? ¿No había conocido, en realidad, a ninguno de los dos hombres? Con el estómago revuelto por la resaca, se deslizó hasta el borde de la cama y se encontró con la mirada curiosa de Vivi.

—¿Qué pasó anoche? —le preguntó.

Su amiga se acercó, vestida exactamente igual que el día anterior y lista para otro entrenamiento matutino.

—¿Te refieres a la parte en la que la General Taliyah te llamó personalmente para programar una reunión? ¿O a la parte en la que sucumbiste al pánico y robaste mi reserva secreta de vodka?

—Eh..., ya me reuní con Taliyah, pero fueron solo tres segundos. Luego todo el mundo se quedó congelado en el tiempo, o algo así —dijo. Uf. También había soñado eso, ¿no? En realidad, no se había despertado, no había sudado la resaca y no se había chocado contra Halo—. No importa.

Lástima que el calor abrasador del Astra no fuera real. En cierto modo, había disfrutado de Halo. No, no, de su calor. Solo de su calor. Y solo hasta que la había encadenado, ganándose su odio eterno, claro.

Vivi hizo un puchero.

—¿Por qué la gente no hace cosas geniales en mis ensoñaciones de borracha?

Ella se frotó el lugar donde la habían apuñalado. Tal vez el sueño fuera una advertencia.

—Probablemente debería saltarme la reunión.

—Ni hablar —replicó Vivi, y levantó a Ophelia—. Vas a asistir, y punto.

—Entonces, supongo que tengo que ponerme sobria —refunfuñó ella, y se fue tropezando hacia el baño.

—Mira eso. ¡Hoy mi niña lleva puestas sus bragas de chica grande! Sabe cuándo la van a superar en terquedad y es mejor rendirse.

—Dios mío, cállate —masculló ella, y se ganó un resoplido.

Mientras se lavaba y se vestía, tuvo una sensación de *déjà vu* que le causó angustia. Una sensación que la siguió hasta el gimnasio, donde las mismas arpías ocupaban las mismas máquinas. ¿Cómo era posible que un sueño de ebriedad hubiera predicho su día con tanta exactitud?

Tal y como recordaba haber hecho el día anterior, se lanzó a dar codazos e intercambió insultos para ocupar la cinta de correr perfecta.

Se puso los auriculares y corrió durante una hora, pero no logró concentrarse. Una y otra vez, su mente volvía a Halo. ¿Con qué precisión lo habían retratado sus sueños?

¿Por qué no hacía preguntas sobre él y lo averiguaba? Así podría satisfacer su curiosidad y cerrar aquella línea de investigación.

Mientras corría con la cinta en posición de ligera pendiente, silenció la música y preguntó:

—¿Qué sabes del, eh, buen Astra?

—¿De Halo? —preguntó Vivi, con el ceño fruncido.

—¿Habláis de la Máquina? —preguntó la chica al otro lado de Vivi, entrometiéndose en la conversación—. Es el que saluda, ¿verdad? ¿El que sonríe a veces y nunca levanta la voz?

—Si es tan genial, ¿por qué todos le llaman la Anaconda? —preguntó otra—. Esos bichos son malos, tías. A menos que sea el orgulloso dueño de una salvaje serpiente de pantalón, y sea hora de una buena expedición de caza a la vieja usanza. Mañana os contaré mis averiguaciones.

Los comentarios resonaron por todo el gimnasio.

—Apuesto a que perfora a sus hembras hasta que encuentra oro líquido.

—¿Has visto esos ojos de hielo ártico? Lo único que perfora ese tío es el permafrost.

—¿Creéis que sabe que mis piernas son unas orejeras increíbles o debería decírselo otra vez?

Ella sintió una leve irritación. Estaban tratando a Halo como si fuera un trozo de carne que había que cortar para servirlo en brochetas de aperitivo... y ella debería hacer lo mismo. ¿Por qué no lo hacía?

—Si tienes intención de conquistar al Anillado, vas a tener que ponerte a la cola —gritó una chica llamada Reshma, desde el otro lado de la sala, donde estaba haciendo ejercicio en una elíptica. Era compañera de patrulla y alguien a quien ella admiraba mucho. Si Reshma tenía algún problema contigo y te lo echaba en cara, mejor te destripabas a ti misma para ahorrar tiempo—. Ya hay una lista. La primera en llegar, la primera en ser atendida. El siguiente puesto es el trescientos sesenta y ocho.

—¡Me quedo con el trescientos sesenta y nueve! —gritó alguien.

Ella pisó la cinta de correr con tanta fuerza que tembló.

—¿A qué viene este repentino interés en un Astra? —le preguntó Vivi, trotando a paso tranquilo—. Sé que no vas a meterlo en la bolsa de cadáveres y ponerle una etiqueta. Espera... No estarás pensando en meterlo en la bolsa y ponerle la etiqueta, ¿verdad?

—No es justo —gritó otra—. No puedes poner a la Suspendida en la lista. Una vez que se vuelven ninfas, acaparan todo el interés.

«Tierra, trágame».

—¿Habéis visto a la concubina de Halo? —preguntó la arpía que estaba junto a Reshma—. Es una amazona de verdad.

Uf. El Astra tenía una amante fija de pago. O sea, estaba completamente fuera de su alcance. Aunque ella nunca había pensado en alcanzarlo, por supuesto. No. No habría ningún amante para lady O. No.

Pasó otra hora corriendo con la música a todo volumen. En aquella ocasión, consiguió concentrarse en el ejercicio... hasta que una nueva ronda de pensamientos y preocupaciones invadió su mente. Si sus sueños habían reflejado su vida real, o lo que fuera, iba a tropezarse con Halo de camino a su reunión con la General Taliyah.

¿Cómo debería gestionar la situación? ¿Sería mejor olvidar lo que le había dicho el Erebus imaginario? Sabía que el Astra no iba a matarla. «Uno, nunca confíes en el capullo que te asesinó brutalmente. Dos, Taliyah. Tres, ¿por qué iba a fijarse en mí el Halo de la vida real?».

¡Genial! Había empezado a patear de nuevo la cinta de correr.

Un movimiento le llamó la atención. Vio a Vivi, recién duchada, que desenchufó la máquina. ¡Rayos! ¿Aquella parte también era una repetición?

Se quitó los auriculares y miró el reloj. ¡Argh!

—Llevas cinco horas y media corriendo —dijo su amiga.

—Lo sé, lo sé. Ahora tengo media hora para prepararme para mi reunión sin darle demasiadas vueltas —dijo ella, y salió disparada de la cinta de correr.

—¿Supongo que tengo que limpiar yo la máquina? —preguntó Vivi, mientras ella se alejaba.

¿Qué otros detalles de la realidad había soñado, o había dejado de soñar?, se preguntó. ¿Se estrellaría con Halo o no?

En el vestuario, estuvo temblando todo el tiempo mientras se duchaba rápidamente y se ponía el uniforme. Después, siguió el mismo camino que el día anterior.

«Halo no va a aparecer en mi camino. No lo hará».

Pero ¿y si lo hiciera?

Se le entrecortó la respiración y volvió a temblar. Subió como un rayo los escalones del palacio, pasó junto a las columnas doradas, cruzó el porche y atravesó las puertas dobles, y se dio cuenta de que aquel día no había otras arpías por allí.

Se detuvo de repente con el corazón acelerado. Allí estaba Halo, en el vestíbulo, solo, con los brazos cruzados sobre el pecho, con su aterradora mirada.

Estaba esperándola. Porque ella había vivido el sueño. Pero...

¿Cómo era posible?

«Prepárate, pequeña. Tu segundo final no será tan suave como este. Pero, claro, yo no soy el hombre que empuñará la espada, sino Halo».

Dio un paso atrás, se irguió de hombros y levantó la barbilla.

—¿Te has despertado esta mañana sabiendo que ibas a perder tu saco de nueces, o mis próximas acciones serán una sorpresa?

—Arpía —dijo él—, tenemos que hablar.

6

La arpía-ninfa estaba viva. El día se había repetido.

Halo se sintió cada vez menos tenso, y el alivio y la esperanza surgieron de las cenizas de su furia. Hasta que sus engranajes volvieron a tensarse y lo echaron todo a perder.

Ahora veía con toda claridad el plan de Erebus: distraerlo con una supuesta gravita para que fracasara en sus tareas. Un buen plan. Él no iba a permitir que la arpía muriera de nuevo, no. Haría todo lo posible para impedir que sufriera más daños. Sin embargo, había algo que no iba a hacer. No podía perder de vista su objetivo final.

Por desgracia para su enemigo, él era excelente en las multitareas.

Hasta el momento, el día había transcurrido como el anterior. A las seis de la mañana, él había recuperado la consciencia en su baño, envuelto en una toalla. Andrómeda estaba inclinada sobre su cama, leyendo su libro. Le había hecho algunas preguntas antes de despedirla. Mientras se vestía, con la intención de cazar a Ophelia, usó un enlace telepático con el comandante para explicarle lo que estaba sucediendo.

Tenía que haber previsto que Roc lo invocaría, poniendo fin a la caza de la arpía-ninfa antes de que comenzara.

Había pasado varias horas informando al comandante de los Astra, una experiencia que le había resultado increíblemente tortuosa, porque no pudo dejar de preguntarse por Ophelia cada minuto, cada segundo. ¿Se acordaría de él? ¿Lo perdonaría por su participación en su muerte? Las arpías no eran conocidas, precisamente, por dar segundas oportunidades.

Finalmente, allí estaba, delante de él. La pequeña belleza, en carne y hueso. Viva y coleando, con su dulce fragancia impregnando el aire y calentándole la sangre.

—¿Cómo es posible? —preguntó, con el brillo de la sorpresa en sus impresionantes ojos verdes. Sus labios color cereza se separaron mientras el rubor cubría sus mejillas—. Espera. ¿Me acabas de invitar a otra charla? Claro, como la última me salió tan bien... —dijo, con los ojos entrecerrados—. Te doy una negativa eterna y rotunda.

Así pues, sí, se acordaba de él, y no, no lo había perdonado.

—No volveré a encadenarte a menos que sea necesario —dijo él, y se frotó el centro del pecho—. Te doy mi palabra.

—¿A menos que sea necesario? Qué consuelo para mí —ironizó ella, y soltó una risa casi histérica—. Todo lo que creía que había soñado lo viví en realidad. Yo no... Esto es... Tú eres... —balbuceó. Contuvo la respiración, seguramente para dominar la rabia que bullía en su interior—. ¡Me dejaste morir!

Él esperaba un ataque, incluso lo hubiera agradecido, pero ella permaneció inmóvil.

—Ahora estás viva. Eso es lo que importa. Sin embargo, voy a permitir que me castigues. Adelante, desahógate. Después seguiremos adelante.

—¿Seguir adelante? ¡No hay que seguir adelante con esto! De hecho, considérame tu peor enemiga. Tú sigue tu camino y yo seguiré el mío. Voy a averiguar qué está pasando sin ti —dijo. Estiró el dedo corazón, giró sobre sus talones y salió corriendo del palacio.

Con una maldición, él salió corriendo tras ella, bajó las escaleras y atravesó el césped delantero, adentrándose en la cálida fragancia y el sol del día nuevo y viejo a la vez.

Atravesó el jardín y corrió hacia la plaza del pueblo. Sin perder el paso, zigzagueó entre las arpías congeladas.

La congelación había ocurrido justo a tiempo.

Se teletransportó detrás de ella, lo suficientemente cerca como para ver el rápido movimiento de sus alas a través de las rendijas de su armadura. Extendió la mano...

Soltó un gruñido, porque Ophelia se libró de su agarre con destreza y él agarró a otra hembra.

La arpía se movía rápido, más velozmente de lo que él hubiera pensado. Tomaba nota. Además, conocía el terreno, conocía todos los árboles y arbustos y sabía evitar todos los obstáculos. Para atraparla sin hacerle daño, necesitaba predecir sus decisiones.

Se teletransportó nuevamente ante ella para catalogar sus reacciones ante sus apariciones instantáneas. Las señales se revelaron y él ideó un plan de actuación. Cuando ella se preparó como si fuera a desplazarse a la derecha, él se teletransportó a la izquierda.

Ophelia se estrelló contra su cuerpo como una bala de cañón. Mientras él volaba hacia atrás, la sujetó con fuerza. Absorbió la mayor parte del impacto, que solo le causó dolores leves. Cuando se detuvieron, después de derrapar, les rodeó una nube de tierra y escombros. Él yacía boca arriba, con la arpía sobre el pecho.

En cuanto el polvo se asentó, ella intentó zafarse. Qué lástima. Él la giró hacia el suelo y la atrapó con su peso, mucho mayor.

—Ah, no, de eso nada —dijo ella. Arañó, mordió, golpeó y se resistió, como una granada viviente, pero no consiguió liberarse—. No seré una buena prisionera.

—Serás lo que yo diga —contestó él.

Estuvo a punto de perder el control porque sintió una descarga de excitación que lo abrasó. Para poder sujetarle los brazos por encima de la cabeza y desarmarla, tuvo que trabajar contra ella y contra su propio cuerpo, que lo traicionó. La presión disminuyó y el placer fluyó hasta que algo dentro de él amenazó con romperse.

Las gotas de sudor le cubrieron la frente. Su suavidad... Sus curvas... Su pasión. Aquella mujer lo sentía todo. Ojalá él pudiera disfrutar de todo, también.

—Arpía. Quédate. Quieta —le dijo, con los dientes apretados.

«No voy a empujar con las caderas».

—Oblígame.

Ella se resistió con más fuerza.

«No, no voy a empujar».

La arpía se frotó contra su miembro palpitante, y él contuvo el aliento.

—¡Hazme caso, Ophelia! —bramó.

Para su sorpresa, ella obedeció. Por fin, se detuvo. Estaba jadeante, pero lo fulminó con la mirada.

—Eres un imbécil. Ahora haznos un favor a los dos y guarda tu porra. Esta no es la hora del final feliz.

«Inhala. Exhala».

—Hazme caso. Guardaría la... porra si pudiera —dijo. Perdía la capacidad de pensar de manera intermitente—. Vamos a ir a mi habitación para que pueda explicarte lo que nos pasa.

—Gracias, pero no, gracias. Podemos hablar aquí. ¿Quién va a escuchar a escondidas?

Él sintió una ligera calma. Parecía que, a veces, ella podía ser razonable. Un cambio sorprendente.

—El palacio ofrece mejores defensas contra Erebus.

—¿De verdad? —preguntó la arpía, y sonrió con pura malicia—. Se rumorea que a las arpías inocentes las encadenan y las masacran allí.

O no tan razonable. Él cerró los ojos. Intentó concentrarse. No lo consiguió.

Necesitaba interrumpir el contacto con ella, pero no podía arriesgarse a otra persecución.

—Hablaremos en tu habitación —dijo. Aunque en su expediente no había una dirección, él supuso que vivía en el cuartel—. Allí no te hicieron daño.

—Te doy mi dirección para que puedas pasar a tomar

prestada mi taza de azúcar, ¿no? Ni lo sueñes —dijo la arpía, desafiante y hermosa, con el ceño fruncido—. Y, ahora, si no te importa, o incluso si te importa, suéltame, friqui.

Él apretó los dientes y la teletransportó a la biblioteca del palacio. Aterrizaron en posición vertical.

—Te voy a soltar y tú te vas a estar quieta, ¿entendido?

Apartó una mano y, luego, la otra.

Al ver que ella permanecía en su sitio, respiró con más tranquilidad y examinó la habitación en busca de posibles amenazas. Aquella enorme sala de tres niveles estaba llena de libros, artefactos y tesoros de valor incalculable. No detectó ningún movimiento entre las sombras. Ningún olor extraño, tampoco.

—¿Y bien? ¿Qué pasa? —preguntó Ophelia como si llevara semanas esperado una respuesta. Quizá fuera incapaz de quedarse quieta, porque empezó a pasearse entre dos mesas—. Merezco saberlo. ¿O es que ya se te ha olvidado el titular de hoy? «Arpía muere por el error de un Astra insensato».

Él se estremeció. Nunca olvidaría el horror de su muerte.

«Erebus lo va a pagar».

—No estoy seguro de lo que has oído por ahí, pero esta es la historia completa: cada quinientos años, todos los Astra deben llevar a cabo una tarea específica. Si tenemos éxito, recibimos una bendición del dios Caos. Consiste en quinientos años de victorias. Si fracasamos, somos maldecidos con quinientos años de derrotas. En esta ocasión, tenemos que luchar por algo más que la bendición. Luchamos por conseguir la ascensión.

—Sigue hablando. Te escucho.

Ella no dejaba de caminar. Era grácil. Fluida. Carnal.

La siguió con la mirada, cada vez más... hambriento por la forma en que se movía. Le picaban las palmas de las manos; estaba ansioso por explorar las curvas y los huecos de su cuerpo.

—En el pasado, siempre se me ha encomendado la tarea de cazar y matar a un dios específico. Esta vez, debo completar doce hazañas o trabajos de fuerza y astucia. Esto empezó ayer. Que también es hoy. El día se repetirá hasta que concluya la batalla final.

—Claro. Una típica situación del Día de la Marmota —dijo ella. Se frotó las muñecas, como si recordara los grilletes, y él se estremeció al verlo—. ¿Por qué estoy yo al tanto de lo que estás haciendo? Nadie más lo está.

—Erebus quiere usarte en contra de mí.

Una risa sin humor brotó de ella.

—Eso es absurdo. ¿Cómo puede usarme en contra de ti? ¿Por qué se molestaría? Somos desconocidos. No soy nada para ti y tú no eres nada para mí.

«No soy nada para ti y tú no eres nada para mí». Aquellas palabras lo enfurecieron, pero no entendía por qué. ¿Qué le importaba lo que opinara la arpía sobre él? Fuera o no fuera su gravita, la admiración de Ophelia no tenía nada que ver con la situación.

—¿Qué te dijo el dios? —le preguntó.

—¿Antes de clavarme un cuchillo en las vías respiratorias? Lo siento, pero no obtendrás información de mí hasta que yo no la obtenga de ti. Dime por qué piensa Erebus que puede usarme en contra de ti.

¿Admitir que, tal vez, ella le perteneciera en cuerpo y alma?

Recorrió sus curvas con la mirada y se tiró del cuello de la camisa.

—Ayer, cuando chocaste conmigo...

—¡Eh! —exclamó ella—. Yo no choqué contigo. Tú chocaste conmigo cuando aterrizaste. Aclárate.

—... la interacción hizo que mi aroma te cubriera. Ahora, Erebus cree que eres... mía.

—¿Tuya? —repitió ella, con incredulidad. Se quedó boquiabierta y se detuvo, mirándolo con algo parecido al horror—. ¿Cree que te pertenezco porque eres malo en los aterrizajes? ¿Olvidó que tienes una concubina?

—Hay una diferencia entre una amante y una pareja.

—Tienes razón —respondió ella. La expresión de horror desapareció de su rostro. Ladeó la cabeza pensativamente—.

Y yo soy una arpía. Claro, Erebus me catalogó como la compañera querida y, a la amazona, como la amante olvidable. Sí, esa lógica encaja a la perfección —dijo. Como si se hubiera olvidado de su presencia, aceleró el paso y siguió murmurando para sí—: Piénsalo bien, Ophelia. Erebus quiere destruir a los Astra y, con tal de lograrlo, llevará a cabo una masacre de arpías inocentes y trabajadoras. Es un enemigo, sin peros ni condiciones. Ahora, los Astra son aliados de las arpías. Y Halo no tenía la intención de entregarme para que me asesinara. Probablemente, el pobre tipo es más tonto que el asa de un cubo. Erebus es malo, lo mires por donde lo mires. Por el contrario, cabe la posibilidad de que Halo tenga un pequeño potencial. Sinceramente, esta podría ser mi gran oportunidad.

Cada una de aquellas palabras era tan poderosa como los latigazos del director.

Ophelia se volvió hacia él con una expresión decidida.

—Bien. Me has convencido. Te haré este enorme favor y te ayudaré a completar tus doce trabajos. Pero, a cambio, escribirás para mí una carta de recomendación llena de alabanzas. Y me ayudarás a conseguir mi primera víctima.

Así que Ophelia quería... ¿negociar?

—¿Una carta de recomendación? ¿Con qué fin? —le preguntó él. No podía permitir que una arpía sin ninguna víctima en su haber tratara de conseguirla durante una de las tareas de bendición.

—Con el fin de lograr un ascenso. Me corresponde. Y espero que el membrete tenga un relieve dorado. Que la caligrafía sea clara. Podría ser un buen extra un poema que ensalce mi increíble genialidad. Me lo merezco totalmente. Te dejaré decidir lo lírico que quieres ser después de que hayas trabajado conmigo un tiempo.

¿Ponerla en un campo de batalla frente al Oscuro y sus fantasmas? No. Él no perdía lo que le pertenecía y, sin duda, una posible gravita le pertenecía. Pero ¿dónde se suponía que debía esconder a su Lady O No mientras él se encargaba de todo? ¿Dónde estaría más segura?

«Solo a mi lado». Donde sería una distracción, por supuesto. Aquel era exactamente el dilema que quería crear el dios.

Apretó la mandíbula. Había una cosa que sí sabía: los Astra y la tarea de la bendición eran lo primero, siempre. La gravita, después.

—Escúchame bien, Ophelia —le dijo, en un tono entre la orden y la amenaza—. No somos socios ni compañeros de equipo. Yo lucho por mis hermanos. No voy a doblegarme a tus dictados ni voy a hacer tratos. Voy a dar órdenes y tú vas a obedecer sin vacilación. Ni siquiera dirás una palabra sin permiso. ¿Entendido? Dilo. Di que lo entiendes.

—¿Entendido? —repitió Ophelia, burlonamente. Iba detrás de Halo mientras él acechaba por el palacio, siguiéndolo por una cuestión de orgullo. Un buen soldado obedecía las órdenes de un superior—. Uy. No tenía permiso de Su Alteza para repetirlo. Que se me imponga un castigo. ¿O es suficiente el tiempo que tengo que pasar contigo?

Tal vez no fuera una buena soldado...

Él no respondió. Simplemente, siguió adelante, revisando las diferentes habitaciones. Llevaba horas haciendo lo mismo, como si estuviera catalogándolo todo menos la ubicación exacta de ella, estuviera donde estuviera. Parecía que había olvidado por completo su presencia.

¿Por qué no recordársela?

—Roc ganó su desafío haciendo lo contrario de lo que hace normalmente —le dijo, tratando de parecer razonable—. ¿Has pensado en hacer lo contrario, Halo? Ya sabes, ¿hacer lo que está bien y no destrozarles la vida a los demás?

Un músculo se contrajo bajo uno de los ojos de Halo.

Pasó otra hora en absoluto silencio.

—¿Alguna vez te has preguntado si la gente te admira? —refunfuñó ella—. Deja que te ahorre la molestia. No. ¡Eres literalmente lo peor! Las ninfas admiran a todo el mundo, pero yo preferiría enterrarme en hielo para el resto de la eternidad que pasar un minuto más en tu presencia. Y ni siquiera estoy exagerando.

Silencio.

Pasearse por ahí con un Astra legendario era una mierda. Y sin embargo... Ella. No. Dijo. Nada. Más. Por el contrario, reprimió el resto de su discurso. «Burlar, superar y sobrevivir». Los malos tiempos nunca persistían, pero la gente fuerte, sí.

Cuando encontraron a un Astra congelado en una posición comprometedora, ella estuvo a punto de romper su silencio. Era Roux Pyroesis, también conocido como el Enloquecido, y sexto en rango en el ejército de los Astra. Era el maestro de tortura, célebre por su excelencia en el trabajo, tanto con los demás como consigo mismo.

Era un tipo corpulento, de cabello claro y todo lo demás, dorado. Estaba sentado en un almohadón frente a una mesa de centro, con una taza de té rosa en las manos. A su lado estaba la joven Isla, la hija de Blythe la Destrucción.

Una merienda para dos.

Isla iba vestida con unos leotardos y un tutú rosas y estaba sirviendo el té.

Se rumoreaba que Roux había asesinado al padre de Isla, el consorte de Blythe, el día que los Astra invadieron Harpina. ¿Acaso la niña estaba aprendiendo a envenenar a sus enemigos a una edad tan temprana? ¿Por qué, si no, iba a invitar al asesino de su padre a tomar el té? ¿Y cómo podía ser eso tan absolutamente adorable?

¡Guau! Quizá los niños no fueran siempre tan terribles.

—No estoy seguro de lo que veo —murmuró Halo, rodeando a Roux como si fuera un animal enjaulado.

Ella se mordió la lengua.

Él la miró, por fin. Apretó los puños, como si acabara de ver algo que quería agarrar. ¿Sería eso cierto?

Su instinto de ninfa le dijo que sí.

Con el corazón acelerado, hizo un gesto hacia la puerta. Una orden silenciosa para que siguieran adelante. Quizá fuese mejor molestarlo para que él siguiera ignorándola.

Él entrecerró los ojos, pero obedeció.

De nuevo, ella lo siguió. Sí, ser ignorada era mejor. Ella formaba parte de una misión para derrotar al gran y poderoso Erebus. ¿Qué mejor oportunidad para demostrar que era una soldado que valía la pena conservar poniendo en práctica sus habilidades en combate? Quería demostrar también que era leal a la causa, capaz de ver más allá de un agravio personal a favor de ayudar a la raza arpía. En otras palabras, la candidata perfecta para el puesto de General.

Si resistía el impulso de mutilar o acostarse con Halo, como correspondía, probablemente a menudo y en igual medida, aquella tarea de bendición podría ser su oportunidad de ascender a un rango superior.

El problema era que él desprendía una deliciosa calidez.

Halo entró en un rayo de sol, con los músculos tensos por el movimiento. En los antebrazos del Astra, los alevala saltaban de un lado a otro, intentando atraer su mirada y atraparla en otra neblina de recuerdos.

«¡Aparta los ojos!».

Lo consiguió, a duras penas. Una docena de veces, aproximadamente, se permitió dirigir una mirada fugaz a los tatuajes para obtener la mayor cantidad de información posible sin que él lo advirtiera. La mayoría de las imágenes eran rostros, y la mayoría de aquellos rostros la observaba, siguiendo cada uno de sus movimientos. Era tan inquietante como sexy. ¿Qué tenía de malo? Era mitad ninfa y le gustaba lo que le gustaba.

Umm, umm, umm. ¿Las imágenes tendrían un sabor tan diferente como diferentes eran entre sí?

Tuvo que contener el impulso de acurrucarse contra él y descubrirlo. Frotarse, solo un poco. O mucho.

—Dime en qué estás pensando, arpía —le ordenó él. Se giró para mirarla, obligándola a detenerse en seco, y la agarró por los bíceps con fuerza, atrapando su cuerpo a pocos centímetros.

«Lucha contra la necesidad».

—Lo siento, señor, pero esa información es clasificada. Solo los amigos medianamente decentes y superiores tienen acceso a ella.

Los gloriosos músculos de sus hombros se le pusieron tensos bajo la camisa.

—¿Tienes alguna otra pregunta para mí? —le preguntó.

Estaba enfadado. ¿Quería que ella le preguntara algo, a pesar de su orden contraria?

—¿Debo responder o callar, señor? Sus órdenes son cada vez más contradictorias.

Él la soltó y se frotó la cara con una mano.

—Solo haz una cosa de las que te he pedido y dime qué te dijo Erebus antes de matarte.

Por un momento, pensó en compadecerse de él. Pero, más allá de eso..., ¿debería confesarlo todo o no? Debía seguir la misma lógica que antes. Si Erebus era su enemigo, y lo era, y Halo era su aliado, que podría serlo, tenía que decirle la verdad. O, por lo menos, una parte. Debía concederle el beneficio de la duda a Halo, no al otro.

—De acuerdo. Erebus me dijo que serás tú quien me mate la próxima vez —admitió Ophelia.

A Halo se le hinchó el pecho y se le tensaron los tendones del cuello.

—¿Qué?

Vaya, el Astra era sexy cuando se ofendía.

—Mira, seguro que solo intentaba volverme paranoica o lo que sea. Así que no te preocupes, no me paso cada minuto imaginando todas las maneras en que puedo arrancarte la médula espinal. Dejé de hacerlo hace treinta minutos.

Él la miró, parpadeando dos veces. Hizo un gesto negativo y se alejó. ¿Siguiente parada? La sala de cine, donde un puñado de arpías holgazaneaban y tiraban palomitas a una gran pantalla.

En aquel lugar de relajación y entretenimiento, la rigidez y la intensidad de Halo eran mil veces más evidentes, y el contraste era muy seductor. Claro que, en aquel momento, incluso un trol baboso encendería su mecha. ¡Caramba! ¿Cuándo se le pasarían las ganas de arrojarse a los brazos de aquel hombre?

Él observó la escena, se puso aún más tenso y la miró.

—¿Tienes un hermano o hermana en Harpina?

«Cuidado».

—No —respondió ella. Ya no—. ¿Por qué?

—Has estado en esta sala antes —continuó—. Recientemente.

—Sí. ¿Y qué? Incluso los soldados de baja estofa pueden descansar.

—Pero... tu olor. Es el mismo, pero, ahora, es diferente —dijo él. Inclinó la cabeza lentamente, agudizando la vista—. Creo que comprendo que estabas en el palacio, cerca de mí, y no lo sabía.

—De acuerdo. ¿Y qué? —repitió ella—. Tío, me estás cansando. Esfuérzate por llegar a la conclusión a la que no puedes llegar y acaba con nuestro sufrimiento.

—Se sabe que el aroma de una ninfa cambia tan rápido por una sola razón: por una necesidad —dijo él. Posó la mirada en sus labios y se relamió—. ¿Estás en medio de una, Ophelia?

A ella se le cortó la respiración; sintió una punzada de excitación abrasadora que la tomó desprevenida. Sin embargo, la ira no se quedó atrás. ¿Acaso el imbécil estaba considerando aprovecharse de su moral debilitada?

—Tranquilízate, inmortal —le dijo, en un tono condescendiente—. No estoy... Todavía no estoy tan desesperada, así que no hay ninguna posibilidad de que tengas suerte.

El insulto dio en el blanco, y él se pasó la lengua por un incisivo.

—¿Tienes amante actualmente?

¿Halo se guardaría sus grandes y hermosas manos para sí mismo si lo tuviera, o se sentiría desafiado y se encendería? ¿Y por qué arriesgarse a cualquiera de los dos resultados cuando podía silenciarlo con una sola pregunta?

—¿Y a ti qué te importa?

—Vas a responder a lo que yo te pregunte —replicó él, con irritación.

«Trágate la contestación. Sé una buena soldado».

Demasiado tarde.

—Contrapropuesta: solo respondo lo que quiero responder. Lo cual es nada ahora. Porque, sí, lo has hecho otra vez. Has tomado la decisión equivocada y lo has estropeado todo para los demás.

—Arpía —dijo él. Dio dos pasos hacia ella y gruñó—. Vas a darme lo que quiero.

—Pensé que ya habíamos hablado de esto —respondió ella. Enderezó los hombros y también dio dos pasos hacia él. Furiosa, le espetó—: Si sigues mirándome así, puede que lo haga.

Un momento. Aquellas no eran las palabras que había pensado decir.

A él también debieron de sorprenderlo, porque volvió a parpadear dos veces. Era tan delicioso, todopoderoso y gruñón... Y, en aquel instante, en particular, ella... lo deseaba. Pero, también, no lo deseaba. Excepto que sí. Excepto que no. Lo deseaba. No lo deseaba. El tira y afloja no cesaba.

Frunció el ceño.

—¿Me estás pidiendo que... te toque, Ophelia?

—No lo sé —dijo ella, gritándole—. ¿Quieres tocarme, Halo?

Parpadeo, parpadeo. Él dio otro paso adelante y su expresión se suavizó.

—Quiero...

Súbitamente, una especie de agonía estalló en el centro de su pecho y le arrancó un grito agudo.

—¿Ophelia?

Él apareció a su lado y... nada. Al instante, Halo y la sala de cine desaparecieron.

De repente, un aire frío y húmedo le heló la piel, pero su dolor se desvaneció. Miró a su alrededor mientras trataba de respirar. Estaba en las catacumbas, bajo el coliseo. La luz de las antorchas iluminaba débilmente las oscuras paredes, tan familiares para ella. Por todas partes flotaban fantasmas inmóviles.

«¡Peligro!». Buscó un arma que no tenía.

Demasiado tarde. Los fantasmas despertaron y la rodearon, aferrándose a sus brazos y piernas. Cadenas de muertos vivientes.

Un Erebus muy sonriente se materializó a pocos metros de distancia. Mientras se acercaba, giraba la empuñadura de la daga de la muerte.

Ella contuvo el impulso de alejarse. No tenía intención de revelar ni un atisbo de miedo y levantó la barbilla.

—Vaya, vaya. Veo que algunos malvados villanos ya no son de fiar. Dijiste que en esta ocasión sería Halo quien me mataría, no tú.

—Me duele que dudes de mí. Sobre todo, porque soy tu mejor aliado durante esta tarea. Un detalle que descubrirás pronto.

Tuvo un mal presentimiento.

—Erebus, un aliado. Eso sí que es un chiste.

—Permite que te lo demuestre. Hoy te daré con gusto lo que más buscas: una fuerza increíble. Por desgracia, no será suficiente para ganar la batalla de esta noche —dijo él, e hizo una mueca, como si sintiera lástima por ella—. Pero anímate. Cuanto más hagamos esto, más fuerte te volverás. Te cargaremos como una batería y te llenarás de todas las criaturas. Serás imparable. Pronto estarás lista y haremos lo que sea necesario. Tú y yo. Juntos.

¿Qué quería decir con «todas las criaturas»?

Mientras ella forcejeaba en vano, él presionó la daga entre sus pechos, con la hoja plana. La empuñadura incrustada de joyas brillaba en color rojo sobre su esternón.

—La leona primigenia de Nemea con ciertos aumentos —dijo él, y siguió parloteando, enumerando cosas como «un montón de dagas», hasta que su voz se desvaneció de su conciencia.

Le estalló un fuerte zumbido en los oídos mientras

tratada de ordenar sus pensamientos. La leona de Nemea que había estudiado en la clase de historia. Una bestia que Hércules estranguló. Un ser terrorífico con horribles dientes y garras, con una piel invulnerable que nada podía perforar. ¿Y la leona de Nemea primigenia, además? ¿La original, con defensas de las que carecía su progenie?

¿Por qué...? De su ser brotó un grito agudo. No, no fue un grito. Un rugido. Un pelaje dorado creció de sus poros mientras sus huesos se derretían y se recomponían.

Antes de que la consumiera una insaciable sed de sangre, tuvo un último pensamiento: «¿Me estoy convirtiendo en la leona?».

7

Por segunda vez en el mismo día, Halo persiguió a la arpía. Siguiendo su aroma, corrió y se teletransportó alternativamente. Fuera del palacio. Bajo la tenue luz del sol. De nuevo, a través del jardín real. Las flores de colores se difuminaban a ambos lados del camino.

Mientras tanto, la verdad le oprimía con fuerza la garganta. Erebus era el responsable de todo aquello. De alguna manera, el dios había hecho uso de una habilidad que él pensaba que no tenía: la capacidad de teletransportar a otra persona sin contacto.

Si le pasaba algo a la arpía... Un gruñido se formó en su garganta.

Lo más importante eran los Astra, no la hembra. Aquel día, ella había sido una molestia, como una espina clavada en su costado mientras buscaba señales de posesión fantasma entre los seres paralizados. Erebus tenía la especialidad de usar a los vivos como caballos de Troya para introducir a escondidas a sus marionetas fantasmales en lugares específicos.

Sin embargo, Ophelia también había sido de ayuda; su presencia, de vez en cuando, había sido como un bálsamo, como un calmante natural. Él había adorado y odiado cada minuto en su presencia. Si Erebus volvía a hacerle daño...

El gruñido se le escapó.

«Pase lo que pase, se recuperará. El día se repetirá».

Aquella certeza no logró calmarlo. Se recuperaría, sí, pero se quedaría para siempre con un montón de recuerdos de cada dolor que el dios le había infligido. Aquel tipo de recuerdos se acumulaban e iban filtrando veneno en los pensamientos de una persona. La hembra, su posible compañera, no debería tener que lidiar con algo así. Él era el Inmortal de los Inmortales y no perdía lo que le pertenecía.

A lo lejos, se oyó el sonido de una trompeta, y él se quedó helado. El primer trabajo había comenzado.

—Halo Phaninon —dijo, nombrando a su campeón como se le había indicado. No aminoró el paso, sino que siguió corriendo, teletransportándose, oliendo y buscando.

No se oyó un segundo aviso. Muy bien. Para ganar aquella ronda, debía conseguir una muerte. Solo era una prueba, pero la clasificación tenía importancia.

¿Dónde estaría Ophelia? Él seguía avanzando, pasaban los segundos, pero no se producía ningún ataque. «El deber antes que el deshonor. Hacer el trabajo, encontrar a la hembra».

No sabía lo que podría necesitar, así que llevó diferentes armas hacia sus manos con un solo pensamiento y fue envainándolas a medida que aparecían. Lanza. Látigo. Arco y flechas. Espada de tres hojas. Más dagas.

En el horizonte, el sol comenzaba a ponerse, sembrando el cielo de llamas azules. Las llamas se agruparon sobre el coliseo, creando un efecto de halo. En aquel momento, lo supo. Por supuesto, tenía que ir hacia allí.

Sus garras se alargaron y los músculos se le endurecieron como losas de granito mientras se dirigía velozmente al otro extremo del campo de batalla. Escaneó toda la zona. Estaba solo. El estadio estaba vacío.

—¡Muéstrate! —bramó.

Entonces resonó por todo el coliseo un rugido feroz y ensordecedor que hizo que la tierra vibrara. Halo se puso tenso. ¿Su contrincante? ¡Adelante! Desenvainó dos dagas. Nada podría impedir su victoria.

Otro rugido. Por las gradas, las llamas estallaron sobre

las antorchas, proyectando rayos de color ámbar sobre un mar de fantasmas. Las hembras flotaban por el aire, huesudas y silenciosas como muñecas.

Erebus apareció sonriendo en el palco real que dominaba las gradas y se quedó de pie junto a la barandilla. Corría un suave viento que revolvía sus rizos pálidos y le movía los pliegues de la túnica.

—¡Que comience la primera batalla! —gritó el dios—. Una prueba de ferocidad. La leona primigenia de Nemea contra Halo, el Anillado. ¡Alégrense todas! ¡Alégrense!

—¡Bien! —vitorearon los fantasmas con sus voces monótonas—. ¡Bien!

Se oyó un tercer rugido y el suelo tembló. El dulce aroma de Ophelia se intensificó, y despertó sus instintos protectores. «Está cerca», pensó. Quizá, incluso, estuviera escondida entre los fantasmas.

Halo trató de dominar sus instintos enloquecidos. Resistió el impulso de correr a buscarla, porque eso sería el equivalente a provocar su propia ruina. El intento de distracción no funcionaría. Él no lo permitiría. Ophelia estaba viva y podría salvarla después de la batalla.

Se apartó de la mente cualquier otro pensamiento. Como era de esperar, todas las emociones se desvanecieron. «Matar o morir».

Al otro extremo del coliseo, a unos ciento siete metros de distancia, las columnas de una de las entradas de las catacumbas estallaron y se hicieron añicos. Una criatura del tamaño de un elefante irrumpió en el campo de batalla y cargó hacia él. Tenía un rostro felino grotesco, con salvajes ojos rojos y colmillos afilados como dagas. La espuma burbujeaba en las comisuras de su hocico. Bajo un manto dorado y brillante se abultaban sus músculos. Tenía unas garras puntiagudas que terminaban en unas enormes zarpas.

Según la leyenda, la piel era impenetrable. No existía nada lo suficientemente afilado como para perforarla. Hércules tuvo que estrangular a su felino, y eso era imposible para él. Aquella bestia llevaba un collar de piedra de fuego, una poderosa sustancia capaz de impedir, incluso, que los Astra se teletransportaran.

A treinta metros de distancia...

Se despojó de todas sus armas salvo del arco y las flechas. El olor de Ophelia se acercaba, ahora mezclado con sangre y... a él se le enrojeció la visión. La bestia llevaba el olor.

La bestia había matado a Ophelia.

Estaba muerta. Sin duda, la habían usado como aperitivo antes del plato principal, a instancias de Erebus.

El caparazón insensible de Halo se quebró. Preparó dos flechas, flexionó el codo hacia atrás y soltó la cuerda. Objetivo: los ojos de la leona. Los proyectiles se alejaron con un silbido.

La felina tan solo tuvo que parpadear para defenderse. Las flechas rebotaron en sus párpados y quedaron dobladas e inutilizadas. Los iris carmesíes y febriles del animal se fijaron en él. La sed de sangre se reflejaba, crepitando, en sus profundidades. Emitió un gruñido, dio un paso más rápido y saltó...

Él se preparó. Catorce toneladas de potencia bruta impactaron contra él y lo lanzaron contra la pared. Llovieron piedras rotas. Sus órganos estallaron a causa del impacto y los huesos se le fragmentaron, pero todo se recompuso rápidamente. Al caer al suelo, no soltó el arco.

En cuanto emergió de entre los escombros, la leona se abalanzó sobre él con una clara intención: arrancarle la cabeza de un mordisco.

Él maniobró, pero la leona consiguió destrozarle diferentes partes con sus dientes metálicos. Ignorando las oleadas de dolor, lanzó una nueva descarga de flechas. Rodó para alejarse de un potente zarpazo. Disparó más flechas y consiguió ponerse en pie. Más flechas. Nada afectó a la leona.

Soltó el arco y el carcaj, y cambió de estrategia. Corrió por la arena del campo de lucha y se agachó para agarrar tres de los barrotes que adornaban la entrada.

Como era de esperar, la leona lo siguió, llena de ira. La criatura se le acercó por detrás y anunció su siguiente ataque con un rugido. Halo giró a una velocidad vertiginosa y le clavó los tres barrotes en la boca. Él animal tropezó mientras forcejeaba, sacudiendo la cabeza, intentando mover la mandíbula. Sin embargo, el metal aguantó y no se lo permitió.

Enfurecida, lo atacó con sus garras afiladas. Él se movió de un lado a otro, esquivando cada golpe, pero ella también. Él intentó, sin éxito, atravesarle la garganta con la lanza.

—¡Animad a nuestra campeona! —gritó Erebus, desde el palco—. Decidle a nuestra leona que puede ganar.

Con sus horribles voces, los fantasmas corearon:

—Tú puedes ganar. Tú puedes ganar. Tú puedes ganar.

Él ignoró el ruido y mantuvo la concentración. La bestia solo poseía tres puntos vulnerables: garganta abierta, ojos abiertos y canales auditivos, y no podía cerrar ni protegerse los oídos tan bien como lo demás, así que era lo que a él le ofrecía mayores probabilidades de éxito.

Unos crujidos le indicaron que los barrotes se estaban rompiendo y, al instante, su oponente escupió los tres a los pies de Halo. La leona bajó la barbilla, mostró los dientes salvajes y se lanzó hacia adelante, sacudiéndose la tierra de las patas.

«Protegerla». Aquel extraño impulso lo sobresaltó. Proteger... ¿a quién? ¿A Ophelia? Pero... Ophelia estaba muerta. ¿A menos que él hubiera hecho una deducción errónea y ella estuviera con vida? ¿Y si lo necesitaba? ¿Y si...? La leona le dio un zarpazo en el pecho y lo lanzó volando por el aire.

«¡Concéntrate!».

Él se puso de pie de un salto, ya sanando. Levantó la lanza y cargó contra la bestia. En lugar de atacar, luchó con intención de dominarla y consiguió subirse a su lomo. Aunque ella se sacudió para quitárselo de encima, él pudo clavarle la lanza en el oído y el siguiente rugido del animal terminó con un gemido de dolor.

Él saltó y rodó por el suelo, recogiendo a su paso dos lanzas más. Ella se tambaleó y perdió el equilibrio. Él no perdió tiempo; arrojó una lanza y, luego, la otra, y se las clavó en cada una de las cuencas oculares. Ella se estrelló contra el suelo y no volvió a levantarse. No se movió.

Una trompeta anunció el fin del trabajo.

Jadeando, sangrando, él se secó el sudor de la cara y se giró hacia el palco real. Había ganado, pero se sentía como si hubiera perdido la batalla. Quería vomitar, no celebrarlo.

—¿Dónde está la arpía? —le preguntó a Erebus.

—Muerta —dijo el dios, sin mostrar un ápice de remordimiento—. Lo sabes. Lo sientes.

Sí. A pesar de las esperanzas iniciales, sentía la verdad. Ella había muerto. Así que, aunque había ganado, había perdido. No había logrado protegerla. Otra vez.

Abrió y cerró los puños.

—Te deseo mejor suerte con tu próximo candidato —le dijo al dios.

Cuánto ansiaba subir al palco y destrozarlo.

Erebus se echó a reír con alegría y malevolencia.

—Quizá quisiera que esta muriese, ¿eh?

6:00 de la mañana
Día 3

—Levántate de la cama, perezosa. La Operación Lady O Be Good comienza dentro de treinta minutos.

Ophelia se despertó con un grito de dolor cuando su amiga le arrancó las sábanas. Sin embargo, no sentía dolor. Solo rabia. La notaba hasta en los huesos, la notaba hirviendo en el fresco caldero de recuerdos que bullía en su mente. Erebus la había convertido en una monstruosa leona y la había enfrentado a Halo.

Después de todo, el dios no había mentido. El Astra la había matado brutalmente, sin piedad. Pero, en defensa de Halo, la transformación la había maldecido con una sed de sangre incontrolable, había provocado que solo existiera para desgarrarlo. Pero ¡aun así! El Astra no la había reconocido. ¿O sí, y no le había importado?

De cualquier forma, la había asesinado con la misma facilidad que a Succubia, y ella lo despreciaba con el calor de mil soles por ello. Sin embargo, también cabía la posibilidad de que no lo despreciara tanto. Tal vez, ni siquiera lo culpaba de lo sucedido. ¡Argh! ¿Cómo se suponía que debía sentirse?

Él había luchado para defenderse, lógicamente. En su lugar, ella habría hecho lo mismo. Pero ¡ay! Seguía tan... tan... furiosa. ¡Había muerto y alguien tenía que pagar por ello!

—Eh... ¿Phel? —dijo Vivi.

—Solo necesito un minuto más. Estoy tomando una decisión crucial sobre mi estado de ánimo actual y sobre el culpable.

—Ah. Bueno. Sigue. Si aceptas sugerencias, tengo una lista de enemigos mortales a los que me encantaría ver sufrir.

¿Por qué oscilaba entre la ira descontrolada y la comprensión total? Halo la había asesinado, ¿y qué había sacado ella del trato? Nada. Salvo que... Umm... No tenía resaca. Se sentía bien. Mejor que bien, en realidad. Increíblemente bien. Diferentes partes de su cuerpo vibraban de poder, como si se hubiera conectado a un enchufe.

«Cuanto más hagamos esto, más fuerte te volverás. Te cargaremos como una batería y te llenarás de todas las criaturas. Serás imparable. Pronto estarás lista y haremos lo que sea necesario. Tú y yo. Juntos».

Al recordar lo que le había dicho Erebus, se sintió intrigada. ¿Le había dicho la verdad sobre eso también? ¿Seguiría fortaleciéndose si le permitía que la transformara? Y, una pregunta aún mejor: exactamente, ¿qué fuerza podría llegar a tener?

Supuso que morir no era lo peor del mundo. Ella... ¡No! No podía recorrer ese camino, ni siquiera por alcanzar su sueño. ¿Soportar más muertes? ¿Y si no lograba revivir en algún momento? Por muy grande que fuera el poder recién adquirido, ese poder no le serviría de nada a un cadáver. Lo mejor era evitar la siguiente batalla por completo.

¿Sabía Halo que la había aniquilado o no? ¿Comprendía la crueldad con la que la había despojado de sus defensas antes de eso?

Tenían que hablar de ello, pero ¿debería esperar a su encuentro oficial o ir a buscarlo?

¿Por qué no esperar? Se daría la oportunidad de quemar algo de esa energía recién descubierta. Porque ¡guau! Pasó las piernas por encima de la cama, se levantó y se puso a dar botes.

—Dame diez minutos y nos vamos al gimnasio. Quiero un *ring* de boxeo con cualquiera que esté dispuesto a enfrentarse a mí. Pero que no se quejen cuando limpie el suelo con su cara.

—Debo decir que me encanta tu actitud positiva de hoy —comentó Vivi.

—Gracias —respondió ella. Morir dos veces y resucitar místicamente con un nuevo superpoder podía cambiar a una chica.

¿Debería contárselo a su amiga o debería callarse? Sí, por el momento, debía callar. Al menos, hasta que elaborara un plan de acción sólido. Las historias de dioses, de los Astra y de las resurrecciones se difundirían rápidamente. No porque Vivi se lo contara a nadie, algo que no iba a hacer, sino porque las paredes tenían oídos.

Caminó velozmente hasta el baño y se lavó la cara y los dientes mientras trotaba sin moverse de sitio. ¡Vaya! ¿Se habría sentido Nissa así de imparable todo el tiempo?

De repente, la asaltó un nuevo pensamiento. ¿Y si había descartado demasiado rápidamente el asunto de las muertes? Siempre le proporcionarían más fuerza...

Además, ¿y si pudiera ayudar a Halo a ganar su prueba de bendición? Para convertirse en su oponente en todas las tareas y asegurarse de que él ganara las luchas solo tenía que transformarse y morir voluntariamente, y eso podría soportarlo una vez más. Incluso dos veces más. Mientras evitara la duodécima batalla, cosa que sin duda también podría hacer, siempre que tuviera la fuerza suficiente, podría salir de aquellas pruebas de bendición con una nueva vida y un currículum estelar.

—*Buena soldado.*
—*Murió repetidamente por la causa.*
—*Ayudó a derrotar a Erebus.*
—*Casi la única responsable de la salvación de Harpina, de la raza arpía y de los Astra.*

Pensándolo detenidamente, el destino de los Astra y de las arpías estaba unido para siempre. Lo que les sucediera a unas les sucedería también a los otros. Tal vez la General Taliyah no fuera su mayor admiradora, pero podía llegar a serlo con el incentivo adecuado. Y, tal vez, ella no fuera la animadora más entusiasta del comandante, pero no estaba dispuesta a condenar a sus hermanas a quinientos años de derrota solo por perjudicar a aquel hombre.

Lo más importante no era que ella acumulara más fuerza, ni que alcanzara la gloria. ¿No podría soportar el tormento de unas cuantas muertes más por el bien de sus hermanas?

Así pues, ¿qué más tenía que analizar? La decisión estaba tomada. Se volvería una bestia y aumentaría su poder. Sonrió. Pero, al instante, frunció el ceño, porque se dio cuenta de que Halo iba a protestar.

Aunque... Halo no podía protestar por algo que no sabía. ¿Se habría dado cuenta de la verdad sobre la leona o no?

—Ocurre algo en el pasillo —gritó Vivi, desde la habitación—. Las chicas se están volviendo locas. Voy a salir a echar un vistazo...

Se oyó el ruido de unos cristales rotos.

«¡Amenaza!». Todavía en pijama, salió corriendo del baño. Se detuvo en seco. Su amiga estaba agachada sobre la cómoda, mostrando los colmillos. Las fotos que adornaban la superficie estaban hechas pedazos por el suelo.

Halo estaba de pie en el centro de su estrecho cuarto, con la misma camiseta y los mismos pantalones de cuero que antes. La miró con sus ojos glaciales, pero, aun así, logró que ella sintiera calor.

Qué molesto.

—Vivi, te presento a Halo. Es el Astra del que aún no hemos hablado. Halo, te presento a Vivian Eagleshield, mi mejor amiga.

—Déjanos —le ordenó Halo a Vivi, sin apartar la vista de ella.

«¿Lo sabe? ¿Lo sabe? ¿O, por lo menos, lo sospecha?».

Vivi le sonrió con desdén.

—Lo siento, señor de la guerra, pero no me iré hasta que la chica a la que miras como si fuera el último trozo de carne de un bufé libre me diga que me vaya. ¿Fifi?

Con solo un apodo, hizo cien preguntas diferentes.

—Estaré bien —le prometió Ophelia—. No me va a hacer daño.

Todavía.

—¿Estás aquí para hacer algo de trabajo sucio, Astra? —preguntó Vivi, moviendo las cejas con malicia.

—No va a haber ningún trabajo sucio —dijo Ophelia, apresuradamente.

Una promesa tanto para su amiga como para sí misma. El plan para obtener más fuerza no incluía distracciones sexuales. No importaba lo delicioso que fuera Halo y que estuviera allí mismo, en su casa. En serio. Halo era una trampa total en aquel momento, latiendo con una intensidad descarnada.

A ella le temblaron las rodillas.

«Puede que esté en un lío».

Por fin, él se dignó a mirar en dirección a su amiga, estirando lentamente el cuello. Fue un gesto de poder deliberado. Tan intimidante y sexy como aterrador.

Vivi alzó las manos haciendo un gesto de inocencia.

—No, no —le dijo a Halo, con un guiño, y saltó al suelo—. No hay necesidad de echarme de la habitación de mi mejor amiga, donde siempre soy bienvenida. Me iré sola. Es obvio que tenéis cosas importantes que discutir. Me voy ahora y ya luego me enteraré de todos los detalles.

Salió por el baño, cerrando la puerta con un suave chasquido y una risita no tan suave.

Halo la miró a ella de nuevo. Parecía que sus músculos estaban expandiéndose. Irradió aún más calor, casi chisporroteando, y ella contuvo un gemido.

«¡Aguanta!». Su palabra del día.

—¿Qué quieres? —le preguntó. Ojalá llevara armadura.

—Dime qué pasó ayer —exigió él.

Bien. Ya tenía la confirmación. Él no lo sabía.

Así pues, podía proceder según lo que había planeado.

—No voy a contarte nada. No somos compañeros, ¿se te ha olvidado? —respondió. Otra razón para mantener en secreto sus planes—. Haznos un favor a los dos y sal de mi habitación.

Él se quedó inmóvil. Era tan terco como ella.

—Cuando te apartaron de mí, apareciste ante Erebus, ¿no?

¿Por qué tenía que oler tan bien el Astra?

¿Y a qué se refería? ¿Insinuaba que ella estaba trabajando con el enemigo? Extendió los brazos y anunció:

—Mírame. Esta soy yo sin decirte nada.

—Creo que tiene un vínculo místico contigo —insistió Halo—. Algo que te dio después de apuñalarte. Si no me equivoco, hay una manera de evitar que te aleje de mí por segunda vez.

¿Un vínculo místico con Erebus? Oh..., qué mierda. Una parte de la ecuación que había pasado por alto. Los Inmortales podían invocarla con una orden, de la misma manera que Halo invocaba las armas. Notó la quemazón de la bilis en la garganta. ¿Darle a un enemigo tanto poder sobre ella? Eso no lo permitiría por ninguna razón. Ni siquiera por acumular una fuerza extraordinaria.

Modificó su plan en aquel momento. «Cortar la conexión con Erebus. Volver a ser una bestia. Hacerme más fuerte según mis propios términos».

—Hazlo —dijo—. Sea lo que sea.

—Muy bien —respondió Halo. Tenía una expresión sombría, pero sus iris giraban de excitación—. Quítate la ropa, arpía.

8

Halo luchó por mantener su apariencia de calma. «Pendiente de un hilo...».

Le había fallado a aquella hembra que, supuestamente, era su hembra, en dos ocasiones ya. Aquel mediodía, todos, menos Ophelia y él, quedarían congelados, paralizados, y eso marcaría el inicio oficial de la tarea de bendición. No habría más trabajos durante los siete días siguientes. Sin embargo, cabía la posibilidad de que, después de la congelación, Erebus le robara a la arpía una vez más. Tal vez. Era probable.

¿Emociones reprimidas? Ya no. Por primera vez que él recordara, estaba hirviendo de rabia y de otras cosas. Culpa. Vergüenza. Preocupación. Alivio. Deseo. Oh, el deseo. A veces eclipsaba todo lo demás y lo inquietaba tanto como a un animal enjaulado.

Cada vez que se imaginaba cómo sería arrojar a aquella hembra sobre una cama, lo invadía una catarata de imágenes. Poniendo las manos sobre ella. Sintiendo sus manos sobre él. Besándose y frotándose. Cosas que nunca había anhelado con otra, pero que ahora sí ansiaba.

«Tocarla. Marcarla. Reclamarla. Salvarla».

Cuánto amaba y odiaba aquello. Su tensión empeoraba a cada minuto, se le tensaba el torso y le picaba. Y, sin embargo, al inhalar el delicioso aroma de la arpía, la promesa del alivio nunca le había parecido tan segura.

¿Y si ella le había dicho la verdad? ¿Y si lo atraía de aquel modo sin la ayuda de una feromona? Si ella fuera su gravita...

Entonces, ¿qué?

—No es posible que acabes de decirme que me quite la ropa —farfulló ella—. A menos que pienses que vas a darte un revolcón ahora mismo, claro.

—No, no lo creo —respondió él. Aunque, tal vez, debería intentarlo. ¿Por qué no darles a ambos una oportunidad? Nunca había intentado complacer a sus concubinas, pero no quería liberar a la ninfa hasta que hubiera llegado al clímax, para poder verlo...

Sí. Como mínimo, debería descubrir el efecto completo que tenía Ophelia en su cuerpo cuanto antes. Un estratega inflexible insistiría en ello. De lo contrario, ¿cómo iba a poder organizar una defensa adecuada contra la constante distracción que le provocaba?

«¿Estás racionalizando tu camino hacia la derrota?».

Quizá. Pero creía que, en aquel momento, no le importaba.

—Quítate la ropa, Ophelia —dijo, en un tono más suave—. Voy a revisarte para ver si tienes alguna marca.

Ella farfulló un poco más y luego lo señaló con un dedo acusador.

—Soy perfectamente capaz de usar mis propios ojos y un espejo para mirarme, gracias. No hay razón para que tú...

Él se teletransportó a su lado e invadió su espacio personal. Su aroma lo saturaba, desgarraba sus terminaciones nerviosas, y él lo racionalizó aún más. Mantener relaciones sexuales con ella no sería sinónimo de derrota. Sería una distracción temporal, nada más. A largo plazo, los resultados podrían inclinarse a su favor o en su contra, pero no lo sabría hasta que lo hiciera.

—Algunas marcas se pueden grabar en el músculo o el hueso. Así que vas a permitir que examine cada centímetro de tu cuerpo, arpía —le dijo. En un tono tranquilo, pero letal, prometió—: De una forma u otra, te quitaré la ropa antes de que salgamos de esta habitación.

Ophelia lo fulminó con la mirada..., pero también irradiaba excitación.

—Eres un pervertido secreto, ¿verdad, bomba H? Entras aquí, moviendo la cola, pensando que puedes echar un vistazo a mis bienes. La ninfa es facilona, ¿verdad? Bueno, pues has elegido a la ninfa equivocada. Esta ninfa es una candidata a futura General.

¿Bomba H?

—Nada de ti es fácil —replicó él. Recorrió con las yemas de los dedos la solapa de su blusa de franela, sin poder contenerse—. ¿Por qué vas tan tapada?

Ophelia perdió parte de su animosidad y se estremeció.

—Tengo frío todo el tiempo —admitió, apoyándose en su tacto. Entonces entrecerró los ojos, levantó la barbilla y se alejó, y empezó a desabotonarse la blusa—. ¿Quieres ver lo que nunca tendrás? Bien. Adelante. Mírame bien, Astra. Porque me resistiré a tu atractivo.

¿Su atractivo? ¿Suyo? Halo se puso en alerta instantáneamente y decidió obtener respuestas sobre su..., sobre ella..., sobre...

La blusa se deslizó al suelo, dejando a la vista unos montículos regordetes con picos de color ámbar, y sus pensamientos se desviaron.

Aquellas magníficas bellezas se agitaron mientras ella se quitaba los pantalones y apartaba la tela de una patada. Llevaba unas bragas negras de encaje. Al enderezarse, sus largos mechones de color azabache danzaron alrededor de sus rasgos delicados. Con un orgullo exquisito, alzó la nariz y echó los hombros hacia atrás.

¡Era lógico que se sintiese orgullosa! Él casi no podía comprender la perfección de su cuerpo. Aquella mujer era impecable. Una obra maestra de picos, ondulaciones y huecos. Kilómetros de piel morena que ofrecían un festín para la vista.

«Carnalidad en estado puro».

Él sostuvo su mirada y se quedó sin aliento. Sus iris esmeralda brillaban, retándolo a alcanzarla. A tomar lo que deseara.

El calor se le acumuló en los músculos y convirtió sus huesos en acero. La presión aumentó y los engranajes comenzaron a girar en direcciones opuestas.

—Las bragas —dijo él, casi avergonzado por la ronquera de su voz—. Quítatelas.

Con la cabeza más alta, ella enganchó la tela entre los dedos y se contoneó. La prenda se deslizó por sus piernas. Pateó, haciendo que la tela volara. Con unos reflejos rapidísimos, él atrapó las bragas en el aire.

Húmedas de excitación. Por él. Al constatarlo, perdió la capacidad de pensar. Sin saber lo que hacía, se guardó las bragas en el bolsillo.

—Te lo dije —comentó ella, con una sonrisa burlona—. Pervertido secreto.

—Quizá lo sea —respondió él. Le pesaron los párpados mientras seguía el rubor que descendía por la elegante columna de su garganta... hasta sus deliciosos pechos. Y, más abajo aún, había una pequeña mata de rizos oscuros que lo cautivó.

«La tentación misma...».

—¿Y bien? —le instó ella, con una voz autoritaria y gutural—. ¿Ves alguna marca en mí?

—Sigo buscando —respondió él. Porque no había empezado—. El proceso lleva tiempo.

—Estoy segura.

Él se concentró en sus adorables dedos de los pies, con las uñas rosadas, mirando más allá de la dimensión natural, hacia lo místico. Subió la mirada por una pierna, luego por la otra. Un brazo, luego el otro. Subió por su abdomen... hasta sus pechos. En el centro estaba el lugar donde la habían apuñalado. Tenía una mancha descolorida en forma de estrella, como si se le hubiera derramado tinta y hubiera intentado limpiarla. No era una marca exactamente, pero había algo.

En aquel instante, Halo ardió en deseos de acabar con su enemigo de una vez por todas. Y lo haría. Pronto. Una vez que ascendiera, solo viviría para acabar definitivamente con el dios.

Por el momento, creía que sabía cómo podía evitar que Erebus invocara a Ophelia por segunda vez.

«¿Cuánto tiempo te hace falta para forjar un collar de trinidad?», le preguntó telepáticamente a Silver Stilbon, un rudo Astra al que apodaban «el Feroz». Cuando Silver llegaba al punto de la anhilla, un estado de violencia sin sentido al que todos los Astra podían llegar, las llamas crepitaban literalmente sobre su piel.

El metalúrgico respondió en segundos:

«¿Para una arpía? No mucho. Roc pidió una para Taliyah, pero cambió de opinión antes de que terminara. Solo me falta grabar unas cuantas runas».

«¿Y una cadena de diez centímetros con un disco de trinidad del tamaño de una moneda en el centro?».

El disco se adheriría a la piel de Ophelia, tapando la mancha y, de ese modo, impidiendo que Erebus extendiera sus manos espirituales y se aferrara a la arpo-ninfa. En teoría.

En realidad, la idea de que Ophelia llevara una banda especial que él mismo le hubiera puesto alrededor del cuello le resultaba gratificante.

«Lo necesito lo antes posible», le dijo a Silver.

Su compañero no hizo preguntas.

«Dame diez minutos y lo teletransportaré a tus manos».

Él se humedeció los labios. ¿Diez minutos? Podría usar ese tiempo para buscar más marcas en Ophelia.

—Date la vuelta —graznó.

Una risa enronquecida le resonó en las orejas.

—¿No te cansas de mí, Astra?

No podía. Más tarde, ni siquiera se permitiría pensar en ella y borraría la imagen de su mente. Lo haría. Pero hasta entonces:

—Date la vuelta —repitió él, con demasiada ansiedad para su gusto.

Otra risita, más suave. Ella obedeció con gracia.

—Mueve el pelo.

«Déjame verte cada centímetro».

—¿Siempre eres así de autoritario con las mujeres desnudas?

De nuevo, ella le obedeció, apartándose la brillante melena y echándola sobre un hombro.

«Mírala. Hecha para el placer. Hecha para mi placer». Aquellas pequeñas y delicadas alas revoloteaban y, al brillar bajo el sol de la mañana, parecían recortes de encaje. Tenía una elegante columna vertebral y unas curvas sublimes.

El cuerpo firme de una arpía adornado con la exuberancia de una ninfa. Una combinación claramente letal para su sentido común.

—¿Halo? —ronroneó ella.

Su pregunta. Claro.

—Siempre soy así de autoritario y punto —dijo, tirándose del cuello de su camiseta.

—Bueno. Me alegra mucho saberlo —respondió ella. Su tono de voz y su aroma se intensificaron—. Muy muy bien.

A él se le dilataron las fosas nasales. ¿Se habría excitado ella aún más? Halo se secó la boca con la palma de la mano.

—Sí. Muy muy bien.

Con el rostro de perfil, Ophelia sonrió como si estuvieran jugando a un juego. Era la viva imagen del poder femenino y la seducción.

—¿Te gusta lo que ves, Halo?

Quizá sí, sí estaban jugando.

—Sí —respondió él. No podía negar su belleza y no quería hacerlo—. ¿Y a ti? ¿Te gusta que te mire, Ophelia?

Su sonrisa de pura confianza se hizo aún más grande. Era impresionante.

—Puede que sí. Puede que también me gustara una inspección práctica. Mejor ser minucioso, ¿no crees?

—Minucioso —repitió él.

Para mantener la fuerza, las ninfas necesitaban orgasmos regulares. Esa era la razón por la que muchos ejemplares de la especie adoraban el placer. ¿Ophelia también?

«Cuando la lleve a la cama, no pararé hasta que se desplome de agotamiento».

Aquel pensamiento lo sobresaltó.

Tragó saliva. Como había demostrado una y otra vez, no fallaba en nada, porque no se detenía ante nada. Aunque conseguir el clímax de una mujer nunca le había importado, algo en su interior le exigía complacer a aquella arpía mejor que a nadie. Sin embargo, se preguntaba cuál era el camino que Erebus esperaba que recorriera ¿Resistirse a los encantos de Ophelia o entregarse por completo?

¿Y si se entregaba? ¿Y si se apoderaba de la arpía durante una tarea de bendición y le proporcionaba orgasmo tras orgasmo? ¿Qué sucedería entonces?

¿Querría más y más? ¿No consideraría nada más? ¿Se aliviaría su tensión y eso permitiría que se concentrara mejor o perdería su ventaja?

—Estoy esperando esa inspección —dijo ella, con palabras tan sensuales como el resto de su ser.

—¿Quieres que te toque, Ophelia? —le preguntó él, y apareció justo detrás de ella—. Entonces, voy a tocarte.

—Sí. Vamos.

Él se estremeció al deslizar las yemas de los dedos por su columna. A ella se le puso la piel de gallina, como si estuviera saludándolo.

«Es sensible. Receptiva».

—Umm. Tienes la piel tan caliente... —dijo ella. Suspiró y se acercó más a él—. Me excitas.

Él sintió una satisfacción feroz y salvaje y recordó lo que había admitido Ophelia: odiaba tener frío.

Aumentó la confianza que tenía en sí mismo. Podía complacerla. Y lo haría.

Le acarició el trasero y lo estrujó. Era suave, generoso, perfecto.

Ella gimió y él perdió el control. El día anterior, él había luchado contra un monstruo. En aquel momento, se sentía así, como un monstruo, con la agresión agitando sus alevalas. Las imágenes cambiaban de lugar, saltando a diferentes partes de su cuerpo.

La leona ya se había hecho un lugar sobre su corazón, un lugar que generalmente quedaba reservado para el acto más reprobable de un señor de la guerra. Un lugar que había permanecido vacío hasta entonces, pese a la cantidad de actos atroces que había cometido. ¿Por qué ese lugar tan prominente para una bestia sin raciocinio? ¿Y por qué había vomitado después de la batalla? ¿Por qué había experimentado un sentimiento de protección hacia su oponente? ¿Simplemente porque había olido a Ophelia?

Sospechaba que se le estaba escapando una respuesta obvia.

—Oye, Halo —dijo ella, con un pequeño puchero—. También tengo fachada, ¿sabes?

—Oh, ya lo sé —respondió él, y cualquier resistencia se desmoronó. La rodeó con ambos brazos y agarró sus pechos con cautela. ¡Qué sensación! Los montículos se desbordaban bajo las palmas de sus manos.

Ella gimió de aprobación mientras la acariciaba. Cuando las crestas distendidas se tensaron bajo sus palmas, él tomó aire entre dientes. ¿Había algo que alguna vez le hubiera hecho sentirse tan bien?

—Ah, por cierto —dijo ella, y jadeó cuando él le rozó la mejilla con la suya—. Probablemente debería mencionar que solo estoy dándote unas muestras del producto. La primera entrega es gratis. La segunda te costará cara.

—Y a ti también. Pero ¿quién de nosotros pagará más, eh?

—Tú, Astra. Sin duda, tú —replicó ella. Se echó hacia atrás y apoyó la cabeza en su hombro, dejando al descubierto la elegante línea de su garganta. Le clavó unas garras en el cuero cabelludo y las otras, en el muslo, y dijo, con la voz áspera—: Pero, por favor, continúa.

Continúa. Sí. La necesidad lo golpeaba cada vez con más intensidad.

—Creo que estás disfrutando, Elia —le dijo. Aquel diminutivo fluyó de sus labios sin que se diera cuenta—. Creo que estás disfrutando muchísimo.

—Lo que tengas que decirte a ti mismo está bien, Halo —respondió ella, y tuvo un escalofrío por todo el cuerpo, que dio paso a lentas ondulaciones—. No pares.

Gracias a siglos de férreo control, él se limitó a amasar sus pechos con más firmeza.

—Creo que te encanta esto —le dijo—. Creo que lo necesitas.

—Te equivocas. No necesito nada.

Ella frotó el trasero contra su miembro y soltó una risita suave.

—Umm. Disculpa, voy a corregirme a mí misma. Quizá necesite más.

Él se ahogaba de deseo y no podía pensar. La presión era exquisita y mejoraba a cada momento.

«¿Qué me está haciendo?».

Le mordisqueó el lóbulo de la oreja y le pellizcó los pezones.

—¿Vas a permitir que te haga lo que desee, arpía?

—Voy a permitir..., yo... —murmuró ella. De repente, su grito entrecortado llenó la habitación—. Dame más. No te pares, no te pares, no te pares —canturreó, en voz baja. Luego, a un volumen más alto, ordenó—: Dame más.

«No puedo pensar».

Su aroma estaba cambiando de nuevo, volviéndose más intenso. Cada inhalación entrecortada le nublaba la cabeza. Los músculos de su cuerpo se flexionaron y los tendones se estiraron.

—¿Estás húmeda por mí, ninfa? —le preguntó. Deslizó los nudillos por su vientre y ella gimió su nombre. Los sonidos que emitía, la suavidad de su piel, la cascada de su cabello...

—Dime: «Estoy húmeda por ti, Halo». Entonces te daré más.

—No estoy húmeda. Estoy empapada —admitió ella, sin vergüenza. Luego gimió y murmuró—: Y exijo más, Halo. Acéptalo. En cierto modo, me debes una.

A él se le crisparon los labios. Tuvo diferentes impulsos que le exigían tomar inmediatamente lo que le había sido negado durante tanto tiempo. El placer y la liberación. El alivio. Sin embargo, se obligó a sí mismo a ir despacio.

—Haré que te sientas bien.

—Sí. Haz que me sienta bien. Eso es lo que siempre he querido.

Halo rozó su montículo de rizos y a ella se le escapó un gemido.

—¿Así? —le preguntó él.

Su cuerpo se sacudió cuando ella giró las caderas para bajar sus dedos.

—Exactamente así.

«Empapada, como advirtió». Nuevos impulsos eclipsaron a los demás. Tuvo ganas de atraparla, de no soltarla jamás. De doblarla hacia delante. O ponerla boca arriba. De darse un festín. De inmovilizarla y embestirla una y otra vez.

—Cuando te quite la marca de Erebus —gruñó, contra su piel— quizá añada la mía.

—Un momento. ¿Cómo? —preguntó ella. Se quedó inmóvil—. ¿Tengo una marca?

—Sí y no —respondió Halo. Lamió su pulso acelerado y... nada.

Ella se había girado para mirarlo, soltándose de su abrazo, y sus iris verde claro le arrojaban fuego.

—Quítame la marca, Halo. Ahora.

—Lo haré, pero no hoy. Creo que será complicado y requerirá una inmensa cantidad de poder.

¿Agotarse cuando faltaban pocos días para la siguiente prueba? ¿Era esa la esperanza de Erebus?

Ella se abalanzó sobre los hombros de Halo con los puños apretados.

—Entonces, ¿para qué te molestas en examinarme?

—Puedo neutralizar el vínculo con trinidad —respondió él. Le puso las manos en las caderas, pensando en apartarla para siempre. En terminar su interacción. Pero ya era demasiado tarde. Una vez que la tenía sujeta, no se atrevía a soltarla por segunda vez—. Dentro de unos minutos, Silver te dará un collar. Solo el hecho de usarlo debería evitar que Erebus te teletransporte. Hasta entonces...

Halo avanzó, obligándola a retroceder. Mientras la presionaba contra la pared, le puso la palma de la mano cerca de la sien, se agachó y se puso a su altura.

—¿Continúo con la inspección ahora? —le preguntó. Con la mano libre, le pellizcó ligeramente la barbilla y le levantó la cara—. Creo que me ordenaste que te diera más.

Para su deleite, Ophelia se derritió contra él y le rodeó el cuello con los brazos.

—¿Me vas a besar esta vez?

«¿Anhela un beso mío?», se preguntó él. Posó la mirada en sus labios carnosos y rojos. Los tenía entreabiertos y, al ver una ligera depresión en el centro de su labio inferior, se le llenó la cabeza de ideas.

«La lameré ahí mismo».

—Oh, sí. Esta vez voy a besarte, arpía. Lo haré todo.

—¿Todo? Yo... No. Espera —dijo ella, negando con la cabeza—. No podemos mantener relaciones sexuales ni aunque te lo suplique. Y, para que quede claro, «relaciones sexuales» significa meter tu pene dentro de mi vagina. ¿De acuerdo?

La idea de que aquella mujer le rogara cualquier cosa, especialmente por placer... ¡Sí! La necesitaba más de lo que nunca hubiera necesitado nada. Pero consiguió dominarse y respondió:

—Muy bien. Sin penetración.

—¿Puedo confiar en que cumplirás tu palabra? —preguntó ella.

—Siempre. Nunca miento —declaró él. La mentira era el lenguaje de los cobardes sin voluntad. Más que eso, una sola mentira esclavizaba la voluntad propia a la opinión de otro por un motivo cualquiera. Él le presionó la barbilla y la miró fijamente a los ojos—. Aquí tienes un segundo juramento. Un día, pronto, te tendré.

—No prometo nada —replicó ella, con la necesidad reflejada en sus rasgos—. Ahora, bésame, Halo. Bésame rápidamente antes de que cambie de opinión.

Sí. Él se inclinó y posó su boca sobre la de ella. Ophelia se abrió para él, con ansia. Sus lenguas se unieron y, cuando él percibió la dulzura de su sabor, se le abrieron los ojos de par en par. Entonces se le cerraron los párpados y se perdió en el momento.

Se dio un festín con la arpía. Era un hombre hambriento que, por algún motivo desconocido, se había topado con un banquete. Un animal reducido a la pura necesidad.

La tensión en su interior disminuía y empeoraba a la vez, los engranajes se detenían, arrancaban y chirriaban. Sin embargo, él casi no lo notó. Durante mucho tiempo, solo había conocido el trabajo. La arpía le estaba produciendo una sensación tras otra, cada una más conmovedora que la anterior y más necesaria. Y él, que había pensado que nunca tendría suficiente. ¡Tonto! Solo había vislumbrado las posibilidades. En aquel momento...

Una chispa de algo se prendió en su interior. Era algo que la Orden no debía de haber logrado extinguir. Fuese lo que fuese, desencadenó otras emociones y alimentó llamas que no se podían apagar.

Ansiaba sentir alivio. Metió una mano entre el pelo de Ophelia y enredó los dedos en los sedosos mechones. Volvió a posar la otra mano en su pecho, cubriendo el generoso montículo. Se le escapó un gemido. No había obtenido ningún alivio al acariciarla así, pero no podía arrepentirse de haberlo hecho. Nunca había sentido nada tan delicioso.

—Halo —gritó ella, entre besos, y le provocó una aguda punzada de excitación.

Necesitaba más de eso. Su nombre en los labios de Ophelia.

«Preséntate en el vestíbulo del palacio en cinco minutos. Tenemos que hablar».

La voz del comandante le llenó la cabeza, y Halo tuvo que tragarse un rugido; las palabras fueron un latigazo helado en medio del calor sofocante. Aunque sería capaz de matar a miles de seres con tal de poder continuar con aquel beso, no debía ignorar a Roc durante una tarea de bendición.

Debía de haber ocurrido algo. El primer y el segundo día de la repetición, Roc había solicitado su presencia solo después de informarle, algo que no había hecho aquella mañana.

¿Acaso estaba Erebus causando problemas antes de la hora señalada?

«Los Astra, primero».

Levantó la cabeza, pero no cortó el contacto visual con la arpía, lo cual fue un error. Inhaló su olor y perdió la cabeza de nuevo. Su mirada volvió a sus labios; los tenía entreabiertos, rojos y brillantes. Estuvo a punto de inclinarse de nuevo para tomar una segunda ración.

Soltó una maldición desesperada y se teletransportó a varios metros de su tentación, pero aún podía olerla y la necesidad siguió arañándolo.

El deseo era devastador y tuvo que luchar para controlarse.

—No había terminado —dijo ella, con un jadeo, mirándolo con una mezcla de excitación, confusión y dolor—. ¿Por qué has parado? ¿Cuándo podemos volver a empezar?

«Engranajes girando...».

—Me han llamado al vestíbulo del palacio y tú vas a acompañarme. Tienes dos minutos para vestirte. La cuenta atrás comienza ahora.

9

Ophelia salió de su neblina sensual en un instante y se puso alerta.

—¿Eso es lo único que tienes que decir después de toquetearme? —preguntó.

En primer lugar, Halo había tenido el descaro de excitarla insoportablemente. Después, le había hecho todo tipo de exigencias, algo que, para una ninfa como ella, era un coqueteo extremo. Luego le había dado aquel pellizco ultrasexy en la barbilla, algo que ni siquiera era justo, y la había besado como si no pudiera vivir ni un segundo más sin conocer su sabor. Y, finalmente, la había despedido como si no le importara nada de lo anterior.

Una página familiar en la historia de su existencia. Deseada por un momento, olvidada al instante siguiente. En fin, no era para tanto.

—¿Toquetearte? —preguntó él, con irritación.

Ella se encogió de hombros despreocupadamente.

—Lo digo como lo veo. Pero no te agobies. Está bien. Todo va bien.

¡No, no era cierto! ¡No todo iba bien!

Ella no era una ninfa sin fuerza de voluntad que flaqueaba a la primera muestra de afecto. No siempre. Era una arpía cruel y despiadada con un corazón de hierro y una columna vertebral de acero, algo que había demostrado cada día de su vida. Bueno, casi todos los días. O algunos días. De vez en cuando.

De todos modos, muy pocos comprendían la fuerza de voluntad que necesitaba una ninfa para negar los impulsos de su cuerpo. Aún menos se daban cuenta de que ella siempre se sentía como un polvorín a punto de estallar. Ese era el motivo por el que había aplicado su único decreto: nada de hombres. Eso era todo. Simple, fácil. Nada de hombres.

Tras años de duro trabajo y abnegación, había tenido la valentía de ceder a una de sus necesidades, de permitir que sus deseos se activaran y su mente se apagara. Sabía que no debía hacerlo, que no debía ceder al deseo por nadie, y menos, por un Astra... ¡Argh!

Un momento de debilidad podía llevar a toda una vida de arrepentimiento. Nissa se habría quedado decepcionada.

«¿Cuándo aprenderás a controlarte, Ophelia?».

Se le hundieron los hombros. Casi toda la vida había fingido que no tenía el sueño de que su hermana se enorgulleciera de ella, pero, en realidad, lo había deseado con todo su ser. Siempre había anhelado saber, por fin, que era digna del apellido Falconcrest. Escuchar una sola frase de elogio. Ver una sonrisa de aliento. O, por lo menos, tener el mismo derecho a presumir de su apellido. «Mira, Nis. No soy una fracasada. He conseguido lo mismo que tú».

Ahora, ya solo le quedaba un anhelo eterno y un montón de recuerdos de infancia que le causaban un conflicto.

Suponía que, en parte, Nissa la odiaba porque su madre había fallecido por complicaciones poco después de dar a luz. Por aquel entonces, Nissa era una General muy ocupada, pero todos los informes afirmaban que no dudó en tomar las riendas y criarla hasta su décimo cumpleaños. A esa edad, ella fue enviada al campo de entrenamiento como cualquier otra arpía de su edad. Luego, asistió al Instituto Harpiano, a la Academia Arpía y, por fin, entró en el ejército.

Aunque no había progresado mucho con su objetivo final a lo largo de los años, casi siempre se había entregado por completo a cada tarea. Eso tenía que significar algo, ¿no? ¿Al menos un poco? ¿Una pizca?

En algún momento, demostraría ser digna de la aprobación de Nissa, siempre y cuando evitara que los hombres la distrajeran. Aquel patrón de comportamiento tenía que terminar, ¿verdad? ¿Por qué no ya mismo?

Además, resistirse a Halo ya no debería ser un problema. Él era un desastre. Antes de que interrumpiera el beso tan abruptamente, ella había estado a punto de suplicarle que mantuvieran relaciones sexuales, como temía. Y qué humillante había sido el descubrimiento. Sobre todo porque había sido él quien había apretado el gatillo.

¿Cómo podía olvidar que Halo solo era un paso más en el camino hacia un ascenso? Un medio para conseguir un fin. Una no debería acostarse con su jefe.

«Aun así, deseo más».

Se estremeció al sentir el aire fresco en la piel desnuda. Ugh. ¿Cuánto tiempo había permanecido inmóvil como una estatua, mientras Halo la miraba con un gesto ceñudo?

—¿Nada más que decir? —le preguntó. Tomó un sujetador y unas bragas de un cajón de la cómoda, sin importarle que no combinaran. En serio. No le importaba. Después de ponerse cada prenda, tomó una camiseta de tirantes, un suéter de cachemira y unos pantalones de cuero del armario.

El interior de los pantalones estaba forrado de piel, un auténtico lujo para un soldado. Eran sus pantalones favoritos, prueba de que no necesitaba el calor de Halo.

—Has disfrutado de mis supuestas caricias —gruñó él—. Lo pediste. Incluso lo pactaste.

—¿No te enteras, Halo? Soy mitad ninfa. Habría pactado un revolcón con un zombi.

Él ladeó la cabeza, observándola como si acabara de descubrir el mapa de un territorio enemigo. Bajando la voz, dijo:

—Así que te gusta que te coman. Me alegra saberlo.

Ella se quedó mirándolo boquiabierto. ¿Acaso la Máquina acababa de hacer una broma picante?

¿Y cómo podía resultarle tan sexy?

«¡Aguanta!».

—Solo eres otro error en una serie de errores —le espetó—. Para tu información, nunca me enrollo con el mismo error dos veces.

A él le vibró un músculo bajo el ojo.

—Tienes un minuto y cuatro segundos.

Entonces, ¿Halo era su marca personal de hierba gatera? ¿Hierba «ninfera»? ¿Y qué? Sus objetivos no habían cambiado. Enorgullecer a Nissa y, tal vez, de paso, salvar a la especie arpía. Amaba a sus hermanas. Eran su familia. Lo demostraría con sus próximos actos. Se acabó olvidar el futuro a cambio de un momento. Se acabó excitarse y desviarse del rumbo. Su navegación estaba fija. A toda máquina.

—El tiempo justo para explicarte que no debes volver a tener contacto físico conmigo —le respondió, con la frente en alto y la espalda recta—. No eres mi tipo y, además, tienes una concubina.

Una concubina que a ella se le había olvidado.

La pérdida selectiva de memoria era una enfermedad que debía de haber heredado de su padre.

—¿Cuál es tu tipo? —preguntó Halo, con los ojos entrecerrados, y negó bruscamente con la cabeza—. No importa. Cuarenta y dos segundos. Si no quieres andar descalza, ponte zapatos.

—Eres muy molesto —dijo ella. Se puso los calcetines y las botas de combate y, por último, una chaqueta. El problema: la ropa no podía defenderla del atractivo visual del Astra.

Bien, entonces, tendría que fortalecerse por si alguna vez su lujuria de ninfa entraba en lid con su determinación de arpía. Y sabía por dónde empezar.

«Apartar la mirada del espectáculo de este hombre inmediatamente. Pensar en algo poco atractivo para estar a salvo».

—Se acabó el tiempo. Vestida y lista, señor —dijo, saludándolo burlonamente.

Pensaba que él la agarraría rápidamente y los teletransportaría, su *modus operandi* habitual, así que se preparó. Sin embargo, él cruzó los brazos sobre el pecho. Una postura que ella oficialmente denominó «Ophelia está en apuros».

—Debes de sentir curiosidad por la concubina, ya que la has mencionado.

Se le afilaron las garras. ¿Se había acostado con la amazona y luego la había besado a ella? ¡Imbécil!

—No. No tengo curiosidad —respondió, tratando de que su tono de voz fuera de despreocupación.

—No me he acostado con la amazona esta mañana ni ayer. No voy a seguir haciéndolo. Ya he terminado con sus servicios.

Le soltó aquellas palabras como si ella hubiera pasado la última hora exigiendo saberlo.

«No te alegres».

—¿Esperas un premio o algo así?

«La amazona», había dicho. No «mi amazona».

¿Un detalle significativo o un simple desliz? Bueno, tampoco tenía importancia.

—No espero nada, pero exijo una respuesta —dijo él. Su mirada la inmovilizó—. ¿Te has acostado con alguien esta mañana? Alguien a quien veas regularmente, tal vez. ¿Alguno de varios?

¿Por qué le importaba que pudiera tener una lista de amantes... a menos que una parte de él quisiera inscribirse y unirse a la rotación?

—¿Tú qué crees? Las ninfas son conocidas por sus establos de juguetes.

Nunca había tenido uno, pero, probablemente, había sentido interés algunas veces.

Las estrías de los iris de Halo giraban a una velocidad vertiginosa.

—No estarás con otro hombre mientras estemos juntos, Ophelia. Mataré a cualquiera que te toque. ¿Entendido?

Él..., ella..., ¿qué? ¿Estaba celoso? ¿Tenía un sentimiento de propiedad hacia ella? ¿Y había dicho «juntos»? Eh... Tal vez Halo sí quería estar en esa lista.

Se le aceleró el pulso y le temblaron las extremidades.

Ninguno de los dos perdedores con los que se había acostado se había mostrado posesivo con ella, así que aquella era una experiencia completamente nueva. El momento perfecto para iniciar su programa de dos pasos.

Desvió la mirada y le dio la bienvenida a un pensamiento poco atractivo: «Una lanza clavándose en el oído duele». Antes de conocer a Halo, no lo sabía.

Segundo pensamiento poco atractivo: «Halo ha visto mi cuerpo, pero yo no he visto el suyo». Aunque había algo emocionante en el hecho de estar desnuda ante un hombre completamente vestido.

«¡Alerta roja! ¡Abortar la idea! Esa idea no es poco atractiva. Repito, no es poco atractiva».

Bueno, su programa de dos pasos necesitaba ajustes.

—Mira —dijo, y suspiró—. Nos besamos brevemente y nos acariciamos un poco. Nos desagradamos. ¿Por qué te importa a ti con quién estoy?

—Esa respuesta está fuera de tu alcance —le espetó Halo.

Tema cerrado, entonces. ¡Bien!

—Mis planes sexuales están fuera del tuyo.

Él se quedó callado un buen rato, volviendo lentamente a su estado de ánimo impasible.

—Tu... collar está terminado —dijo él. En cada una de sus manos apareció un semicírculo de piedra fina y oscura. Se acercó a ella—. Las dos piezas están marcadas con runas místicas. No importa cuántas veces se repita el día, siempre podré entregártelas a primera hora de la mañana.

Ella sintió un destello de su calor y se estremeció. Las habilidades de aquel hombre eran... embriagadoras. No, no. Molestas.

—No esperes un agradecimiento —le dijo, apartándose el pelo.

—De ti solo espero problemas —respondió él.

Ajustó las piezas por encima del escote de su suéter. Del borde de una de las mitades colgaba un disco redondo que se hundió por debajo del cuello de su jersey y se le adhirió al lugar donde Erebus la había apuñalado como si se le pegara a la piel.

—Habrá al menos siete días entre cada tarea —dijo Halo. Le apartó el suéter y deslizó la yema del dedo alrededor del disco, rozando su piel con el nudillo—. Estoy seguro de que Erebus causará problemas mientras tanto. Esto ayudará.

Su piel caliente contrastaba tentadoramente con la fría piedra. Ella cerró los ojos, luchando contra los efectos de aquella sensación. ¡Un error! Su aroma a cerezas ahumadas y sándalo se registró aún más en su cerebro. Umm.

Bueno, entonces Ophelia añadió un tercer paso: «Deja de respirar».

Abrió los párpados y se apartó de su compañero, acariciando su nuevo accesorio a través del jersey. Era más una gargantilla que un collar, sin apretar demasiado. Tenía ligereza. No estaba mal. Por supuesto, no le hubiera importado; se habría clavado un clavo de cuarenta y cinco kilos en el corazón con tal de bloquear a Erebus.

Halo la observó, aparentemente fascinado por lo que veía. Las estrías de su iris comenzaron a girar de nuevo, hipnotizándola. Tal vez un beso más no fuera tan reprobable... «No. No voy a hacer eso».

—¿No tenemos que ir a algún sitio? —preguntó—. Estoy bastante segura de que mis dos minutos expiraron hace dos miradas lujuriosas.

Las estrías se detuvieron. Otra máscara vacía se apoderó de su rostro, más fría que la anterior. Incluso gélida. ¿Qué había dicho la arpía del gimnasio? Ah, sí. «Explosión ártica». Listo. Aquel hombre no deseaba a nadie. Pero ella lamentó la transformación y se sintió como si hubiera perdido algo especial.

«Más tonterías de ninfa, eso es todo».

Él la agarró de la muñeca y la condujo al vestíbulo del palacio. Había cientos de arpías congregadas en la zona, cotilleando en susurros mientras miraban la chimenea que había entre las escaleras izquierda y derecha, donde colgaba el retrato de Nissa. Sus rostros mostraban diferentes grados de confusión. Ella siguió sus miradas...

Una de sus manos se elevó hasta su boca por sí sola mientras se tambaleaba hacia atrás. El retrato de Nissa había desaparecido y había sido reemplazado por una cabeza cercenada. La cabeza de la leona. No tenía ojos, porque Halo se los había arrancado, y la sangre manchaba su hocico. En sus numerosos dientes metálicos había restos de Halo.

«¿Yo tenía ese aspecto?», se preguntó. Con razón Halo la había matado de la forma más brutal posible.

Trató de mantener una actitud firme y preguntó:

—Mataste a tu primera bestia, ¿eh?

—Sí —respondió él. No dijo nada más. Apenas se movió. Sin embargo, no pudo disimular un ligero tic en sus dedos.

La curiosidad pudo con ella.

—¿La batalla fue un desafío para ti? —le preguntó—. He oído que los Astra son imposibles de matar.

—Ni fue un desafío, ni es imposible —respondió él. Señaló la garganta de la bestia, donde el pelaje parecía aplastado—. Durante la batalla, la criatura llevaba un collar de piedra de fuego. Un veneno para los Astra.

No había sido un desafío. Vaya. Bueno, estaba bien tener aquella información. Ella se presionó la lengua contra el paladar. «No digas nada. No respondas».

—Quizá el próximo monstruo te haga un daño importante —soltó, sin querer.

—Quizá. Pero, probablemente, no.

Eso le dolió. Una reacción tonta. No buscaría la eliminación de Halo cuando lucharan. Al menos, no a propósito. Tal vez aquello lo buscara Erebus. «Voy a conseguir otra infusión de fuerza, a superar la sed de sangre y a aceptar mi matanza».

Si no sucedía la próxima vez, la siguiente. Si conseguía suficiente poder, podría acabar con el mismísimo dios.

Ohhh. Esa sí que era una idea emocionante. Una pequeña belleza de pensamiento que echó raíces y se extendió a kilómetros de distancia. Matar a Erebus era el mejor final posible para aquella tarea de bendición. Halo ganaría y ella haría lo que nadie más había podido hacer: destruir a los fantasmas. «Mi primera muerte. Un dios, nada menos». ¡Menudo logro!

—¿Y quién expuso la cabeza? —preguntó—. ¿Lo sabes?

—Caos, estoy seguro. Al final de una tarea, siempre le presento un trozo de mi oponente. Sin embargo, esta tarea es diferente y se realiza por etapas. Debe de ser una forma de seguir mi progreso.

—Supongo que tiene sentido. De una manera enfermiza.

Sus dedos se flexionaron contra los de ella una vez más. ¿Por qué no había intentado zafarse todavía?

—Siento haber permitido que Erebus te arrojara a la bestia antes de la batalla —dijo él.

¿Pensaba que había servido como cebo para la bestia? Tuvo un sentimiento de culpabilidad.

—Oh. Eh... No hay razón para que te sientas mal. No eres responsable de mí.

—Soy responsable. Por ahora.

Error.

—Sé cuidarme sola.

Junto a ellas, dos arpías iniciaron una rápida conversación, interrumpiendo la suya.

—Acaba de aparecer —dijo la primera—. ¿Qué crees que significa?

—¿Que Taliyah contrató a una mejor decoradora? ¿Tiene un admirador secreto?

—¡Mira! Algunos de los Astra están aquí.

—No, mira tú. Creo que Halo se está acostando con la Suspendida. ¡Mira! ¡Están tomados de la mano!

La discusión se fue apagando y otras siguieron su ejemplo. El silencio se apoderó de la multitud, y ella se ruborizó. Las arpías que no se giraban para mirar con lascivia a los señores de la guerra, moviendo las cejas y haciéndoles guiños sugerentes, la miraban boquiabiertas, como si le hubiera salido una segunda cabeza.

Seguramente, las reprendería a todas por su mala educación en cuanto terminara de estudiar a los otros Astra. Hasta aquel momento, solo había visto de lejos a los nueve infames. De cerca eran cautivadores.

Silver, el metalúrgico, tenía el pelo negro y liso, la piel bronceada y los ojos como espejos; su intensidad rivalizaba con la de Halo, mientras que su ferocidad igualaba a la de Roc.

Luego estaba el llamado Ian. Tenía ojos negros y piel un tono más clara. Llevaba el pelo oscuro recogido en unas gruesas trenzas. Se rumoreaba que tenía un retorcido sentido del humor y un temperamento mucho más letal que el de cualquiera de los otros Astra.

Roux, el sexy bruto bebedor de té, de cabello pálido, piel dorada y ojos ardientes, ¡guau! La miraba con furia, como si fuera un objetivo que eliminar, con un delgado círculo rojo iluminándole las pupilas dilatadas. Irradiaba vibraciones de agresión.

«¡Amenaza!». Por fin, se separó de Halo, preparándose para el ataque. O, al menos, lo intentó. El inmortal la sujetó con fuerza y la atrajo hacia sí, la rodeó con un brazo por la cadera y la apretó contra su costado.

Oh, no, no, no. Esto no le convenía. Así, fusionada con él, se sintió desnuda de nuevo. Sintió calidez de pies a cabeza. Se sintió necesitada.

—Suéltame —le espetó, con idea de liberarse. Pero olía tan bien, y sus músculos eran tan grandes... Umm.

Se derritió contra él, acariciando su pecho con las manos. Otras partes de él también eran grandes, y crecían más aún. ¡Qué embriagador desarrollo! Por mucho que fuera él quien había interrumpido el beso, aún la deseaba. Y mucho.

Pero, al mirarlo a la cara, se estremeció. Halo también la miraba a ella, pero como si fuera un objetivo de guerra.

—¿Qué he hecho? —preguntó. ¿Había cometido alguna grave metedura de pata para los Astra o algo así?

—Roux me ha informado de que eres la hermana de la

general Nissa —dijo él, y arqueó una ceja—. Esa información no figuraba en tu expediente.

Ah. Eso.

—¿Sí? ¿Y qué?

¿Por qué iba a negarlo?

El músculo de su mandíbula se contrajo, y ella se dio
cuenta de que estaba furioso.

—Que tienes una razón para sabotear mi tarea —respondió él, entre dientes.

—Como si Nissa fuera la única que tengo —bromeó
ella—. Prueba A, tu brillante personalidad.

Halo se sobresaltó.

—Quiero saber por qué me has ocultado este detalle.

—En primer lugar, nunca me has preguntado específicamente si tenía una hermana o quién podría ser. Eso es
culpa tuya. En segundo lugar, no necesito una razón para
no contarle a un desconocido que no me gusta un detalle
personal sobre mi familia. Eso es culpa mía.

Que le diera vueltas a la verdadera justificación. Se lo
merecía, después del comentario sobre el sabotaje. Como
si ella fuera a poner en peligro a la especie arpía. A propósito.

—Comprometiste mi tarea —respondió él—. Quienes
lo hacen suelen morir entre gritos.

—Bueno, entonces, menos mal que estoy cubierta. Ya
pasé por eso —repuso ella. «Y me he comprado la entrada
para la tercera ronda»—. Recuerdas mi apuñalamiento,
¿verdad? —preguntó, y frotó el suéter con los dedos, sobre
el esternón—. ¿La noche en que tu pequeña perversión de
bondage en el dormitorio me impidió defenderme de tu
enemigo? ¿Te suena de algo o debería continuar?

Observó una mínima vibración, como si él hubiera
temblado. Pero eso no podía ser cierto. Halo, la Máquina,
no temblaba. ¿O sí?

—Supuestamente, somos aliados —dijo él, y se inclinó,
dejándolos nariz con nariz—. Dime la verdadera razón de
tu silencio por voluntad propia, arpía.

¿Había un patrón en su uso de los apodos? ¿La llamaba ninfa cuando quería sexo oral y arpía cuando lo irritaba?

—¿O qué?

—O me veré obligado a sacarte la información de otra manera.

—En ese caso —respondió ella, y sonrió dulcemente—, sácamela de otra manera.

Él inhaló y exhaló.

—¿Has ayudado a Erebus de algún modo?

Bien, acababan de entrar en un territorio muy peligroso para ella, porque la verdad era a la vez un peligro y un escudo para su causa. Si Halo llegaba a considerarla una enemiga, convencería a Roc de lo mismo, y Roc podría convencer a Taliyah de lo mismo, y Taliyah podría etiquetar a Ophelia como traidora. El destierro, entonces, sería la menor de sus preocupaciones.

—Mira —dijo y, suspirando, se apartó. Poner distancia era lo más inteligente—. ¿Busco una amistad para toda la vida con el asesino de Nissa? No. ¿Destruiré a todo Astra para tener la oportunidad de atacar al comandante? Sí. Algún día. Tal vez. Todavía lo estoy pensando. Pero lo que sé sin lugar a dudas, ahora y para siempre, es que nunca dañaré a mis compañeras arpías a propósito. Dado que su destino está ligado al vuestro, tu tarea y tú sois importantes para mí.

De nuevo, Halo le pellizcó la barbilla con suavidad y firmeza.

«¡Ayuda!». Era el pellizco más sexy del mundo, y el corazón se le aceleró.

—Amas a tus hermanas. Lo creo. Pero Erebus es persuasivo. Si decides ayudarlo... No lo ayudes, Ophelia.

—No lo haré, Halo.

Lo decía en serio. Por sus hermanas de armas. Por Nissa. Por sí misma. Eso fue lo que consolidó su decisión de no revelarle su plan final a Halo, para no arriesgarse a que él le diera una respuesta.

Se oyeron silbidos a su alrededor y él la soltó para poder

empuñar una espada de tres hojas. Sin embargo, no se trataba de ninguna amenaza. Las arpías hacían lo suyo, retrocediendo a la vez para formar un amplio círculo alrededor de Halo, del resto de los Astra y de ella mientras cantaban:

—¡Hueso! ¡Hueso! ¡Hueso!

El comandante Roc apareció en aquel momento y los vítores cesaron al instante.

Ella se puso firme. El comandante, allí. Nunca había estado tan cerca de él. Esperaba una oleada de emociones. Rabia. Pena. Determinación. Sin embargo, su mente se limitó a desechar observaciones inútiles. Era fornido y tenía el cabello oscuro y corto. Los ojos, dorados, con unos iris rodeados de anillos de diferentes tonos de gris. Nariz alta y patricia. Labios suaves. Una barba espesa. Como de costumbre, había olvidado ponerse camisa. Sobre sus músculos tensos y su piel bronceada, sus alevalas se movían con agitación. Si ella buscaba lo suficiente, ¿vería el rostro de Nissa?

—Halo —dijo Roc, ignorándola.

—Comandante.

Halo la rodeó con un brazo por la cintura, pero no para sujetarla, sino para... ¿reconfortarla?

No, no. Claro que no buscaba reconfortarla. Qué idea tan ridícula. Halo, ¿ofrecer algo más que frío desdén o la promesa de un orgasmo sin la tarea en curso? ¡Por favor!

Un momento. El comandante y él se habían quedado en silencio. Roc la estaba observando de arriba abajo. Su mirada se fijó en el brazo musculoso que la estrechaba contra su segundo al mando.

Halo se puso tenso, como si Roc hubiera dicho algo que no le gustara. Probablemente, era lo que había sucedido.

Los Astra tenían la asombrosa habilidad de hablar telepáticamente, y eso era una pesadilla para una arpía por la curiosidad que podía producir. Pero bueno... De acuerdo. Tenía la sensación de que entendía la conversación. Sin duda, Roc le había hecho tres preguntas: «¿Quién es ella? ¿Quién es ella para ti? ¿Dónde encontraste una criatura tan exquisita?».

O solo dos preguntas. Lo que fuera. Podrían tener sus encuentros mentales secretos. No podía negar que aquel tiempo muerto tenía ventajas increíbles. Más calor. Aquel aroma. La majestuosa vista era insuperable y atrapó su mirada una vez más.

El cuerpo de Halo había sido hecho para la guerra. Rebosante de fuerza. Una sombra de barba incipiente adornaba su mandíbula. Tenía los hombros muy anchos y sus bíceps permanecían flexionados. Ohhh. ¿Estaba tenso, preparándose para causar algún daño? Qué delicioso.

Umm, umm, umm. Tenía un pecho hecho para sus manos, ¿verdad? Los bordes de tantos músculos bajo su camisa. Y el calor de su piel... Deslizó los dedos bajo la tela y tocó su carne ardiente. Se le escapó un gemido. «Nunca me cansaré de esto».

—Ophelia —gruñó él, sacándola de su estupor.

¡Uy! Tenía una palma sobre su hombro y otra sobre sus abdominales y lo estaba frotando por todas partes. Delante de todos. Lógicamente, eran el blanco de muchas miradas.

Con las mejillas ardiendo, se apartó del Astra, y él se lo permitió. Necesitaba darse una charla seria a sí misma sobre lo que acababa de pasar. Y lo haría. Después de dejar a su compañero.

—Mucho gusto en conocerte, Ophelia —dijo Ian. Se esfumó, claramente conteniendo la risa.

Los otros hombres, con emociones diversas, desaparecieron pisándole los talones. Sin embargo, dos señores de la guerra mantuvieron sus posiciones: Roux y Vasili, un Astra tranquilo y brutal que no siempre estaba cuerdo. Tenía más admiradoras que cualquier otro entre las arpías.

Los dos la miraron con el ceño fruncido, sin motivo.

Ella se irritó.

—¿Qué? ¿Quieren decir algo? —preguntó. «Ophelia, calma. Oficiales superiores. Aliados». Esbozó una sonrisa y añadió—: Porque me encantaría escucharlo, señores.

Halo murmuró algo en voz baja y luego la condujo rápidamente a la biblioteca real, por donde merodeaban un puñado de arpías. Las arpías más amables y afectuosas de todas: las lectoras. Sin embargo, pobre de quien perturbara su campo de fuerza. Ophelia se estremeció por dentro.

Por suerte, nadie les prestó atención.

No la soltó de inmediato. No, la abrazó contra su cuerpo, envolviéndola de nuevo con su aroma, y la miró fijamente, con intensidad. Ella tragó saliva, recordando cómo se había frotado contra él hacía apenas unos momentos. ¿Por qué, por qué, por qué ansiaba hacerlo de nuevo?

—Sí. Eh... Gracias por la salida.

Aquel hombre era aliado de su arpía, pero enemigo de su ninfa. Una tentación sin igual.

El instinto de supervivencia la llevó hacia una mesa sin ocupar, dos estanterías más allá.

—¿Y qué más dijeron tus amigos sobre mí?

De acuerdo. De acuerdo. Sí. La distancia ayudaba. Empezó a pasearse entre las mesas. Oh, vaya. Un ejemplar de *1001 maneras de torturar a un enemigo sin romperse una garra*. Imprescindible.

«¡Concéntrate! Mantén la compostura». Objetivo claro de la misión, camino despejado hacia la victoria.

—¿Y bien? —preguntó.

—Me dijeron cosas diferentes. Hechos —respondió él, y se cruzó los brazos. Su pose de poder—. Suposiciones, en realidad.

¿Qué significaba eso?

—¿Por ejemplo?

—Por ejemplo, que eres una complicación.

—¿Y tú no?

Un ruido agudo precedió a un frío repentino que ella reconoció y que puso fin a la conversación. Fantasmas.

Halo extendió el brazo y en su mano apareció una espada de tres hojas. Ninguna otra arma serviría contra las encarnaciones de la muerte.

Al otro lado de la biblioteca, un fantasma atravesó flotando una pared y avanzó con la cabeza gacha, arrastrando los pies. Llevaba la habitual ropa de luto; la tela se arremolinaba sobre su cuerpo emaciado. Aparecía y desaparecía de la vista, espíritu un segundo y sustancia al siguiente. Evitaba a las arpías lectoras como si no estuvieran allí. Las arpías tampoco notaron aquella perturbación.

El fantasma cantaba: «Encuentra a Halo, dile a Halo, come a la chica. Encuentra a Halo, dile a Halo, come a la chica».

«No hay mejor momento para mi primera matanza».

—¡Lánzame un arma de tres hojas, hombre! —le ordenó a Halo, agitando los dedos.

Él la ignoró, dirigiéndose al fantasma y agarrándolo por la garganta.

—¡Ni se te ocurra! —gritó ella, corriendo hacia él—. ¡Ese objetivo es mío!

Halo no se molestó en mirar por encima del hombro mientras la apuntaba con el extremo de la espada de tres hojas.

—Quédate atrás, arpía. No vas a hacer nada más que obedecerme durante esta tarea de bendición —le ordenó. Después, le dijo al fantasma—: Soy Halo. Dame tu mensaje.

Ella se detuvo de golpe, con incredulidad. ¿Qué quería decir con «no hacer nada»?

El fantasma inclinó la cabeza en un ángulo antinatural mientras alzaba sus ojos blancos como la leche. Sin entonación, le dijo:

—Maté tu gravita, sí. ¿Crees que un poco de trinidad detendrá su próxima muerte? Oh, señor de la guerra, estoy impaciente por demostrarte lo contrario. Gritará muy fuerte.

Cumplida la orden de su amo, dirigió su mirada blanca hacia ella y chilló, estirando los brazos e intentando sobrevolarla. Halo lo apuñaló tres veces seguidas. Garganta. Corazón. Entrañas. El fantasma se desplomó en el suelo y se evaporó lentamente.

—Eres un desastre —murmuró ella, mientras su mente daba vueltas.

«Gravita». Una palabra que ya había oído antes. La

compañera predestinada de un Astra. Como una consorte o una compañera de por vida. Pero peor. Era la obsesión y posesión de una pareja por parte de un Astra, supuestamente alimentada por una dieta constante de esteroides, testosterona y anhilla. ¿Y Halo había encontrado la suya? ¿Y aquel misterioso collar llevaba trinidad? ¿Y Erebus la había matado en algún momento? ¿Y el dios esperaba llevar a cabo su próxima muerte?

Intentó no jadear al pensar en la pregunta más extraña de todas. ¿Era ella la gravita de Halo?

No, no. No podía serlo. Era lo más descabellado que había oído jamás. Halo y ella no tenían nada en común. ¿Cuántos años tenía? Demasiado viejo para ella, sin duda. Era temperamental sin ser emocional, y eso, a ella, no le gustaba. Para nada.

Pero ¿y si, tal vez, posiblemente, ella no fuera solo una inocente peatona que había sido golpeada por un Astra durante el aterrizaje de un teletransporte que salió mal? Habían sucedido cosas más extrañas. Pero ¿Halo y ella? ¿Un Astra y una arpía-ninfa?

No. En absoluto. No podía ser la media naranja de Halo.

Pero ¿y si lo era? A veces, él estaba a punto de echar espuma por la boca de deseo por ella. Y ella era la única persona que no había quedado congelada en todo el palacio. Una unión no estaba del todo fuera de lo posible.

Le estaban fallando las rodillas, así que se dejó caer en una de las sillas de la mesa más cercana. Si ella era la gravita de Halo, cabía la posibilidad de que él fuera su consorte, lo que podría explicar su reacción sin precedentes hacia él y la necesidad constante que sentía.

Pero ¿qué significaría el estatus de gravita de un Astra para su vida, su carrera y sus objetivos?

Antes del mensaje, él había insistido en que ella no hiciera nada, aparte de mantenerlo saciado y feliz. Debía de saber lo que ella podría significar para él o, al menos, sospecharlo; de lo contrario, ¿por qué hubiera intentado protegerla con tanta vehemencia?

Bien. No contarle el plan de Erebus había sido la decisión correcta. Halo podría intentar borrarla por completo de la ecuación.

Aunque, si alguien podía convencerlo de su error, era su gravita. Ningún hombre inmortal podía resistirse a su compañera predestinada; vivían solo para complacer al objeto de su fascinación. Era prácticamente ciencia. Y Halo era el Inmortal de los Inmortales, más científico que la mayoría. Cuando supiera que la única manera de hacerla feliz era dejar de lado su ego descomunal y permitir que lo ayudara a orquestar la derrota de su enemigo, cedería.

Si ella lo confesaba todo, después de su victoria, tendría que perdonarla. ¿Guardarle rencor a su adorada compañera? No por mucho tiempo.

Se llevó una mano a la barriga. Entonces..., ¿era ella o no era ella? ¿Era él o no era él?

¿Encontrar a su consorte y emparejarse tan joven? ¿Era posible tal cosa?

De ser así, ¿podría tener poder, éxito y un amante?

No, no. No quería una pareja permanente. Salvo que creía que tal vez sí, en cierto modo..., sí. En secreto. A veces, desesperadamente.

Agachó la cabeza. Aquella era la verdadera razón por la que había evitado el placer. Desearlo y perderlo... le causaría un enorme dolor. Pero romper su regla por tercera vez y fracasar...

No, no podía arriesgarse. No sería tan débil. ¿Y si se perdía en la necesidad?

Por otro lado, el placer mantenía fuertes a las ninfas y ella necesitaba estar lo más fuerte posible para la tarea de bendición. Y, hoy en día, a las aspirantes a General les estaba permitido tener un amante. Podían tener una carrera profesional y un buen sueldo.

Además, ella no era como la mayoría de las aspirantes. No luchaba solo por el título, sino, también, por respeto a su hermana. Nada de sexo para Nissa, nada de sexo para ella. No había razón para enredarse con su verdadera krip-tonita: su anhelo de ser necesitada.

Pero... Nissa y ella tampoco eran iguales. Tenían diferentes fortalezas, diferentes debilidades, diferentes requisitos. ¿Y si Halo pudiera satisfacer por completo a Lady No O y acabara con la amenaza de la necesidad por completo? No le parecía un hombre que se rindiera.

Temblando, lo miró fijamente. Pensó en el aumento de fuerza y en las defensas más robustas. Sin necesidad, sin excitación casi constante. Dos posibles recompensas: ayudar a Halo a derrotar a Erebus y conseguir la saciedad total. Los riesgos: mayor distracción y la pérdida total de todo lo que había construido. Sería una cosa o la otra.

Si no se arriesgaba, no tendría la posibilidad de conseguir las recompensas.

«Piénsalo». Ella, convirtiéndose en la aspirante más joven a General de la historia de las arpías en derrotar a un gran villano, ganar a un Astra y satisfacerse sexualmente. ¿No debería intentarlo? ¿No debería descubrir si era realmente la gravita del Astra?

La respuesta le parecía bastante obvia. Y, en realidad, por lo que sabía, su primera relación había sido un error de principiante. Tal vez la segunda hubiera sido una anomalía. Un tercer fracaso, o un primer éxito, debería servir para revelar la verdad completa, nada más que la verdad, de una vez por todas.

¿Podría Ophelia Falconcrest tenerlo todo?

10

Halo tomó varios libros. Algunos trataban sobre las tareas de Hércules, otros, sobre diferentes especies. Ophelia estaba callada y pensativa y le recordaba a sí mismo cuando estaba rastreando un objetivo específico, planeando todas las posibles formas de atacar. Sintió la punzada de su atención y supo que sus planes giraban en torno a él. Hizo todo lo posible por no mirarla. Se acabaron las tentaciones y las distracciones.

Se enorgullecía de cumplir con su deber, fuera cual fuera la situación. Quizá no tuviera mucho que ofrecer a sus hermanos en términos de afecto, diversión o emoción, pero siempre sobresalía en sus tareas. Los Astra podían contar con él para superar cualquier adversidad y para que triunfara en su nombre.

Tenía que prepararse para la segunda batalla. Su enemigo seguía dando vueltas a su alrededor. Erebus había conseguido introducir a un fantasma burlando las defensas del palacio, que él mismo había instalado, simplemente para entregar un mensaje.

Las cosas tenían que cambiar, así que él las cambiaría.

Pero ¿qué había querido decir el dios al prometer que atacaría a Ophelia de otras maneras?

Sentía furia al preguntárselo. ¿De qué otras maneras?

Qué ingenuo había sido al pensar que podía despedirse de las distracciones.

Dejó caer su selección de libros sobre la mesa de Ophelia con un ruido sordo. No le importaba si ella se fijaba en los títulos que hacían referencia a ninfas o consortes, no le importaba si suponía que había un lazo eterno entre ellos. Pero...

Sus sospechas de que Ophelia le pertenecía eran cada vez mayores, por la forma en que su cuerpo reaccionaba a ella, por la preocupación que sentía por ella. Por el deleite de Erebus ante las circunstancias. Y, al oír a Ophelia mencionar un establo de juguetes, él había deseado con todas sus fuerzas castrar a cada uno de los sementales. Además, ese deseo no se había desvanecido. La posesividad y los celos... ¿Cómo se suponía que iba a liberarse de ellos?

Se sentó junto a su compañera y recordó algo que el comandante había sugerido antes: hacer el experimento de reorganizar sus prioridades durante una semana. Pasaban siete días entre cada tarea, y eso significaba que tenía tiempo para explorar diversas rutas hacia el triunfo. Una de esas rutas, según Roc, incluía convertir a Ophelia su principal preocupación. Roc sospechaba que la arpía influía en las tareas de Halo de la misma manera que Taliyah había influido en la de Roc. Para bien o para mal.

El argumento tenía sentido. El cambio podía facilitar el crecimiento y el crecimiento generaba más espacio para acumular más poder. Y el hecho de acumular más poder dirigía a los Astra a la ascensión. Atender a una gravita podría ser el mayor cambio de todos para alguien como él. Los Astra habían vivido durante eones sin encontrar a una hembra predestinada. En aquel momento, cuando todo el ejército se acercaba a la cúspide de la ascensión, el líder había descubierto a su compañera y había llevado a cabo su tarea con su ayuda. Era lógico que a él, el segundo al mando, se le brindara una oportunidad similar de crecer y ascender.

Cambio. Crecimiento. Poder.

Quizá la arpía influyera en el resultado de su tarea o quizá no. Pero, sin duda, tenía un papel importante en ella.

Cuando estaban en el vestíbulo y ella le había acariciado el pecho delante de sus hermanos, como si fuera ajena al resto del mundo, él había sentido que ella formaba parte de todo.

Inhalar. Exhalar. El comandante también había mencionado el polvo de estrellas. Para Roc, el polvo de estrellas no llegó hasta que metió a Taliyah en la cama.

—Bueno, ya has fingido bastante que me estás ignorando —dijo Ophelia. Se levantó de golpe y se puso las manos en las caderas—. Olvídate de tu regla de no hacer preguntas a un subordinado. Yo pregunto y tú respondes. ¿Cómo reconoce un Astra su gravita?

Ah, sí. Ophelia intuía su conexión.

—Sin polvo de estrellas, no hay gravita.

—La sustancia en polvo que producen tus manos, ¿verdad? Y que solo es segura para la mujer que la lleva.

—Exacto —respondió él. No dijo nada más.

Ella insistió.

—¿Tan importante es el polvo de estrellas para una pareja?

—Sí —dijo él. Percibió otra ráfaga del dulce aroma de Ophelia. Debía controlarse. Se recostó en el respaldo de la silla para aumentar la distancia que había entre ellos y la miró con cautela—. Siéntate —le dijo, y señaló otra silla, a su derecha—. Puedes preguntarme cualquier cosa. Solo quiero que sepas que, a cambio, yo también te preguntaré cualquier cosa.

—¿Un intercambio equitativo? —preguntó ella. Sí. De acuerdo. Con la cabeza alta, lo rodeó y ocupó la silla de su izquierda.

Él estuvo a punto de poner los ojos en blanco.

—Has preguntado si esto sería un intercambio equitativo. Mi respuesta es sí —dijo. Ella gimió con una débil protesta—. Así que ahora me toca preguntar a mí y responder a ti.

Había algo que necesitaba saber.

—¿Qué te pasó antes de la batalla de ayer?

Ella se movió con incomodidad y, con las mejillas pálidas, dijo:

—Morí. ¿Qué más deseas saber? ¡No! No respondas a eso. No era una pregunta oficial.

Él se frotó el pecho dolorido. Le había fallado a Ophelia. ¿Había tenido una muerte lenta? ¿Había sufrido?

—Aquí está mi primera pregunta oficial —dijo ella—. ¿Cuál es tu plan para mí? O sea, ¿qué esperas de mí, exactamente? ¿Qué quieres?

Pasó una de sus uñas romas por el lomo de sus libros, leyendo los títulos en silencio. Al ver *Cómo ser consorte y no morir en el intento*, ella arqueó una ceja.

Él le sostuvo la mirada, impasible.

—Voy a responder —dijo—. Mi plan es mantenerte a salvo mientras completo con éxito mi tarea. Espero que no seas tan insensata como para hacerme elegir entre tu seguridad y mi victoria. Entre tus obligaciones, espero que siempre me digas la verdad y nunca desobedezcas mis órdenes.

La sangre le ardió en la entrepierna. Ophelia, haciendo con entusiasmo todo lo que él le ordenara... Se aferró a los brazos de la silla.

—Hasta que la tarea termine, quiero lo que quiero cuando lo quiero, por razones de peso. No necesitas saber nada más —terminó.

Cuando ella se resistió a aceptarlo, Halo ladeó la cabeza y arqueó una ceja con un gesto de desafío.

—Lo entiendo —respondió Ophelia, con irritación—. Soy digna de tu protección solo mientras sea tu marioneta. Pues, para ser sincera, yo también tengo que completar una tarea, y cada vez pienso más que no eres digno de mi protección.

—¿Y qué tarea es esa?

Ella levantó la nariz.

—Ya te lo dije. Voy a presentar mi candidatura para el puesto de General de las arpías y lo conseguiré o moriré de nuevo en el intento.

Él se estremeció al pensar en que pudiera morir de

nuevo. Sin embargo, no podía negar su pretensión, porque solo podía confiar en dos cosas: en sus hermanos y en la lealtad de una arpía hacia otras arpías. Especialmente, hacia aquellas que aspiraban al título de General. Ellas siempre ponían a su gente por delante. Siempre.

Y, justo en aquel momento, aquella gente necesitaba a los Astra. Cuando fuese necesario, Ophelia haría lo que él le ordenara, aunque solo fuera para proteger al pueblo de las arpías.

—Me debes otra respuesta. Dos, en realidad —le dijo, y se pasó la lengua por un incisivo, pensando—. ¿Por qué te llaman la Suspendida?

Ella hizo un gesto brusco con la mano.

—Tenías que preguntarlo, ¿verdad? En fin. Aquí está el quid de la cuestión: a los quince años, juré que me mantendría virgen y lucharía por conseguir el título de General. A los dieciocho, creí que me había enamorado y me acosté con mi novio. Las aspirantes al puesto debían ser vírgenes, así que yo perdí mi oportunidad, pero pensé que no tenía importancia porque tendría a mi hombre. Sin embargo, el chico que había pasado meses engatusándome se escabulló al día siguiente. A los veinte, decidí volver a intentarlo con alguien mejor, pero resultó que él no era mejor y también se escabulló al día siguiente. Yo no estaba a la altura de una competición con mi hermana.

Lo contó en un tono defensivo, pero ni siquiera así pudo ocultar su dolor. Era una grieta notable en su armadura. Una grieta que no debería haber existido. ¿Cómo era posible que dos hombres la tuvieran entre sus brazos y la traicionaran? Aquella locura lo dejó atónito. A él, la mera cercanía de Ophelia le producía escalofríos de placer casi constantes.

Ella lo miró fijamente, como si estuviera retándolo a comentar su historia. Por una vez, él no tenía ni idea de cómo responder. ¿Debía ofrecer un gesto de consuelo? Pero ¿cómo se hacía? Sus manos causaban dolor, no placer. Aunque..., antes, ella había disfrutado de su contacto. Mucho.

«Lo mismo que podría haberle hecho a un zombi», pensó. Se aferró a la silla con tanta rabia que los brazos se partieron en dos.

Ophelia miró los fragmentos de madera que habían caído el suelo y, después, a él. A los fragmentos. A él. Sonrió. ¿Había adivinado sus pensamientos? ¿Había percibido su deseo desbordante?

¿Estaba descubriendo el extraño poder que tenía sobre él, al mismo tiempo que él? Probablemente, sí. Y eso debería preocuparle, pero lo único que quería era besarla de nuevo.

—¿Cuál es tu problema con Erebus? —le preguntó ella—. ¿Por qué es tan vengativo contigo?

—Hace mucho tiempo, los Astra sirvieron como guardias reales del dios Chaos. Cuando ascendimos en el pasado, nos convertimos en dioses de nuestros propios territorios. Erebus ascendió más o menos al mismo tiempo y se convirtió también en el dios de su propio territorio: el mismo que el nuestro. Lo que uno controla, el otro lo pierde. Sus fracasos son nuestros éxitos y viceversa. Se avecina otra ascensión, Erebus contra los Astra. Uno de nosotros acumulará más mientras el otro perderá.

—Sí, pero creo que te odia de verdad.

¿Qué le había dicho exactamente aquel hombre?

—Maté a su hermano gemelo y no resucitó. Siguiente pregunta: ¿esperabas lograr tu primera muerte hoy, aunque nadie lo recordará mañana?

—¡Sí! Yo sí lo recordaré. Y tú me lo fastidiaste, por cierto.

—Agradécemelo. Los fantasmas que vienen por mí son viejos y están hambrientos. Son mucho más fuertes que los fantasmas jóvenes que encuentras por las calles de la ciudad —le dijo. No estaba dispuesto a permitir que Ophelia sufriera daños por tercera vez—. Los fantasmas mayores pueden atraerte a su órbita y sujetarte sin contacto mientras se alimentan.

—Bueno, cuanto más practique luchando contra ellos, mejor lucharé.

Cierto. Y una arpía luchadora era una arpía más segura.

—Una vez que los Astra hayan completado el resto de las tareas de bendición, te entrenaré yo mismo.

Sí, le gustaba la idea. Así tendría una excusa legítima para ponerle las manos encima. Para frotarse contra ella. ¿Conseguiría que ella le rogara el sexo, como había sugerido durante su inspección?

Su viva mirada se clavó en él, calculadora y astuta.

—¿Por qué malgastar tu valioso tiempo en entrenarme a mí, de entre miles de soldados?

—Porque puedo. Y ya basta de conversación —dijo él. Había revelado más información de la que había conseguido. Era la primera vez que le ocurría y esperaba que no volviera a suceder—. Tengo la intención de estudiar. Mientras lo hago, vas a quedarte ahí sentada, en silencio.

—Claro, claro. Muy muy callada —respondió Ophelia. Sacó *El cuidado y la alimentación de tu ninfa* del montón y se lo lanzó—. Te recomiendo que empieces con esto. Hasta ahora, tu reseña está estancada en cero estrellas.

Sosteniendo la mirada brillante de la arpía, tomó el diario de un escriba que había presenciado de primera mano los trabajos de Hércules.

Ophelia se encogió de hombros con indiferencia. Parecía que no se sentía molesta en absoluto.

—Hazme un favor y cállate tú también. Antes de que todo esto empezara, he tenido una noche desenfrenada. Me vendría bien una siesta.

Levantó los pies y se acomodó en su silla, cerrando los ojos antes de que él tuviera oportunidad de responder.

Una noche desenfrenada. ¿Qué había hecho? ¿Con quién?

A él se le afilaron las garras y estuvo a punto de destrozar el tomo de cinco mil páginas. Inhalar, exhalar. Mejor. Pasó las páginas y rompió una. No era para tanto. Al día siguiente repararía cualquier daño.

«Concéntrate». Leyó rápidamente la información sobre el primer trabajo, sin saltarse nada. Chaos le había dicho que aprendiera algo de cada hazaña. ¿Qué había aprendido con la leona?

Que, aunque no lo pareciera, la bestia tenía puntos débiles.

¿Y qué? había del segundo trabajo de Hércules? Una bestia acuática de nueve cabezas, la hidra. Una especie que Halo conocía bien. Cuando se le cercenaba una cabeza, dos más crecían en su lugar.

¿Tendría que enfrentarse a otra bestia o a algo más? El trabajo solo debía estar inspirado por Hércules.

—¡Uf! Este asiento es horrible. Habría que quemarlo.

Ophelia dio un resoplido, se subió a la mesa, se estiró y se puso cómoda, pero no intentó dormir. Se puso a lanzar una bola de papel arrugada al aire.

«Concéntrate». Para derrotar a la bestia acuática, Hércules había trabajado con un compañero. Hércules cortó la cabeza mientras su compañero cauterizaba la herida, impidiendo que volvieran a crecer las otras dos. Sus armas estaban descritas con minuciosidad, con bocetos y un análisis de sus historias.

Halo tenía gran variedad de armamento a su disposición y muchas de aquellas armas podían sellar una herida mientras la causaban. Dagas. Espadas. Hoces y hachas. Según las normas específicas de la tarea, podía usar cualquiera de ellas o todas, así que no era imprescindible tener ayuda.

Un extraño rugido atrajo su mirada. Echó un vistazo. Parecía que todo iba bien. Ophelia continuó lanzando su bola de papel, como si no hubiera oído nada.

El sonido se escuchó de nuevo y, entonces, él lo comprendió. Se encogió por dentro. Su compañera necesitaba alimento.

¿Cuánto tiempo había permitido que sufriera el hambre? Comprobó el reloj mentalmente. Eran las once y cincuenta y nueve minutos. Frunció el ceño. Habían pasado varias horas. La congelación estaba a punto de comenzar. En menos de un minuto, el chef de cocina no estaría disponible para preparar una comida adecuada para que Ophelia pudiera robarla o se la ganara, lo cual era una parte necesaria de la dieta de cualquier arpía. De lo contrario, se sentían asqueadas.

—Deberías haberme dicho que tenías hambre —dijo, y cerró el libro de golpe.

—Sí, claro. Como antes te has portado tan bien con mis comentarios...

—He sido más amable contigo que con nadie.

—¿Por qué?

Él frunció los labios, se levantó y le ofreció la mano.

—Ven. Vamos a alimentarte.

—Comida, sí. Ayuda, no —respondió ella. Le apartó la mano de un manotazo y se puso de pie—. Ophelia Falconcrest, presentándose para el servicio, señor, sí, señor.

Aquella mujer... De alguna manera, se tomaba todo y nada en serio y era a la vez exasperante y encantadora. La agarró de la muñeca y la condujo rápidamente a la cocina, con la intención de pedir comida para que ella la confiscara.

La chef y sus ayudantes estaban en los fogones. Un espeso velo de vapor las envolvía mientras picaban verduras y revolvían diferentes ollas, a pesar de la hora. Un minuto después del mediodía. No lo entendía. ¿No habría congelación aquel día?

El grupo dejó sus tareas y se volvió hacia ellos con distintos grados de asombro.

Él debía de tener la misma cara. ¿Había malinterpretado cómo funcionaban las cosas? ¿Había dejado de reiniciarse el día? ¿La congelación solo ocurría los días que Erebus le imponía un reto?

—¿Te has dado cuenta de que nadie está congelado? —preguntó Ophelia, con el ceño fruncido.

—Sí —dijo él—. Dile a la chef qué comida me gustaría comer. Quiero todos tus platos favoritos. Un hombre de mi tamaño tiene un apetito voraz, así que pide como corresponde.

—¿En serio? —preguntó ella. Llena de emoción, corrió a sentarse en un largo mostrador de mármol con vistas a la mesa de trabajo. Un lugar que, normalmente, estaba reservado para la General o sus oficiales de mayor rango—. El Astra está hambriento. ¡Hambriento! Quiere un festín de siete platos con lo mejor que tenga que ofrecer el palacio. Está dispuesto a castigar a cualquiera que sirva un plato mediocre.

—Está muy dispuesto —dijo él, y se sentó a su lado. Se esforzó por volver a concentrarse en el libro. Cuanto más aprendiera, más segura sería su victoria.

Aunque no levantaba la vista de las páginas, no conseguía olvidar la cercanía de Ophelia. Supo el momento en que le sirvieron cada uno de los platos, cuándo tomaba un bocado y qué elegía.

Por el momento, los engranajes y las bobinas de su interior estaban congelados, aunque los ciudadanos de Harpina no lo estuvieran. Una vez más, el deseo eclipsó su tensión. Estaba duro y palpitante. Sin embargo, tenía la sensación de que Ophelia, también. Cada vez que se inclinaba hacia ella, ella se inclinaba hacia él.

¿Acaso Roc no le había ordenado que antepusiera sus deseos a sus deberes por una vez? Por el bien de la tarea.

¿Sería capaz de hacerlo?

—Tu comida está increíble, Halo. Deberías probar algo —dijo ella. Aunque blandió el tenedor en dirección a él y le mostró los colmillos—. Pero solo cuando termine. ¡Mío!

Él nunca había reaccionado así ante la comida. Nunca le había importado realmente lo que comía y rara vez elegía su propia comida. Casi todos los días, consumía lo que le servían al ejército astriano. Los soldados se mantenían al otro lado del muro de trinidad que rodeaba los terrenos del palacio.

Sin pensarlo, agarró el tenedor de Ophelia y probó lo que estaba comiendo. Umm. No estaba nada mal. Cremoso.

—¡Oye! —exclamó ella, al ver que él tomaba varios bocados más. Entonces lo sorprendió. Le dio una palmadita en el hombro para animarlo y le dijo al chef—: Halo quiere postre. El Inmortal de los Inmortales se pone de mal humor sin su dosis diaria de azúcar.

Cuanto más comía, más se intensificaba su hambre. Limpió el plato de Ophelia, pero no fue suficiente. Se sentía como un pozo sin fondo y quería ese postre. O algo aún más dulce...

Bajó la mirada hacia sus pechos. A ella se le tensaron los pezones bajo el suéter.

¿Le daría lo que ansiaba?

—Eh, ¿Halo?

Intentó sostener su mirada. Se detuvo en el collar de trinidad. Subió por su garganta. A lo largo de su mandíbula. Qué fácil sería enredar los dedos en su pelo y mantenerla donde la deseaba, donde también, quizá, ella deseara estar.

«¿Me besarás?».

—¡Halo!

—¿Qué? —le espetó él, parpadeando y levantando la mirada—. Espero que tengas una buena razón para interrumpir mis estudios.

—Tus estudios. Bien. Quizá pudieras echar un vistazo a tu alrededor de vez en cuando —dijo ella, y examinó la cocina. Él la imitó.

Otra pregunta respondida. El resto del mundo se había congelado de nuevo, incluyendo las llamas que crepitaban bajo las ollas. Miró la hora. Era la una y dos minutos de la tarde.

Umm. Cerró el libro y se puso de pie. Aquella congelación había ocurrido una hora más tarde que las demás. ¿Acaso Erebus perdía una hora en el reloj de batalla después de cada tarea?

Hablando de lo cual, aquel día no habría tarea. Ophelia llevaba el collar, así que tampoco había ninguna amenaza inminente para ella. ¿Por qué no obedecer al comandante? No había necesidad de ocupar toda la semana. El experimento podía empezar y terminar aquel mismo día. El deseo antes que el deber.

¿Produciría polvo de estrellas en cuanto metiera a Ophelia en la cama? Debería averiguarlo. El conocimiento equivalía al poder.

La agarró y la puso de pie. Ella, jadeando, apoyó las palmas de las manos sobre sus pectorales. Su aroma se intensificó, se endulzó.

—¿Qué? —preguntó, retrocediendo como si acabara de encontrarse cara a cara con un oso peligroso—. ¿Por qué me miras como si fueras a comerme?

—Porque voy a hacerlo.

Extendió el brazo, la agarró por la nuca y se teletransportó con ella a su dormitorio.

11

Oh, no, no, no. El Astra tenía un brillo hambriento en los ojos y sus iris giraban más rápido de lo habitual. La resistencia de Ophelia se desmoronaba con la misma rapidez. Pero, por suerte, todavía podía controlarse. En realidad, mucho más que nunca.

¿A causa de su nueva fuerza? «Soy una leona. Escúchame rugir».

Sorprendentemente, pudo pensar más allá de su deseo. Sabía que le gustaba Halo, pero también sabía que debía esperar a que apareciera el polvo de estrellas antes de aceptar sus insinuaciones. El codiciado polvo de estrellas era su única garantía de que él podía compensar los problemas que causara. De que no se escaparía tan pronto como la conquistara, obligándola a recoger una vez más los pedazos de un futuro hecho añicos.

El problema era que su atracción por él no se había extinguido. Ay, cómo ardía por él. Durante horas lo había visto fingir que leía mientras, en realidad, estaba hirviendo de excitación. Parecía tan absorto en las páginas de su libro. Tan serio y atento. Y, sin embargo, ella nunca había dudado de que estuviera observando cada uno de sus movimientos, y saberlo había avivado su fuego interior una y otra vez.

Él apretó los dedos alrededor del collar y dio un tirón decidido, y ella se estrelló contra él. Pecho contra pecho.

Dureza contra suavidad. Una punzada de excitación hizo que temblara, que se derritiera contra él.

—¿Me quieres entre tus piernas, verdad, Elia? —le preguntó él, con la voz enronquecida.

Un escalofrío la recorrió. Aquel diminutivo de su nombre en los labios firmes y sensuales de Halo...

—Creo que debería salir de la jaula del oso cuanto antes. No soy tonta.

No siempre. Pero ¿de verdad tenía que sonar su voz tan áspera y humeante como la de él? ¿Tenían que tensarse tantas partes de su cuerpo mientras otras mil revoloteaban?

—Demasiado tarde. El oso te tiene entre sus garras y exige su miel —dijo Halo. Soltó el collar para agarrarla por el trasero y levantarla de puntillas, apretando su erección entre sus piernas—. Dámelo.

Un dolor surgió aquí, allá, por todas partes. Respirar se volvió imposible.

—¿Por qué no vas a buscar la miel de tu concubina?

—Te lo dije. Terminé con su servicio. No tengo concubina.

—Sí, pero eso es algo que les gusta decir a los hombres cuando están excitados.

Lentamente, sin poder evitarlo, Ophelia le rodeó el cuello con los brazos. Con la esperanza de seguir en la conversación, no se frotó contra él... más que un poco.

¿Quizá tendría más éxito haciendo que Halo se lo replanteara? Solo tenía que recordar que, si presumía de algo, debía cumplirlo. De lo contrario, él nunca la tomaría en serio.

«Allá vamos».

—Si te dejo hacer esto —le dijo, jugueteando con las puntas de su cabello—, será como un favor. Porque lo necesitas. Pero tú te encargarás de todo. He hecho un buen trabajo últimamente y merezco una recompensa. Solo espero poder disfrutar también. De verdad te apoyo, campeón, pero no esperes reciprocidad.

Ella no tenía por qué comprobar lo increíble que se

sentiría al dominar su poderoso cuerpo con las caricias suaves de sus manos.

Él le amasó el trasero y, después, posó las puntas de los dedos contra su centro. A pesar del pantalón de cuero, ella sintió su calor.

—Si cosechamos lo que sembramos, esta es mi cosecha —dijo él, para sí mismo. Con un bufido, volvió a dirigirse a ella—. Muy bien. No habrá reciprocidad. Tomaré lo que pueda conseguir.

Un momento, ¿lo haría? Esa no era para nada la respuesta que esperaba. Que él aceptara aquello.

Se sintió vulnerable.

—¿Cómo voy a besar al tipo que espera que me quede al margen durante la guerra más importante de mi vida? Puede que sea una ninfa, pero también soy arpía. Conquistar está en mi naturaleza. Y rechazar admiradores. En serio, no tienes idea de a quiénes he rechazado. ¡Reyes! ¡Emperadores!

Un rey anciano. Un emperador adolescente. Lo que fuera. La verdad era la verdad.

—La tarea de bendición es mía y solo mía. Pero quizá podamos encontrar una o dos escaramuzas para ti.

Bueno. Sin duda, ese era un paso en la buena dirección.

—¿Voy a ser tu juguete secreto? ¿Voy a estar a tus órdenes?

Él tenía los ojos ardientes. Giraban y giraban.

—Ningún secreto, algunos juegos, innumerables órdenes. Aunque tengo poca experiencia con el placer, te estoy conociendo rápidamente, y sé que se te acelera el corazón cada vez que te digo qué tienes que hacer.

¿Poca experiencia? ¿Halo, el Ardiente? ¿A pesar de tener una exconcubina? ¿Pero por qué? ¿Algún tipo de complejo sexual? ¿Algo de la especie? ¿Unos antiguos votos? ¿De qué se trataba? ¿Y él la estaba conociendo? ¿Por qué era tan sexy?

Halo le rozó la punta de la nariz con la de él.

—Nunca he probado a una mujer.

A ella se le escapó un jadeo.

—¿Nunca? —preguntó. Pero... si él había vivido tanto tiempo, ¿cómo era posible?—. Para que quede claro, ¿tienes, eh, curiosidad por probar el sexo oral? ¿Conmigo?

Una lenta inclinación de su barbilla.

—Mucha curiosidad. Solo contigo.

Ella tragó saliva.

«Bueno, si solo va a repartir orgasmos gratis...».

Deslizó las manos por sus brazos, deteniéndose para apretarle los bíceps. Una fuerza embriagadora.

—Debes de desearme muchísimo —dijo, en voz baja.

—Exactamente como me deseas tú a mí —dijo él, y posó la frente en la de ella—. Me deseas a mí, específicamente, y quiero que lo admitas.

¿Su pulla del otro día, cuando le había dicho que cualquiera serviría, le molestaba incluso en aquel momento? Su sentimiento de culpabilidad aumentó.

—Te deseo, Halo —dijo. ¿Para qué iba a negar la verdad cuando se estaba frotando tan lentamente contra él?—. A ti, específicamente.

El triunfo iluminó la expresión de Halo. Él le mordisqueó el labio inferior.

—Voy a probarte hoy. Ahora. Solo vas a quedarte con el collar, y nada más. Vas a gritar mi nombre.

A ella se le escapó una bocanada de aire. «¿De veras lo haré?».

—¿Vas a cumplir nuestro trato? Nada de penetración aparte de los dedos. Y, por favor, hazlo. Siéntete libre de usar tus dedos vigorosamente... y a menudo. Entonces, ¿vas a cumplir nuestro trato, aunque yo te suplique lo contrario?

—Ninfa, vas a suplicármelo. Te lo prometo. Aunque tu virtud no esté a salvo conmigo, tu voluntad y tu cuerpo, sí. Protegerte es una prioridad para mí.

Ella. Una prioridad. «Puede que yo sea su gravita, después de todo».

—Vamos a hacer que te sientas más cómoda.

—Vamos —dijo ella, con un suspiro.

Con los iris girando más rápido, él la condujo hacia el borde de la cama. El señor de la guerra y su premio de batalla. Su intensidad la despojó cada vez más del dominio sobre sí misma.

El destello de una sonrisa maliciosa. Porque él lo sabía. Con una mano, le tomó la mandíbula... y, con la otra, le bajó la cremallera del pantalón. Trazó con el pulgar la curva de su mejilla al mismo tiempo que toqueteaba la banda elástica de sus bragas. La sensación acabó con lo poco que le quedaba de control e hizo que gimiera.

—¿Quieres sentir mi boca entre las piernas?

Su voz era pura seda. La tensión, afilada como una aguja. Volvió a agarrarla por el trasero, por dentro de las bragas. Piel con piel. Ella sintió un calor salvaje y abrasador. Amasando los generosos montículos, él le preguntó con voz ronca:

—¿Debería parar?

El amasamiento se detuvo. Retiró una mano, luego, la otra.

—¿O hay algo más que quieras decirme, ninfa?

Su tono de voz era triunfal y tenía la expresión oscurecida por un sentimiento de posesión.

¿Presentía su victoria?

Temblando, se aferró a él.

—Sí. Pruébame, Halo. Sí, sí, sí.

En un instante, la sujetó por la parte posterior de los muslos y la lanzó hacia atrás. Ella cayó sobre la cama y rebotó. Después de quitarle las botas y colocarle los pies donde y como quería, al borde del colchón y separados, redujo la velocidad y se enderezó.

Su corazón latía con fuerza.

—Apartemos esto de nuestro camino.

Con una gracia letal, agarró el cuello de su camisa y tiró. La prenda se deslizó por su cabeza, revelando más músculos y, también, los alevalas.

Cuidado. No era el momento de observar imágenes del pasado de Halo. ¿Perderse un solo instante de todo aquello?

¡No! Su mirada fue más allá de los rostros expresivos y se fijó en las crestas de los músculos y las líneas de los tendones. Un oscuro y feliz rastro conducía a la cintura de sus pantalones, donde una enorme erección luchaba contra el cuero, y se le hizo la boca agua.

—Me gusta tenerte a mis órdenes, Elia.

Aquel era Halo en su faceta más primitiva.

Con lenta precisión, le quitó los calcetines. Un movimiento de muñecas y la ropa de cuero se deslizó hacia abajo, dejando al descubierto toda su longitud de piernas.

Ella se quitó el suéter y la camiseta de tirantes, quedándose con el sujetador y las bragas desparejados. No pareció que a él le molestara la diferencia de estampados mientras ella también los tomaba para quitárselos. Al contrario, parecía que cada prenda le fascinaba.

Se inclinó hacia delante y le detuvo las manos, recorriéndola con la mirada.

—Nunca me cansaré de tu cuerpo.

Ondulante, jadeante, preguntó, con la voz áspera:

—¿Crees que soy hermosa, Halo? —Su calor la envolvió, perfumando cada aliento con cerezas ahumadas y sándalo. La fragancia más embriagadora del mundo.

—Creo que mi Elia es una revelación.

«¿Su Elia?». Ella entrecerró los párpados.

—Puedo oler tu miel, ninfa. Tengo muchas ganas de probarla, pero disfruto demasiado viendo cómo te quitas la ropa.

Él metió las piernas con más fuerza entre las de ella y la obligó a abrirse más. Después, desabrochó el broche central de su sujetador. Le temblaba la mano.

¿El hombre que no revelaba debilidades en el campo de batalla temblaba por ella? ¿Por Ophelia Falconcrest, la Suspendida? Una súplica para pedirle más se formó en la parte posterior de su lengua.

Él separó las copas del sujetador poco a poco, como si estuviera desenvolviendo un regalo. Al ver sus pechos, se mordió el labio inferior.

—Más perfectos de lo que recordaba.

A ella se le aceleró el corazón cuando él metió los dedos índices en sus minúsculas bragas y tiró. Sus pensamientos racionales se desvanecieron cuando lo vio guardarse la ropa interior en el bolsillo. Su segundo par aquel día.

—Un banquete de necesidad —dijo, observando su mechón de rizos negros como si estuviera aturdido—. Mi banquete. Mira cuánto me deseas.

Extendió la mano y deslizó el dedo índice por su humedad.

Al primer contacto, un rayo de éxtasis azotó a Ophelia. Se le dobló la espina dorsal y se le escapó un grito.

Él dio un gruñido.

—Mi dulce ninfa me está enseñando lo que me hace disfrutar. En el primer lugar de la lista está el sonido de tu placer —dijo. Se llevó el dedo índice húmedo a la boca y lo chupó, cerrando los ojos un momento. Cuando los abrió, la miró fijamente. El hambre burbujeaba en lo profundo de sus iris—. No hay nada mejor que tu sabor.

¿Sin emociones? Para nada. Aquel hombre ardía de deseo.

Volvió a hundir el dedo en ella, y ella lo recibió gritando, arqueándose. Pero él no lo hundió por segunda vez, tal y como ella quería y necesitaba. No, se retiró y se lamió hasta limpiarse, robando otra muestra.

—Quiero esto todos los días. Y tú vas a dármelo.

Sumergir. Lamer. Como si fuera un tazón de caramelos.

Debería protestar por lo de «todos los días». Y lo haría en cuanto pudiera pensar. Lo cual sucedería en cuanto él dejara de excitarla y, así, sucesivamente.

—¡Halo! Haz más.

Él se puso de rodillas entre sus piernas y entrecerró los ojos mientras estudiaba su dolorido centro. Finalmente, cuando ella ya no podía soportarlo más, él se inclinó y se acercó, pero no lo suficiente. Sus labios se mantuvieron en el aire, sobre el punto que a ella le dolía. Un roce. Solo uno. Tal vez unas cuantas docenas.

¿Acaso él temía haber llegado a un punto sin retorno con ella? ¿Temía perder su última oportunidad de retirarse?

—Hazlo o no lo hagas —graznó, cada vez más desesperada. Estuvo a punto de rogarle que mantuvieran relaciones sexuales, tal y como temía que pudiera suceder. Pero no lo hizo. Y no lo haría. No lo haría, no lo haría, no lo haría. O él la deseaba lo suficiente como para seguir o no.

—¿Halo? ¿Qué decides? —preguntó.

La espera fue una agonía.

—Sí, Elia. Sí —dijo. Emitió un sonido ronco y se zambulló, lamiéndola—. Más delicioso directamente de la fuente.

Lamió de nuevo. Y otra vez. Devoró. Ophelia se retorció, gimiendo y gimiendo. Aunque ella misma vio que el control de Halo se desvanecía, él era un estudiante aplicado que fue aprendiendo lo que a ella le gustaba, lo que hacía que respondiera con más fuerza. Aquello lo repetía con más frecuencia.

—Te siento hinchada por mí —dijo él, e hizo algo asombroso con la lengua.

¡Ah! Ella se onduló más rápido y gritó:

—¡Más, Astra!

Halo adoptó un ritmo constante, como si fuera un loco finalmente liberado. Ella se retorció y se abandonó a la agonía. Ella deseaba... ¡deseaba! Tanto, tanto, tanto, tanto. Solo el clímax tenía importancia.

Cuando él hundió la lengua en su centro, imitando los movimientos del sexo, a ella le pareció ver las estrellas. Entonces, él penetró lentamente en su cuerpo con un dedo.

—¡Sí! Sí, sí, sí, Halo —gimió ella, y movió las caderas, intentando frotarse contra él. Ahuecando los pechos. Tirándose de los pezones. Sus alas tersas revolotearon y las vibraciones recorrieron las crestas de su columna vertebral—. ¡Más!

—Arpía codiciosa. Te voy a dar más de lo que puedas soportar —dijo él, y una necesidad salvaje oscureció su expresión mientras hundía otro dedo en ella—. Y, cuando me complazca a mí mismo, me observarás.

Qué pensamiento tan tentador. Ojalá pudiera pensar más allá de... él..., ella... Habían pasado demasiados años desde que había sentido dedos, estiramientos y presión. Pero nunca había experimentado bromas sexuales, desafíos y órdenes febriles al mismo tiempo. Nunca había estado con un señor de la guerra intenso que, aparentemente, había encontrado su nuevo juguete favorito.

—¿Te parezco un capricho, inmortal? —preguntó, entre jadeos.

—Nunca he probado nada mejor, ninfa —gruñó él, contra su piel resbaladiza.

Ella le arañó con las uñas el pelo sedoso y elevó las caderas para encontrarse con su lengua inquisitiva.

—No pares. Necesito esto. Lo necesito tanto...

No, no. No necesitaba nada. No podía pensar. ¿Estaba... ebria de lujuria? Se le había nublado la mente, cada pensamiento fragmentado se ramificaba en otro. «Más. No pares. Dame. Necesito. No. Deseo. ¡Sí, sí, sí!».

La chupó al mismo tiempo que hundía sus dedos profundamente y... ¡felicidad! La presión se rompió, el placer inundó todo su cuerpo.

—Es aún más dulce ahora —dijo él, volviéndose más frenético con cada caricia.

La llevó de la satisfacción a la desesperación en un abrir y cerrar de ojos.

No era suficiente. Se sentía vacía.

—Quizá... quizá pudiéramos mantener relaciones, después de todo. ¿De acuerdo? ¿De acuerdo? —preguntó. Las palabras la abandonaron sin que pudiera evitarlo. Su fuerza recién descubierta y su confianza no eran rivales para aquel diluvio de éxtasis. «No rogaré, no rogaré, no rogaré»—. Podemos jugar solo con el extremo. ¿Qué te parece? Es un buen plan, ¿verdad? ¿Solo con el extremo? Haré que te sientas de maravilla.

—Sin sexo —respondió él, y se puso en pie de un salto. Parecía que su cuerpo se había duplicado de tamaño. Tenía la piel tensa sobre los músculos mientras se abría el pantalón.

Ella se quedó boquiabierta al ver su erección. El tamaño de aquel hombre era...

—Definitivamente, vamos a hacerlo ahora mismo. ¿Sí? —dijo, y trató de agarrarlo—. ¿No?

El Astra la esquivó.

—Voy a sentirte contra mi cuerpo, nada más —le dijo, con una voz prácticamente inhumana. Parecía inhumano cuando le enganchó las rodillas con los brazos y le separó las piernas. El deseo había eliminado cualquier filtro de humanidad.

Halo movió las caderas y frotó su miembro contra ella, sin penetración, y dio un suspiro siseante.

¿Resistía sus propias necesidades, tan desesperadas, para cumplir su palabra? Ella gimió, se retorció y estalló bajo él con un grito..., pero aún quería más. Lo necesitaba.

—No pares, Halo. Por favor, por favor, no pares.

—Perfecto. Di mi nombre. Yo soy quien te hace sentir así. Yo y nadie más que yo.

Una necesidad frenética dominaba a Halo. Luchó por mantener su férreo control, pero nunca había experimentado nada parecido a aquel placer. Ophelia le estaba afectando, estaba provocando que se ablandara por dentro y le causaba un dolor punzante, una desesperación desgarradora por poseer a alguien, en cuerpo y alma.

Su tensión habitual se había disipado por completo y, en su lugar, sentía un deseo ardiente. La excitación le abrasaba hasta el último centímetro del cuerpo y no conseguía lo suficiente para paliarla, ni de lo que estaba haciendo, ni de ella. La ninfa era una criatura salvaje bajo él, se retorcía sobre las sábanas, con los mechones de pelo como cintas enredadas alrededor de sus hombros delicados. Tenía la piel ruborizada, de un matiz más oscuro. Sus pezones eran pequeños puntos duros y tenía el sexo empapado a causa del deseo que él le había provocado.

¿Cómo había podido conformarse siempre con

encuentros discretos? No había nada comparado con aquello. Y era por ella.

«No puedo renunciar a esto».

—Halo, Halo, Halo —canturreó Ophelia, enganchándolo con las piernas para tirar de él hacia sí. Tenía los ojos empañados—. Bésame.

Él la agarró por el pelo de la nuca, ladeó su cabeza y la besó, enredando las lenguas mientras deslizaba su miembro contra su humedad, presionando, atormentando, pero sin penetrar en su cuerpo. ¿Podría soportar la penetración, con su débil centro? Todavía no, todavía no. No hasta que ella estuviera lista.

—¡Halo!

Ella gritó sin poder contenerse. Otro clímax. Verla así, perdida en el placer, lo dejó casi sin sentido. Tuvo que luchar contra el impulso de seguirla hasta el límite. No estaba listo. Y no se trataba solo de que la tensión hubiera desaparecido, sino que sus engranajes ya no existían y todo se había transformado en éxtasis. Mientras se frotaba, empujaba y se movía contra ella, a su cuerpo ya no le importó si estaba preparado para el final o no. La semilla brotó de él y cayó sobre el vientre de Ophelia, cinta tras cinta, como si la hubiera guardado durante toda una vida.

Cuando se hubo vaciado, se desplomó y rodó junto a ella. Mientras jadeaba, con el corazón acelerado, esperó a que los engranajes volvieran a la normalidad. En cambio, lo invadió la felicidad. No podía pensar, solo podía sonreír. ¿Estaba eufórico? Sí. Pero ¿qué era esa extraña sensación que notaba en el pecho?

—¿Halo?

Una suave súplica, con un toque de vulnerabilidad.

Con esfuerzo, él parpadeó para enfocar la vista y se dio cuenta de que había pasado bastante tiempo. Ophelia estaba casi limpia y dócil, acurrucada contra él.

Era una mujer magnífica. Extendió la mano para apartar un mechón de cabello de su mejilla y notó el calor de un rayo de sol en la palma. Frunció el ceño. No había polvo de estrellas. ¿Por qué? No tenía sentido. Ophelia debía de ser su gravita. Su reacción a ella...

Quería que ella fuera su gravita.

¡Crrrrank! Los engranajes. No habían desaparecido, solo estaban ocultos. En aquel momento, se pusieron en marcha y el pecho se le tensó con más fuerza. A los pocos segundos, la tensión era casi insoportable.

Al darse cuenta de su preocupación por su mano, Ophelia palideció y se incorporó de golpe.

—Bueno. Voy a limpiarme de verdad. Sola. Lo digo en serio. Si entras al baño, asesinaré a tus futuros hijos. Y no hay necesidad de que hablemos de lo que ha pasado. De hecho, finjamos que no ha pasado, ¿de acuerdo? Sí. Buen plan. Bueno, adiós por ahora.

Se levantó de la cama y corrió al baño, donde se encerró. Él se quedó solo, luchando por mantenerse a flote.

Se dejó caer de espaldas y se frotó el pecho dolorido, mirando al techo con el ceño fruncido. ¿Qué iba a hacer a partir de aquel momento?

12

«¿Qué he hecho?».

A Ophelia le revoloteaban tan rápidamente las alas que producían un zumbido. El resto de su cuerpo temblaba. Estaba más excitada que nunca y se sentía completamente a la deriva mientras hacía girar los grifos de la ducha. Cuando, por fin, el agua salió de un grifo, ya humeante, se sumergió en el chorro. Una buena ducha la liberaría de la mayor oleada de placer que había sentido nunca, de aquella terrible vulnerabilidad y de los restos del semen de Halo, todo al mismo tiempo.

Halo, el Astra que había hecho retumbar su mundo sin producir polvo de estrellas para ella. Sin polvo de estrellas, no había gravita. Ella había tenido esa esperanza..., se había arriesgado... Pero se había estrellado y se había abrasado.

La satisfacción bailaba con la alegría, ambas perfectamente entrelazadas y más lejos de su alcance que nunca. Además, tenía el nuevo problema de una tercera relación fallida que arrastrar para el resto de la eternidad. Recordando, anhelando, comparando todo y a todos con el Astra, y constatando que ninguno de los demás estaba a su altura.

El Inmortal la había calentado por dentro; todavía sentía su calor. No sentía escalofríos constantes. Pero, pronto, el calor se desvanecería y los escalofríos volverían. No podía, y no quería, buscar más. Ella no era su gravita. Lo era otra persona. Y, en el momento en que conociera a esa persona, ella sería desechada. Olvidada. No había razón para intentar comenzar una relación romántica.

Lo más triste era que sabía de antemano que no debía hacer lo que había hecho. Ella no era como las demás arpías. No podía tener un amante acá y otro allá sin consecuencias. La excitación le producía un cortocircuito a su cerebro y la dejaba reducida a un estado voraz.

Sus objetivos no habían cambiado. Aunque, pensándolo bien, se estaba recuperando de la mayor oleada de placer que había experimentado en su vida mucho más rápidamente que de un orgasmo normal y corriente. Normalmente, no volvía a recuperar la coherencia hasta la mañana siguiente. ¡Como mínimo!

¿Otro beneficio de su transformación y muerte? La capacidad de salir de la neblina de ninfa y controlar cualquier deseo residual. Eso... estaba bien. Y, en realidad, la abstinencia ya no tenía por qué durar para siempre. No, Halo no era su hombre, pero habría otro que sí lo sería. Algún día lo encontraría y redescubriría el calor, la pasión y la satisfacción.

Usó el champú, el acondicionador y el gel de ducha. También el exfoliante de azúcar. Y el aceite con aroma a jazmín del anterior dueño. Básicamente, un tratamiento de *spa*. Porque ¿qué otra cosa iba a hacer? ¿Acurrucarse con Halo?

Empezaron a temblarle las extremidades. Cuando el agua se enfrió, salió de la cabina de ducha y asaltó el espacioso vestidor. Había ropa de estilos muy variados. Vestidos preciosos. Monos ceñidos. Camisetas con aberturas para las alas. Pantalones cortos. Pantalones vaqueros con perneras muy largas.

Se decidió por una camiseta y unos pantalones cortos. En primer lugar, se puso un sujetador, y la tela se tensó sobre sus pechos regordetes. El suave algodón le frotó los pezones sensibilizados y notó cierto dolor.

Lo ignoró. Zapatos. Necesitaba unos zapatos.

—Veo que llego unos minutos tarde para el espectáculo de striptease inverso.

La voz familiar llegó desde atrás. Cada palabra iba cargada de suficiencia.

Erebus.

Notó las vibraciones agresivas en las alas y se giró. Erebus estaba a pocos metros de distancia, con su consabida sonrisa de señor malvado y una túnica negra. Su figura corpulenta ocupaba demasiado espacio.

Tal vez no pudiera transformarla en otra bestia durante el resto de la semana, pero, sin duda, podía causar problemas, como había predicho Halo. Aunque una parte de ella le exigía que pusiera al Astra sobre aviso, guardó silencio. Aquel dios era la clave para la victoria. La tarea de Halo. Su propio sueño. No iba a retirarse del juego.

—Mientras te da vueltas la cabeza, déjame ayudarte a que tu sentido común gane el debate —dijo Erebus, con una sonrisa—. No, no deberías llamar al Astra. No puede sentir mi presencia ni oírnos. He insonorizado la habitación. O quizá me equivoco y deberías invitarlo a la conversación. Puedes contarle tus aventuras como leona y explicarle que pronto te convertirás en una hidra.

Ophelia preparó sus garras para el ataque.

—Ni se te ocurra ponerme en evidencia. Tú no quieres que sepa lo que me haces.

De lo contrario, Erebus habría alardeado mucho antes.

O simplemente estaba esperando el momento oportuno...

Ella tuvo un presentimiento.

—¿Por qué no se lo dijiste? —preguntó él, pensativamente.

—No necesito compartir mis razones contigo.

—Cierto —dijo él. Su mirada se desvió más allá y se fijó en un lugar que ella no podía ver.

Se levantó una corriente de aire helado que se le filtró en los huesos. Le castañetearon los dientes.

Erebus, con aspecto un poco desquiciado, murmuró:

—Solo puedo ver el qué, nunca el por qué. Mueve las piezas. Completa el rompecabezas.

¿Piezas? ¿Rompecabezas?

—Eh. ¿Te gustaría quedarte un momento a solas con tu locura?

Él parpadeó para enfocar la vista y sonrió.

—Bonito collar. Me impide invocarte correctamente. Pero esta forma de protección personal tiene dos defectos inherentes. Hoy te enseñaré cuál es el primero. En persona, el disco se puede levantar a la fuerza. No tendré ningún problema en supervisar tu transformación esta noche.

¡Uy! ¡Uy! ¿Iba a luchar contra Halo aquella noche, minutos después de revolcarse con él en la cama? Pero... no quería luchar contra él en aquel momento. Tenía demasiados sentimientos que dominar.

—¿No se supone que debes esperar siete días entre tareas? —exigió.

—Sí y no. Dentro de siete días también es hoy. —Su sonrisa creció con un gesto de maníaco—. Las lagunas legales son divertidas, ¿verdad? Pero no te preocupes. Serás una oponente mucho mejor esta vez. Una hidra con la ferocidad de una leona.

—No puedes hacer esto —protestó ella. Halo no estaba listo.

—Al contrario. Puedo hacer cualquier cosa. Pero a ti... a ti te gustaría. Ya sientes los efectos de la criatura en ti, ¿verdad? Imagina el poder que tendrás cuando estés imbuida de cada bestia.

Ella sintió miedo y ansiedad. En nueve de los doce trabajos de Hércules había habido bestias y, ahora, la fuerza de todas ellas estaba a su disposición.

«Eres tan débil, Ophelia...».

«Ya no, hermana». Tenía un plan e iba a ceñirse a él pasara lo que pasara. Reunir toda la fuerza posible, volverse contra el dios, salvar a las arpías, llevar a cabo la tarea de Halo y disfrutar de la gloria.

—¿Qué esperas de mí?

—Cooperación, arpía, nada más.

No. Había algo más. El dios no necesitaba precisamente su cooperación. ¿Quería conseguir el derecho a presumir o algo para dominar después a Halo? El viejo truco de «Me he ganado a tu chica».

—Descubrirás que soy un aliado maravilloso —continuó Erebus, insistiendo—. Oh, puede que te parezca despiadado en ocasiones y en los próximos minutos, pero algún día me lo agradecerás. He mirado al futuro y he elegido los mejores caminos. Al final ganaré, te lo prometo.

—¿Y si me niego a cooperar? —preguntó ella, sabiendo que no debía parecer demasiado ansiosa.

Él se encogió de hombros, indiferente.

—Te usaré de todos modos.

Sí. Ya lo imaginaba. Para vencer a este dios, necesitaba conocer sus debilidades y sus señales. Igual que Halo había aprendido las suyas. ¿La mejor manera de hacerlo? Atacar. Y no había mejor momento.

No perdió el tiempo pensando qué hacer. Saltó, le clavó las garras en la garganta. Y le desgarró la piel y los músculos. La sangre caliente manó a borbotones. Sin embargo, él no mostró ninguna reacción. Sonrió aún más y la rodeó con un brazo firme por la cintura, apretándola contra él. Mientras ella forcejeaba, él la agarró con más fuerza, rompiéndole las costillas.

—Una decisión equivocada —le dijo, con aire de satisfacción—. Pero no te preocupes. No te castigaré por ello. Entiendo tu reticencia. Para demostrar mi buena voluntad, incluso me voy a asegurar de que no sufras muertes atroces la semana que viene. Un momento para conocer mejor a tu nuevo amante. Por ahora...

Mientras aparecían fantasmas y la agarraban de brazos y piernas, él sacó una daga. La daga.

Ella se debatió. ¿Luchar con más fuerza o seguir adelante? ¿Qué era, exactamente, aquella arma? ¿Qué podía hacer? ¿Cómo la cambiaría?

—¿Lista? —preguntó él. Metió la punta de la daga bajo su piel, debajo del disco, y tiró de la carne hacia arriba.

Ella sintió un dolor tan abrasador e intenso que gritó. Se le llenó la visión de puntos negros y estuvo a punto de vomitar.

Cuando Erebus terminó, ella tenía un enorme agujero en el pecho, un círculo irregular de músculo en carne viva. Él sonrió.

—Listo. Esto está mejor —dijo, y presionó la hoja plana contra su pecho, sin ningún disco en el camino.

Ella no pudo responder. La sangre gorgoteaba de su boca y era incapaz de hablar mientras jadeaba.

Apareció un suave resplandor rojo que brillaba cada vez más.

—La hidra primordial, con mejoras —anunció Erebus.

Ella sintió que su dolor aumentaba. La recorrió como un trueno. Ninguna parte de su ser quedó intacta. Se le desgarró la piel de los hombros porque algo creció de su cuerpo. Se elevó. Chasqueó los dientes al aire.

La piel se le llenó de forúnculos que reventaron y se convirtieron en escamas duras como el acero. Sus huesos se alargaron y tomaron otras formas. Los músculos se desgarraron y, en su lugar, brotaron otros nuevos.

El dios se apartó de ella al sentir el instinto asesino. Pero no quería matar a Halo, sino a Erebus. A las doce versiones de él.

¿Doce? De repente, lo entendió. Doce pares de ojos, doce cabezas. Doce bocas. Se lamió con la lengua unos dientes increíblemente afilados. Matar.

—Más magnífica de lo que me atreví a soñar —dijo Erebus, aplaudiendo—. Ahora, sé buena chica y haz todo lo posible por matar a nuestro hombre. Mata a Halo Phaninon.

«Matar a Halo. Sí. Halo debe morir». Percibió un ligero olor a él. Olfatear, oler. Allí.

Se lanzó hacia adelante y atravesó una especie de obstáculo. Al fondo de la mente, oyó el sonido de una trompeta.

La melodía perfecta para su mantra. «Matar a Halo. Matar. Matar...».

Tres minutos antes

Halo se paseaba por el dormitorio esperando el regreso de Ophelia. Se había arreglado la ropa, pero no la mente. Tenían que hablar.

Miró hacia la puerta que le impedía ver a la mujer. Aquella separación... no le gustaba. Quería tenerla siempre presente. Si Erebus volvía a intentar manejarla...

Además, ¿qué hacía ella allí dentro? ¿Estaba evitándolo? El agua se había cortado hacía cinco minutos y treinta y cuatro segundos. ¿Se arrepentía de lo que habían hecho juntos? ¿Se arrepentía él?

No había producido polvo de estrellas. La arpía había llegado al clímax y había salido huyendo. Su tensión no se había relajado durante mucho tiempo..., pero quería volver a empezar.

¿En qué medida le resultaba de ayuda todo aquello?

Frunció el ceño. Sería mejor que reflexionara sobre Erebus. ¿Cómo sería el siguiente ataque del dios? ¿Qué era el Bloodmor y qué podía hacer, además de dañarlo más que la Espada del Destino? ¿Quizá era el Bloodmor lo que había invocado a la leona? ¿Invocaría el arma a otras bestias? Debía de haber una conexión entre ambos, teniendo en cuenta que aquellas bestias ayudarían a determinar si él ganaba o no.

Con aprensión, echó otra mirada hacia la puerta del baño.

—¿Ophelia?

Ninguna respuesta. Inaceptable. Ya había esperado demasiado. Tuvo una repentina sensación de agresión. Empuñó una espada de tres hojas y se preparó para entrar al baño.

Fuera del palacio sonó una trompeta. Se quedó inmóvil. ¿La segunda prueba? ¿En aquel momento?

Imposible. No había pasado suficiente tiempo entre tareas.

Soltó una maldición. No volvió a sonar ninguna trompeta más, y él gritó:

—¡Halo Phaninon!

Otra batalla a muerte.

Los cimientos temblaron. No, no solo los cimientos. Toda la habitación. Algo se acercaba.

Se preparó. Un monstruo atravesó la puerta del baño, haciendo volar trozos de madera en todas direcciones.

—¡Ophelia! —gritó, asimilando una gran cantidad de detalles en una fracción de segundo.

Era una hidra. Un monstruo de una especie exclusivamente femenina, como las arpías y las amazonas. Un dragón hembra de tamaño pequeño se había fusionado con una serpiente gigantesca y había adquirido el tamaño de un caballo de Shire. Doce cabezas, cada una con la boca llena de dientes metálicos. Un cuerpo, con dos brazos y dos piernas rematadas por garras afiladas. Unas bandas de piedra de fuego rodeaban sus muñecas.

Olía a algún tipo de veneno y... Rugiendo, él atacó. Aquella criatura desprendía el aroma de la arpía.

La ira lo invadió de nuevo con una fuerza sin igual. Erebus la había alcanzado. Y él lo había permitido. Su pequeña belleza, muerta de nuevo. Asesinada por aquella hidra después de que él hubiera prometido protegerla.

Las primeras chispas de anhilla amenazaron con quemar su control.

Las cabezas lo atacaron desde diferentes ángulos. Los dientes, afilados como dagas, chasqueaban en todas direcciones, arriba, izquierda, derecha, abajo y en cada espacio intermedio. Él trató de teletransportarse, pero... No. La piedra de fuego le impedía el teletransporte y la invocación de entrega de nuevas armas.

Bien. Se abrió paso hasta la pared donde estaba colgado el armamento, pero no con la suficiente rapidez. La hidra le clavó los dientes en cada una de sus pantorrillas. El metal estaba impregnado de saliva. ¿Venenosa? Aunque los Astra eran inmunes a la mayoría de los venenos, aquel no le pareció tan bien. Era casi como... ¿el deseo sexual? ¿Una droga de apareamiento, entonces?

Disgustado, descolgó una espada de su gancho. Se agachó y esquivó a la bestia, que lo perseguía. Evitó cortarle la cabeza, pero la apuñaló a la menor oportunidad en los ojos, el vientre, la garganta, las extremidades...

Se recuperaba con rapidez. Sus escamas eran resistentes, pero no impenetrables. Tenía pequeños cuernos en cada uno de los cuellos. Una musculatura bien definida protegía los órganos vitales y su única cola estaba dividida en doce látigos con púas.

La mayor señal que él captó fue que aquellas púas se movían una fracción de segundo antes de que una cabeza lo golpeara.

Como en aquel momento. Una de las púas se movió. Él se agachó y se lanzó hacia ella para arrancarle un cuerno.

Un aullido de agonía le reventó los tímpanos. Mientras la sangre caliente le manaba de las orejas, entró en acción antes de que ella tuviera tiempo de sanar y le hundió la espada en el centro carnoso del cuerno cercenado. Otro aullido rasgó el aire.

«Proteger». El impulso surgió más fuertemente con aquella hidra que con la leona. De nuevo, se resistió, sabiendo que la sensación provenía del olor de Ophelia.

¿Había muerto gritando?

Otra chispa de anhilla. Golpeó con más fuerza. La hidra chasqueó con los dientes allí, allí, allí, y también allí y allá, y lo arrojó al otro lado del dormitorio. Los muebles explotaron a causa del impacto. Algunas partes de la pared se derrumbaron y el aire se llenó de polvo.

Halo regresó a ella y le clavó la espada en el estómago, y de la herida salió una sangre espesa y negra. El charco espumoso corroyó el suelo de madera. Incluso su espada comenzó a desintegrarse.

Se formó un plan en su mente mientras cambiaba el

arma por otra. Atravesó el agujero de la pared, llevando a su oponente al pasillo. Aunque disfrutaba del combate cuerpo a cuerpo tanto como cualquier otro Astra, prefería los espacios abiertos y quería poner distancia con Ophelia..., con su cuerpo.

La hidra lo persiguió. Bajaron un tramo de escaleras. Entraron en una sala de estar, donde había multitud de espadas colgadas de la pared. La hidra ignoró a las arpías que estaban allí, congeladas en el tiempo, y mantuvo la vista fija en Halo.

El olor de Ophelia se intensificó y surgieron nuevas sospechas. ¿Y si la leona y la hidra estaban de alguna manera relacionadas con la arpía-ninfa? Eso significaría que Erebus había... ¿Qué había hecho? ¿La había apuñalado con el Bloodmor y había usado su sangre para resucitar a los monstruos? ¿Los había invocado, como había supuesto él al principio? ¿Los había creado desde cero? ¿Les había abierto un portal? Un sacrificio de sangre no era raro entre los de su clase, puesto que conocían su poder.

Ralentizó los ataques. La bestia resoplaba y jadeaba, escupiendo saliva de sus múltiples bocas, pero ella también aminoró el paso.

Interesante. Se rodeaban, giraban una y otra vez. Doce pares de ojos seguían cada uno de sus movimientos con ferocidad. Ojalá poseyera la habilidad de Silver para leer la mente.

—¿Quieres un pedazo mío? Ven a buscarlo.

La hidra movió la cola. Él la esquivó y se colocó tras ella. Agarró un tronco de la chimenea; por alguna razón, las llamas no se habían congelado. ¿Un regalo de Chaos?

Presionó el tronco ardiente contra la hoja de la espada. Las llamas lamieron el metal mientras él se agachaba y esquivaba la siguiente serie de golpes. A la primera oportunidad, clavó el metal al rojo vivo directamente en uno de los cuernos, hasta la empuñadura, seccionando una de sus médulas espinales. La cabeza adjunta cayó al suelo de inmediato, inservible.

Dejó el arma donde estaba. Ella siguió luchando aún con más fuerza. Las cabezas que le quedaban le clavaron los colmillos, le desgarraron el abdomen y le destrozaron los órganos. Otros colmillos se hundieron en su pantorrilla e inyectaron más veneno lujurioso en su organismo. Los músculos se le contrajeron. El sudor cubrió su frente. Se le aceleró el corazón y se le nubló la vista. Nunca se había sentido peor. Ni mejor. Cortó la segunda cabeza. Y la tercera. La cuarta.

¡Sin piedad! Una y otra vez, tomó y calentó una espada y, luego, la clavó en un cuerno. Pronto, solo quedó una cabeza.

Frenética, la hidra cargó contra él. Tropezó con los cuellos flácidos que se balanceaban, pero no se detuvo. Con la fuerza de un cohete, se estrelló contra él y lo tiró al suelo. Su último error.

Él solo tuvo que alzar la espada. Le cortó la parte inferior del hocico hasta el cerebro. Al caer, una trompeta anunció el final de la batalla. Otra victoria.

Una vez más, la sensación no fue buena. Se encorvó y vació el contenido de su estómago.

Cuando terminó, se dirigió al vestidor de su dormitorio. Recogería los restos de Ophelia. Pero, al buscar entre los escombros salpicados de sangre, no encontró ni rastro de su cuerpo. El collar de trinidad estaba hecho pedazos, con trozos de la carne de la arpía pegados a los bordes del disco.

Un pensamiento terrible lo asaltó. ¿Se había quitado ella misma el collar, permitiendo así que Erebus le tendiera una emboscada?

Apretó el puño. Movió la mandíbula. Al día siguiente, Ophelia y él iban a charlar...

13

Ophelia sintió unos movimientos y abrió los ojos. Cada centímetro de su cuerpo rebosaba de energía. Cuando su visitante matutina intentó quitarle las sábanas, se agarró al borde y las sujetó con firmeza sin mucho esfuerzo.

—Saca tu trasero perezoso de... Oh. Buenos días, sol. Supongo que puedes quedarte con ellas —dijo Vivi. La luz brillante entraba por la ventana, acentuando la expresión de sorpresa de su amiga—. Es hora de empezar el día. Tenemos cosas que hacer.

Oh, sí. Cierto. Ophelia se incorporó y evaluó la situación. Ni rastro de resaca. Excelente. Tampoco tenía dolores de batalla persistentes. Batería llena, defensas en alerta máxima.

«Intenta vencerme ahora, Erebus. Te reto».

—Guau. Vale. Tienes una expresión aterradoramente intensa —comentó Vivi—. No tienes resaca para nada. La verdad es que esperaba una guerra total contigo esta mañana.

—Digamos que perdí la cabeza por un hombre.

Un hombre enorme que la había complacido hasta el cansancio, elevando su vulnerabilidad a nuevas cotas, y que la había asesinado brutalmente minutos después. De caricias sensuales a un encontronazo con la realidad, no había polvo de estrellas, y, después, a golpes letales. La incongruencia de todo aquello la atormentaba. No sabía si quería correr hacia él o alejarse de él.

Durante aquella última batalla, Halo había sido completamente metódico, con un propósito en cada acción. La había observado y había aprendido. Había trabajado pacientemente para debilitarla. Cada vez que se centraba en ella, a ella le dolía. Peor aún, había proyectado todo tipo de sospechas antes de asestar el golpe mortal. ¿Se había dado cuenta de la verdad? ¿Sabía que ella era la hidra?

Sus garras se prolongaron y cortaron las mantas. Sin duda, Halo tenía preguntas. Preguntas que ella no estaba preparada para responder, por lo menos, hasta que hubiera reflexionado sobre todo ello sin una pizca de excitación ni una amenaza inminente de muerte. Debido a los nuevos acontecimientos, tenía que pensar en nuevos caminos. ¿Y qué había de la daga que Erebus seguía utilizando contra ella? Aquella daga había tomado el control total de su voluntad y había complicado su plan original.

Así pues, ¿debía decirle a Halo la verdad, toda la verdad y nada más que la verdad? ¿O debía seguir adelante?

Estaba harta de cometer errores. Tenía que hacerlo bien, necesitaba más que nunca obtener un buen resultado. Aunque, realmente, Halo no iba a darle un respiro. No tenía paciencia.

«Va a venir por mí. Pronto».

Tenía el corazón acelerado. Con suerte, él tendría la intención de visitar el vestíbulo del palacio para ver si la cabeza de la hidra estaba colgada junto a la de la leona. Eso le daría tiempo para... Bueno, ganar más tiempo.

—Hola. Lady O —dijo Vivi, aplaudiendo para llamar la atención—. Sigo aquí. Ignorarme no hará que me vaya.

Cierto.

—Necesito un minuto para prepararme, luego podemos salir.

Saltó de la cama y corrió al baño a cepillarse los dientes

y cambiarse. Aquel día le parecía perfecto para ponerse una armadura.

—Bueno. Escucha —gritó mientras se cambiaba—. Este día se ha estado repitiendo. Básicamente, el Día de la Marmota con esteroides.

Las paredes oían, sí, pero tenía que arriesgarse. Había cosas que Vivi debía saber.

—Bueeeeno.

¿Cómo podía contarle el resto sin poner al corriente a las demás? ¡Ah, sí! Obvio. Se asomó por la puerta del baño para expresar con señas sus siguientes palabras. Habían aprendido aquel lenguaje en el campo de entrenamiento.

«Erebus me ha transformado dos veces en un monstruo y un Astra me ha matado las dos veces».

«¿Dijiste que un Astra te mató? ¿Dos veces?», preguntó Vivi, con señas.

—Sí. Y Halo piensa que tal vez yo sea su compañera predestinada.

No le importaba decirlo en voz alta, pero ¿era realmente su compañera? «Olvídate del polvo de estrellas», pensó. Ningún inmortal, especialmente el Inmortal, había matado jamás, consciente o inconscientemente, a su compañera predestinada. ¿Verdad? A menos que le faltara corazón. Lo cual era una posibilidad.

Acompañó a su amiga al pasillo.

—Te explicaré todo lo demás en el pueblo.

—¿Pueblo? ¿Y has dicho «compañera»?

—Sí y sí. Vamos.

Salieron corriendo del cuartel y se alejaron del palacio hacia el campo de entrenamiento. Soplaba una brisa fresca y perfumada con el rocío de la mañana. Las arpías practicaban con diversas armas mientras un grupo de soldados de Roc rondaba y babeaba.

Al ver a los vampiros con los cambiaformas y los trolls, ella recordó lo imparable que era la unidad. Los enemigos que se enfrentaran a todas las fuerzas arpías en el campo de batalla solo alcanzarían una muerte segura.

Vivi y ella llegaron a la plaza del pueblo. Las tiendas aún estaban cerradas, pero poco importaba. Teniendo en cuenta la cantidad de arpías y consortes que habían recorrido las calles a diario durante siglos, enturbiando los olores, sería más difícil encontrar su rastro allí. Hasta el momento, todo iba bien.

—¿Y bien? —dijo Vivi—. Empieza a hablar. No te olvides de nada.

Ella se lo contó todo. Para cuando terminó, su amiga estaba atónita.

—Bucles temporales, machacamonstruos y momentos sensuales. ¡Dios mío! —exclamó Vivi, y saltó desde una rama caída del Árbol de las Calaveras. Las mejores amigas eran geniales—. Puedes añadir tu nueva habilidad especial a tu currículum. Algo que nadie más podrá aportar. Y has muerto salvando al Astra tres veces. ¿Sabes lo que significa eso? —preguntó, y le dio un empujón el hombro mientras caminaban con paso firme por las calles abandonadas—. Que puedo estar orgullosa de mí misma. Elegí el caballo vencedor el día que te salvé la vida y dejé que te convirtieras en mi mejor amiga. Vas a tener una camada de enormes bebés Astra, y yo seré la tía increíble que hace como si odiara cuidar a los niños mientras les enseña a esos pequeños demonios cómo hacerle la vida imposible a su padre. Y no intentes disuadirme. Se lo merece por matarte.

Sus alas revolotearon con... algo. La idea de tener hijos con Halo era... Una familia propia. Más placer. Una conexión más profunda.

Doblaron una esquina y recorrieron un callejón. Pensar en tener hijos con un chico al que conocía desde hacía un milisegundo y que la había matado dos veces era demasiado, incluso para ella. ¿Verdad? ¿Sí? ¿Quizá?

—¿Cuál es el plan? —preguntó Vivi.

—Para ti, una visita a la biblioteca. Toma un libro que narre las tareas de Hércules —le dijo ella. Leona, hidra y, luego..., ¿cierva?—. Y, ya que vas a estar allí, probablemente deberías aprender algo sobre cómo entrenar a un robot doméstico. Es información que necesito para la tarea, y eso es todo lo que voy a decir al respecto. Te espero en Soloarpías.

Soloarpías. Un subreino de bolsillo creado recientemente por los Astra por insistencia de Taliyah. Un oasis que se promocionaba como refugio para arpías y zona libre de Astra. Una entrada no autorizada sería lo mismo que declaración de guerra. La única entrada estaba ubicada a las afueras de la plaza del pueblo, cerca de la muralla de trinidad. Ella nunca había deseado ir. Hasta aquel momento.

—Eh, ¿mucha defensiva? —preguntó Vivi.

Doblaron otra esquina y se detuvieron en seco. Uno de los Astra, de cabello oscuro y ojos color mercurio, apareció frente a ellas, patrullando con una unidad de soldados. Silver las vio. Por supuesto que sí.

Se teletransportó junto a ellas con cara de desaprobación y le ordenó a la unidad que continuara.

—Estas calles están cerradas a los ciudadanos esta mañana. U os vais por voluntad propia, o yo os obligaré.

—¿Usarás tus palabras para obligarme o tus grandes y fuertes músculos? —preguntó Vivi, retorciéndose un mechón de cabello, y chasqueó los labios—. Sin presión, pero mi respuesta depende de la tuya.

El ceño fruncido de Silver dejó paso a una expresión llena de confusión. ¿Acaso no estaba acostumbrado a tratar con arpías? «Consejo útil: espérate siempre lo inesperado».

Se concentró en ella y, después, ladeó la cabeza con una gracia sobrehumana. Algo que Halo también hacía de vez en cuando. ¿Un rasgo aprendido?

—Encajas con la descripción de la arpía a quien está buscando Halo —dijo—. Tu amiga debe marcharse y tú te quedarás.

Estúpida telepatía. Sin duda, Silver ya había informado a Halo, quien llegaría...

Halo llegó. Era un rayo de agresividad al materializarse

junto a su camarada. Nada de máscara inexpresiva aquella mañana. La miró con furia. Llevaba en la mano el collar de trinidad.

Se le aceleró el corazón y sus inhalaciones se hicieron superficiales. Cerezas ahumadas y sándalo. Calor. Su caída. Empezó a temblar.

—Tenemos que hablar, arpía. Un músculo saltó en su mandíbula, su mayor señal de enfado.

Qué lástima.

—Lo siento, amigo, pero hoy me estoy tomando un respiro de ti.

Silver los miró.

—Quizá debería llevarme a la arpía...

—La arpía es mía —gruñó Halo. Y, vaya, parecía que estaba a punto de desenvainar una espada contra su amigo.

¿Cómo podía resultarle tan excitante algo así?

Extendió la mano para estrechar la de ella, y ella se estremeció al notar su roce. Consiguió esquivarlo. Una reacción automática e instintiva mientras su mente gritaba: «¡Al ataque!».

Arqueó las cejas y tensó el cuerpo. Apretó los puños.

—Ya veo por qué lo admiras —dijo Vivi, abanicándose las mejillas.

«Esa es mi señal».

—No olvides mis libros —le dijo ella.

Para su sorpresa, Halo la persiguió.

—Cuanto más te alejes de mí —bramó—, peor será tu castigo.

Ella estuvo a punto de echarse a reír.

—Primero tienes que atraparme.

Corriendo, pasaron junto a diferentes unidades de patrulla. Halo los atravesó a todos, sin dejar que nadie ni nada se interpusiera entre él y su objetivo. Vaya, eso era sexy.

Más soldados. Más colisiones.

—¡Ophelia!

Una mirada por encima del hombro. Silver se materializó

justo delante de Halo, y los dos chocaron. «¿Qué te parece, imbécil?».

Ups. Halo no se llevó la peor parte del impacto; fue Silver, que cruzó la calle volando, dando vueltas. Halo no disminuyó la velocidad.

Ella agitó los brazos con más fuerza. Solo un poco más lejos. Hacia delante. Divisó un arco florido que parecía que no llevaba a ninguna parte. Con férrea determinación, se zambulló... ¡Sí! Entró en Soloarpías y dejó a Halo mordiendo el polvo.

Halo caminaba por la acera, cerca de la puerta de Soloarpías. Hacía horas que Ophelia había desaparecido dentro del subreino. Un velo místico ocultaba su aroma y él casi no podía soportarlo.

Necesitaba verla. Tal vez, para abrazarla. Ella se había encogido cuando se habían rozado, como si esperara sentir dolor. ¿Por qué?

Se tiró de mechones de pelo. Miró la hora. La una y media de la tarde. No había habido congelamiento. Entonces, Erebus había perdido otra hora. Como parecía que las normas del enfrentamiento no tenían validez para el dios, Erebus podía atacar en cualquier momento después de las dos de la tarde.

Halo se frotó el pecho. Si no veía pronto a la arpía, rodarían cabezas.

Tenía la intención de mantener a Ophelia cerca desde aquel momento hasta que terminara la tarea. Roc tenía razón. Ella estaba involucrada en la tarea y podía influir en el enfrentamiento definitivo.

Él tenía mil preguntas y ella tenía todas las respuestas. ¿Por qué se había escondido en Soloarpías? ¿Por qué se había encogido ella cuando se habían rozado, como si esperara sentir dolor? ¿Estaba ayudando a Erebus? ¿Estaba su sangre vinculada a las bestias? ¿Lo culpaba a él de su sufrimiento?

Inhalar. Exhalar. Se le escapó un sonido gutural. «¿Es ella mi gravita?». No había descartado la posibilidad. No era capaz de hacerlo.

Si debía tener una compañera predestinada, podría ser aquella mujer que olía a paraíso, que hacía que olvidara sus luchas y tenía unos orgasmos tan fuertes que todo su mundo se descontrolaba incluso antes de haber penetrado en su cuerpo. Sobre todo, le daba vueltas al hecho de que podría gustarle la astuta y cautelosa arpía.

—Tranquilo, señor de la guerra.

Una voz familiar invadió su mente mientras seguía paseándose. Era Celestian Eosphorus, Ian. El más amable y el más cruel de todos los Astra. Un hombre poderoso de piel oscura y ojos negros. Por alguna razón, se había cortado las trenzas aquella mañana, y muchos Astra disfrutaban burlándose de él.

Siglos atrás, la tradición mandaba que un Astra se cortase el pelo cuando estuviera dispuesto a recibir ofertas románticas. Ian era el único señor de la guerra que se adhería a aquella antigua costumbre.

Si el señor de la guerra anhelaba una pareja predestinada, él tenía un consejo: «¡No lo hagas!».

Ian apareció frente a él, bloqueándole el paso.

—Tranquilo.

Una orden inequívoca. La respuesta de Halo fue automática.

—Sí, comandante —dijo. Mientras el saludo resonaba en su cabeza, se pellizcó el puente de la nariz—. Lo siento, Ian.

Al principio, Ian había sido el líder de los Astra. Comandante de los veinte. Pero había fallado en su primera bendición al negarse a sacrificar a su prometida. Ella había muerto de todos modos, en el momento en que los Astra fueron maldecidos con quinientos años de derrota. Ese mismo día, Erebus y su hermano, Asclepio Serpentes, libraron una feroz batalla contra ellos. Perdieron a varios señores de la guerra. Cuando la situación se calmó, los rangos de los Astra se reorganizaron e Ian pasó al último lugar.

Un Astra llamado Solar asumió el mando, con Roc como segundo. Gobernaron el ejército durante siglos. Pero todo cambió cuando Solar se casó con su gravita. Al igual que Ian, se negó a sacrificarla. Y, al igual que la prometida de Ian, ella murió de todos modos. Una segunda maldición cayó sobre ellos y murieron más Astra en la batalla. Al igual que antes, los supervivientes cambiaron de rangos.

—Lo estás haciendo de nuevo. Estás perdiendo de vista lo que tienes delante —le dijo Ian, y le dio dos palmadas en la mejilla. Si «dar dos palmadas» significaba lo mismo que abofetear, claro—. Tengo controlada a la amiga, Vivian Eagleshield. ¿Quieres hablar con ella?

Halo asintió brevemente.

—Tráela.

En un abrir y cerrar de ojos, Ian la llevó a su lado, sin tocarla. Una habilidad que siempre había poseído, a diferencia de Erebus.

Aquella belleza de pelo oscuro apareció sosteniendo libros con una mano y blandiendo la otra. Le arañó la garganta a Ian con las garras y la sangre brotó de los surcos irregulares, goteando antes de que su carne se recompusiera.

Ian se limitó a asentir a modo de saludo.

—Uy. Lo siento —dijo ella, con una sonrisa perezosa—. La próxima vez que me teletransportes a la fuerza, cariño, haznos un favor a ambos y me dejas caer directamente en tus brazos —añadió, y le guiñó un ojo a Ian con una invitación sensual que Halo no creyó ni por un momento.

La indecisión se apoderó de él. ¿Cómo proceder con aquella arpía? Sabía cuál era su estrategia preferida: amenazarla para provocar a Ophelia y hacer que saliera de Soloarpías. Sin embargo, también sabía que si hacía algo semejante, ella nunca lo perdonaría por lealtad. Aunque a él no debería importarle.

—¿Cuánto te ha contado Ophelia sobre nuestra

situación? —le preguntó, y le arrebató los libros a la arpía, sin dejar de sostenerle la mirada, exigiendo en silencio una respuesta rápida.

—Solo todo —dijo la arpía, con otra sonrisa—. ¿A que no adivinas cuánto te voy a contar yo?

—¿Te das cuenta de que tu negativa la perjudica, verdad? Si no me ayudas, estás ayudando a Erebus, y él quiere matarla. Yo solo deseo protegerla.

Sus delicados rasgos se contrajeron de confusión. Se rascó la sien.

—Corrígeme si me equivoco, pero ¿no ha muerto lady O tres veces bajo tus cuidados?

La culpabilidad y la vergüenza lo invadieron. Los engranajes invisibles chirriaron.

Para concederse un momento, echó un vistazo a los libros de la arpía. Un resumen de los trabajos de Hércules y un manual titulado *Cómo saber si tu amante robot siente algo*. Los trabajos. ¿Porque Ophelia sabía que estaba vinculada a los monstruos o porque aún pensaba ayudarlo y conseguir la oportunidad de matar a su primera víctima? El otro libro... Umm.

—No voy a dejar que muera de nuevo —dijo, con los dientes apretados.

—Vamos a llegar a un acuerdo. Devuélveme mis pertenencias y envíame a Soloarpías con un mensaje para nuestra querida lady O. O... —dijo Vivian, y deslizó la punta de un dedo por el centro del pecho de Ian— puedes torturarme para sonsacarme la información. Para que lo sepas, tengo una aversión particular a las lenguas desatadas.

Las comisuras de los labios de Ian se levantaron.

—Conozco a Halo desde hace miles de vidas, y confío en su voluntad en este asunto. Quiere que yo empiece con esa disciplina de inmediato.

Con qué facilidad pasaba su amigo de ejecutor a seductor; un talento que siempre había poseído. Por una vez, él sintió envidia.

Desvió la mirada hacia la puerta de Soloarpías.

—Dale un mensaje —le dijo a Vivian, entregándole los libros—. Dile que... solicito una reunión. No habrá más misterios entre nosotros. —Nunca se había rebajado a negociar, pero ¿qué otra opción le quedaba?—. A cambio, le daré todo lo que quiera. Cualquier cosa razonable que no ponga en peligro mi tarea ni la de ninguna Astra. Pero solo tiene cinco minutos para salir y responder, o iré a buscarla.

Al diablo con la tregua.

Vivian hizo una mueca de vergüenza por él.

—Ella es más astuta y más hábil, y durará más que tú.

Después de lanzarle un beso, la arpía se giró y se alejó tranquilamente, encaminándose hacia Soloarpías.

Mientras esperaba una respuesta, él volvió a pasearse. Ophelia accedería a sus condiciones.

—Nunca te había visto tan nervioso —dijo Ian, observándolo con descarada curiosidad. Siempre había sido observador. Los engranajes giraban constantemente en su cabeza—. No debería sorprenderme. Roc actuó igual con Taliyah.

Él aceleró el paso.

—La arpía es... una... sorpresa.

La irresistible atracción que sentía por ella lo había mantenido en vilo hasta que le puso las manos encima. Entonces, llegó un momento de preciada tranquilidad. Un momento en que dejó de luchar contra todo lo que sentía, porque su pasado no era rival para su deseo.

—Te sugiero que trates a la hembra con cuidado de ahora en adelante, amigo mío. Para poder ascender, Roc tuvo que ganarse el corazón de Taliyah. ¿Y si a ti también te pasa? ¿A todos nosotros? Tal y como estoy aprendiendo, no hay mayor fuerza en la existencia que el amor.

Se detuvo. Ganarse el corazón de Ophelia. Su amor. ¡Sí! Le gustaba la idea. Ella dejaría de huir de él. No se inmutaría al rozarse con él. Y, lo mejor de todo, la hembra de sus fantasías más febriles le haría caso. Recuperaría la concentración, completaría las tareas y cumpliría con su parte de responsabilidad por la ascensión del grupo.

¿Por qué la arpía no había respondido aún a su mensaje? Quedaban diez segundos para que se cumpliera el plazo.

—Lo haré. La conquistaré —prometió. Nueve. Ocho. ¿El camino más rápido y claro al éxito? «Meterla en mi cama».

¡Sí! Era aquello. Semillas de impaciencia plantadas en el terreno fértil de su mente.

Cinco. Cuatro.

Dirigió la mirada hacia la puerta del subreino, con el corazón acelerado. Tres. Apretó los puños. Dos.

Uno.

Las semillas se marchitaron y brotaron la frustración, la ira y la decepción.

—A juzgar por el cortejo de Roc a Taliyah —dijo Ian—, tu mayor oportunidad de éxito son los festines improvisados que tus amigos deben organizar apresuradamente, retener a tu mujer por un plazo corto de tiempo y toquetearla a menudo en público.

Pasó otro minuto. Tenía los nervios a flor de piel. Ophelia lo había desafiado, pero él no iba a irrumpir por la puerta para ir a buscarla. Apretó los dientes.

«¿Burlar, superar y sobrevivir, arpía? Acepto el reto».

Él era el Inmortal de los Inmortales, ¡y se saldría con la suya!

Finalmente, Vivian salió por la puerta, entre niebla, sin ninguna preocupación.

—Phel dice que no puedes quejarte del retraso. Llegué totalmente a tiempo porque no hay tiempo. Ah, y también dice que sí. Aceptará lo que sea, pero con condiciones. Se queda en Soloarpías esta noche, y punto. Te verá en el vestíbulo del palacio mañana por la mañana, a las ocho, para revelar todos los misterios. O unos minutos después. Depende de cuánto tarde en ponerme al día, ya que yo no recordaré nada de esto. Obviamente, estoy invitada a la reunión en calidad de defensora de Ophelia. Ella insiste en este punto. Entonces, ¿estás de acuerdo? Tienes tres segundos para responder, o la oferta queda nula. Tres. Dos.

—Sí, estoy de acuerdo —afirmó él, y los labios se le curvaron con una sonrisa—. Hasta mañana, entonces.

Antes de las 8:00 de la mañana, tendría un plan de batalla.

«Esa arpía-ninfa es mía».

14

Con Vivian a su lado, Ophelia subió los cien escalones que conducían a la puerta principal del palacio, guiada por la determinación. Llegaría a la reunión antes que Halo. En aquella ocasión, sería ella quien lo esperaría. Él tenía razón. Tenían que hablar de varias cosas.

Aquella mañana, al despertar, no había recibido ninguna nueva inyección de fuerza, y eso no le había gustado. Porque necesitaba más, especialmente aquel día. Lo supo en el instante en que el collar de trinidad apareció en su mesita de noche, con símbolos adicionales grabados en las bandas. Motivo por el que no se lo había puesto.

¿Qué efecto tenían aquellos símbolos? ¿Atarla a Halo? Probablemente. Él no dudaría en usar el collar para salirse con la suya.

Más que una discusión, se avecinaba un ajuste de cuentas.

Había incluido una nota: «No llegues tarde. Esta vez iré por ti, dondequiera que estés. Ponte algo fácil de quitar. Atentamente, H».

Sus alas revoloteaban de emoción. O de ira. Sí. De ira.

A pesar de la fresca brisa matutina, había optado por ponerse algo sexy en lugar de abrigado. Y, probablemente, era facilísimo de quitar. No había seguido la sugerencia de Halo a propósito; simplemente había sentido las vibraciones de la prenda. Era un vestido transparente, de color rosa algodón de azúcar, y tenía un amplio escote. La falda era corta y tenía unas aberturas que permitían ver sus bragas cuando se movía de cierta manera. Los zapatos tenían unos tacones de aguja de veinte centímetros con cintas alrededor de las pantorrillas.

Halo le había ofrecido un pago de su elección, y ella quería tener el mejor aspecto posible cuando le informara del precio.

—Nunca había visitado el palacio tan temprano, pero esperaba una multitud entrando y saliendo, no un pueblo fantasma —comentó Vivi—. ¿Crees que el Astra ordenó a todos que se fueran?

Ella sintió más emoción, o más ira. Halo se le había adelantado y había echado a todas las demás del vestíbulo, ¿verdad?

—Ah, sí —dijo—. Vamos a darnos prisa.

—Vestida de bocadillo sabroso y con prisas —comentó Vivi, y chasqueó la lengua—. ¿Qué le pasa a mi querida lady O No? ¿También se está enamorando?

—¡Mis intenciones son cien por cien interesadas, lo juro!

Tras estudiar los trabajos de Hércules, había tomado una decisión férrea: mejor dejar a Halo en la oscuridad y continuar su camino. Morir, fortalecerse y anular el control del dios sobre su voluntad, y salvar a todo el mundo. Su destino. Nada de confesar la verdad. No le mentiría, pero tampoco revelaría todos los detalles sobre su relación con Erebus. No importaba lo que Halo sospechara o supiera.

¿Qué sospechaba? ¿Qué sabía?

Una cosa estaba clara: la consideraba una desvalida, incapaz de derrotar a un oponente tan poderoso. Pero estaba equivocado. Todos estaban equivocados. Ella podía hacerlo. Lo sabía; lo sentía. Solo necesitaba la oportunidad de demostrarlo.

¿Sentía culpabilidad, aunque solo fuera un poco? Sí. Era la tarea de Halo y, por tanto, él imponía sus reglas. Lo entendía. Pero ¿y si sus repetidas muertes eran una parte necesaria de la victoria final del Astra? ¿Un sacrificio que ambos debían hacer? ¿No habían ganado Roc y Taliyah su tarea de bendición con un sacrificio?

—Explícame tu cálculo magistral —dijo Vivi.

—El vestido es mi armadura, ¿de acuerdo? —admitió—. En esta situación, mi mejor arma de defensa es la confianza en mí misma.

Tras una muerte agonizante, tenía dificultades para librarse de su deseo por el Astra. Pero no podía haber más besos. Se acabaron los orgasmos deslumbrantes. A menos que decidiera darle otra oportunidad a todo eso del polvo de estrellas Y, probablemente, debería, siendo sincera. Encontrar a su consorte y unirse a él ayudaría a su causa.

Una vez sin polvo de estrellas no equivalía a dos veces sin polvo de estrellas. La primera vez podría haber sido un fallo, ¿no? Además, ¿le había dado ella una oportunidad real de marcarla? Quizá primero tuviera que corresponderle.

Umm. Sí. Correspondencia. Eso parecía perfectamente razonable. Merecía la pena explorar la posibilidad.

—¿Phel, mi amor? —dijo Vivi, con deleite.

—¿Sí? —dijo ella.

Halo... desnudo... de pie..., no, reclinado en un sillón lujoso mientras ella se arrodillaba entre sus piernas...

—Te estás manoseando a ti misma.

Un momento. ¿Qué? Parpadeó, solo entonces se dio cuenta de que se estaba ahuecando los pechos. Dejó caer las manos a los costados con las mejillas ruborizadas.

—Me estaba arreglando el vestido.

Vivi se echó a reír disimuladamente.

—Sí, claro.

Subieron las escaleras, cruzaron el jardín delantero y entraron por la puerta doble, que estaba abierta de par en par. Se detuvieron. Oh, sí. Halo se le había adelantado. Estaba en su sitio habitual, solo en medio del vestíbulo, con los brazos cruzados. Ella estaba en apuros. En más de un sentido.

Halo estaba realmente bien. Llevaba una camiseta blanca que se ajustaba a sus anchos hombros y al pecho, y unos pantalones de cuero que moldeaban la forma de sus muslos fuertes y firmes como el tronco de un árbol.

«Hecho para las sesiones de sexo más largas y duras», pensó ella, y se le hizo la boca agua.

Él la recorrió lentamente con la mirada. Se detuvo en sus pechos. Cuando a ella se le tensaron los pezones bajo la tela del vestido, él se lamió los labios. Cuando llegó a su ombligo, descubrió los dientes. El vértice de sus muslos lo incitó a pasarse la lengua por un incisivo.

De repente, respirar se volvió imposible para ella. El aire era demasiado denso. Y, aun así, olía a cerezas ahumadas y sándalo. Una de sus mayores debilidades.

Lo olvidó todo y se arrojó a sus brazos. En aquel momento, se fijó en la pared que había detrás de él. La hidra, efectivamente, colgaba junto a la leona. Aquella visión del horror la llenó de orgullo. Cada muerte los acercaba más y más a la derrota de Erebus.

—Amiga —dijo Vivi en voz baja, por la comisura de los labios—. ¿Tu chico siempre es así de intenso cuando te mira?

—Déjanos a solas —le dijo Halo a su amiga, sin apartar la mirada de ella—. Seré... suave con la arpía-ninfa.

Oh, ¿de veras?

—¿Suave? ¿Quieres perder tu guerra con nuestra arpía-ninfa favorita? —le preguntó Vivi—. Pero, bueno, está bien. Da igual. Si me ordenas que me vaya, me voy —dijo. Le dio un beso en la mejilla a Ophelia y le susurró—: Lo tienes todo bajo control. —Y se alejó dando saltitos.

Tras una conversación por señas aquella mañana, con todas las cartas sobre la mesa, habían elaborado el mejor plan de acción. Que ella se quedara a solas con el Astra para averiguar qué sabía, qué sospechaba, y afrontar las consecuencias.

Él se teletransportó a su lado, invocó el collar, que apareció en sus manos, y se lo puso, asegurándose de que no tuviera oportunidad de luchar.

¡Qué irritante!

—¿Qué problemas me van a causar las runas añadidas?

—Solo sirven para asegurar que no puedas despegar el disco.

De acuerdo. Eso la beneficiaba. Le molestaba mucho que Erebus pudiera transformarla según sus condiciones. Después de todo, aquella era su propia historia y debería ejercer su propia voluntad. Pero, eh..., un rápido viaje mental... ¿Su Astra irradiaba más calor de lo habitual? Y..., umm. Su aroma. ¿Era más intenso?

Una fina niebla envolvió su mente y la arrastró más hacia su hechizo. Sin pensar, deslizó lentamente las manos por sus brazos musculosos.

—Tan poderoso y, a la vez, tan suave.

La respiración áspera de Halo le hizo cosquillas en los labios. A él se le dilataron las pupilas, pero las estrías no dejaron de girar. Parecía que emanaba humo de los bordes.

¿Para qué iba a intentar resistirse a él? Ya había tomado su decisión. «Arriesgarme y darle otra oportunidad de marcarme».

Él le acarició la mejilla con una suavidad asombrosa.

—¿Se te apareció Erebus en Soloarpías?

—No —dijo ella—. Mantuvo las distancias.

Y, hablando de asombro, Erebus había cumplido su palabra y le había dado un descanso.

—¿No sufriste daños?

—No, de ningún tipo.

—No se derramó nada de tu sangre, y yo no completé ningún trabajo —dijo Halo, y rozó la punta de su nariz con la de él—. ¿Hay alguna correlación entre ambas cosas, Ophelia?

De acuerdo. Sospechaba de su implicación.

—Es posible que sí.

No dijo más. «Cuidado. Ignora la nueva punzada de culpabilidad».

—¿No lo sabes con seguridad?

—Sé algunas cosas, pero no todas —respondió ella. Era la verdad.

—Bien. Ahora, yo también las sabré.

La teletransportó a un sofá de terciopelo entre las dos escaleras y la instó a sentarse. Ella obedeció, esperando que él ocupara el lugar a su lado. Jadeando un poco, y duro, permaneció de pie frente a ella, mirándola.

Ella le sonrió.

«Ahora no somos una máquina tan bien engrasada, ¿verdad, Astra?». A él se le tensó el músculo de la mandíbula.

—Creo que tenemos que hablar de algunos misterios.

—Tienes razón —respondió ella. Adoptó una postura relajada en el asiento y le dijo—: Primero, vas a conocer mis honorarios. Para empezar, exijo una disculpa pública de Roc por matar a la General Nissa.

No se le ocurría mejor venganza para su hermana. Roc odiaría hacerlo y Nissa, dondequiera que estuviera, disfrutaría de su humillación eterna. De ese modo, se pagaría una deuda de sangre sin derramamiento de sangre. Taliyah no le había encontrado ningún inconveniente al plan, y su conversación no tendría por qué ser conocida.

—Antes de que expliques que no puedes hablar en nombre de tu comandante —dijo, segura de su poder—, no lo hagas. Puedes comunicarte con él telepáticamente desde cualquier punto. En segundo lugar, no intentes decirme que el pago debe venir de ti y solo de ti. Ambos lo sabemos mejor. Al compartir lo que sé, te estoy ayudando a ti y estoy ayudando a todos los Astra. Por lo tanto, el pago debe provenir de todos los Astra. Cada uno de vosotros tendréis una deuda conmigo, de mi elección, y tendréis que pagarla en el momento que yo elija.

Una buena General arpía aprovechaba cada situación a su favor, y poder recolectar favores a lo largo de su ascenso a la cima era toda una ventaja.

—No —dijo, cuando él abrió la boca para responder—. No intentes decirme que los señores de la guerra olvidarán sus votos mañana. Les recordarás su aceptación después del bucle temporal, y te creerán, porque confían en ti.

Las llamas crepitaron en sus iris mientras ejecutaba la inclinación de cabeza de rigor, iniciando una conversación con el otro Astra. Pasaron minutos antes de que dijera:

—Los Astra aceptan tus términos, siempre y cuando los míos se apliquen. No puedes exigir nada que ponga en riesgo una tarea de bendición, y somos nosotros quienes decidimos qué constituye y qué no constituye un riesgo. A cambio, responderás a mis preguntas hoy y todos los días, sin falta. También aceptarás encadenarte a mi costado.

—Te equivocas —respondió ella, y negó con la cabeza. Volvió a sonreír y dijo—: Me alejaré de tu lado cuando quiera. Y puede que haya algunos fallos.

Por el momento, solo había dos detalles de información que planeaba ocultarle. Sus aventuras de monstruos y la promesa de obtener más poder. Tenía que ganárselos con la promesa de trabajar con ella, no contra ella. Solo esperaba aquella promesa después de haberle demostrado su fuerza. Y lo haría.

A Halo se le suavizó la expresión. Una reacción sorprendente. Ella esperaba resistencia.

—Los fracasos no forman parte de nuestro trato. Si te niegas a responder una pregunta, merezco una compensación.

—¿Y qué quieres de mí, Inmortal, eh?

Un toque de astucia se apoderó de la expresión de Halo, y, maldita sea, era una de las cosas más sexys que ella hubiera visto nunca.

—Puedes negarte a contestar mi pregunta —dijo— a cambio de mis besos.

Ohhhh. El juguete estaba subiendo la apuesta, poniendo el poder en sus manos mientras mantenía el control absoluto de la situación. Ella podía decidir cuándo rechazar una pregunta, y él podía tratar de tentarla para que se acostaran.

—¿Cuánto durarán estos besos, entre comillas?

—¿Una hora? ¿Toda la noche? —respondió él, y se inclinó, agarrándose a un brazo del sofá—. Es negociable.

¿Por qué era tan encantador? Se le puso la piel de gallina y estuvo a punto de aceptar la oferta. Pero... mejor tener una solución por si algo salía mal.

—Tienes dos minutos. Si te invito a continuar, adelante. Si no, el contacto termina inmediatamente.

—De acuerdo —respondió él, sin dudarlo—. Pero puedo empezar en el momento y lugar que yo elija. Y yo decido dónde besar.

Astra diabólico.

—De acuerdo. Tienes que avisarme con antelación, para que sepa que debo empezar la cuenta atrás.

No habría escapatorias para Halo.

Y, sin embargo, fue él quien sonrió en aquella ocasión.

—De acuerdo.

Tragó saliva. ¿Había caído directamente en una trampa?

Se miraron fijamente y ella empezó a retorcerse. ¿Se estaba imaginando que la besaba? Ella se quedó sin aliento. Con un gesto imperioso, preguntó:

—¿Qué desea saber su señor y majestad de los cielos?

Él inhaló y exhaló antes de recuperar su expresión habitual.

—Tus muertes. ¿Qué pasó? ¿Cómo fueron?

Primero, los asuntos de guerra. Claro. Como futura candidata a General, lo aprobó de todo corazón. Sin embargo, la ninfa no estaba tan impresionada.

—Erebus se ha teletransportado hasta mí y me ha teletransportado hasta él.

—¿Sin contacto?

—Sí. En algún momento después de cada teletransporte, morí. Fin.

—¿Él te...? —preguntó él. Su mirada se posó un breve instante en la parte superior de su esternón—. ¿Te mató con una espada? Una espada en particular, con características memorables, tal vez. ¿O te entregó a las bestias?

«No es tan estoico sobre el tema como quiere aparentar».

—Sí, utilizó una espada contra mí.

¿Qué sabía Halo al respecto, si acaso sabía algo?

Vacilante, él preguntó:

—¿Llamó a la daga Bloodmor?

—No.

Pero ¿lo era? Al plantearse aquella pregunta, se sobre-saltó.

—¿Usa tu sangre para invocar, atraer o crear a las bes-tias?

Cuidado.

—No conozco la mecánica de todo esto. Antes de desen-vainar la espada, le gusta pedirme que trabaje para él y luego ofrecerme una mejora para mi currículum.

Halo la buscó con la mirada.

—Hay más. Te ha ofrecido algo más.

Una afirmación, no una pregunta.

¿Cómo podía leerle tan bien la mente?

—Tienes razón.

Erebus le había ofrecido una fuerza inconcebible. Un sueño hecho realidad. La conquista de un futuro.

—¿Qué? —insistió él.

No había otra opción.

—Lo siento, pero paso de esa pregunta. No confío lo suficiente en ti como para compartir un detalle tan perso-nal. Y, antes de que insistas en saberlo, no lo hagas. ¿Re-cuerdas mi promesa de que nunca les haría daño a las arpías? Lo decía en serio. Para mi consternación, esa pro-mesa ahora se extiende a los Astra. Siempre haré lo que crea mejor para mis hermanas y nuestros aliados.

Él asimiló sus palabras y asintió.

—Entonces, sí, pasa de la pregunta —dijo. Le miró los labios y sonrió. La sonrisa debería haber disminuido su intensidad, pero no fue así—. Voy a cobrarme mi beso.

15

Tenía a la arpía en su poder y a su alcance una vez más. El día anterior no la habían lastimado y él no permitiría que la lastimaran hoy. En su mundo, todo iba bien.

Una mujer gloriosa. Lo suficientemente astuta como para moler a nueve Astra con el dedo pulgar y con una sensualidad incomparable. Todo lo que decía, cada movimiento que hacía, apuntaba al sexo. Duro y salvaje. Suave y tierno. Lento y minucioso. Rápido y explosivo.

Ya estaba luchando contra el impulso de atrapar con el puño aquellas ondulaciones de cabello negras y brillantes. De inclinarle la cabeza y devorar su boca, de robarle el aire de los pulmones y reemplazarlo con el suyo, hasta que ella lo necesitara a él y solo a él. Los ojos de Ophelia eran como esmeraldas pulidas y ella exudaba la carnalidad más tentadora, y él no podía apartar la mirada de su belleza. Estaba completamente atrapado.

—¿Empezamos la cuenta atrás? —preguntó, con voz áspera. El aroma de Ophelia se volvió más dulce y él lo inhaló profundamente.

Su tensión se atenuó. Su miembro palpitó.

—Todavía no. Estoy planeando mi ataque.

Que se guardara sus detalles personales por el momento. Él necesitaba algo más importante de ella. Su corazón.

—¿Estás abierto a sugerencias? —preguntó ella, sin aliento.

—Sí.

—Empieza por mis labios. Y, como realmente querías conocer esa respuesta, seguramente debería ofrecerte algo más.

—Mucho más.

—¿Qué te parece esto? No empezaré la cuenta atrás hasta que me acaricies los pechos o deslices los dedos en mis bragas. Decisión tuya.

A él comenzaron a temblarle las manos al darse cuenta de que ella deseaba aquello, lo deseaba a él.

—Considero aceptable tu enmienda.

Se enderezó y se quitó la camisa.

—Esto ya no es necesario.

—Ni un poco.

Ella se quedó mirándolo absorta mientras él se desabrochaba el cinturón. Lentamente.

—Ni esto —añadió él.

El cinturón y las armas cayeron al suelo con un ruido sordo.

—¿Y los pantalones? —preguntó ella. Asomó la punta de la lengua para humedecerse la hendidura de su suntuoso labio inferior—. No sirven para nada.

Aunque hubiera matado por liberar su erección, tiró de la arpía para enderezarla. Aún no habían terminado su conversación.

La sujetó por la cintura y la levantó del suelo, los giró a ambos y se recostó en el sofá. Entonces la acomodó en su regazo. Las numerosas aberturas de su falda permitieron a Ophelia sentarse a horcajadas sobre él sin impedimentos y encajar su cuerpo contra su miembro hinchado. La presión era... buena.

Ella gimió y él deseó oír aquel sonido todos los días durante el resto de su vida.

—Mucho mejor. —Le sostuvo la mirada mientras enganchaba los tirantes de su vestido con los dedos—. ¿Te gustó hacerme esperar ayer, ninfa?

—Mucho —respondió ella, con una sonrisa—. ¿Vas a hacerme esperar tú ahora?

—Sí.

Pero no como ella se imaginaba. Tenía un plan. Si lograba sobrevivir.

Lentamente, recorrió sus brazos con los dedos, tirando de los tirantes, dejando al descubierto sus pechos poco a poco.

—Fíjate en que no te he tocado los pechos ni he metido los dedos en tus bragas —dijo, con voz enronquecida.

—Sí —dijo ella, y apoyó las palmas de las manos en sus pectorales, curvando sus garras y ondulándose contra él—. Me he dado cuenta.

Él la sujetó del pelo exactamente como había imaginado y la agarró por el trasero, obligándola a quedarse quieta.

—No tienes intención de detenerme, ¿verdad?

Ella sonrió con malicia.

—Tal vez sí, tal vez no. Descubrámoslo juntos.

Él mantuvo la mirada clavada en sus ojos y, con el corazón acelerado, la atrajo hacia sí. Ella jadeó. Lo siguiente que supo fue que se estaban besando, intercambiando gemidos. Una serenata irresistible mientras sus lenguas se unían. El sabor de Ophelia era incluso más dulce que su aroma. Una droga.

Recorrió su nuca, sus hombros y su columna vertebral con las manos. Continuó por su trasero, pasando por su obra maestra a un ritmo pausado. Tenía sus pechos aplastados contra los pectorales y sus pezones le rozaban su piel cada vez que inhalaba. La fricción era a la vez un tormento y un deleite. Lo invadió un frenesí salvaje.

«No puede haber nada tan bueno como esto».

Ella lo rodeó con los brazos.

El impulso de moverse contra ella..., con ella... No podía permanecer inmóvil.

Se frotaron una y otra vez, pero las sensaciones nunca eran suficientes.

Él apartó su boca de la de ella y le ordenó:

—Sigue así.

Ella siguió meciéndose y meciéndose, y arqueó la

espalda entre jadeos, levantando los brazos y la melena al mismo tiempo. Mientras los sedosos mechones caían, Ophelia se ahuecó los pechos. Con los labios rojos y húmedos por los besos, era la imagen misma del placer. Pasión, pura y sin diluir.

Apropiado, ya que él también era pura necesidad.

—¿Anhelas algo más de mí, Halo? —ronroneó ella.

—¿Por qué? —preguntó él, y se sacudió hacia arriba, lo que provocó un fuerte deslizamiento de la cremallera contra sus bragas. Cuando ella gimió, agarrándose a sus hombros para mantener el equilibrio, él preguntó—: ¿Quieres darme más, Elia?

—Quiero... Sí, quiero.

—Empieza la cuenta atrás —graznó él, rozando con los pulgares cada pezón de color ámbar.

Ella lo instó a acercarse, gimiendo. Él inclinó la cabeza y chupó uno de los bonitos picos. Luego, el otro. Lamió y lamió.

De alguna manera, Halo mantuvo mentalmente el control de sus actos. Contabilizó el tiempo mientras separaba a la ninfa de su miembro, le abría más las rodillas y le quitaba las diminutas bragas con un movimiento de la garra. Rozó con los nudillos el corazón de su deseo y ambos gimieron. Ophelia estaba empapada.

Quedaban un minuto y quince segundos. Ninguna negativa hasta el momento. Bien. Eso era bueno.

Metió un dedo dentro de ella..., dos..., otra vez, otra vez. ¡Qué sensaciones le producía aquella mujer! Ceñida. Caliente. Y más húmeda a cada momento. Él estuvo a punto de perder la cabeza... ¡y el control de su cuerpo!

Treinta segundos. Ninguna negativa. ¿Lo detendría todo en el último momento, o la había llevado demasiado cerca del borde como para detenerse?

—¡Halo! ¡Sí! ¡Ahí! —gritó ella. Mientras él metía y sacaba los dedos, ella se onduló contra él—. Estoy tan cerca...

Una gota de sudor le resbaló por la sien. «Tranquilo». Él alivió la presión, pero ella persiguió sus dedos, buscando más.

Debía poseerla.

Quince segundos. Hundió los dedos profundamente. Diez segundos. Dentro. Fuera. Más rápido. El control se desvanecía.

—¡Sí! ¡Así! —exclamó ella. Inclinó la cara hacia arriba, con los ojos cerrados. Se masajeó los pechos y se pellizcó los pezones. Él nunca había visto una imagen más sensual.

Volvió a aliviar la presión de nuevo.

—No —gritó ella, haciendo pucheros. Entonces él deslizó la yema del pulgar sobre su clítoris y ella gritó—: ¡Sí! Sí, Halo. Así mismo.

La acercó más al límite..., más cerca..., decidido, frenético y desesperado.

Tres.

Dos.

—Se me acabó el tiempo —dijo. Aunque estuvo a punto de volverse loco, levantó la cabeza... y apartó los dedos de su sexo—. ¿Cuál es el veredicto?

—Quiero más, Astra —gritó ella, mientras le golpeaba los hombros.

Él la agarró de los muslos. El deseo hervía en sus entrañas.

—No sé si te creo. Quizá debería parar.

—¡No! No pares —le rogó. Derritiéndose sobre él con una súplica ansiosa, lo besó en los labios. Una vez, dos veces. Lamió—. Quiero sentir un orgasmo. Entonces podremos parar. No, quiero decir, entonces tú podrás correrte. Será tu turno. ¿No quieres, Halo? Si tienes suficiente resistencia, podemos hacerlo otra vez, y otra, y no parar nunca jamás.

—Muy bien. Te concederé este favor, pero me deberás uno. Lo que significa que ahora vamos a hacerlo a mi ritmo. Si quieres tu orgasmo, tendrás que convencerme para que te lo dé —respondió él. A pesar de su necesidad de liberar su simiente, no creía que nunca hubiera disfrutado tanto—. Dime por qué soy el único hombre al que deseas.

* * *

La audaz demanda del Astra resonó en la mente de Ophelia, y para ella fue tan sexy como todo lo demás. Él había llevado su cuerpo hasta un punto de excitación febril. Todas sus partes estaban sensibles y solo era capaz de concentrarse en un único objetivo: el orgasmo. Lo ansiaba.

Él, claramente, también estaba sufriendo, y saberlo la emocionó, alimentó un anhelo que no sabía que tuviera. Y el hecho de que, primero, él quisiera jugar... era aún mejor.

—¿Alguien está a la caza de cumplidos? —preguntó.

—Alguien los exige.

Una simple declaración, pronunciada con una voz impregnada de lujuria.

Fue una tentación. ¿Por qué le exigiría algo así, a menos que le importara su opinión?

«¡Advertencia! ¡Se acerca la kriptonita!».

—De acuerdo. Te voy a decir lo que me gusta de ti.

Ophelia, embriagada de poder, se apartó lo suficiente como para desabrocharle el pantalón. Al bajarle la cremallera de un lento tirón, comprobó que él no llevaba ropa interior. Su enorme erección se liberó. A ella se le hizo la boca agua—. Para empezar, me gusta tu aspecto —le dijo—. Tienes un cuerpo hecho para la guerra y el sexo.

El hambre agudizaba los planos y ángulos de sus rasgos. Parecía que no respiraba mientras estiraba los brazos sobre el respaldo del sofá. Una pose casual y carnal, morbosa y lasciva. Le recordaba a un depredador acechando a su presa.

—¿Qué más?

—Me gusta sentirte —continuó ella, y lo recorrió con una garra—. Me gusta recordar lo delicioso que era sentirlo sin nada entre nosotros.

Inhalar. Exhalar.

—¿Y qué más?

Ella colocó su sexo desnudo sobre el de él. No hubo penetración, solo contacto, pero ambos sisearon. En el borde del sofá, a él se le pusieron blancos los nudillos a causa de su feroz lucha por resistir el impulso de tocarla.

Ophelia deslizó su humedad arriba y abajo por su miembro, una y otra vez, hasta que él estuvo tan resbaladizo como ella. La fricción le quitó el aliento.

Una grieta se extendió por la madera que bordeaba el sofá.

—¿No tienes nada que decirme, ninfa? Dilo.

Umm.

—Me gusta que esto sea incluso mejor de lo que recordaba.

A él le ardieron los iris.

—¿Qué más?

—Adoro cómo me respondes —dijo ella. Sin prisa, palpitante, acercó su rostro al de él—. Me encanta tu calor.

Él deslizó la mirada ardiente por su garganta, quemándole la piel.

—¿Te gusta huir de mí? —le preguntó, de repente, con algo de irritación.

¿Todavía le dolía eso?

—Sí —admitió ella—, pero creo que me gusta más que me atrapes.

Ophelia recibió un latigazo de sus caderas. El deseo ondulaba de una zona erógena a otra.

—Creo que prefiero corresponder.

Sus miradas se encontraron.

—¿Consigo yo la reciprocidad?

—Mm, mm.

—Entonces, tómalo —dijo él, apresuradamente—. Toma tu orgasmo.

De nuevo, daba las órdenes mientras ponía todo el poder en sus manos. Embriagador.

—Sí —dijo ella. ¿Acaso arrastraba las palabras?—. Porque necesitas que lo tome, ¿verdad, Halo? Yo, específicamente. ¿No es cierto? Pero ¿por qué? ¿Por qué yo, específicamente? Admítelo.

—Mírate —susurró él, como si no la hubiera oído. Y tal vez no la hubiera oído. Parecía que el sol estaba saliendo en sus iris. Los alevala se quedaron inmóviles en su piel y la observaron.

Los mechones de pelo negro se le encrespaban debido a sus muchos tirones. Parecía la personificación del sexo.

Ella aceleró el paso y le mordisqueó el labio inferior. El placer y la presión aumentaban, alimentándose mutuamente.

—Te encanta esto. Te encanta lo que mi cuerpo le hace al tuyo... y lo que el tuyo le hace al mío —le susurró ella, al oído—. Te encanta sentir lo que me haces.

—Siente cada centímetro de mí —dijo él y, agarrándola por el trasero, tomó el control de sus movimientos, de su ritmo. Los frotó más rápido y con más fuerza, despojándola de la cordura—. Esto es para ti. Solo para ti.

—Solo para mí.

Más presión y placer. Y fue bien. Tan tan bien... Y cada vez mejor, a medida que imitaban el sexo. Él movió las caderas tan rápidamente que su miembro vibró contra ella, y ella no pudo hacer otra cosa que jadear su nombre y gemir.

—Tan cerca... Solo necesito... necesito...

Él hundió dos dedos dentro de ella, desde atrás. Al mismo tiempo, su clítoris se rozó contra su miembro.

Ophelia estalló y unas aguas termales de placer la inundaron, ahogándola dulcemente.

—¡Sí, sí, sí!

—Me estás apretando los dedos, Elia —dijo él, entre dientes, en tono dolorido, mientras ella se abandonaba a la dicha.

Mientras descendía de su euforia, más hambrienta que nunca, algo superó su propia necesidad: el anhelo de aliviar a Halo, de satisfacerlo. Porque él le importaba. ¿Porque él era... algo más?

—Elia —graznó él, sin dejar de tocarla por detrás como si no pudiera detenerse. Empujando los dedos dentro y fuera. Frotándose contra su centro.

Sus rodillas golpearon contra el sofá y su corazón latió

con fuerza. Mientras alcanzaba un segundo clímax, se le escapó un sonido ronco.

—No quiero parar esto, quiero mi reciprocidad, pero vas a obligarme a parar, ¿verdad? No hay mujer más hermosa que...

Echó la cabeza hacia atrás y rugió al techo, cayendo al vacío con ella.

Ella solo ansiaba más.

Cuando su respiración se calmó, él apartó los dedos y se desplomó sobre los almohadones, jadeando, aturdido. Realmente relajada por primera vez.

—Esto va a mejor —susurró.

—No me digas que has terminado —protestó ella—. ¿La ninfa ha agotado al gran y malvado inmortal? ¿O has tenido un fallo total del sistema y necesitas reiniciar?

—Ni de lejos. Estoy justo en medio de una actualización de *software* —bromeó, y ella soltó una carcajada.

El Astra hacía chistes. Lo besó en los labios antes de bajarse de su regazo, levantándose y lanzándole la camisa que había desechado.

—Quizá la inspiración adecuada ayude a acelerar las cosas.

La luz del sol entraba a raudales por varias ventanas, iluminándolo mientras se limpiaba el torso. No apartó la mirada de ella en ningún momento. Sus iris giratorios la absorbían como si fuera un buen vino.

—Estoy listo.

Ella, balanceándose con las piernas temblorosas, se quitó el vestido.

—Y ahora estoy inspirado.

Se abrió la bragueta de par en par, mostrando su creciente excitación.

—Ven aquí —dijo, y se acarició a sí mismo.

Aquel sexy guerrero Astra... Ansiosa, se adentró en un rayo de sol para colocarse entre sus piernas abiertas. Él se incorporó y recorrió suavemente la parte posterior de sus muslos. Las yemas de sus dedos eran como pequeños hierros de marcar. La calidez se extendió por su piel, una piel sin polvo de estrellas.

La comprensión fue como una bola de demolición para su deseo. Allí estaba ella, disfrutando de todo aquello, enamorándose cada vez más de él, deseándolo y necesitándolo, aunque afirmara que no necesitaba nada. Tal vez no estuvieran predestinados. La decepción se apoderó de ella y cualquier resto de la niebla sensual se disipó.

Halo notó el cambio en su actitud y exhaló un suspiro.

—Hemos terminado por ahora, ¿verdad?

—Sí.

Tal vez, para siempre. Se apartó del campo de fuerza de su atractivo y se agachó para recuperar el vestido manchado. Vaya, quizá fuera mejor que volviese desnuda a su habitación.

—Déjame adivinar. No quieres hablar de eso ahora ni después —dijo él. En su mano se materializó un vestido limpio. Él le lanzó la prenda y ella la atrapó con facilidad.

—Tienes razón.

La vulnerabilidad la dominaba a diestra y siniestra. Otra apuesta, otra pérdida. Las cosas se habían complicado porque habían surgido los verdaderos sentimientos.

La tercera podría ser la vencida. Pero ¿y si no lo era?

Él se subió la cremallera del pantalón.

—¿Qué ha cambiado?

—Ni hablar —dijo ella, poniéndose la ropa nueva, un vestido transparente de color rosa pálido, con rosas rojas bordadas. Quizá la tela más fina y suave que jamás había adornado su cuerpo, y le quedaba perfecto—. Tengo cosas que hacer. En concreto, ducharme y estudiar.

Si tuviera que pasar el día impregnada de su aroma, un recordatorio constante de su contacto, no sobreviviría.

—Ya hemos hablado bastante. Tenemos que llevar a cabo una tarea, ¿no?

—Nosotros no. Yo. Y, para que quede claro, ¿te niegas a responder otra pregunta?

—Ding, ding, ding —dijo ella. «Nosotros, no», se burló para sus adentros.

—Entonces, puedo besarte de nuevo —dijo él.

Eh, ¿qué demonios? Ella se apartó, presionándose el corazón acelerado con una mano.

—Ni se te ocurra.

Necesitaba recuperar sus defensas.

—No te preocupes. Me espero —dijo él, y se levantó.

—Puedo ayudarte a ganar, Halo. Solo tienes que darme una oportunidad.

—No habrá oportunidades. De hoy en adelante vas a estar a salvo —respondió él. Su voz se endureció—. No habrá más muertes para ti.

Oh, habría muchas más. Simplemente, él no lo sabría.

Lo miró con fijeza y se puso las manos en las caderas.

—Cuéntame qué esperas que haga mientras estoy a salvo.

Él abrió los brazos como si fuera el último hombre cuerdo del universo.

—Disfruta de los placeres que te ofrezco. Ese es tu único trabajo ahora. Si no estás completamente satisfecha con los beneficios de la empresa, podemos revisarlo después de que ascienda. Pero ¿quién sabe? Puede que te encante tu nueva carrera profesional.

No hacía falta un tercer intento. Aquel idiota condescendiente no era ni su consorte ni su pareja.

—Lo siento por tu gravita. De verdad.

16

Halo apoyó una mano en el lavabo del baño e inclinó la cabeza. Estaba furioso. Ophelia le había dicho que se compadecía de su gravita.

Se compadecía... de sí misma. Posiblemente.

Mientras tanto, la batalla por controlar el deseo que sentía por ella estaba resultando ser la más agotadora de su existencia. Ophelia se estaba duchando a pocos metros de distancia. Desnuda. Mojada. Un canto de sirena viviente del que necesitaba escapar desesperadamente. Pero no podía ni quería separarse de su lado.

No había mentido. Quería tenerla vigilada en todo momento. Lo que hiciera aquella mañana y todos los días siguientes lo haría con la arpía. Y, si esto alteraba su tranquilidad, no tenía importancia.

Sin embargo, para proteger su propia mente, se mantuvo de espaldas a ella. Otra experiencia nueva, por cierto. Él solo les daba la espalda a los otros Astra. Nunca confiaba en nadie más. Además, no quería arriesgarse a echarle un vistazo a su cuerpo voluptuoso. Oírla ya era bastante difícil.

Primero, había oído el roce de su ropa al desnudarse. Luego, el repiqueteo de las gotas de agua al caer sobre su piel. Ahora, gemidos guturales de placer que se le escapaban. Los mismos gemidos de placer que había emitido cuando él la había penetrado.

Le temblaba la mano mientras se limpiaba el torso con

un trapo enjabonado. Nunca había llegado al clímax con tanta intensidad. Y, aun así, seguía anhelando a la mujer. ¡Como si la ninfa fuera él!

Cada vez que saboreaba su deseo, todo en su interior se volvía nuclear. Pensamientos, emociones, reacciones físicas. Y, después, nada volvía a la normalidad.

Se examinó en el espejo. Piel sonrojada y tersa, pero sin líneas de tensión. ¿Sus iris brillaban? Una comisura de su boca se levantó, como si luchara contra una sonrisa. Lo cual no podía ser correcto, porque estaba furioso con ella. Echando humo, un humo tan denso como el vapor de las paredes de cristal de la cabina que ocultaba a Ophelia de su vista. Su gravita, fuera quien fuera, sería envidiada. Nadie tendría motivos para compadecerse de ella. Siempre estaría a salvo del peligro. Él le daría una satisfacción indescriptible y eterna. «Entonces, abandona mis brazos, ninfa. Si puedes».

Un fuerte golpe de desprecio por sí mismo le borró la sonrisa. ¿Qué le estaba haciendo Ophelia? ¿Por qué lo había ignorado y se había alejaba de él después del clímax? ¿Y él? ¿Por qué no había creado polvo de estrellas para ella?

Se humedeció los labios. ¿Necesitaba estar dentro de ella para hacerlo?

«Sí. Necesito estar dentro de ella».

No comprendía por qué Ophelia estaba molesta con él. Tendría que consolarla un poco antes de que aceptara otro beso.

Sin embargo, la espera le dolía. Quería que su relación con ella se consolidara. El plan no había cambiado: ganarse su corazón y, luego, completar la tarea. Al final, saldría victorioso, como Roc. Entonces podría centrarse en su conexión eterna con Ophelia. Y era eterna, con polvo de estrellas o sin él. Porque nunca dejaría que su arpía se alejara de él.

Tal vez no hubiera logrado conquistarla durante su última escaramuza sensual, pero había adquirido una valiosa perspectiva sobre todo lo relacionado con Ophelia

Falconcrest. Ophelia respondía a tres cosas: a sus órdenes, a su propio poder y al afecto. Las contradicciones eran tan emocionantes como su contacto. Un día no muy lejano, ella pronunciaría las palabras que él anhelaba oír.

«Eres mi consorte y te unirás a mí, Halo».

El ruido del agua cesó y él se puso rígido. Ophelia. Desnuda. Mojada.

Inhalar. Exhalar. Debía demostrar que hablaba en serio. Que su gravita sería la hembra más envidiada del país. Mimada. Adorada.

Halo recordó algo que le había dicho Ian y asintió con decisión.

«Habrá cortejo».

«Prepara una cena a la luz de las velas en mi habitación. Tienes dos horas», le transmitió telepáticamente a Ian. Con una tarea de bendición en juego, todos los Astra permanecían en alerta, preparados. «Asegúrate de que haya algo con langosta y haz todo lo posible por que el entorno sea magnífico».

«Ay. ¿Nuestro Halo va a su primera cita?».

«Quizá», respondió él, y apretó la mandíbula. «Tú haz lo que te he dicho».

—Todo limpio y seco. Lista para presentarme al servicio, señor —dijo Ophelia en un tono alegre. Su humor había mejorado mucho. Un cambio sorprendente y agradable—. ¿Qué desea mi querido Astra?

«¿Mi querido Astra?». Entonces, ¿había decidido hacerle caso?

Se giró y la observó salir de la cabina de la ducha envuelta en una nube de vapor, con una toalla puesta. Los mechones de pelo mojado se le pegaban acá y allá.

Aunque odiaba pronunciar sus siguientes palabras, lo hizo:

—Deberías vestirte.

Y él debería ponerse una camiseta, pero no quería hacerlo. Que Ophelia lo examinara y viera al hombre que no se detendría ante nada para triunfar.

Ella se recogió el cabello en lo alto de la cabeza y pasó junto a él, como si no le importara nada. Se detuvo en la puerta del armario, lo miró por encima del hombro. Con ojos ardientes, preguntó:

—¿Debo vestirme para los negocios o para el placer?

Él frunció el ceño. Aquel tono de voz, sus palabras y su lenguaje corporal... Todo en ella daba a entender que estaba deseando complacer.

Sin embargo, su instinto le gritó: «¡Mentira!».

Quizá su estado de ánimo no había mejorado, después de todo.

—Para los negocios —dijo él, y ella frunció el ceño.

No, no había habido ninguna mejora. En todo caso, la situación había empeorado.

¿Entendería alguna vez a aquella mujer?

En cuanto se había despertado, había hablado con Andrómeda. Tras explicarle que ya no necesitaba sus servicios, admitió que tal vez hubiera encontrado a su compañera. La amazona expresó un genuino entusiasmo y, enseguida, se declaró su ayudante. Alguien, al parecer, que quería ayudar a un amigo a conseguir a una arpía.

Enseguida, Andrómeda hizo espacio en el armario y recorrió el palacio eligiendo las mejores prendas para Ophelia, a pesar de que solo sabía cuál era su talla basándose en la descripción que él había hecho: exuberante y perfecta. Temía la reacción de la arpía al ver algunos de los vestidos más ligeros.

—Colega, estoy desnuda y envuelta en una toalla —resopló Ophelia—. Presta atención mientras hago la misma pregunta por tercera vez: ¿qué clase de asunto?

Él estuvo a punto de sonreír. Le gustó mucho su tono quejumbroso.

—Tenemos una reunión con Roc y Taliyah dentro de diez minutos y treinta y dos segundos. Treinta y uno. Treinta. Exigen un informe completo de todo lo sucedido durante la tarea hasta el momento. Ambos les entregaremos ese informe. Hay ropa nueva para ti en el armario.

Ella se dio la vuelta, sujetando con una mano la toalla. La otra la tenía apoyada en la cadera.

—¿Sabes? Antes de conocerte, me ponía nerviosa reunirme con Taliyah. Ahora, una conferencia con la General no me parece para tanto, ¿sabes? El hecho de que controles la hora exacta hasta una reunión, al segundo, sin mirar el reloj, me deja alucinada.

Él se enorgulleció.

—Sé la hora exacta de todo, al segundo, siempre.

¿Y ahora sentía la necesidad de presumir?

Se abalanzó sobre ella, pero ella se adentró rápidamente en el vestidor, donde hizo exclamaciones de admiración al ver la ecléctica selección.

Él siguió cada uno de sus elegantes movimientos. Finalmente, ella se puso el vestido más sexy que hubiera podido imaginar: un deslumbrante vestido verde con transparencias, a juego con sus ojos. Quizá, la perdición de cualquier hombre.

Él se tiró del cuello de la camisa y recordó que no llevaba camisa.

—Creo que te había recomendado ropa de negocios.

—Entonces, no tienes mala memoria —le dijo ella, con una dulce sonrisa. Dio un suave tirón, y los mechones negros de su cabello se esparcieron sobre sus hombros—. Los negocios son mi placer, y el placer es mi negocio.

Aquella mujer... Él estuvo a punto de reírse. No estaba seguro de qué debía sentir por la arpía, porque seguía sintiendo un poco de todo. ¿Debería cerrarse en banda? ¿Volverse loco?

—Intenta no distraerme durante la reunión, preciosa —le dijo, medio en broma, mientras la rodeaba con un brazo por la cintura y la atraía hacia sí.

Ella le murmuró algunas obscenidades mientras la llevaba a la sala de guerra con seis minutos de antelación. Roc y Taliyah estaban juntos en la cabecera de una mesa, examinando pergaminos antiguos. Un polvo de estrellas translúcido brillaba sobre cada centímetro de su piel expuesta y, al verlo, él sintió una punzada de envidia.

Había otros dos guerreros en la sala, Roux Pyroesis y Dove... algo. Dove era una leyenda entre las arpías y conocida por liderar algunas de las campañas más sangrientas del mundo en la guerra contra... cualquiera.

Hacía mucho tiempo, Dove murió en el campo de batalla contra Erebus, y el dios la transformó en una arpía-fantasma, una de las especies más feroces que existían, capaz de vagar entre los reinos natural y espiritual. Se alimentaban de almas y tenían pocas debilidades. Pero, gracias a Taliyah, aquellas arpías-fantasma no eran como los demás fantasmas. No estaban ligadas a Erebus ni controladas por su voluntad. Por ahora, eran aliadas de las arpías y de los Astra por igual.

El motivo de la reunión quedó claro. Roux y Dove debían recopilar información, realizar la investigación de Halo en su nombre, permitiéndole que se concentrara en ganarse a su arpía-ninfa.

Al notar su llegada, Roc saludó a Roux con un gesto. El guerrero miró a Ophelia, aún envuelta en el abrazo de Halo, y frunció el ceño. Cada día, Roux reaccionaba con mayor intensidad a su transformación, como si su cambio fuera más pronunciado. De controlada a atormentada a... lo que fuera. Él lo tranquilizó.

«Lo tengo bajo control, hermano. La protegeré».

«Es un poco... diferente a tus gustos habituales. Ten cuidado. Los más suaves muerden con más fuerza».

Roux se fue un segundo después.

Taliyah despidió a Dove, que miró a Halo y a Ophelia antes de desvanecerse en una ligera y apenas perceptible nube de humo.

Halo seguía manteniendo a Ophelia apretada contra su cuerpo, incluso mientras ella se movía para mirar de frente a sus líderes.

—Empezaré yo, ya que tengo poco tiempo y me necesitan en otro lugar —dijo Taliyah. A diferencia de Ophelia, la General vestía el uniforme estándar de arpía: peto metálico, chaleco de cuero y falda plisada, con las protecciones correspondientes—. Entiendo que estamos en el quinto día de la repetición, pero esta ha sido nuestra única reunión, lo que significa que has esperado cinco días para saber por qué exigí reunirme contigo en primer lugar. La razón es simple. Decidí transferirte a Ation, donde...

—¿Cómo? —gritó Ophelia.

—Eso no va a pasar —ladró Halo, al mismo tiempo.

Ation era un reino prisión donde muchas especies encerraban a sus hembras más violentas. Un mundo de grandes horrores.

Taliyah lo miró fijamente.

—¿Presume que puede decirme lo que tengo que hacer con mi soldado, Astra?

—No es suya, General —le espetó él.

—¿A quién pertenece, entonces? —preguntó Taliyah. La frialdad de su sonrisa bajó la temperatura al menos veinte grados—. Porque no veo polvo de estrellas en su piel. Y esa es la única manera en que la liberaré de mi mando.

«Estoy trabajando en ello».

—Tendrá que renunciar al mando cuando yo ocupe su puesto —comentó Ophelia.

Taliyah se encogió de hombros.

—Tal vez. Si me golpeas lo suficiente.

Él apretó los dientes.

—Esta es mi tarea, General. Todos están bajo mi mando.

—No se preocupe, General —le dijo Ophelia a Taliyah, usando su tono alegre de nuevo e ignorándolo, mientras se acurrucaba contra él, apoyaba la cabeza en su hombro y le acariciaba el pecho—. No me dará ninguna orden que contradiga las suyas. Mi queridito está empeñado en que me mantenga al margen.

Aunque su tono de voz era empalagoso, le arañó la piel, dejándole unos surcos sangrientos.

Su deseo y su necesidad de protegerla debería complacerla. ¡Mujeres!

Trabajaría el doble para asegurarse de que Ophelia disfrutara de su seguridad. Algún día, ella se lo agradecería. Estaba seguro de ello.

—Pero, para el futuro, quizá sea mejor que no amenace con encarcelar a la chica que va a salvarnos a todos.

La arpía apartó las uñas de su carne.

Él se puso rígido. ¿Qué quería decir con salvar a todos?

—¿He dicho yo que he terminado de hablar? —preguntó Taliyah, lentamente—. No ibas a ser prisionera, sino guardia. Un verdadero honor. Allí se aprenden los mejores trucos. Pero he cambiado de opinión. Dejaré que hagas eso de lo que has presumido: salvarnos a todos. Lo que significa que vas a ayudar a Halo a derrotar a Erebus por cualquier medio necesario. Quizá, entonces, ganes tu primera estrella y yo me tome en serio tu jactancia.

—Una estrella —repitió Ophelia, con una expresión soñadora—. Sí. Lo haré.

Se frotó el centro del pecho, donde se acumulaba la presión. Para defender su candidatura al puesto de General, una arpía debía obtener un total de diez estrellas. Cada una de esas estrellas se concedía por la consecución de un logro específico.

Repasó mentalmente los requisitos y las cosas que planeaba hacer Ophelia: prestar servicio en el ejército durante, al menos, un siglo. Ganar los Juegos de las Arpías, una serie de concursos. Convencer a la General en funciones para que hiciera algo que no quería hacer. Presentarle la cabeza de su enemigo más feroz. Supervisar una campaña militar victoriosa. Negociar una tregua importante. Robar la posesión más preciada de algún inmortal real. Ganar una batalla solo con su ingenio. Sacrificar algo que amara profundamente y, por último, derrotar al General en curso en una batalla.

Y ella estaba dispuesta a enfrentarse a todos los riesgos que eso implicaba, a pesar de haber muerto ya en tres ocasiones.

—Dígame por qué tenía pensado enviarme tan lejos —le espetó ella a la General, y se cruzó de brazos, imitando una postura habitual en él—. ¿Es porque el comandante mató a mi hermana? ¿Voy a ser castigada por su crimen?

Los ojos de color azul claro de la General se volvieron glaciales.

—No vuelvas a mentirme, soldado. No solo te desterraré de Harpina, sino que te revocaré la ciudadanía.

—¿De qué está hablando? —protestó Ophelia—. ¿En qué he mentido?

—Roc no mató a su hermana, y lo sabe...

—¡Claro que sí!

—Mató a su madre.

—¿Qué? No —dijo Ophelia, y negó con la cabeza—. ¿De dónde ha sacado esa información, General? No podría estar más equivocada. Nissa fue General durante los años en que estaba vigente el requisito de la virginidad. Estoy segura de ello porque le encantaba recordármelo. Ella tuvo la fortaleza necesaria para no caer en la tentación. Yo no. Nuestra madre murió una semana después de darme a luz.

Taliyah abrió y cerró la boca. Miró a Roc, que se encogió de hombros. Tragando saliva, se giró de nuevo hacia Ophelia, cuya tensión se intensificaba a cada segundo. En un tono asombrosamente amable, la General dijo:

—Lo siento, Ophelia. Creía que lo sabías. Nissa es... era tu madre. Encontré el registro de tu nacimiento escondido en su habitación. Lo confirmé con su diario. En uno de los pasajes, ella afirmaba que te había confesado la verdad.

—No —dijo Ophelia, y volvió a negar con la cabeza—. No. El registro es falso. El diario, también. Nissa nunca... Ella no... ¿Por qué iba a ocultarme algo así? No hay razones suficientes.

Él la atrajo hacia sí, la abrazó con más fuerza. No le gustaba nada aquello. Tenía la sensación de que le explotaba algo en el pecho. ¿O acaso su corazón latía con demasiada fuerza contra sus costillas?

Al menos, su arpía se calmó al acomodarse entre sus brazos.

—Hice que revisaran místicamente el acta de nacimiento y... Lo siento, Ophelia —repitió Taliyah—, pero es válida.

—Entonces, bien —dijo Ophelia, y lo rodeó con los brazos, como si deseara ser absorbida por él, como si le estuviera suplicando que no la soltara—. Si es válida...

Él le pasó los brazos por los hombros y frotó su mejilla contra la de ella. Si pudiera satisfacer sus necesidades, ayudarla de alguna manera... Sería algo tan gratificante como acostarse con ella.

—Siento el dolor que te he causado con mi revelación —dijo la General, apilando papeles que no necesitaban ser apilados.

—No se preocupe, General —dijo Ophelia. Carraspeó y continuó hablando—: Nunca seré la mayor fan de su consorte, pero no me interesa su sangre, ni nada por el estilo. Que conste que habría sido una adversaria terriblemente feroz.

—Sí, bueno... Dejemos los asuntos personales de lado por el momento —dijo Taliyah, que también se aclaró la garganta—. Creo que todos tenemos una tarea que cumplir.

17

La noticia dejó conmocionada a Ophelia. Quizá esa fuera la razón por la que Halo permaneció a su lado durante la interminable reunión con la General Taliyah y el comandante Roc.

La sesión informativa duró horas y terminó cuando empezó el congelamiento. Entonces Halo la llevó rápidamente al comedor real, donde les esperaba un festín privado a la luz de las velas. Aquella invitación al comedor real, donde solo cenaban las arpías más fuertes y sus seres queridos, era un verdadero honor.

Un honor que Nissa nunca le había otorgado. Su madre.

Se le formó un nudo en la garganta tan grande que le obstruyó las vías respiratorias. Pensó que, en cualquier otro momento, se habría quedado boquiabierta mirando los muebles de aquella sala. Aquel día, simplemente, no le importaba. Se arrastró hasta su asiento. Tenía la cabeza gacha y los hombros caídos.

Halo le ofreció la silla, se sentó a su lado y llenó su plato de exquisiteces.

—Para ganarte cada bocado —le dijo, con tanta dulzura que casi le resultaba incomprensible—, solo tienes que respirar. ¿De acuerdo?

—Supongo que puedo hacerlo —murmuró ella. Pero no podía acallar el murmullo de su mente.

Nissa era su madre. La irritante hermana que le había

gritado una y otra vez por desperdiciar su futuro tan tontamente era quien la había engendrado. Nissa era quien se había acostado con el macho ninfa, no la madre muerta a la que la General había ridiculizado en tantas ocasiones.

«Lo único que tenía que hacer nuestra madre era decir que no. No. No es tan difícil. Mírame. ¡No! ¡No!».

Tenía náuseas. Con el tenedor, empujó la comida por el plato. ¿Qué era lo que más le molestaba? A pesar de la hipocresía, detestaba haber molestado a Nissa. Una cosa era decepcionar a una hermana y otra muy distinta, decepcionar a una madre.

—¿Qué puedo hacer para ayudarte? —le preguntó Halo.

—Quiero a Vivi —dijo ella. Le ardían los ojos y se le empañaron—. ¿Hay alguna manera de que puedas descongelarla?

—No creo —respondió él. Se inclinó, la agarró por la cintura y la sentó en su regazo—. ¿Qué haría Vivi por ti si estuviera aquí?

¿Qué podría hacer la arpía? Nadie sabía si Nissa estaba demasiado avergonzada de su hija ninfa como para admitir la verdad, o si la querida madre General había guardado silencio solo para mantener su título. De cualquier manera...

«Yo no era deseada».

Las lágrimas calientes se le cayeron por las mejillas. Avergonzada, trató de reprimir las ridículas gotas. ¿Romperse frente a un Astra? Y no delante de cualquier Astra, sino del suyo. No, no era el suyo. Todavía no. Tal vez, nunca. ¡Humillante! Pero a las lágrimas no les importó. Caían más rápido.

—Creo que Vivi mencionaría lo increíble que soy —graznó—. Leal. Honesta. Con una gran dedicación a mis responsabilidades. Llena de cualidades excepcionales y maravillosas. Pregúntale a cualquiera. Y, probablemente, Vivi también me diría que haber sido rechazada por mi propia madre no prueba nada sobre mi valor, sino sobre el de Nissa.

Halo la besó en la sien.

—Vivi no se equivocaría. Pero ¿arpía? «Increíble» no te describe ni de lejos.

Ella se apoyó en él y puso la cabeza en su hombro. Una posición que apreciaba cada vez más.

—No te creo. Vivi me conoce, así que sus discursos funcionan. Tú no sabes nada.

—¿Crees que digo estas cosas solo por ser amable?

—No lo creó, ¡lo sé! A mí también me impacta —dijo. Dibujó una equis sobre su corazón, lamentándose por la pérdida de las cosas que podrían haber sucedido si Nissa hubiera sido sincera con ella, de las conversaciones que podrían haber tenido—. Para empezar, piensas que soy débil.

Uy. Se le escapó otra lágrima.

—¿Débil? ¿Por qué iba a pensar eso? ¿No te enfrentaste a un Astra furioso después de que te encadenara a una cama?

—Bueno, sí, pero...

—¿Y no obligaste a nueve señores de la guerra a doblegarse a tu voluntad?

—Sí, lo hice, y ni siquiera fue tan difícil —dijo ella, animándose. Era prácticamente una superheroína. Después de aquella tarea, sería una auténtica superheroína. Él recorrió su columna vertebral con las yemas de los dedos.

—¿No he tenido los orgasmos más poderosos de mi vida contigo?

Ella levantó la cabeza, mirándolo a los ojos.

—¿En serio? ¿Los más poderosos?

—Ni siquiera es una competición.

Qué serio parecía, con aquellos magníficos iris girando. Y sus pupilas latían. Se acurrucó contra él para absorber su calor. Él seguía diciendo cosas que denotaban su falta de experiencia, pero jugaba con su cuerpo con maestría.

—Sé sincero. ¿Soy tan buena o tú tan malo?

Él dio un resoplido.

—¿Las dos cosas? —preguntó él. Una pequeña sonrisa

se dibujó en sus labios mientras le apartaba un mechón de pelo de la cara—. Disfruto siendo sexual contigo.

—¿No disfrutabas antes de mí?

—No disfrutaba.

Guau. Simplemente, guau.

—¿Qué hay de los abrazos?

—Esta es la primera vez que lo hago. Antes de ti, entraba y salía. Prefería estar solo.

¿Qué? ¿Nunca había abrazado a nadie antes que a ella? ¿Y entraba y salía? ¡Guau! Otra vez.

—Lamento decírtelo, cariño, pero se te nota la tontería. ¿No te preocupabas por el placer de tu pareja? ¡Qué falta de respeto!

Daba igual que ella no se hubiera preocupado por su placer al principio. Estaban hablando de los defectos de Halo, no de los suyos.

—No me gustaba tocar ni que me tocaran. Pero, por un momento, pude liberarme de mi tensión.

—Pero ¿ahora te gusta tocar y que te toquen? —preguntó ella, de manera vacilante. Le parecía que Halo necesitaba el contacto tanto como ella—. ¿Conmigo?

—Sí —respondió él, con la voz áspera.

Una palabra. Pura seducción.

—¿Alguna vez has hablado así de tus pensamientos y sentimientos?

—Nunca.

«Soy la elegida». La amante a la que él disfrutaba tocando.

La banda sonora de una película de acción llenó su mente sin la ayuda de sus auriculares y se le irguieron los hombros. Por supuesto que era la elegida. Era más que asombrosa. Era indestructible. Lo suficientemente fuerte como para sobrevivir a la muerte tres veces, con un lado astuto que la impulsaba a cruzar cualquier límite para triunfar. Incluso ocultando secretos a un Astra.

«Ignora la culpabilidad». Su hermana era su madre, algo que no podía cambiar. La conmoción y el dolor no habían disminuido, pero el desaliento había desaparecido gracias a Halo.

—Quiero acurrucarme contigo de verdad —le dijo—. No es un abrazo que lleve al sexo, sino un abrazo sin ataduras donde pueda hacer lo que quiera con tu cuerpo, y tú solo tengas que aceptarlo.

Él la agarró de la nuca e hizo que inclinara la cabeza hacia él. Sus iris, que giraban, ardían de deseo.

—Si acepto este abrazo sin ataduras, en un lugar que yo elija, ¿me dirás otras cosas que quiero saber?

—Lo haré, si quieres. Dentro de lo razonable.

Siempre había que tener una advertencia preparada.

Él se apresuró a asentir, como si esperara tal respuesta.

—Trato hecho.

Rápidamente, él los teletransportó a uno de los sofás de la sala de entretenimiento. Era una espaciosa habitación con varios sofás más dispuestos en filas. Había una enorme pantalla de proyección en la pared del fondo, junto a una máquina expendedora de aperitivos, místicamente mejorada para que nunca se quedara sin perritos calientes, encurtidos, plátanos o pepinos. En la parte superior había un cartel que rezaba *Propiedad no tuya*.

A ella le rugió el estómago. Su apetito no se veía afectado por la crisis emocional.

—¡Uf! ¿Por qué tengo tanta hambre? Acabamos de comer.

—No. He comido yo. Tú te has dedicado a empujar la comida de un lado a otro por el plato.

Halo se dirigió rápidamente a la máquina, golpeó el cristal para sacar un perrito caliente y regresó a su lado.

—Puedes ganártelo haciéndome una pregunta —dijo.

Se sentó a su lado y, con maestría, la colocó en el hueco de su brazo. Su nuevo lugar favorito.

Ella preguntó lo primero que se le ocurrió y luego mordió su tesoro.

—¿Por qué mataste a tu padre?

—Lo maté el día que lo conocí —dijo él, acariciándole

el pelo—. Descubrí que había organizado el asesinato de mi madre y me había vendido a la Orden. Una escuela para niños asesinos, donde me enseñaron a desvincularme de mis emociones. Para cuando salí de allí, ya había acumulado cientos de nombres en mi lista de asesinatos. Incluyendo amigos. Mi padre tenía que responder de muchas cosas.

Le dio aquella respuesta sin dudarlo y, verdaderamente, despojado de toda emoción.

Ella sintió compasión al imaginar al joven Halo, obligado a asesinar a amigos a los que amaba. Cómo debían de atormentarlo los recuerdos.

¿Cómo reaccionaría al enterarse de que había matado a una posible gravita no una, sino dos veces?

Sintió temor y culpabilidad. Tal vez no debiera decírselo nunca. Por su propio bien.

—Lamento sufrieras de niño. Pero no me lamento del hombre en el que te has convertido. Es un hombre maravilloso en ocasiones y sorprendentemente tentador siempre.

Él pestañeó de la sorpresa y se aclaró la garganta.

—De acuerdo, sí. Entiendo por qué los elogios de Vivi te animan tanto —dijo, e hizo una pausa—. ¿Te gusta que te consuele?

Aquel tono lastimero la conmovió profundamente.

—¿Cómo no me va a gustar? Pone de manifiesto tu obsesión por mí. Tu mejor cualidad.

—Gracias por notarlo —dijo él, con seriedad—. Me he esforzado mucho.

A ella se le escapó una carcajada de sorpresa. ¿Diversión en un momento como aquel?

Sonrió.

—Suenas a pura alegría cuando ríes, Elia.

Un señor de la guerra sexy e intenso. Se giró sobre él, envolviéndolo con su cuerpo, y cruzó los brazos sobre su pecho. Apoyó la barbilla en las manos y lo miró a través de las pestañas.

—Te mereces una reseña de cuatro estrellas por tu consuelo. Te quito una estrella para que tengas algo por lo que luchar. Las metas son importantes.

Ojalá él entendiera las de ella; sería el hombre perfecto.

—Cierto —respondió Halo. Mientras jugueteaba con los mechones de su cabello, preguntó—: ¿Y cuáles son tus metas? Aparte de convertirte en General.

¿De verdad quería ser General? ¿Qué iba a hacer? Ella había deseado conseguir el título para demostrarle su valía a Nissa.

Hablando de demostrar su valía...

—Conoces una de mis metas. No la he ocultado —respondió. «Cuidado», se dijo. «Procede con cautela»—. Tengo planeado ayudarte a derrotar a Erebus, como me ordenó mi General.

Él frunció el ceño.

—Elia...

—No, no digas nada más ahora. Hagamos algo salvaje y alocado. ¡Relajémonos!

Habían sucedido muchas cosas aquel día, cosas que la habían dejado desorientada y agotada emocionalmente. Primero, el placer devastador con Halo. Luego, saber que se enfrentaba al destierro. Y, después, enterarse del delito de omisión cometido por Nissa.

Aquella revelación aún estaba presente. Desde que conocía la verdad de sus orígenes, nunca se había sentido menos como ella misma. Durante años, había negado las necesidades de su ninfa y se había avergonzado de sus debilidades, había sentido desesperación por impresionar a alguien que no estuviera dispuesto a ser impresionado.

—Muy bien. Nos relajaremos —dijo Halo—. Descansaremos.

Pasaron unos minutos en silencio, pero ninguno de los dos se distrajo. Su mente estaba demasiado caótica. Además, una arpía no podía dormir con nadie más que con hermanas de confianza o un consorte. Halo no la había reclamado como gravita, así que aún no podía ser su consorte.

A menos que él fuera el suyo, pero ella no fuera la suya.

Durante los siguientes seis días, Ophelia se devanó los sesos por su situación. ¿Qué más podía hacer? Cada día, se veía obligada a ocupar durante horas la misma silla en la misma sala de conferencias, ignorada, mientras Halo, Roc y Taliyah hablaban de la guerra.

Lo positivo era que las reuniones convertían a Halo, el Irresistible, en la Máquina. Se volvía frío, insensible, inflexible y, aparentemente, indiferente a sus cambios de humor. Casi era posible resistirse a él.

La Máquina se negaba a ceder a su petición y a darle la oportunidad de demostrar su valía. Esperaba que se mantuviera al margen y eso lo estaba complicando todo. Sus pensamientos. Sus emociones. Cada una de sus decisiones. Aquel día especialmente. Su descanso había terminado, lo presentía. Erebus atacaría poco después de la congelación.

Habría otra batalla. Otra muerte.

Eliminando la negativa de Halo de la ecuación, ella estaba lista. ¿Convertirse en otra bestia? ¡Adelante! Era más fuerte que antes. Y aquella vez, esperaba la orden del dios de matar al Astra. Sabía que debía luchar contra ella.

Una vez que superara la compulsión de obedecer, podría entregar su vida voluntariamente. Halo podría atacar sin oposición y completar la tarea sin alboroto ni jaleo para él.

Después, altos honores para ella. Su oportunidad de hacer su parte por la raza arpía. Mostrar valor o callarse. Así se forjaban los héroes, o los cobardes. Se negó a dejar que Halo la convirtiera en algo que no era.

Tal vez estuviera jugando con fuego, pero ¿y qué? Prefería caer en las llamas que vivir sin calor.

En aquel momento, Halo, Roc y Taliyah hablaban entre ellos en el otro extremo de la mesa. Los tres ignoraban su existencia. Aunque, bueno, sí, llegaban bocadillos para que ella los robara cada hora en punto. A pesar del comportamiento distante de Halo, él la vigilaba atentamente y programaba su ingesta de comida para evitar que pasara hambre.

¿Cómo podía ser tan maravilloso y terrible al mismo tiempo?

Cada vez sentía más atracción por él y no podía dejar de mirarlo. La curiosidad por su pasado aumentó: ¿cómo se había creado al hombre que era en el presente? Su deseo y su admiración por él se habían disparado y seguían aumentando. Tanto que empezaba a asustarse.

Cada vez se sentía más apegada. ¿Estaría sintiendo él lo mismo? ¿Quizá? ¿Posiblemente? Tenerlo como consorte... Mantener relaciones sexuales con él, sentir satisfacción, tener compañía, disfrutar de una verdadera pareja... El anhelo la bombardeaba.

¿Era demasiado bueno para ser verdad?

¿La marcaría alguna vez con el polvo de estrellas?

Ophelia lo observaba, incapaz de apartar la mirada. Él estaba situado entre los dos líderes, señalando pasajes de diferentes libros, flexionando los músculos con cada movimiento. No tenía ni un solo mechón de cabello negro fuera de lugar. Su expresión revelaba un respeto cortés, nada más; y, sin embargo, ella percibía una gran frustración y tensión en su interior.

Aunque el comandante y la General habían moderado su tono durante la conversación, Halo no mostró la misma cortesía.

—Es mi tarea y la haré a mi manera. En esto, mi autoridad prevalece sobre la vuestra —declaró—. Muy pronto ni siquiera recordaréis que hemos tenido esta conversación.

Qué delicioso. Cada vez que Halo le decía a su comandante o a la General lo que tenían que hacer, su parte pervertida se humedecía más.

Se movió en el asiento y cruzó las piernas para mitigar el repentino dolor.

Comenzó a arder un fuego insaciable en su interior, y las llamas se extendieron hacia Halo. Nadie más serviría. Era una necesidad.

Tanto Roc como Taliyah la miraron con el ceño fruncido. No querían que ella conociera el plan de batalla por si Erebus volvía a ponerle las manos encima. ¡Como si fuera a confesar alguna vez! La falta de confianza en sus habilidades avivaba más y más el fuego de su determinación.

«Fortalecerse. Ayudar a ganar la tarea. Disfrutar de los elogios».

De los elogios de Halo, en particular. Tendría que tragarse sus dudas y admitir que ella no era una simple conejita. Claro, le encantaría llevárselo a la cama. Sus músculos tenían una forma de tensarse...

Su mirada se dirigió a ella. Ya la había mirado más de una docena de veces. ¿Acaso había olisqueado su creciente excitación?

—¿Por qué tenemos que reiniciar? —preguntó Taliyah—. ¿Por qué nos dejan fuera de servicio doce horas al día?

—Diez horas —dijo Halo—. Cada vez que completamos una tarea, se suman sesenta minutos a tu cuenta y se restan a la de Erebus. Creo que el día dejará de repetirse después de mi undécima victoria. Quizá la duodécima. Mi mayor problema es la capacidad de Erebus para burlar la seguridad del palacio. Sus fantasmas y él entran y salen a voluntad —dijo. Sin mirarla a ella, le hizo un gesto para que se acercara—. Muéstrales dónde te encontraste con Erebus.

¿La sacaban del banquillo? Se puso de pie a una velocidad récord, sin dudarlo, y corrió hacia ellos. El aroma de Halo se filtró en su conciencia, elevando el infierno que sentía hasta nuevas alturas.

«No te derritas contra el entrenador, jugador uno. Otra vez, no».

En posición de firmes, como una buena soldado, examinó el mapa extendido sobre la mesa, que estaba cubierto con un plano transparente del palacio. Señalando, dijo:

—Aquí, aquí y aquí, señor.

Como si fuera lo más natural del mundo, él la rodeó con un brazo y la apoyó contra su cuerpo. A ella se le aceleró el corazón. ¿Acaso se la estaba imaginando cayendo de rodillas, desgarrando sus pantalones de cuero y devorando su longitud? Porque, de repente, ella no podía pensar en otra cosa.

—Que Silver haga un barrido de las tres áreas —ordenó—. Quizá note algo que a mí se me pasó por alto.

—Dalo por hecho —respondió Roc.

—Y ahora, esta reunión ha terminado. No —dijo, cuando la pareja protestó—. Tengo otras cosas que hacer.

¡Qué atractivo!

El comandante y Taliyah salieron de la habitación.

Halo exhaló profundamente y parte de la tensión desapareció de su rostro. De la Máquina al Irresistible Halo.

La miró a los ojos.

—Disculpa la demora. Había más cosas que tratar de las que creía. Cada día le doy a Roux algo más que investigar y cada día la información me lleva por una dirección nueva —le explicó, con un ligero tic en la mandíbula—. Ahora ya solo nos quedan unos minutos hasta que suceda la congelación. Vamos a algún sitio. Dime cuál tu lugar favorito de Harpina.

—El Punto Clímax —respondió ella.

—¿Por qué será que no me sorprende? —preguntó él, y sonrió.

Rápidamente, la teletransportó al infame acantilado de la isla. Era un pico de obsidiana que se alzaba a varios kilómetros de la costa harpiniana, con vistas a una interminable extensión de agua púrpura, donde residían tribus de arpías-sirena pájaro y arpías-sirena pez.

La luz del atardecer daba pinceladas ámbar a un brillante cielo del color de los zafiros. Tras ellos, había un exuberante follaje verde esmeralda y unas piedras plateadas. A ella se le crisparon las orejas al oír un leve gemido arrastrado por una brisa fresca. Luego llegó otro gemido, y otro. Los gemidos no cesaban; parecía que las rocas alcanzaban el orgasmo con cada roce del viento.

—Escucha —le dijo a Halo—. La mejor banda sonora de la naturaleza.

Se decía que Punto Clímax era la última extensión de tierra de todo el reino. Quienes habían navegado en aquellas olas púrpuras y habían regresado afirmaban que el océano no tenía fin.

Un puñado de arpías rondaba por las cercanías, y la noticia de la presencia de Halo se extendió rápidamente. La mayoría de las chicas observaban al Astra con una curiosidad descarada. Algunas, con una invitación en la mirada.

A ella se le puso el vello de punta. «¡Mío!».

—Váyanse —ordenó Halo, y se marcharon. Mucho más calmado, preguntó—: ¿Por qué este lugar?

«No es mío. Todavía no».

—Me estreso después de entrenarme o de una batalla. Y, cuando no estoy entrenando o batallando, porque sé que debería estar haciéndolo. Vengo aquí a canalizar ese estrés en forma de furia.

—Ah. Entiendo —dijo él. Una brisa le movió el mechón de pelo que se le había caído sobre la frente—. No, no lo entiendo —añadió, sonriendo—. ¿De qué manera te ayuda este lugar a canalizar tu estrés en forma de furia?

—Bueno —respondió ella, y se giró hacia él por completo, apretándose contra su calor. Lo echaba de menos. Le acarició los brazos y dijo—: El cómo es simple. Escucho los orgasmos de las rocas y recuerdo que he pasado décadas negándome los más mínimos placeres, ¡y *voilà*! Estoy echando espuma por la boca, lista para asestar un golpe mortal.

—¿Por qué te negaste el placer? Ya no podías aspirar a ser General.

Ella le acarició la mejilla.

—Una vez que una ninfa empieza, es difícil parar hasta alcanzar la satisfacción. Pero somos imposibles de satisfacer.

—Ese no será tu caso —dijo él, y posó la mejilla en la palma de su mano, con los ojos brillantes. Su intensidad aumentó muchísimo—. Tu satisfacción es mi máxima prioridad. Nada me impedirá alcanzar mi objetivo, Elia.

Así era: devastador. Decidido, atento y ferviente.

¿Por qué no se había acostado con él aún? La cubriría de polvo de estrellas o no y, así, por fin ella descubriría la verdad. ¿Era su gravita o no? ¿Tendrían un futuro juntos o no?

—¿Qué haces para aliviar el estrés? —le preguntó, con un ligero temblor.

Él se encogió de hombros.

—Acabar con la causa.

Sí. Eso encajaba. Ella jugueteó con el botón de su ropa de cuero diciendo:

—Quizá deberíamos probar un nuevo método.

—¿Ah, sí? —preguntó él, y recorrió con los dedos el collar de trinidad—. ¿Se te ocurre alguna idea?

Muchas. Y, a juzgar por lo tirante de su cremallera, a él se le ocurrían las mismas.

—¿Y si nos hacemos gemir?

Él arqueó una ceja.

—¿Estás pidiendo placer, ninfa?

Ella asintió con una sonrisa maliciosa.

—Puede que sí. Pero me niego a confirmarlo o negarlo en este momento.

Ups. El botón se soltó.

—Entonces después tendrás que lidiar con las consecuencias, ¿verdad?

Él extendió la mano y le pellizcó la barbilla. ¡No el pellizco en la barbilla! Ella no tenía defensas contra eso.

—Mañana por la mañana me compensarás por negarte a responder a mi pregunta. Espérame en tu litera. Desnuda.

—¿De veras? —susurró ella, acariciando su erección a través del cuero.

Él siseó entre dientes.

—Sí.

—¿Por qué mañana? ¿Por qué no hoy?

¿O justo en aquel momento?

—La nueva congelación ocurrirá dentro de ochenta y tres segundos, y después no vas a estar contenta conmigo.

—¿Qué importa si te ayudo? Estos primeros trabajos son solo rondas de prácticas. Y se supone que debes aprender cosas, como, por ejemplo, a trabajar bien con los demás.

Sí, había escuchado cuando Roc y Taliyah le susurraron sus pensamientos.

—Lo dudo. Permito que los Astra me ayuden a diario.

No necesitaba que se lo recordara. El día anterior se había quedado mirándolo demasiado tiempo y se quedó atrapada por un alevala, viviendo otro de sus recuerdos. En él, había permitido que los Astra se metieran en sus asuntos, y eso era porque confiaba en ellos. No confiaba en ella, lo cual era comprensible o lo que fuera. No sabía que era ella quien le había mordido el hígado en la batalla.

Pero no quería que la convencieran de que dejara de estar enfadada cuando nada le salía bien.

—Sé que no he sido puesta a prueba ni he demostrado nada ante tus ojos —dijo ella, con renuencia a rendirse—. La buena noticia es que eso se puede cambiar fácilmente con pruebas y ensayos.

—Ya he permitido tu perjuicio y tu muerte, encadenándote y dejándote expuesta para que un dios te asesinara —respondió él, terco hasta la médula—. No voy a permitir que mueras más.

—¡Oye! No uses esa muerte como excusa. ¿Mi sentencia a muerte no fue suficiente castigo?

La fulminó con la mirada.

—¿Por qué no puedes disfrutar de tu seguridad?

—Porque soy una guerrera empedernida con ovarios de titanio.

—Ya hemos hablado de esto —dijo él, e hizo un gesto negativo con la cabeza cuando ella se dispuso a protestar de nuevo—. No debes interferir en mi tarea de ninguna manera. Lo único que tienes que hacer es permanecer dentro de mi campo de visión.

Y ella preguntándose por qué todavía no se había acostado con él. Prueba A.

—Empiezas a desagradarme otra vez, Astra.

—Qué lástima. Me importa tu bienestar, arpía.

«Ignora la emoción de su confesión».

—Si eso es cierto, ¡déjame brillar, Astra!

—No necesitas un campo de batalla para brillar —replicó él. La besó en la frente y suspiró—. La congelación viene en tres, dos, uno.

Una corriente de vibraciones de agresión se extendió por el aire. Su cuerpo percibía lo que sus ojos aún no podían verificar. La congelación había ocurrido y Erebus era una amenaza inminente.

¿Atacaría pronto o se retrasaría?

—Deberíamos...

Una trompeta sonó a lo lejos y Halo se puso tenso. Gritó:

—¡Halo Phaninon!

Ophelia observó la zona.

—¿Qué está pasando?

Un momento... ¿Era la trompeta que anunciaba una nueva prueba? ¿Ya? ¿Sin encuentro secreto con el enemigo, un forcejeo con una daga y una transformación bestial?

—Ha comenzado una nueva tarea. Una batalla a muerte —dijo Halo, y la empujó tras él. Extendió los brazos y, de repente, tenía una espada en cada mano. Impresionante. Pero ella también desenvainó las espadas a velocidad de la luz. Por supuesto, él se dio cuenta—. Soy yo quien mata, Ophelia. Vas a retirarte. ¿Entendido?

—Sí —dijo, en tono seco, mientras envainaba las espadas.

La victoria también era importante para ella y no quería dividir la atención de Halo en la inminente batalla. A diferencia de Halo, sabía cómo jugar en equipo.

Las ramas se quebraron y las hojas crujieron. Se preparó...

Una bestia majestuosa pasó lentamente junto a un matorral, masticando una enredadera. La belleza de la criatura la dejó boquiabierta. Astas de treinta puntas hechas de perla. Un pelaje de cuervo brillante. Ojos como rubíes, brillando con determinación en lugar de rabia.

¿Era un truco? ¿Hipnotizarlos y atacar?

—¿Este es tu oponente?

Pero...

—Erebus puede enviar a sus combatientes sin tu sangre —comentó Halo, con la mente en una dirección muy diferente a la de ella. Las espadas reemplazaron las dagas en sus manos—. Es bueno saberlo.

Sí, pero ¿cómo lo había hecho el Inmortal? ¿Había usado el Bloodmor, o lo que fuera, para matar a otro? ¿A alguien congelado? ¿Era una tercera persona secreta, descongelada? ¿O había hecho aparecer una cierva de verdad, no creada por él?

Lo más posible parecía la última opción. La criatura se dejó caer al suelo, justo fuera de la distancia de ataque, inclinó la cabeza y hundió las puntas de las astas en la tierra, como si se tratara de un sacrificio voluntario.

—¿Estás seguro de que esto es un combate a muerte? —preguntó ella—. Hércules solo tenía que capturar a la cierva.

—Estoy seguro. Hubo un solo toque de trompeta. Se requiere una muerte.

—Pero no está luchando para salvar la vida. ¿Quién acepta la muerte sin resistencia? Esto debe de ser una trampa. ¿Por qué no hacer lo inesperado y dejarlo vivir?

—¿Y aprender qué? ¿Que la misericordia tiene un precio muy alto? No es necesario. Ya lo sé. Así que lo haré y le daré una lección a Erebus. Él espera que yo lamente haber acabado con una criatura tan magnífica. Espera que su muerte me duela y me distraiga. Pero no será así. No me arrepentiré de nada.

Su voz sonaba completamente despreocupada y ajena a la situación. Un obstáculo para la victoria es un obstáculo para la victoria.

A ella se le encogió el estómago. ¿La consideraría

también un obstáculo si supiera la verdad sobre su participación?

Halo avanzó a grandes zancadas y asestó el golpe mortal, cercenando la cabeza de la cierva sin dudarlo. El cuerpo cayó al suelo. Mientras gorgoteaba la sangre, ella casi se esperaba que surgieran monstruos del charco rojo.

Se oyó el sonido de una trompeta a lo lejos. ¿Era la señal que anunciaba el fin de la batalla? Ella nunca lo había oído.

—Esta vez no hay náuseas —murmuró él, asintiendo con satisfacción. Hizo desaparecer las espadas y observó al animal. ¿Se había sentido enfermo después de las otras batallas?

—¿Ya ha terminado la tarea? ¿Sin más?

—Sin más. La facilidad física de la prueba no significa nada. Claramente, Erebus no tenía ningún deseo de ganar esta ronda. En cambio, ha aprovechado la oportunidad para sembrar la culpa y el arrepentimiento. Para recordarme los años que pasé en la Orden, cuando me vi obligado a acabar con otra alma inocente. Pero no habrá sentimiento de culpabilidad ni arrepentimiento. Estoy un paso más cerca del éxito definitivo en todos los aspectos de mi vida. La ascensión y la seguridad del Astra. Cierta arpía...

La miró con picardía. Eh... ¿Qué había causado esto?

—Erebus solo me ataca una vez al día. Eso no puede cambiar —dijo, y sonrió de forma lenta y devastadora—. Por ahora, esto ha terminado. Nosotros, no. Y, teniendo en cuenta que somos las únicas dos personas que existen en estos momentos, no tengo por qué esperar hasta mañana para reclamar mi beso.

Con un aleteo, ella dio un paso atrás.

—Estoy furiosa contigo. Me has tenido acorralada. Hoy no te voy a dar ningún beso.

Aunque... quizá no fuera mala idea.

De todas formas, no parecía que él hubiera oído sus objeciones.

—¿Debería empezar con tus labios o ir directo por la miel?

La miel.

Qué contraargumento. ¿No debería darle una tercera oportunidad? Así sentaría las bases de sus futuras interacciones. Y disfrutaría de él mientras pudiera.

—Eres la mujer que deseo en mi cama. Eso no va a cambiar nunca —dijo él. Entrecerró los ojos, que le brillaban de pura pasión—. Entrégate a mí, Elia. Déjame poseerte.

Las dos partes de su naturaleza seguían desgarradas.

—No, no creo que lo haga —respondió la arpía. No sin resistirse—. Pero te permitiré conquistarme —ronroneó la ninfa—. Si puedes.

18

Con una gran fuerza de voluntad, Halo mantuvo los pies en su sitio para no acortar la distancia y tomar a Ophelia entre sus brazos. Un buen guerrero solo atacaba en el momento oportuno...

Y él atacaría. Iba a conquistarla porque había probado la pasión y no quería, no podía, volver a su antigua existencia, que estaba desprovista de emociones.

Sopló un viento suave que movió los mechones del sedoso cabello negro de Ophelia ante su rostro. Aquel día, ella había elegido otro vestido vaporoso, con una falda larga cuyo dobladillo bailaba alrededor de sus tobillos. La luz del sol bañaba su piel morena y convertía sus ojos verdes en pozos insondables de deseo. Con el fondo de obsidiana, era una criatura salvaje. La tentación personificada.

Él había anhelado a aquella arpía ninfa todos los días de su vida, pero no lo sabía hasta que la conoció. Estar cerca de ella durante horas, cada día, y no poder tocarla había sido una tortura. La única tortura que no podía soportar. Porque ella también lo deseaba. Lo sabía por la forma en que se fundía con él...

Y, sin embargo, seguía manteniéndolo a distancia emocional y empeñada en participar en asuntos de guerra. Si quería conquistarla con sus propias condiciones, no podía mostrar debilidad.

Después de conocerla más, sospechaba cuál era la

mayor tristeza de Ophelia: que no significaba nada para aquellos a quienes amaba. Él recordaría el resto de la eternidad su devastación al hablar de su relación rota con Nissa.

Ophelia Falconcrest significaba mucho para él e iba a demostrárselo.

—¿Debo colocar las cabezas de tus enemigos a tus pies?

Ella levantó la barbilla. Era una belleza sin igual.

—Dejé de coleccionar cabezas hace un año. ¿Qué más tienes?

«La seductora está aquí y no se anda con rodeos».

Bajó la barbilla. La excitación bullía en sus venas. Una corriente eléctrica cargó el aire e intensificó las reacciones de su cuerpo.

—Quizá necesites una demostración práctica de lo que estoy dispuesto a hacer para conquistarte —dijo él, acercándose.

La arrinconó contra la dura roca, atrapándola con su cuerpo. A ella se le cortó la respiración. Le dio una palmada en el pecho, no para apartarlo, sino para sujetarlo. Se le curvaron las garras y le desgarró la piel. Él metió una pierna entre las suyas y presionó el centro de su cuerpo con el muslo.

—¿Te gustaría que te hiciera una demostración práctica, ninfa?

A ella se le entrecerraron los párpados.

—Mucho, Inmortal.

¿Por dónde empezar? La miró fijamente. Ella le devolvió la mirada. Estaban flotando juntos en la cúspide de... algo.

Se maravilló de sus diferencias. El bárbaro corpulento y la delicada rosa. Él tenía la fuerza necesaria para aplastarla, pero ella podía ponerlo de rodillas con un pinchazo de sus espinas o una caricia de sus pétalos.

Apoyó un antebrazo en la piedra, la agarró por la barbilla y dijo:

—¿Necesitamos una cuenta atrás o prefieres rendirte antes de que empiece?

—Eres un insensato, Astra —respondió ella, mientras se derretía contra él, justo como él ansiaba—. Crees que ya has ganado. No te das cuenta de que has caído directamente en mi trampa. Eché el anzuelo y tú viniste corriendo sin promesa de reciprocidad. O sea que sí. Un punto para la arpía.

Mujer astuta.

—Ya me ganaré mi compensación —dijo él. Medio sonriendo, medio frunciendo el ceño, dejó caer una mano sobre su cintura y, con la otra, la agarró del cuello, atrapándola contra él—. Ya lo verás.

—Bueno —suspiró ella—. Sin duda has tenido un buen comienzo.

—Puedo hacerlo aún mejor.

Él inclinó la cabeza y la besó. Ella se abrió, dándole la bienvenida. Sus lenguas bailaron unidas y la ninfa correspondió a cada una de sus incursiones con una respuesta carnal. La pasión alimentaba la pasión.

Cualquier vestigio de picardía se desvaneció. Su dulzura lo enloqueció.

«¿Cómo he podido vivir sin esto?».

Las necesidades que afloraban le empujaron a hacerse promesas. Haría lo que fuera necesario para ser el mejor amante que hubiera tenido Ophelia. Conseguiría que llegara al orgasmo con fuerza, una y otra vez. Ella encontraría la satisfacción con él. No tendría ninguna razón para desear ponerse en peligro en el campo de batalla. El placer sería suyo. Nunca había existido nadie más dispuesto a luchar por la alegría de otro. No se desanimaría.

Le mordisqueó el labio inferior mientras le levantaba la cabeza para mirarla a los ojos.

—Si hago algo que no te gusta —le dijo, mientras le acariciaba los pechos, rozando sus pezones—, dímelo.

La amasó despacio, suavemente... al principio. Bajo el vestido, sus picos rígidos le provocaban.

—De acuerdo —respondió ella, gimiendo, y se aferró a sus hombros—. ¡Me gusta, me gusta, me gusta!

Anhelaba el contacto piel con piel, así que desgarró la tela vaporosa de su vestido. Umm. Sí. Mucho mejor. La despojó de sus armas, fundas y ropa interior, y desnudó el cuerpo de Ophelia ante su mirada reverente. Toda aquella carne suave e impecable. Los exuberantes montículos y los pezones de color ámbar.

Sus manos regresaron a sus pechos por voluntad propia. Mientras él la provocaba y jugueteaba, ella rasgó su pantalón de cuero. El botón, desaparecido para siempre. La cremallera, hecha un desastre. Ophelia envolvió la base de su erección con los dedos y lo acarició hacia arriba, y ambos sisearon.

La mujer más exquisita del mundo aferró su miembro palpitante.

—Me gusta mucho —ronroneó de esa manera suya, deslizando el pulgar sobre la punta resbaladiza y arrancándole un gemido ronco.

El placer le robó los pensamientos.

—Has echado de menos mis manos, ¿verdad, ninfa?

—Pero solo porque haces cosas maravillosas con ellas.

Las primeras llamas de satisfacción parpadearon en el horizonte.

—Estás hambrienta de mí.

—De cada uno de estos centímetros, que tienen el poder de derretir las bragas.

Necesitaba tanto. Inmediatamente. ¡Más! El pequeño mechón de rizos negros que ella tenía entre las piernas atrajo su mano como un imán. Pasó dos dedos por su centro empapado y masajeó su pequeño clítoris hinchado.

A ella se le arqueó la espalda y se le escapó un grito de felicidad.

—¡Sí! Es maravilloso, Halo. Tan tan bueno. No dejes de hacerlo.

«No hay mujer más sexy que ella».

—¿Valdrá cualquier hombre o anhelas solo mis caricias, ninfa?

—Solo las tuyas —respondió ella, acariciándolo

lentamente mientras movía las caderas, buscando el clímax. Sería el primero de muchos, estaba decidido a conseguirlo.

Se oyó el estruendo de un trueno que anunciaba una
tormenta inminente. Un relámpago iluminó el cielo. En
Ophelia se reflejaron vetas de un oro sobrenatural cuando
él introdujo un dedo profundamente en su cuerpo. Un grito femenino atravesó el aire.

Ella bombeó su erección con mayor fuerza. Él le metió
un segundo dedo. Sus resbaladizas paredes internas lo en-
volvieron y lo apretaron con fuerza.

Él estuvo a punto de suplicarle más una, dos, doce veces. Palpitaba en su mano. Tenía los músculos tensos y el
sudor goteaba de su frente.

«Haz que se desespere. Sin piedad». Había demasiado
en juego.

«Ella tiene que inclinarse hacia mí. No al revés».

Hizo un movimiento de tijeras con los dedos para esti-
rar su cuerpo. Dentro, fuera. Más rápido. Más fuerte. Y ella
siguió su ritmo.

Él acercó la boca a su oído y le susurró:

—Tu dulce cuerpecito es mío, ¿verdad, Elia? Mío para
disfrutar de él. Mío para atesorarlo como yo quiera.

Ella se estremeció.

—¿Un tesoro? —repitió.

Echó la cabeza hacia atrás y gritó, ahogando el gemido
de las rocas mientras sus paredes interiores se contraían
alrededor de sus dedos.

Mientras ella descendía de las alturas con los rasgos
suavizados por el éxtasis, él estaba empezando a perder el
control. A cada inhalación, su dulce perfume quebraba todas sus defensas. El infierno ardía de nuevo en sus huesos.
Era un loco al borde de la caída.

Cuando sus temblores cesaron, él volvió a la carga, llevándola a otro clímax. Y a otro y a otro, cada uno más largo
que el anterior. Osciló entre la agonía y el éxtasis, entre la
nada y el todo.

Ella apretó su miembro mientras él liberaba sus dedos.

—No, no he terminado —dijo, y sus párpados se abrieron de golpe, dejando a la vista sus iris vidriosos—. Más, Astra. Mucho más.

Él succionó el sublime sabor de su piel. Su necesidad..., oh, su necesidad. ¿Era demasiado? No le importaba.

Iba a poseerla por completo.

—Pero primero —dijo él. Apoyó las manos en la roca y clavó sus garras profundamente, atrapándola. Así anclado, era una torre inamovible—. Estoy listo para retomar nuestra conversación.

—Ohhhh. ¿De verdad? —le preguntó ella. Sosteniendo su mirada, rozó la hendidura de su miembro. Se mordisqueó el labio inferior—. ¿Está mi Astra listo para su compensación?

Él le dijo la verdad.

—Me muero por ello, ninfa.

Ophelia deslizó las uñas por los abdominales de Halo y por su glorioso sendero de la felicidad. Cuando él abrió los labios, ella se sintió tan vulnerable como excitada. Aquel hombre estaba destruyendo sus defensas únicamente con sus dedos.

«Puede satisfacerme. Sé que puede».

Pero ¿la reclamaría?

—Lo he pensado —dijo ella, liberando su miembro para recorrer sus brazos con los dedos—. He decidido contratarte como concubina. Con un período de prueba, por supuesto.

Él enarcó una ceja, como si estuviera luchando contra un gemido o una sonrisa, o ambos.

—Oh, ¿deseas darme órdenes?

Sí. No. ¿Sí? Sobre todo, quería tener una razón para no dejar de tocarlo nunca.

—Te interesarán mucho las condiciones laborales, te lo prometo. ¡Menuda maravilla!

—¿Me resultará satisfactorio, entonces?

—Una y otra vez.

Él le dio un suave beso en los labios.

—¿Quieres saber cuánto te daré a cambio de esto?

Ella se humedeció los labios y asintió. El corazón le latía con fuerza.

Con una mirada feroz, él dijo:

—Elia, te daré mundos enteros.

Aquellas palabras, aquella emoción, la sacudieron. Sus pensamientos se enredaron mientras él inclinaba la cabeza para rozarle la punta de la nariz con la suya. Luego, Halo posó la frente en la de ella, como si fueran dos piezas de un rompecabezas que encajaban, sus bordes irregulares complementando los de ella.

La muralla que había construido alrededor de su corazón, sin saberlo, empezó a agrietarse. Parecía que iba a derrumbarse. Como consecuencia, ella sintió pánico, pero lo metió en una caja para desempaquetarlo más tarde. En aquel momento, lo que más deseaba en el mundo era saborear a aquel hombre.

—Me va a encantar chupártela, Halo —dijo. Y, con los ojos entrecerrados, preguntó—: ¿Quieres que lo haga?

A él se le dilataron las fosas nasales. Liberó sus garras de la piedra y la agarró por las caderas.

—¡Sí! Hazlo, Elia. Me encanta.

Estaba tan ansioso... Como si todo lo que hacían fuera una revelación. ¿Sabía lo embriagador que era eso para alguien como ella? Y el hecho de que él fuese el hombre más frío y atractivo que habitaba en lo más profundo de sus fantasías era la guinda del pastel. Pero no era frío en aquel momento. No, todo su ser ardía. Incluso los alevalas. Las imágenes se habían detenido de nuevo y todas tenían la mirada ardiente clavada en ella, abrasándole la piel.

Otro trueno retumbó cuando un relámpago rompió la oscuridad. Empezó a caer una lluvia fría que lo salpicó todo a su alrededor. Aunque estaba desnuda y la brisa era gélida, ella sentía cada vez más calor. Halo, el Horno, parecía tan salvaje como el terreno que los rodeaba; estaba sin camisa y tenía el pecho lleno de arañazos. Solo llevaba un par de pantalones de cuero abiertos y, al verlo así, ella se sentía desesperada por estar llena.

Salpicada de gotas, Ophelia se puso de rodillas.

Él respiró hondo. El placer y la tensión luchaban por el control de su rostro y eso convertía sus rasgos marcados en una máscara de agonía.

Su cuerpo estaba tenso como un arco, su enorme erección se mostraba ante ella. Cómo debía de dolerle a su pobre Astra.

—No me excites más, Elia —le pidió él, y enredó los dedos en su cabello—. Necesito tus labios. Succiona la punta. Deslízate hasta la base. Succiona fuerte y más fuerte. Necesito esto, necesito esto.

Repetía las palabras como si ya no pudiera pensar en nada más. Lo necesitaba. La necesitaba a ella, y saberlo la dejaba hambrienta...

Quería que él viera aquel ansia en sus ojos y lo miró. A Halo se le tensaron los tendones del cuello mientras ella lamía de la raíz a la punta.

—¡Sí, Elia! —exclamó. Se le aceleró la respiración y su pecho subía y bajaba con gran esfuerzo—. Más. Hazlo.

Temblando, ella encajó sus labios sobre la coronilla y lamió su raja con lentas caricias de la lengua. Él se inclinó emitiendo sonidos animales.

La potente reacción de Halo a cada roce avivaba sus deseos. Bajó, tomándolo todo lo que pudo. Subió. Él flexionó los dedos contra su cuero cabelludo. Una lamida en el extremo. Umm. Si alguna vez la pasión tuvo sabor, fue como la de aquel hombre salpicado de lluvia.

—Así es, Elia. Haces que me sienta tan bien... —dijo él, con un gruñido. Su cuerpo irradiaba cada vez más tensión.

Arriba, abajo. Arriba, abajo. Se le escapó un rugido ronco. A pesar de su gran necesidad, los dedos que él mantenía en su cabello permanecieron suaves. Su propio placer se intensificó.

—Me estás matando tan dulcemente... —le dijo, entre jadeos. El torrente de lluvia se suavizó hasta convertirse en un ligero repiqueteo.

Ella, dolorida, vibrando, metió la mano entre sus piernas y presionó. ¡Sí! Gimió alrededor de su miembro y le arrancó otro gemido a él. Él se meció un poco..., un poco más..., bombeando las caderas, tirando de los mechones de su pelo, dando y recibiendo, y ella no tenía suficiente.

—Voy a..., no estoy listo..., pero mi ninfa me está obligando. ¡Elia!

Con un grito, Halo le inyectó su semen en la garganta.

Ella tragó saliva, ávida de cada gota. Necesitaba más... más... más... Un clímax brutal se desató en su interior. Al liberarlo, gritó y gimió. Al descender de lo más alto del placer, entró en un estado casi eufórico, más necesitada y saciada a la vez de lo que nunca hubiera estado en la vida.

—Lo que me haces sentir, ninfa —dijo él, y cayó de rodillas ante ella—. Oír cómo has llegado al orgasmo... Saber que te encanta saborearme... Estoy deshecho.

El chaparrón terminó. Halo, con el pelo pegado al cuero cabelludo y las pestañas llenas de gotas, parecía tan salvaje como el paisaje. Se sentó y la atrajo hacia sí, con los ojos brillantes emitiendo mil órdenes y aún más promesas.

Lo único que pudo hacer ella fue desplomarse contra él, respirando agitadamente.

—Por cierto, me ha gustado todo —le dijo. Excepto que él todavía no la hubiera reclamado como gravita con el polvo de estrellas. Pero aquello era una preocupación para mañana. En aquel momento, se sentía demasiado bien.

Él la rodeó con los brazos y la acunó. Aquella posición, con la mejilla presionada contra su hombro, no era precisamente cómoda. Se movió para darle a entender con suavidad que tenía que abrazarla de otro modo.

—Bueno, entonces... —dijo él, en un tono tranquilo y profesional—. Vamos a hablar de lo que ha pasado entre nosotros... y de lo que pasará en el futuro. No vas a escaparte de mí.

¡Uy!

—¿Hablar de eso? ¿En voz alta? —preguntó ella. ¿Antes de que ella descubriera sus propios sentimientos al respecto?—. Déjame tranquila esta vez, Halo. Lo digo en serio.

—Llegamos al clímax, nos abrazamos, hablamos. Esa es tu vida ahora. Es mejor que lo aceptes, arpía.

—¡Astra! Lo digo en serio. No va a haber conversación sobre nada —replicó ella, y le golpeó los hombros con los puños—. Tienes mucha suerte de no desagradarme lo suficiente como para odiarte ahora mismo.

—Sientes algo de cariño por mí. Reconócelo.

Tenía que lanzarse de cabeza, ¿no?

—No admito nada.

—Entonces, me debes otro beso —dijo él, y, sin dudarlo, prosiguió—: Quiero tenerte a mi lado. ¿Tú quieres tenerme a tu lado?

—No. Admito. Nada.

—Otro beso —dijo él.

—Solo... dame tiempo para pensar, ¿de acuerdo?

—Eso puedo hacerlo. Mientras estés en mis brazos.

Se quedaron en silencio. Ella empezó a darle vueltas a las cosas, acurrucándose y preocupándose.

Afecto. Por Halo. El señor de la guerra sobreprotector, sin corazón, que se aferraba a ella como si fuera un salvavidas. Bueno, tal vez tuviera una pequeña parte de corazón. No era horrible todo el tiempo. Había momentos en los que era realmente adorable.

Oh..., vaya. Sí sentía afecto por él, y mucho. Y lo sentía incluso sin la promesa del polvo de estrellas.

Sintió miedo y culpabilidad. Se estaba enamorando de un hombre dominante a la vez que se preparaba para una terrible derrota. Cada vez que ocultaba sus secretos, se creaba una situación cada vez más difícil.

Pero las cosas no habían cambiado. Si cedía y le contaba la verdad sobre las bestias, él se empeñaría en dejarla en el banquillo. También podía pensar que estaba confabulada con Erebus y considerarla una enemiga, y eso sería una distracción innecesaria. Pero, por otro lado, si guardaba su secreto hasta el final, tal vez él no la perdonara. También cabía la posibilidad de que no requiriera su perdón. Las parejas rompían todo el tiempo. O de que no se molestara en absoluto. Por lo que sabía, seguramente él le agradecería que le ayudara a ganar. Y ella iba a ayudarlo. Tenía la seguridad de que iban a conseguir la victoria.

Sin embargo, Halo no era de los que se echaban atrás. No, era más probable que doblara la apuesta. No había hombre más testarudo que él. Y eso respondía a una pregunta candente para ella.

No, Ophelia Falconcrest no podía tenerlo todo.

19

«Me lo merezco. De verdad», pensó Halo.

A la pequeña seductora le encantaba mantenerlo en una agonía después de intercambiar placeres. Rechinó los dientes mientras recolocaba su ligero peso y la teletransportaba a su dormitorio.

Ophelia tenía una expresión pensativa. Estaba absorta en algo y se había olvidado del mundo. Él la había visto así miles de veces la semana anterior. El resultado de aquellas cavilaciones nunca solía inclinarse a su favor.

La acostó en la cama y se quitó la ropa de cuero mojada. Después, se acomodó a su lado y la abrazó, deleitándose con su absoluta perfección. Como nunca había conocido a una mujer como ella, ni siquiera había considerado la idea de tal perfección femenina y no entendía por qué otros hombres perdían el tiempo con los abrazos. Sin embargo, había llegado a entender demasiado bien el atractivo.

«Esto va más allá de mis imaginaciones más salvajes». Ella le estaba enseñando a anhelar el placer carnal. «La conquistaré. No habrá nada que me lo impida».

Durante sus reuniones informativas con el comandante y la General, Halo había recopilado mucha información sobre Ophelia. Era defensiva pero vulnerable. Era sigilosa y siempre estaba en modo supervivencia. Suave y dura. Ansiosa por reír o discutir y, a veces, las dos cosas a la vez. Juguetona. Traviesa. Implacable.

¿La conclusión? Él deseaba tanto su mente como su cuerpo y tendría ambas cosas.

Todas las quejas de Ophelia giraban en torno a la tarea. Deseaba participar y aumentar su currículum. Aunque era evidente que ya no aspiraba a convertirse en General, quería más poder. A pesar de que su vida corría peligro, él creía que ella podía sumarse a la misión una vez completada la tarea. Si quería seguir con ella, tendría que hacerlo. Era lo suficientemente sabio como para entenderlo. Pero, por supuesto, tomaría medidas extremas para garantizar su seguridad.

Erebus y sus fantasmas no se llevarían a su arpía-ninfa. «Protege lo que es tuyo o lo perderás».

Parecía que ella no entendía que lo que él deseaba era compartir su alegría, no arrebatársela.

Al recordar sus roncos gemidos y gritos, sonrió, mirando al techo. Le encantaba cómo se fundía su aroma con el de ella, cómo le acariciaba la piel su aliento. Adoraba muchas cosas del tiempo que habían pasado juntos.

¿Por qué no había producido el polvo de estrellas?

—No voy a echarme una siesta contigo, así que ni lo pienses —murmuró ella. Al salir de sus cavilaciones y fundirse con él, le recordó a una cucharada de miel tibia vertida lentamente sobre un pastel caliente—. Pero, para agradecerte los servicios prestados, estoy dispuesta a quedarme para una breve charla sobre nada. Tu calor es mi kriptonita.

Un gruñido.

Él la besó en la frente.

—Otras mujeres matarían por usarme como cuaderno y comentar su día. Mi primera y mi segunda concubina lo intentaron, y perdieron sus puestos.

—Sí, y seguro que lloraron a mares cuando las despediste —dijo Ophelia, y puso los ojos en blanco—. Por cierto, estás a punto de ser despedido del mismo puesto por la misma razón. La señora O No prefiere que sus hombres hablen menos.

Él recordó la defensa de sus apodos que había hecho Ophelia el día que se conocieron. Ahora que la conocía mejor, pensó que quizá se avergonzaba de ellos.

—¿Deseas un nuevo apodo, Ophelia? Si es así, te conseguiremos uno. El que tú quieras.

—Eh, no es probable. Siempre nos elige los apodos otra gente. Es una regla no escrita, ¿no? —dijo ella. Le clavó las garras en los pectorales y exclamó—: ¡Halo! ¿Podemos elegirnos apodos?

—Arpía, podemos hacer lo que queramos. Cuando le decimos a alguien que use un título determinado, usará ese título. No habrá excepciones.

Ella recompensó su honestidad con una risa contagiosa, tan impactante como su contacto.

—De ahora en adelante, soy Ophelia... algo. Necesito un momento.

—Nuestro trato sigue en pie. Mientras estés en mis brazos, puedes tomarte todo el tiempo que necesites.

Mientras ella murmuraba ideas en voz baja, Halo recorrió la habitación con la mirada. Ian había preparado un almuerzo a la luz de las velas antes de la congelación. La comida esperaba intacta en una pequeña mesa redonda cerca de la chimenea encendida. Había una botella de vodka enfriándose en una cubitera. Él se había fijado en las veinte botellas de vodka que había vacías en su litera y había supuesto que le gustaba la bebida, así que había hecho una petición especial aquella mañana.

—Quizá pienses con más claridad con el estómago lleno —le sugirió.

—Pero no quiero apartarme de tu calidez —respondió ella.

Él tampoco quería irse.

—¿Has visto algún recuerdo de mi alevala últimamente?

—Solo a la diosa elfa que tiene un unicornio de mascota. Fuiste tan frío e insensible con ella...

—Ah, sí.

No había podido matar a la elfa tan fácilmente como a

sus otros objetivos. La poderosa hembra poseía la habilidad de mimetizarse en su entorno con tanta facilidad que no podía encontrarla. Y podía encontrar a cualquiera. Para atraerla, los otros Astra y él capturaron y enjaularon a su mascota favorita, creando una puerta transparente frente a ella. En el momento en que la cruzó, entró en un reino duplicado, lo que le permitió seguir cada uno de sus movimientos desde entonces, se mimetizara o no.

—Ella se interponía entre el bienestar de mis hermanos y yo —explicó.

—Y todos los obstáculos se eliminan. Sí. Lo recuerdo —dijo ella, con una amargura que lo desconcertó.

—Si no la hubiera derrotado, no estaría aquí contigo.

—Sí, pero, en ese momento, no sabías que alguien tan glorioso como yo se cruzaría en tu camino.

Si quería conquistar a aquella arpía, debía compartir algo de sí mismo. Dar y recibir. Sembrar y cosechar. Una realidad inevitable.

—Te molesta mi frialdad. Pero no habría sobrevivido a la Orden sin ella.

—Te escucho.

—Los instructores usaron el dolor para que aprendiera a cerrarme. A seguir adelante sin que mis pensamientos, sentimientos o deseos tuvieran importancia. Es difícil desprenderse de este tipo de adiestramiento —explicó, y apretó la mandíbula antes de admitir—: Si alguna vez un obstáculo me impedía alcanzar una meta, perdía algo preciado para mí.

—Es terrible. Lo siento —dijo Ophelia. Mientras ella lo acariciaba, él pensó que compartir vivencias no era tan malo, después de todo—. Eso explica muchas cosas. Equiparas el castigo con la emoción y luchas contra lo que sientes.

«Hasta que te conocí», pensó.

Todo lo que ella provocaba, tanto lo bueno como lo malo, tenía recompensa. Emoción y calma. Placeres sin esfuerzo. Expectativas...

—Lo mismo se puede decir de ti, ¿no? —preguntó, mientras jugueteaba con su pelo.

—A mí no me castigaban si me equivocaba, pero hacían que me sintiera como el mayor fracaso del mundo —respondió ella. Unió las manos y apoyó la mejilla sobre ellas—. Dime que mataste a tus instructores.

—Sí. Violentamente —respondió él. El recuerdo le había complacido siempre, hasta el día de hoy—. Chaos me compró y me entrenó junto con los demás Astra. Me enseñaron a confiar en alguien más, aparte de en mí mismo. Con el tiempo, la confianza creció. Se formó un vínculo. Juntos, regresamos a la Orden y regalamos fragmentos de los instructores a sus estudiantes como trofeos —le explicó a Ophelia. Después, se centró en ella—. ¿Qué sabes de tu padre?

—Ah. Bueno... —titubeó Ophelia. Debía de sorprenderle que él hubiera preguntado por eso—. No lo conocí. Ni siquiera sé su nombre, lo cual suele ser el caso de las arpías nacidas fuera de la unión con un consorte —explicó.

A él se le encogió el pecho. Sus hijas arpías lo conocerían; él se aseguraría de ello.

Cuando analizó aquel pensamiento, parpadeó. ¿Sus hijas? Como si formar una familia con su gravita fuera un hecho consumado. Como si lo anhelara en lo más profundo de su ser.

¿Lo anhelaba de veras?

Se le encogió el pecho con más fuerza y se sintió como si sus huesos crujieran.

Ella se acercó un poco más con intención de calmarlo.

—Como segundo al mando de todo el ejército, tú tienes muchísimo poder. Y también has estado en la posición de tener que acatar la autoridad, así que lo manejas bien. Pero es obvio que te encanta el control. ¿Nunca has querido presentar tu candidatura y luchar por ser el gran jefe?

—Acepté la posibilidad de asumir el título si fuera necesario, pero nunca he deseado usar el casco del comandante. Ya tengo que lidiar con suficiente presión. No hay razón para aumentarla ahora que tengo otros proyectos.

Conseguir más momentos como aquel. Desnudar a su mujer y abrazarla cada mañana y cada noche. Y ejercitar cualquier anhelo de dominación con su arpía, a quien le encantaba desobedecer y obedecer sus órdenes, orquestando su tormento sexual de cualquier manera.

Ella se acercó aún más.

—¿Qué tienes pensado hacer después de ascender y matar a Erebus? ¿Buscar otro enemigo? ¿Divertirte?

Seguramente, le gustaría pasar las próximas décadas en la cama con su gravita. Aquel era un futuro prometedor y dulce. De hecho, una extraña calidez lo recorrió al pensarlo. Extraña y, sin embargo, tuvo la sensación de que la reconocía, como si algunos restos de ella hubieran persistido a través de los siglos.

La esperanza.

En lugar de mirar hacia adelante y ver solo cargas antiguas y nuevas sobre sus hombros, que tendría que soportar entre repetidas pruebas y tribulaciones, vio un festín de placeres y satisfacción a su alcance.

—No estoy seguro de haberme divertido nunca aparte del tiempo que he pasado contigo —dijo.

—¿En serio? —preguntó ella, y se puso de rodillas de golpe. Sus pechos regordetes se balancearon. Su cabello oscuro y despeinado brilló a la luz. Sonrió—. Sabes lo que significa eso, ¿verdad? Soy lo mejor que te ha pasado en la vida.

Tal vez lo fuera.

—Antes de conocerte, detestaba que me tocaran. Contigo, sin embargo, quiero más, pero nunca es suficiente. Antes, tomaba a mis amantes por detrás y luchaba por alcanzar el clímax cuanto antes. Contigo, lucho por evitarlo.

Ella frunció el ceño con desconcierto.

—Si odiabas que te tocaran, ¿por qué tenías una concubina?

—Una liberación momentánea es mejor que ninguna liberación.

Ella se frotó contra él...

—Bueno. Voy a hacer que te alegres inmensamente de haber admitido tu profunda y permanente obsesión conmigo, Astra. Hoy te voy a dar unos momentos superbuenos. ¡Los mejores! Mañana no recordarás ni uno solo de los momentos que hayas vivido sin satisfacción.

¡Sí! Eso era lo que él quería. Satisfacción. Estar contento. Más. Él...

De repente, sintió un escalofrío y se puso rígido. ¡Peligro!

—Fantasmas —dijo.

Se puso de pie junto a la cama, se vistió, hizo aparecer una camiseta para Ophelia y empuñó una espada de tres hojas.

Tres fantasmas atravesaron la pared, uno tras otro. Comenzaron a caminar en círculo cerca de los pies de la cama, ajenos al mundo, mientras cantaban:

—Ve con Halo, dale un mensaje, cómete a la chica. Ve con Halo, dale un mensaje, cómete a la chica. Ve con Halo, dale un mensaje, cómete a la chica.

«Odio al dios». Erebus había enviado a sus secuaces en el instante en que él había pensado que tenía la felicidad al alcance de la mano.

Miró a Ophelia. Se había puesto la camiseta y estaba sentada de rodillas, sosteniendo un cuchillo de tres hojas que debía de haber robado de su armario sin que él se diera cuenta, mientras miraba con anhelo a los fantasmas. Un dolor estalló en el centro de su pecho.

—¿Quieres conseguir tu primera muerte, Elia? —le preguntó. Él estaba allí y podía protegerla. No habría peligro real.

—¿Lo dices en serio? ¡Claro! —exclamó ella, y se acercó rápidamente a su lado, con las alas zumbando—. No es por quejarme de tus cambios de personalidad, pero ¿qué pasó con la necesidad de entrenarme antes de que me enfrentara a los fantasmas superiores que te envía Erebus?

—Me han asegurado que eres feroz y decidida en el campo de batalla.

Ella lo miró de tal forma que... lo único que deseó él fue que los fantasmas murieran rápidamente para poder agarrar a la arpía y arrojarla de vuelta a la cama. Sus ojos esmeralda tenían una mirada soñadora, como si le hubiera regalado las joyas más valiosas del mundo. Cualquier hombre podría acostumbrarse a una mirada como aquella.

Se teletransportó detrás de ella y la sujetó por la cintura, listo para darle instrucciones.

—Prepárate. En cuanto entreguen su mensaje, volarán. Tendrás que golpearlos uno tras otro, de un solo golpe.

—Puedo hacerlo.

Los fantasmas se quedaron inmóviles. Sus miradas blancas y lechosas se dirigieron a él por encima del hombro de la arpía.

—De nada, Halo —dijeron al unísono, con sus voces monótonas—. Sé que has disfrutado de tu descanso de la batalla. Y no olvidemos la supervivencia de tu mujer. Te acercas más a ella cada día. Eso es maravilloso. Para mí. Lamento decirlo, pero esto hará que el próximo desafío sea mucho peor para ti. Ja, ja, ja. Ja, ja, ja. Ja, ja, ja.

Él se puso furioso, pero se dominó y se concentró solo en la seguridad de Ophelia.

—Prepárate. Atacarán en tres, dos...

Demasiado tarde. Ophelia se lanzó hacia adelante. Halo la observó. Estaba preparado para ayudar en cualquier momento. Ella se agachó y empezó a apuñalar... ¡Argh! Solo aire. El trío de fantasmas se desencarnó y huyó a través de la pared, llevándose consigo su frío.

¿Habían sentido la marca de Erebus en la arpía, y eso la hacía inaccesible?

—¡Argh! ¿Por qué me sigue pasando esto? ¿Soy un repelente de fantasmas?

Él frunció el ceño.

—¿Te pasaba esto antes de la tarea?

—Sí. ¿Por qué crees que no tengo ningún muerto en mi haber? —preguntó ella.

Su gesto ceñudo se acentuó. Si la marca era la causa y ella no había podido acercarse a los fantasmas ya antes de lo que estaba sucediendo..., eso significaba que Ophelia llevaba la marca antes de que comenzara la tarea. Y significaba también que había tenido contacto con el dios antes de que la tarea comenzara. Eso era algo que ella no había revelado a su General ni a él. Pero... no. Si Erebus y ella habían tenido algún tipo de contacto, Ophelia no lo sabía. Era reservada sobre su pasado, pero no sobre las cosas que afectaban a su tarea.

La arpía dio un golpe en el suelo con el pie descalzo. Estaba deliciosa con su camiseta. La tela dibujaba sus curvas exuberantes.

—Solo quiero matar a alguien. ¡A quien sea! ¿Es mucho pedir?

—No tengo ninguna duda de que los fantasmas te atacarán en masa una vez que te quiten la marca.

Una razón para dejarle la marca. Si los fantasmas no se le acercaban, no corría peligro.

Excepto que, de repente, él quería a toda costa que Erebus se desvinculara de ella.

El vínculo entre el dios y Ophelia se rompería aquel mismo día.

Él no debería haberle dejado la marca. Se preguntó si iba a perder su poder al quitársela, pero no le importó.

Se acercó a ella.

—No vamos a esperar. Hay que quitarla ahora mismo.

—¿Ahora? —preguntó ella—. Pero...

—Ahora —dijo él.

Apoyó la palma de la mano entre sus pechos para comenzar el largo y agotador proceso de... ¡Bum! Su poder chocó contra el de ella y él recibió una fuerte descarga eléctrica. Salió volando hacia atrás y se estrelló contra la repisa de la chimenea. A su alrededor llovieron fragmentos de madera rota y yeso desmenuzado.

—¡Astra! —gritó Ophelia, a quien, aparentemente, no le había causado ningún daño la explosión. Corrió a agacharse a su lado. En sus ojos esmeralda brillaba un cóctel de culpa y vergüenza.

—¿Estás bien?

—Lo estaré —respondió él, jadeando, desde la posición supina. Se sentía como si se le hubieran roto todos los huesos del cuerpo. Mientras sanaba, los dolores punzantes se intensificaron antes de desaparecer. Las sospechas aumentaron y desataron un infierno de desconfianza. Aquel muro de poder defensivo no provenía de Erebus ni de una antigua espada de orígenes ancestrales, sino de la propia Ophelia.

Todo poder llevaba la firma de su creador, un trozo de su esencia. Sin embargo, la firma de Ophelia no era la de una arpía ni la de una ninfa, sino que era primordial.

¿Prueba de que se había usado su sangre para invocar a las bestias?

¿O Erebus le había hecho algo peor? ¿El dios se había atrevido?

La rabia hizo añicos los límites de su calma. Sus instintos gritaban: «Bien. Y mal».

¿Ambas cosas? ¿Cómo podía ser? ¿Qué se le escapaba? Perplejo, escrutó los rasgos de la arpía, iluminados por el fuego. Oh, sí. En efecto, proyectaba culpa y vergüenza. Apartó de él la mirada y se ruborizó. Se mordisqueó el labio inferior.

«Oculta más de lo que yo creía».

Surgieron otras sospechas, se deshicieron y volvieron a surgir, como torrentes y mareas en un océano. ¿Había una conexión más profunda entre Ophelia y Erebus? ¿Algo que él no veía? ¿Algo que, tal vez, no quería creer?

La inquietud crecía en su interior mientras la furia resurgía, centrándose en otro objetivo. Si la arpía lo había traicionado...

No. No lo había hecho. No lo haría. La lealtad de las arpías era inquebrantable. Pero...

La observaría. Desvelaría la verdad de una forma u otra.

—¿Qué ocurre? —preguntó ella.

¿Lo sabía o no? Él se levantó y ayudó a Ophelia a ponerse de pie.

—Olvídate de la diversión —le dijo, mientras se dirigía a la puerta del dormitorio—. Tenemos que estudiar.

20

Cinco días después, Ophelia se despertó con un gemido en el corazón y dos certezas que le quemaban en la mente.

La primera: «Erebus viene hoy por mí». Su intención era transformarla en un jabalí, el siguiente animal con el que había luchado Hércules.

La segunda: «Voy a perder a Halo».

No estaba segura de cómo presentía las intenciones exactas de Erebus. Bueno, tenía una idea: por la marca y por intuición.

Era mucho más fácil de explicar cómo notaba que Halo perdía el interés por ella: por puro sentido común.

Estaba en la cama, despierta, mirando al techo, antes de que Vivi entrara en la habitación. Sin el Astra cerca, temblaba de frío. Sin embargo, sentía cada vez más frío también en su presencia. No se habían besado desde que él intentó, sin éxito, quitarle la marca. Tampoco hubo más pellizcos en la barbilla, ni abrazos. Ninguna pregunta. Aunque él se había ofrecido, oh, qué romántico, a permitir que matara a los fantasmas mensajeros, después no había mostrado ningún interés en bañarse con ella. En cambio, se había mantenido estoico y callado, ya fuera mirándola con enojo o asintiendo con alivio.

Sus viejos temores volvían constantemente. ¿Acaso Halo la deseaba menos ahora que había experimentado más? ¿Había decidido que, después de todo, ella no tenía madera de gravita? ¿Sospechaba la verdad, que ella había sentido pánico en el momento en que él centró su atención en eliminar la marca? En ese momento, una voz que no reconoció gritó en su cabeza: «¡Mía!». Un *shock* total, sí, pero... ¡Venga! Sin marca, no habría transformaciones, y sin transformaciones, no ganaría fuerza. Y sin ganar fuerza, no tendría ventaja sobre Erebus. Sin ventaja, no había victoria. Y, sin embargo, en cierto modo, Halo se merecía saber la verdad. Ya debía de presentirla.

A diario, la atormentaba el mismo dilema: ¿debía confesar toda la verdad o no confesar nunca? ¿Hacerlo después de completar la tarea con éxito o antes? ¿Conseguir una, dos o tres dosis más de poder o correr el riesgo de parar ya? ¿Acaso no tenía derecho a obtener aquel poder? Halo luchaba para ascender y ella también. No para convertirse en General. No. Para convertirse en el tipo de arpía que no necesitaba la protección de ningún Astra. El tipo de guerrera que defendía a los más débiles.

¿Era egoísta? ¿Codiciosa? ¿Era cobarde? ¿Un genio diabólico? ¿Ambas cosas? Para ascender, había que crecer. Para crecer, había que estirarse. Para estirarse, había que sufrir.

Pero... no quería ser una causa de dolor para Halo. Solo una fuente de placer.

Cualquiera que fuera la respuesta a su dilema, había algo de lo que estaba segura: no debía hacer la gran confesión aquel día. Lo distraería justo antes de una batalla y Halo correría el riesgo de perder. Eso, sin duda, nunca se lo perdonaría. Pero, claro, de todas formas, quizá nunca la perdonara...

¿Por qué no le hablaba?

Lo supo en el instante en que Vivi salió de puntillas del baño que compartían, acercándose sigilosamente a la cama. La leona y la hidra gruñeron dentro de la cabeza de Ophelia, listas para lanzarse a la defensa.

Ah, sí. Las dos criaturas habían empezado a hacerse notar. Ahora eran parte de ella. Las baterías que Erebus había mencionado. Aunque estuvieran enjauladas, a sus compañeras les gustaba hacer sonar los barrotes.

Era una consecuencia que no había previsto, y la razón por la que tenía nuevas fuerzas. Sin embargo, no era nada que no pudiera manejar.

—Levántate de la cama, perezosa. Operación Lady... Oh. Ya has puesto en funcionamiento la mente. Bueno. Eso no es terriblemente decepcionante ni nada por el estilo.

—No necesito ir al gimnasio —dijo ella—. No es necesario que corra más. Ah, y ya he asistido a la reunión con Taliyah —explicó. Muchas veces. Demasiadas—. La General tenía previsto desterrarme a Ation, pero cambió de opinión cuando acepté ayudar a Halo a llevar a cabo su misión.

—Yo..., tú..., ¿qué? ¿Una misión? ¿Con un Astra? ¿Por qué me entero de esto ahora? Sabes que prefiero las actualizaciones en vivo.

—Ya lo has oído varias veces... Espera. Debería haber empezado mi discurso con el bucle temporal.

—¿Bucle temporal?

—El mismo día, repitiéndose una y otra vez —dijo ella. Bostezando, entró al baño con Vivi pisándole los talones—. Además, estoy pensando en cambiar mi apodo a lady O-mazing.

Lady Increíble. No era del todo perfecto, pero no se le había ocurrido nada mejor. ¿Lady Eternal? ¿La Bestia?

—¿Qué? Quizá deberías empezar tu discurso con algo un poquito más sensato, porque me va a explotar el cerebro.

Demasiado tarde. Ya tenía el pensamiento más confuso del mundo en la punta de la lengua.

—Si el tiempo es circular, en vez de lineal, los dieciséis últimos días no han sucedido. Técnicamente hablando. Lo que significa que nada se ha repetido, y no he hecho nada malo. Ni siquiera he conocido a Halo.

Vivi se quedó boquiabierta mientras Ophelia se cepillaba el pelo y los dientes.

—Olvídate del bucle temporal. Mi amiga, la glacial, no se ha vuelto loca de amor por un Astra Planeta.

—Puede que tu amiga, la glacial, sí se haya vuelto loca de amor —replicó ella, mientras se vestía.

Estaba locamente enamorada del imbécil. Su calor..., su intensidad..., esos raros momentos en que la provocaba. Sus besos y caricias. Sus órdenes. Sus abrazos. Su todo.

«No puedo perderlo».

Como si lo hubiera invocado con el pensamiento, él apareció al lado de su litera justo a tiempo. Aún no lo veía, pero lo sentía. Una descarga conocida que formaba un arco por el aire. Se le aceleró el corazón, como siempre que él se acercaba.

—Ven a mí, Elia —dijo Halo, y ella tuvo un escalofrío.

Vivi abrió los ojos de par en par.

—¿El Astra viene a recogerte?

—A menudo.

Ophelia se arregló el pelo y salió del baño, lista para el enfrentamiento de aquella mañana con su Astra. Últimamente, la examinaba con el ceño fruncido y la llevaba rápidamente a la biblioteca para estudiar durante horas.

Hoy estaba de pie con los brazos cruzados, la pose de poder que ella había bautizado como «el gran problema».

Llevaba en la mano los pedazos del collar de trinidad. Vestía la camiseta negra y el pantalón de cuero de rigor, pero tenía mejor aspecto que nunca. Más duro, más afilado y muy motivado.

Ella se olvidó del resto del mundo. El sexy Astra. Los círculos de su iris giraron cuando se le acercó y se levantó el pelo.

—Me gustas así —le dijo él, con una voz suave. Peligrosamente suave. Apretó la piedra fría alrededor de su cuello, pero ella apenas notó el frío cuando él la rozó con sus dedos calientes.

—¿En pijama de franela? —le preguntó.

Él sonrió.

—Sí.

¡Uf! Se le aceleró el corazón. ¡El irresistible Halo había vuelto! La única versión de él que tenía el poder de seducirla. Pero...

¿Por qué aquel día, precisamente el día que ella había percibido la intención de Erebus de actuar?

—Quizá te esté creando una falsa sensación de calma —le dijo, y dio un resoplido. Si él pensaba que ella iba a derretirse en cuanto le mostrara un ápice de afecto, tenía razón. No, no. ¡Error! Claramente, estaba equivocado.

—Entonces, ¿tu intención es atacarme? —preguntó, y le acarició la mandíbula con los nudillos.

—Cariño —respondió ella, con voz áspera y con su sonrisa más astuta—. He atacado tu pensamiento desde que nos conocimos.

Palabras atrevidas de orgullo y coqueteo. Pero, también, de inquietud. ¿Qué sentía por ella?

Halo le devolvió la sonrisa lentamente, con el rostro iluminado.

—Es cierto —dijo—. No tuve ni la más mínima oportunidad.

«¡Todavía le gusto!».

—¡Bésame ya! Hazme un bebé Astra grande y hermoso.

Vivi se asomó por la puerta del baño con un puño apretado en el aire.

¡Uy! Se le había olvidado que tenía público.

—Discúlpame un momento —le dijo a Halo—. Tengo que aniquilar a una mejor amiga.

—Nos quedamos juntos —respondió él. La agarró de la muñeca y la teletransportó al coliseo.

Vaya. Estaba vacío. Normalmente, las arpías se entrenaban allí a todas horas del día y de la noche. En cualquier momento antes de la congelación, se podían ver grupos subiendo y bajando las escaleras o peleándose en el arenoso campo de batalla.

—Hoy vamos a entrenarnos —anunció Halo—. Dijiste

que sobresalías mutilando y saqueando. Ahora vas a demostrarlo.

¿En serio? ¿De verdad? ¿Le estaba dando una oportunidad real?

—Hay un pequeño problema —le dijo ella, extendiendo los brazos para indicar su atuendo—. Estoy en pijama y sin botas.

—Eso no es un problema, ni pequeño, ni grande. Un buen soldado puede luchar con todo tipo de ropa. O sin ella.

Bueno, eso era cierto.

—¿Por qué me pones a prueba ahora? ¿No temes que la delicada ninfa se lastime?

Él apretó la mandíbula. Una señal que ella no había visto desde hacía mucho tiempo: la señal de una furia enorme. Ay. Bienvenido de nuevo. Odiaba admitirlo, pero había echado un poco de menos su ira.

—Cuando dije que quería quedarme contigo —dijo, rechinando—, lo decía en serio. Esto es parte de tu vida, así que, a partir de ahora, también será parte de la mía. Seremos felices juntos.

Al oír sus palabras, sintió una gran culpabilidad, como si fuera un ácido frío y caliente a la vez, horrible. Halo estaba haciendo promesas que no debería. Promesas que, tal vez, no haría si conociera todos los hechos. Debería decirle la verdad. Sí. Debería. Y lo haría.

Tan pronto como fuera el momento adecuado.

Cuando ella apartó la mirada, él le pellizcó la barbilla. ¡Oh! ¡No, el pellizco en la barbilla, no!

—Seremos leales el uno al otro. Yo no te haré daño y tú no me harás daño. ¿No es cierto, Ophelia?

—Claro que sí. ¡Somos aliados!

Ella le apartó la mano de un manotazo. Se sentía molesta con él. Consigo misma. No importaba lo que pareciera, solo tenía en mente el bien común y definitivo.

—Esa es la conclusión a la que he llegado, porque estoy cansado de mantener las distancias —dijo él, y giró la cabeza y los hombros. Después, retrocedió unos pasos, adoptando una postura de batalla. Con un gesto de los dedos, la invitó a desafiarlo—. Atácame.

Ella no lo hizo. Se cruzó de brazos, imitando su pose de poder.

—Di la verdad. ¿Es una prueba real de mis habilidades o una excusa para manosearme?

—¿No pueden ser ambas cosas?

Vaya. Otra respuesta contundente.

—Entonces, de acuerdo —dijo. ¿Iba a ocurrir de verdad? ¿Iba a tener un duelo con un dios?—. Me entrenaré contigo.

—No te contengas —le ordenó él.

—Daré todo lo que tengo, lo prometo.

Aleteó y se quitó la camisa de franela. Vestida solo con una camiseta de tirantes y unas bragas, se acercó a él lentamente, moviendo las caderas.

—Haz lo que puedas por estar a la altura —le recomendó.

Él la recorrió con una mirada ardiente.

—Creía que habíamos acordado que los guerreros pueden luchar con camisa de franela —le dijo.

—No, acordamos que los guerreros pueden luchar con cualquier cosa. Intenta que mi desnudez no te distraiga.

«Demasiado tarde. Estoy perdido».

—No juegas limpio, hermosura...

Ophelia le dio un puñetazo en la garganta, rápido y seguro. A él se le cortó la respiración y su frase terminó abruptamente, pero nada más. Se curó demasiado rápido.

—Tienes razón —dijo ella—. No juego limpio.

—Entonces, no tendremos reglas —dijo él, cuando pudo hablar de nuevo. Le brillaban los ojos bajo la luz del sol matinal—. Me alegra sa...

Ella le dio otro puñetazo en la garganta.

—¿Decías?

Otra vez con la respiración entrecortada. La miró con los ojos entrecerrados. Ella esbozó una sonrisa tan dulce como el azúcar y, luego, atacó de verdad. Lucharon por el campo de batalla. Rodaron juntos por el suelo y se separaron de un salto. Asestaron golpes y los esquivaron. Se arrojaron arena. Al principio, él solo luchó a la defensiva, permitiéndole dar ciertos golpes. Aprendió sus tácticas, tal como había hecho con la leona y la hidra. Pero Ophelia también aprovechó el tiempo para asimilar su forma de luchar.

Observación n.° 1: Su cuerpo distraía a Halo. Cada vez que la inmovilizaba, descuidaba la pelea por completo y se concentraba en frotarse contra ella. Ella también podía descuidar la pelea por un momento, pero siempre se recuperaba rápidamente.

Observación n.° 2: Él no le haría daño bajo ninguna circunstancia. Fuesen cuales fuesen sus movimientos, nunca la arañó con las garras. Nunca la lastimó ni le rasgó la piel.

—¿Quién iba a decir que la Máquina podía estar más excitado que una ninfa? —le preguntó, burlonamente, cuando él le amasó los pechos antes de retroceder—. Oye, Halo. ¿Recuerdas la vez que te la chupé? Yo sí —le dijo, y se puso de pie de un salto. No quería quedarse quieta—. Me lo estoy pensando ahora mismo....

Gruñendo, él subió la temperatura. Ya no solo se dedicó a la defensa. Lanzó múltiples ataques, pero, una vez más, siempre se abstuvo de herirla.

—No herirme siempre que puedas es una tontería —le dijo ella, lanzando un golpe a su ingle. En el último segundo, él saltó para apartarse—. Yo no voy a tener la misma consideración contigo.

Cumplió su palabra y se provechó de su reticencia a asestar un golpe. Lo arañó y le dio puñetazos y patadas. Era rápido, pero no siempre era lo suficientemente rápido.

A cada gota de sangre que ella hacía brotar, las bestias gruñían más fuerte y le exigían más. La agresión recorría sus venas, ardiendo, chamuscándola. Sus huesos vibraban, como si no... No. Seguro que no. Pero... ¿quizá sí?

¿Estaba a punto de transformarse sin la ayuda del Bloodmor? Intentó luchar contra el cambio, entre jadeos. No estaba preparada cuando Halo la tiró al suelo.

—¿Elia? —preguntó él, con preocupación, mientras se cernía sobre ella.

El impacto la sacó del pánico, su interior se enfrió, su mente se tranquilizó. De acuerdo.

—Estoy bien —dijo.

Había recuperado el control. Eso era una prueba de su aumento de fuerza.

Dominar a las bestias. Dominar a Erebus.

«Puedo con esto».

Halo se levantó y la ayudó a ponerse de pie. Aunque le temblaban las extremidades, mantuvo el equilibrio.

—¿Estás segura de que estás bien? —le preguntó Halo, sin disimular su preocupación—. Parece que estás sufriendo mucho.

Ophelia le dio un tercer puñetazo en la garganta.

—Estoy perfectamente.

Él dijo, con la voz enronquecida:

—Envaina los guantes de asesina, arpía. Se acabó el entrenamiento.

Extendió el brazo y la tomó de la muñeca, creando un grillete. La condujo directamente a su ducha privada, donde los desnudó a ambos. Se lavaron el uno al otro, absortos en sus pensamientos.

Su culpabilidad estalló de nuevo y no pudo acallarla.

—Digamos que tienes toda la razón, y mi sangre se está usando para invocar a las bestias. Eso significa que necesitas que Erebus se acerque a mí para completar tu tarea. Eso significa que necesitas que yo sufra.

Parte de la tensión de Halo se desvaneció, su postura se relajó.

—No necesitó tu sangre para invocar a la cierva.

—Sí, pero la cierva no era una de las bestias primordiales.

—Puede que sí —dijo él. Agitó la cabeza y salpicó gotas de agua en todas las direcciones—. Es el campeón de Erebus, así que es problema de Erebus. Si no puede llegar a ti, la responsabilidad de proporcionarnos a todos otra manera de continuar recae sobre él.

Lo cual ponía el destino de Halo, y de la raza arpía, en manos de un tercero. No. En absoluto. Su instinto gritaba: «Yo me encargo de esto». Su fuerza seguía creciendo a pasos agigantados y aquella batalla le pertenecía.

—¿Y si hay un buen motivo por el que debo ser yo quien se enfrente con Erebus? ¿Yo, específicamente? —preguntó—. ¿Y si esa razón te ayuda a ti, y no a él, aunque parezca lo contrario? —«Cuidado. Si vas demasiado lejos, no habrá vuelta atrás».

Él adoptó una expresión vacua que no revelaba nada. Era su habilidad más molesta.

—¿La hay? —preguntó.

¿Era aquel el momento adecuado para admitir la verdad? Para decir: «¡Soy una bestia horrible! Me has matado dos veces y puede que hoy tengas que hacerlo de nuevo. Pero mantén la concentración, ¿de acuerdo? Todo el mundo, nada más y nada menos, cuenta con nosotros».

Al final, simplemente, se encogió de hombros.

Él frunció los labios.

—Mi argumento se mantiene. La responsabilidad recae sobre Erebus. Si no consigue un competidor, ganaré el combate por incomparecencia y tú estarás a salvo.

—No quiero estar a salvo —le espetó ella.

—Eso es cosa tuya —replicó él, bruscamente. Terminaron de ducharse en un silencio incómodo. Justo antes de cerrar el grifo, él le dio un breve beso en la mejilla. Un gesto de cariño. ¿Una disculpa?

A ella se le encogió el pecho. «Solo quiere protegerme». Eso no estaba mal. De hecho, apreciaba y aplaudía su entusiasmo. Se preocupaba por ella. Y preocuparse era maravilloso, un paso adelante.

Pero ¿era suficiente?

Se pusieron ropa limpia. Sosteniendo su mirada, con la nariz en alto, ella envainó una navaja de tres filos bajo la falda de su uniforme.

Halo suspiró.

—Ven aquí —le dijo. Se sentó en el borde de la cama, extendió la mano y le acarició el trasero, instándola a ponerse entre sus piernas. Posó la frente en su peto y admitió bruscamente:

—Eres una buena luchadora. Astuta. Disfrutas golpeando a tu oponente cuando está en el suelo.

—Sí. Bueno. Porque es el doble de recompensa —respondió ella. Intentando no hincharse de orgullo ni derretirse de vulnerabilidad, le pasó las uñas por el pelo—. No estarás siendo amable otra vez, ¿verdad? Me refiero a que no aprovechaste las oportunidades que te di para derribarme, y te di muchas. Eso lo sé. Pero ¿de verdad crees que soy hábil?

¡Uf! ¿Qué estaba haciendo? ¿Suplicando elogios?

Él levantó la cabeza y sonrió con ironía.

—Me has roto la mandíbula, arpía. Dos veces. Te habría detenido si hubiera podido. Eres hábil.

Se enorgulleció un poco al oírlo, sí, ¿y qué? No necesitaba la admiración de nadie, pero no había nada malo en disfrutar de ella. O en disfrutarlo de él. Lo cual iba a hacer.

Aunque Halo y ella se enfrentarían en algún momento, no había perdido la convicción. Iba a aprovechar aquella tarea para poner a prueba su control contra Erebus. Al día siguiente, le contaría a Halo toda la verdad y, a partir de ahí, seguirían adelante, fuera cual fuera su reacción.

Sí. Decisión tomada. Las cosas cambiaban y los planes debían cambiar con ellas. Y tal vez, solo tal vez, aquel había sido su problema desde el principio; la razón por la que él no la había cubierto de polvo de estrellas. Hasta que no fuera lo suficientemente fuerte para decirle la verdad a Halo, no sería lo suficientemente fuerte para él, punto.

—¿Y qué hay en la agenda de hoy antes de la congelación? —preguntó—. Porque me debes un día de diversión y, si te animas, he decidido aprovecharlo.

Él le frotó las manos por los costados. No de forma sexual. No exactamente. Aquello le pareció... apreciativo.

Como un coleccionista que pulía su moneda favorita. Su vientre se agitó.

Él la miró como si fuera lo único que le importaba.

—Si quieres diversión, vas a divertirte. Dime lo que quieres que haga y lo haré.

21

—Esto no es lo que yo tenía en mente —murmuró Halo.

Ophelia le hizo desfilar por el palacio. Detuvo a todas las arpías que se cruzaran en su camino, se lo presentó y le concedió el gran honor de alabarla mientras ella se pavoneaba.

—No recordarán esto —le dijo, ligeramente desconcertado, mientras se alejaban del último grupo.

—Cierto. Pero yo siempre recordaré sus reacciones y eso es suficiente. Lo verás por ti mismo. ¿Listo para una reciprocidad verbal, Inmortal? —preguntó ella, con euforia, mientras lo guiaba hacia Ian. El Astra estaba trabajando en unos refuerzos para las ventanas del palacio.

Tan pronto como despertó aquella mañana, sintió que se avecinaba una nueva tarea e informó a los Astra de los puntos más importantes. Y, ahora, ellos estaban trabajando para evitar que Erebus hiciera una visita imprevista mientras él avanzaba en la relación con su arpía.

Ian levantó la vista de su tarea. Tenía el ceño fruncido.

—¿Sí?

—Preséntame a tu amigo, cariño —le dijo Ophelia, mirándolo lascivamente y derritiéndose por él como solo ella podía hacerlo—. Quiero asegurarme de que sepa lo afortunado que es por trabajar con el señor de la guerra más brillante y poderoso de todo el reino.

Umm... De acuerdo. Sí. Vio el atractivo en todo aquello. Éxtasis y agonía.

—Estoy seguro de que Ian ya sabe quién eres, ahora que ha oído la verdad de la seductora más astuta del reino —dijo Halo, y le besó los nudillos—. Ian, te presento a Ophelia... ¿Qué apodo elegimos, cariño?

—¿Cariño? —chilló ella.

—Sí, eso es. Ophelia, lady Cariño —dijo él, y asintió, deleitándose con su adorable cara de horror—. Ophelia, lady Cariño, te presento a Ian.

—Espera —dijo ella, dándole un golpecito en el pecho. Al mirar a Ian, se ruborizó—. Ese no es mi nombre. Estamos considerando lady Asombrosa. O Asesina de la Muerte. Lady Cariño ni siquiera está entre los elegidos. ¡Soy cruel, lo juro!

Ian la miró boquiabierto y Halo se rio disimuladamente. Deseaba desesperadamente besar a su arpía en aquel mismo instante.

—Ven, lady Cariño.

Llevó a Ophelia al vestíbulo, donde se había reunido una multitud de arpías.

Luchar contra ella lo había preparado de maneras inesperadas. Y también lo había impresionado. Ophelia había hecho gala de una velocidad y una fuerza asombrosas y, a cada golpe, lo había amenazado con fracturarle otro hueso. Claramente, sus reflejos se habían afinado desde que la había perseguido por el jardín real. Quizá no tuviera que preocuparse de que resultara herida en la batalla.

Ella lo miró. Su expresión era una mezcla embriagadora de diversión, frustración y emoción.

—Si Ophelia, lady Cariño, acaba calando como apodo...

—¿Lo pagaré bien caro? —preguntó él. Y, al oír su risa y ver su felicidad, se le encogió el estómago—. Quiero entrar en ti —le dijo.

Ella se quedó inmóvil. Se le separaron los labios.

Mientras las arpías los miraban, Halo se teletransportó con Ophelia de vuelta a su dormitorio. No más esperas. Quería besarla, así que lo haría.

Al captar su mirada, se sentó al borde de la cama y la

abrazó por la cintura. Entonces ella se quedó de pie entre sus piernas y le pasó los dedos temblorosos por el pelo.

—¿Quieres estar dentro de mí, Astra?

—Sí. Más de lo que nunca haya deseado nada —respondió él, y acarició sus curvas. Metió una mano por debajo de su falda y rozó sus bragas húmedas con los nudillos. Entonces, con la voz enronquecida, preguntó—: ¿Me deseas, Elia? ¿Me deseas dentro de ti?

¿Lo admitiría?

—Sí..., sí —respondió. Con los ojos entrecerrados, retrocedió un paso y se desabrochó la armadura—. ¿Quieres que me desnude para ti?

¿Se estaba entregando a él?

—¡Sí! Desnúdate para mí.

Él se inclinó hacia delante y apoyó los codos en las rodillas para evitar tocarla mientras el peto caía al suelo. De repente, estaba solo con el collar, las bandas entrecruzadas de cuero negro y la falda.

—Nunca me cansaré de esas curvas.

Ella, con los dedos en el cierre de su falda, hizo una pausa.

—¿Soy tuya, Halo?

—Solo mía. ¿Te gusta volverme loco, verdad?

Sí, me gusta de verdad —respondió Ophelia. Giró el botón, pero no lo soltó, provocándolo con lo que podría ocurrir—. Pero a ti te gusta que te vuelvan loco.

—Sí —repitió él—. Quítate la falda.

Ophelia había decidido entregarse a él. Confiarle cada vez más de su cuerpo y de su vida. Él lo tomaría y, juntos, conseguirían que funcionara lo que había entre ellos.

Ella buscó las correas de cuero que le protegían los pezones, pero, de repente, empezó a tambalearse y a palidecer. Su aire juguetón se desvaneció al frotar el disco que colgaba del collar.

—¿Halo?

—¿Qué pasa? —preguntó él, poniéndose de pie de un salto, listo para acabar con cualquier amenaza.

—Algo va mal. Creo que me está llamando —dijo ella.

Se retorció de dolor mientras jadeaba y se agarraba el abdomen—. Yo... Él... ¡Argh! —gritó, y se tiró del collar—. Esto empeora. Me estoy volviendo loca. ¡Quítame esto de encima!

¿Erebus intentaba acceder a ella a distancia? ¿Antes de la congelación?

A Halo se le heló la sangre. Consultó su reloj interno: sí, faltaban segundos para la congelación, y el dios estaba destrozando a la arpía desde dentro.

—Respira hondo, arpía. Puedes hacerlo. Duele, lo sé, y lo siento. Lo siento mucho, cariño, pero no podrá conseguir nada mientras lleves puesto el collar. ¡Respira!

Las lágrimas le caían por las mejillas. No, no eran lágrimas. Era sangre. La sangre roja le manaba de los ojos y la nariz. De las comisuras de la boca. De las orejas.

—¡Erebus! —rugió. Si el dios seguía así, la mataría. La mataría delante de él. Quizá aquel fuera su objetivo.

Sin la trinidad, al menos podía tener una oportunidad de sobrevivir.

Frenético, desesperado y sin saber qué otra cosa podía hacer, le arrancó el trozo de la garganta, para bien o para mal.

—Te va a llevar, Elia. Pero yo voy por ti. Lucha contra él hasta que llegue.

—¡No! No vengas por mí. Estaré bien...

Ella desapareció. La rabia se apoderó de él y la anhilla se desató. ¿Cuántas veces había fallado a la hora de protegerla? ¿Cuánto se vería obligada a sufrir en un solo día?

Recorrió el castillo, registrando diferentes habitaciones, y aprovechó la oportunidad para recopilar multitud de armas que podría necesitar.

Ni rastro de su arpía ni de Erebus. Tampoco halló rastro de ellos fuera del palacio. «No puedo fallarle otra vez».

Pero sí le había fallado. Sonó la trompeta, señalando el final de su cacería y el comienzo de su siguiente tarea.

Rezó por un segundo toque, pero nunca llegó. Así pues, otra batalla a muerte.

—¡Halo Phaninon!

¿Se había activado otra criatura con la sangre de Ophelia? ¿Ya estaba muerta?

Para silenciar un grito, se mordió un dedo hasta el hueso. «Concentración. Victoria. Llegar al día de mañana».

Con la sangre hirviendo, tomó unas hachas motorizadas. La batalla de aquel día debería librarse contra un jabalí mitológico. Iría con fuerza y con rapidez.

Un tirón místico lo atrajo al coliseo. Se desvió hacia el campo de batalla donde había entrenado con Ophelia. Una vez más, las gradas estaban atestadas de fantasmas. Erebus ocupaba el palco real, encaramado en el trono de la General. Sus rizos pálidos y su piel blanca contrastaban con su túnica negra.

—Disculpas por lo poco oportuno del momento —dijo el dios, con una sonrisa de suficiencia. Como si conociera un secreto que Halo desconocía—. La Espada del Destino me asegura que sufrirás muchísimo después de esta batalla.

El odio le apretaba la garganta.

—¿Dónde está la chica?

—No te preocupes. Echa espuma por la boca y está ansiosa por verte.

¿Había sobrevivido? Halo se sentía como si tuviera ácido en las venas. ¿La estaban torturando?

—Disfrutaré matándote cuando llegue el momento.

La sonrisa de Erebus se ensanchó. Mostró los dientes.

—Por desgracia para ti, hoy solo puedes matar a la jabalí.

El suelo tembló con tanta fuerza que él sospechó que se trataba de una manada de jabalíes. Sin embargo, de las catacumbas solo salió una bestia. Era del tamaño de un rinoceronte, con púas gruesas y nervudas. Le salía espuma por la boca. Dos colmillos sobresalían de su labio superior; otros dos se curvaban a los lados de su mandíbula. Le clavó su mirada penetrante mientras se abalanzaba sobre él.

«Protégela». El instinto gritaba más fuerte que antes. Tan fuerte que su cuerpo se puso tenso.

Rugiendo, ella saltó hacia él. Él se lanzó, pero no lo

suficientemente rápido. Un colmillo le arañó la cadera. Ese colmillo vibró, destrozándole todos los huesos de la pierna.

Halo se desplomó, pero luchó por ponerse de pie mientras se sanaba. El instinto de protección seguía funcionándole.

Cuando le cortó una pezuña, la bestia cayó al suelo con un ruido sordo. Al igual que él, no se quedó quieta. Cuando se enderezó, le creció una nueva pezuña. No, no una pezuña, sino un... Halo parpadeó. Creció una cabeza con rostro. Dientes afilados, colmillos y todo lo demás.

Una cabeza. En su pie. Como si el jabalí fuera una hidra. La bestia cargó contra él una vez más, y la cabeza-pie comió tierra. Luchó por apartar la mirada de ella. Aquellos ojos. Eran verde pálido. Verde Ophelia. La sorpresa le provocó un escalofrío. Aquella sospecha, de repente, parecía... probable. ¿Era Ophelia aquel monstruo?

¡No! ¡No! No podía serlo. Lo habría presentido desde el principio. La habría reconocido mucho antes, sin importar su estado. No habría matado fría y cruelmente a una arpía inocente en una batalla. No a su propia hembra, a una potencial gravita. Ni siquiera él era tan cruel.

Sin embargo, la seguridad le dio poca paz. En los minutos siguientes, luchó simplemente para defenderse, aprender y pensar. Recibió golpe tras golpe, cada uno peor que el anterior. Las púas del jabalí rezumaban una toxina de olor dulce, teñida con la carnalidad de Ophelia. Y la forma en que la criatura hizo un giro a la izquierda y movió la cabeza a la derecha. Una ligera vacilación en el último paso antes de un salto. Cosas que la arpía había hecho en batalla.

Su instinto gritaba cada vez más fuerte, hasta que un coro le llenó la cabeza. «Mi Ophelia».

Ella estaba viva. Era el jabalí. Recordó que había evitado todas las preguntas sobre su participación y muerte y sobre la propia espada. Recordó su reacción al retirar la marca. La culpabilidad que había irradiado en algunas ocasiones. Su confianza se hizo añicos. Matar a Cinco no había sido nada comparado con aquello. Ophelia siempre supo la verdad y había decidido dejarlo en la ignorancia. Había decidido dejarlo mal preparado mientras el destino de los Astra pendía de un hilo. Hacer que Halo sufriera la vergüenza de lo que había hecho una y otra vez, durante el resto de la eternidad.

Tuvo un sentimiento de traición que lo abrasó, y soltó una carcajada amarga. Ophelia era la campeona de Erebus. Bien elegida. El dios estaba obligándolo a luchar contra ella y, a la vez, en contra de su propio instinto de protección. Con razón había vomitado después de las batallas anteriores.

¿Cómo podría, por cualquier motivo, dañar a la sensual belleza que lo complacía? ¿A la insaciable descarada a la que deseaba complacer, a su vez?

¿Cómo podría hacerlo de nuevo?

Se le encogió el estómago y notó el sabor de la bilis en la boca. ¿Cómo iba a poder evitarlo?

O bien Ophelia luchaba por Erebus, traicionando a la especie arpía, algo que Halo dudaba, o bien se estaba dejando usar por algún motivo. Se dio cuenta de que lo había insinuado durante la ducha. Pero, en cualquier caso, le había mentido.

Así que lo haría sin ninguna emoción. Tal y como lo había hecho de niño. Lo haría porque debía.

Forzó un bloqueo total de su mente y se concentró en el objetivo. «Esta noche, acabaré con su vida. Mañana, su libertad».

Dejó de defenderse y lanzó un ataque. Los colmillos... desaparecieron.

Su agudo grito de dolor no le afectó. No lo desgarró hasta la médula.

Resoplando y jadeando, la bestia lo rodeó. ¿Calmándose o planeando el menú de la cena del día?

—Ríndete y no sentirás más dolor —le ordenó.

Ella se quedó quieta. Él se acercó más...

Asustada, se resistió. ¿Acaso estaba librando una lucha interior?

Él evitó su siguiente serie de golpes, con la esperanza de cansarla, pero ella no se cansó.

Erebus estuvo riéndose todo el tiempo.

Él hizo lo único que podía hacer. Le rompió las patas delanteras, la obligó a arrodillarse y le hundió el hocico en la tierra.

—Te lo advertí, arpía.

Mientras la sujetaba, se le tensaron los músculos y se le aceleró el corazón. La fuerza de la bestia era increíble y su determinación, inigualable.

—Ríndete, Ophelia, o será mucho peor para ti —le gritó—. No tienes otra opción.

Aun así, ella luchó, resistiéndose. La risa de Erebus adquirió un tono enloquecido al resonar por todo el campo de batalla. Él apretó la mandíbula y le colocó una cuerda mística alrededor de las patas, y le ató los pies.

Y su arpía seguía resistiéndose.

«Ignora las náuseas». Si ella se detuviera...

—No creas que puedes salvarla, Halo —gritó el dios—. La tarea no termina hasta que uno de los dos aseste el golpe mortal.

Exactamente lo que él sospechaba. Pensó en sus opciones. Matarla. Suicidarse. Que ella lo matara. Esto era un examen y la calificación tenía importancia. Se suponía que debía aprender algo. ¿Qué, qué? ¿A sacrificarse por los demás, la misma lección que Roc? ¿Ganar, sin importar el coste?

El destino de los Astra estaba en juego...

Fortaleció su determinación y desenvainó la daga con propiedades de cauterización. Inhaló. Exhaló. Le clavó la hoja en la médula espinal y le cortó las conexiones nerviosas. Ella se desplomó y cayó al suelo.

Él se recolocó, agachándose cerca de su rostro. Sus ojos se encontraron mientras ella luchaba por respirar. La vida se le escapaba rápidamente de los iris, su luz interior se apagaba. Cuando la sangre se le escapó por las comisuras de la boca, él estuvo a punto de rugir hacia el cielo.

La trompeta sonó. Él se tambaleó para vomitar. «Ophelia se está muriendo, y es culpa mía. Jugando con ella un momento, matándola al siguiente». Otra vez. Saber que él la había lastimado tan brutalmente y con tanta frecuencia... Que ella le había permitido hacerlo...

—Otra victoria para ti —gritó Erebus, con una sonrisa de alegría—. Mi más sincera enhorabuena, Astra. Qué orgulloso debes de estar.

Él escupió en la arena para limpiarse la boca y regresó al lado de Ophelia. Mientras la acariciaba, miró fijamente al dios.

—Tus trucos se están volviendo pesados. Me la arrebataste antes de tiempo.

—Incorrecto. Le hice una invitación y ella aceptó. En cuanto al momento oportuno, por favor, demuestra que actué antes de tiempo —le dijo Erebus, sonriendo—. No hay necesidad de preocuparse. No la invitaré otra vez. De ahora en adelante, ni siquiera usaré a tu hembra..., a menos que me lo pida amablemente.

«Odio a este hombre».

Y Erebus no había terminado.

—Debo admitirlo. Me alegra que hayas descubierto la verdad. Esperaba con ansias ver esta expresión en tu rostro. Y qué inteligente es el pequeño Halo, que ha resuelto el misterio por sí mismo. Sí, la Bloodmor transforma a la arpía en una bestia de mi elección. Como le pedí, nuestra arpía no estropeó la sorpresa. Pero ¿por qué iba a hacerlo? Obtiene poder cada vez que se convierte en mi herramienta contra ti.

Una nueva furia lo invadió. El recordatorio de sus crímenes fue como un puñetazo en el estómago. Ophelia, la campeona de Erebus. Con sus actos, lo había puesto todo en peligro y le había arrebatado el derecho a elegir su propio camino. Le había impedido planificar con precisión. Lo había dejado en desventaja frente a un enemigo. Y todo lo había hecho por poder. Tenía que habérselo imaginado.

Quería zarandearla. Gritarle a la cara. No, deseaba zarandearse a sí mismo. «Yo he hecho esto».

Entre carcajadas, Erebus y sus secuaces desaparecieron, confundiéndose con el reino espiritual. Él permaneció de rodillas, observando cómo Ophelia luchaba con la muerte que se acercaba.

Le acarició lentamente el cuello con la mano temblorosa.

—Escúchame bien, arpía. Sé que estás ahí dentro y que entiendes mis palabras. Comprendes que he descubierto tu secreto y sospechas que estoy planeando un ajuste de cuentas. No te equivocas. Si me hubieras confiado la verdad...

Inhalar. Exhalar.

—Mañana sentirás la tentación de huir de mí. No lo hagas. Lo único que conseguirás es empeorar las cosas.

A Ophelia se le cerraron los párpados al exhalar su último aliento.

Su corazón se estremeció. Entre un latido y el siguiente, se sintió como si un atizador candente se hubiera atascado entre dos engranajes. Había lastimado a alguien a quien no debía. Y ella lo había permitido. Había permitido que la acariciara y que la matara al momento siguiente. No podía superar aquello. Se había ablandado por ella como nunca lo había hecho por nadie. Le había dado más que a nadie ¿y aquella era su recompensa?

La furia resurgió. Las cosas podrían haber sido muy diferentes. Él había querido que fueran diferentes. Conexión. Diversión. Sexo. ¿Qué clase de futuro les esperaba ahora?

Solo un asesino de dioses, el Inmortal, era lo suficientemente frío como para asesinar a su propia compañera.

No. Ella no era suya. Sin polvo de estrellas no podía ser su gravita. Llevaba demasiado tiempo ignorando la verdad. El destino no lo uniría con una mujer tan traicionera.

Desde el principio, él había manejado mal la situación. Le había dado placer a la arpía, opciones y libertad de acción; ella le había dado nuevos recuerdos que ahora despreciaba. Bien, pues aquello había terminado. A partir de aquel momento, harían las cosas a la manera de la Máquina.

6:00 de la mañana
Día 17

A Halo se le abrieron los ojos de golpe. Se quedó en la puerta de su baño, con la información inundando su mente a toda velocidad. El día se repetía. Acababa de amanecer. Ophelia. Traición.

Consecuencias.

«Ve con la arpía».

—Vete —le ordenó a Andrómeda, sin molestarse en explicarle la situación una vez más.

Entró en su vestidor, se puso ropa de cuero y se dirigió directamente a la habitación de la arpía.

Su amiga Vivian salió del baño. Ninguna de las dos lo notó. Por supuesto, no podían verlo. Él estaba en el límite entre su reino y un reino duplicado, que era una copia del reino que habían creado los Astra antes de su invasión.

Según las normas, él no debía abandonar Harpina. Y, técnicamente, no lo había hecho. Estaba allí, pero no estaba. Al igual que Erebus, sabía cómo crear escapatorias.

—Levántate, perezosa. La Operación Lady O comienza en treinta segundos —dijo Vivian, apartando las sábanas de la cama de Ophelia. Ella se incorporó de golpe, con un jadeo.

—Necesito... necesito un minuto para pensar —dijo, con una expresión de *shock*, mientras levantaba el dedo índice.

Él se llevó la lengua al paladar. ¿En qué estaba pensando? ¿En la excusa que le daría por sus actos? ¡No sería suficiente! Nada lo sería.

Trabajando rápidamente, se cortó la palma de la mano y usó su sangre para dibujar símbolos en el marco de la puerta del reino duplicado, conectándolo con el mundo original. Creó una puerta invisible. ¿Por qué no iba a usar la misma estrategia que Ophelia había presenciado en su memoria? Una entrada unidireccional al reino duplicado, que sería su nuevo hogar, durante el resto de la tarea.

Solo la arpía podía activar la puerta, y únicamente al entrar. Si debía encarcelarla para que no interfiriera en su tarea, lo haría. No habría amigos que la rescataran. Oh, no. Él pretendía marcarla con un símbolo místico y encadenarla al reino duplicado.

Cada mañana, ella regresaría allí, arrastrada por la puerta invisible. Sin Erebus. Sin batallas. Si Erebus intentaba convencerla con otra invitación, que así fuera. Al día siguiente, cuando despertara, no podría obligar a Halo a asesinarla en un campo de batalla. No sufriría una muerte horrenda, no conseguiría un poder mal obtenido. Aquel era el precio que tendría que pagar por sus actos. El precio que ambos tendrían que pagar.

Le vibró un músculo en la mandíbula. «¡Se lo merece!».

Odiaría a Halo por ello, pero a él no le importaba. Las arpías que jugaban con el afecto de una Astra no se ganaban su compasión.

La instalaría allí y la dejaría allí. Estaría a salvo, pero nunca sería suya. Y la tarea continuaría.

Completó la puerta entre los reinos justo a tiempo.

—De acuerdo, lo he decidido —dijo Ophelia. Se puso de pie de un salto, corrió a su armario y sacó prendas del perchero—. Mañana te contaré todos los detalles. Ahora mismo, tengo que ponerme la armadura.

Su disposición a quedarse y enfrentarse a él despertó todo tipo de... ¡nada! Ciertamente, nada de admiración. Ni culpabilidad por lo que estaba por venir. La opresión que sentía en el pecho tampoco era nada. Ella no merecía ninguna alabanza por aquello.

—Puedo sentirlo —dijo—. Está cerca.

—Te equivocas. Ya estoy aquí. De todos modos, la armadura no te servirá de nada.

Mientras soltaba un jadeo y se enderezaba, él se teletransportó directamente detrás de ella. La obligó a girarse y ella le devolvió la mirada.

«¿Se atreve?». Él se cruzó de brazos. ¿Qué haría? ¿Caer en su trampa, como sospechaba? ¿O lo atacaría? ¿Qué esperaba él?

Ella levantó la barbilla.

—Bien. Ya que todo el equipo está aquí, estoy lista para escuchar tus agradecimientos.

—¿Mis agradecimientos? —preguntó él, en voz baja y monótona.

—Aceptado —dijo ella. Se frotó la cara con la mano—. Mira. Entiendo tu versión de la historia. De verdad. Tu tarea, tus reglas. ¿Crees que me gustaba ocultarte mi participación y sentirme culpable? Casi. A veces. Culpable. Soy un activo que te niegas a utilizar —continuó—. Cada vez que me transformo, mi fuerza y conocimiento crecen. Pronto podré controlar a la bestia y acabar con Erebus.

—Si crees eso, eres una necia —le dijo él, con rotundidad—. No sabes nada del dios ni de sus caminos. Él ya ha visto el final desde el principio. Nunca permitirá que tu fuerza supere la suya.

—¿No puede calcular mal? ¿No puedo ser un golpe bajo que nunca ve venir? —preguntó ella, y se masajeó la nuca—. Durante la batalla de ayer estuve a punto de vencer la compulsión de matarte. La próxima vez lo lograré. Lo sé.

La próxima vez. Su furia se desbordó.

—Te maté, Ophelia. En tres ocasiones.

—Y completaste con éxito las tareas.

—Dejándome con recuerdos de haberte matado.

—¿Y crees que los recuerdos de morir son más fáciles?

Se estremeció y apretó los puños. Inhaló. Exhaló. No recuperó la calma.

—Tus acciones te han convertido en mi enemiga. Si no puedo confiar en ti, no puedo trabajar contigo. Espero que la fuerza adicional haya valido la pena.

Ella palideció, pero se mantuvo firme.

—Sí. Bueno. Una nueva fuerza vale todo. Nunca te decepciona. Algo que tú entiendes, considerando que también luchas por ascender y proteger mejor a tu gente. O,

tal vez, no lo entiendes. Eres el eliminador, nunca el obstáculo.

Al comprender lo que decía Ophelia, sintió ira. Aquel
era el motivo por el que Erebus había ofrecido a la hermosa cierva como sacrificio voluntario. El dios no había buscado la desilusión de Halo. Había buscado la de Ophelia.
Ella había presenciado de primera mano las infinitas profundidades a las que él descendería con tal de superar un
obstáculo. ¿Por qué iba a confiarle algo la arpía y, mucho
menos, sus secretos?

—A ver si lo entiendo bien. ¿Mataste a mi chica? —preguntó Vivian, y se pasó la punta de la lengua por un colmillo—. Bueno. Pues hoy, alguien se convierte en eunuco.
Adivina quién.

Halo ignoró a la arpía y siguió con la mirada puesta en
Ophelia.

—Cuando estés lista para hablar de esto razonablemen-
te, ven al palacio.

—Hoy no tienes muchas ganas de protegerme del enemigo, ¿eh? —preguntó ella, con una dulzura empalagosa y
mucho más amarga.

—¿Por qué iba a hacerlo? No eres mi gravita —le espetó él.

Ella se estremeció como si la hubiera golpeado, y a él le
dolió el pecho.

—Te maté, Ophelia, pero tú mataste lo que podría haber ocurrido entre nosotros.

Ella esbozó una sonrisa que no alcanzó sus ojos. Se encogió de hombros con indiferencia.

—Lo que tú digas, amigo —dijo, en un tono meloso.

Él endureció su corazón contra ella.

—Tienes una hora para prepararte. Si no estás lista,
vendré a buscarte. Y créeme cuando te digo que es mejor
que no venga a buscarte hoy, arpía.

Ella movió las pestañas y se echó el pelo sobre un hombro.

—Ahora mismo, Astra, no quiero que vengas a buscar-
me nunca.

—Cincuenta y nueve minutos y dieciocho segundos —le dijo él.

Sabiendo que pronto estaría atrapada justo donde él quería, él se teletransportó a la sala del trono y convocó una reunión con los Astra. Tenían mucho que discutir antes de que él se encargara de la arpía-ninfa de una vez por todas.

22

Cabía la posibilidad de que hubiera tomado un camino equivocado con Halo, pensó Ophelia. Antes de que él la abandonara, la había obsequiado con un ballet completo de espasmos musculares. De enorme enfado. Y no podía culparlo. Se había puesto a la defensiva desde el principio, ignorando su propia culpa y restándole importancia a su comprensible reacción.

—¿Quieres hablar de ello? —preguntó Vivi.

—Mañana.

La cuenta atrás marcaba el tiempo en su cabeza. Halo no se equivocaba. Realmente, ella no quería que fuese a buscarla.

Con el estómago revuelto, se encerró en el baño, se duchó apresuradamente y se puso una camiseta de tirantes y unos pantalones vaqueros que sacó ciegamente de su armario.

A pesar de su inquietud, rebosaba energía.

La nueva inyección de fuerza había sido un golpe maravilloso..., pero tenía ganas de hacerse un ovillo y sollozar.

Halo había roto con ella.

Bueno. No importaba. Pestañeó rápidamente para calmar el ardor de sus ojos. No era momento para compadecerse. Solo quedaban treinta y dos minutos. Tiempo justo para caminar hasta el palacio mientras reflexionaba sobre su nueva ronda de errores, que le cambiaban la vida, y sobre cómo, tal vez, posiblemente, podía solucionarlos. ¿Podía?

Cuando salió del baño, Vivi ya se había marchado. Ella salió al pasillo... ¡Guau! Su mirada se disparó en todas las direcciones. ¿Qué clase de brujería salvaje era aquella?

Aunque todo parecía normal, con marcas de garras en las paredes de piedra, un sostén colgando de una lámpara de techo, un letrero en la puerta más cercana que parpadeaba diciendo *Entrada Solo Objetivos*, el pasillo estaba vacío. Silencioso. Nunca, en toda su vida, se había encontrado con algo abandonado en este edificio.

Tuvo un presentimiento. ¿Había ordenado Halo que se fueran todos?

Se humedeció los labios, que, de repente, se le habían quedado secos. Mientras atravesaba el jardín y se dirigía al palacio, sentía los huesos más ligeros y pesados a la vez, como si fueran de metal, pero los músculos, que se le habían vuelto de hormigón, soportaban el peso añadido sin problema. Pero ¿dónde estaban todos?

La suave luz del sol bañaba la exuberante vegetación, como siempre, pero no había arpías. Su confusión aumentó. Aquello no le gustaba. ¿Cómo podía Halo deshacerse de tantas arpías tan rápidamente?

¿Qué iba a decirle? ¿Qué haría?

Sin duda, Halo tenía preguntas. Pero ¿creería algo de lo que dijera ella? Aunque su reciente transformación había aumentado sus impulsos instintivos de matarlo y le había puesto más difícil el control de las bestias, había conseguido mantenerlas a todas bajo control. Incluso había logrado reducir la velocidad de sus ataques. Su plan estaba funcionando. Seguramente, podría hacer que Halo lo viera también.

No. Probablemente, no.

Tenía cada vez más ganas de sollozar. Hasta que unos rugidos estallaron en el fondo de su mente, distrayéndola. La leona, la hidra y el jabalí sacudieron sus jaulas. ¿La estaban poniendo sobre aviso de que había un problema? Aquel lugar tenía un olor diferente. Olía mal. Pero también, de alguna manera, tenía un buen olor.

Captó el suave silbido del viento. Una brisa ártica la enfrió en cuestión de segundos. La ropa de algodón que llevaba no la abrigaba lo suficiente. Al menos, no sin un Astra a su lado.

¿Cómo debía proceder con él? Halo la había reconocido en su forma bestial y se había esforzado por matarla con la mayor suavidad posible. Una hazaña milagrosa. Ahora, estaba molesto y había perdido su confianza en ella. Y con razón. Ella le había hecho a él lo que Nissa le había hecho a ella.

¡Ay! Eso dolió.

Si toda aquella situación hubiera sido una prueba para el puesto de compañera de Astra, ella había fracasado estrepitosamente. ¿Que Halo habría hecho todo lo posible para evitar que se transformara en otras bestias, si hubiera sabido la verdad? ¿Y qué? Una buena arpía encontraba la manera de vencer, fuera cual fuera la situación o el adversario.

¿Cómo había olvidado eso?

Se le encorvaron los hombros. ¿Por qué siempre echaba a perder su vida? ¿Cómo podía arreglar las cosas? Y, en serio, ¿dónde se habían ido todas? ¿Qué pasaba con...? ¡Un momento! ¿Qué era ese ruido?

Aceleró el paso, pasó junto a una hilera de árboles y se topó con la fuente de mármol que representaba a Nissa en la batalla, e innumerables arpías-fantasma. Estaban situadas delante la fuente, entrenándose con espadas, lanzas y otras armas. Mientras se movían, su imagen parpadeaba, desenfocándose y pasando del reino natural al espiritual con una precisión impecable.

Nunca había estado tan cerca de una arpía-fantasma sin su escudo astriano y solo conocía lo básico sobre sus orígenes. Eran arpías transformadas en fantasmas por Erebus y su hermano gemelo. Las habían metido bajo tierra y las habían dejado enterradas en una agonía indescriptible durante miles de años. Taliyah las había liberado.

La segunda al mando de Taliyah, Dove, estaba en las

escaleras del palacio, pertrechada para la guerra. Llevaba trenzado su cabello blanco y, con su piel de alabastro bañada por el sol, parecía más fría que el hielo.

—Tu enemigo no muestra piedad. ¿Y tú?

Los gritos de «¡No!» se entremezclaron, convirtiéndose en un cántico lleno de malicia.

Las arpías-fantasma preferían entrenar en el reino duplicado. Pero... ¿cómo...? No, no había necesidad de pensarlo. Dio un resoplido. Halo, por supuesto. Debía de haber creado una puerta invisible. Una de sus especialidades.

Bueno, bueno, bueno. Un punto a favor del Astra. En esencia, la había atrapado allí, intentando dejarla en la bancada, como era de esperar, quizá para ponerla fuera del alcance de Erebus. No era una mala jugada. Mucho más misericordioso que, por ejemplo, confinarla en una prisión de trinidad, lo cual podría ser más efectivo. Ahora, al menos, conocía su nueva misión: recuperar la confianza de Halo y obtener su fuerza de la manera correcta. Frente a él, no a sus espaldas.

Como si hubieran notado su presencia al mismo tiempo, todas las arpías-fantasma se giraron, enfrentándose a ella. Fue espeluznante. Su parte de arpía lo tomó como una amenaza. Se inclinó, preparada para defenderse. Las bestias rugieron en sus jaulas.

Cuando las arpías-fantasma permanecieron en su lugar, Ophelia se tranquilizó.

—Si me disculpan... Llego tarde, llego tarde, llego tarde a una cita muy importante —dijo.

Con la cabeza bien alta, avanzó, abriéndose paso entre ellas. Nadie respondió, pero tampoco la detuvieron. Salió de la multitud, respirando con más facilidad, y pasó junto a Dove de camino a las puertas del palacio. No sabía qué iba a hacer cuando estuviera frente a Halo.

Llegó a lo alto de las escaleras y cruzó el vestíbulo vacío para entrar en la sala del trono, donde se detuvo. Había nueve Astra en la sala y a ella se le aceleró el corazón. Tenía un bufé de colores, músculos y sexo ante sí. Los tonos de cabello y piel variaban desde el negro azabache hasta el blanco perla. La mayoría medía más de dos metros. Todos vestían camisas y pantalones de cuero, el uniforme del equipo. Algunos eran hermosos, incluso hipnotizantes, mientras que otros eran maravillosamente rudos.

Permanecieron en silencio. Claramente, estaban enfrascados en un debate por telepatía. Sin embargo, nadie estaba tan distraído como para no notar su presencia. Hubo diferentes reacciones, desde la curiosidad hasta la admiración y la rabia. Gran sorpresa, la rabia más intensa provenía de Halo.

Estaba de pie en el centro del grupo, con los brazos cruzados.

Gran problema. Sus alas revolotearon. Estaba viviendo solo la mitad de su vida. Ese era su problema. Como Vivi había dicho al principio de la tarea: la superdotada contra la autodestructora. Durante demasiado tiempo, Ophelia había aguantado los golpes en lugar de luchar por mejorar.

¿Cuánto lucharía ahora por Halo?

Antes de los Astra, había dejado marchar a los dos amores de su vida sin dudarlo. Ellos también la habían dejado ir, pero ella nunca les había dado motivos para aferrarse.

Por mucho que anhelara el compromiso, también lo temía. Temía perderse a sí misma sin demostrar su valía y perderlo todo por una necesidad.

Incluso lo arriesgaría todo. No tenía garantías con Halo. En cualquier momento, él podría encontrar a su verdadera gravita y deshacerse de ella.

«Tú no eres mi gravita».

Eso todavía le dolía. De aquel momento en adelante, cabía la posibilidad de que la viera solo como un obstáculo. «Recuerda a la cierva...».

Pero ¿por qué no arriesgarse? Justo el día anterior, Halo la había considerado de su propiedad personal. El hombre que tenía que luchar por interactuar con los demás se había relajado con ella. Le encantaba que lo acariciara. ¿Cómo no iba a desear tenerlo cerca?

Así que... Sí. Lucharía por él, por ellos dos, con todas sus fuerzas.

Nuevo objetivo, nuevo juego. Burlar, superar, sobrevivir. «Ya no quiero esconderme de mis deseos».

—Ophelia —dijo él, en aquel tono monótono que ella detestaba.

Sus miradas se cruzaron y ya no hubo forma de apartar los ojos. Su atracción era demasiado poderosa.

—De acuerdo, lo siento —soltó—. Debería haberte dicho la verdad desde el principio, pero me volví ávida de poder.

Hubo una pausa. Después, él dijo:

—Sí. Deberías haberlo hecho.

La fulminó con la mirada, con furia, dolor y anhelo reflejados en su expresión. Eso era bueno, ¿verdad? Podía lidiar con cualquier cosa menos con su frialdad.

—Ven aquí, arpía.

—Antes, ¿me das permiso para seducirte con la mirada, Astra?

¿Acaso sabía lo sexy que estaba con su camiseta ajustada y su ropa de cuero desgastada, dando órdenes? Tenía los músculos hinchados de agresividad.

«Umm. Mira el regalo que me espera detrás de esa cremallera. Está creciendo ante mis ojos...».

—¡Ophelia! ¡Nada de seducir! —exclamó él, y apretó los dientes para rechazarla—. Ven. Aquí.

La autoridad ardiente de su tono de voz la puso en guardia, pero se acercó a él sin molestarse en ocultar su lascivia.

—Te he echado de menos en mi paseo —le dijo. Se puso delante de él y lo envolvió con su cuerpo sin preocuparse del público. Aquello era la guerra. No le importaba quedar como una tonta delante de los demás.

Él se puso rígido, pero no la apartó. Ella inhaló su olor embriagador. Le acarició el pecho y se deleitó con su calor. Él se puso aún más rígido y mantuvo los brazos en los costados, pero ella no se desanimó. Y menos cuando notó que a Halo se le aceleraba el corazón.

—Para, Ophelia.

—Claro. En cuanto oiga la palabra definitiva que no tienes.

—Esta parte de nuestra relación se acabó —le dijo él.

—Entonces, apártame —le dijo ella, y le rozó el lóbulo de la oreja con los dientes—. Vamos. Hazlo.

Pasaron unos momentos mientras él echaba humo en silencio, pero no la apartó.

«¡Me desea!». Ella inclinó la cara hacia la de él y recorrió con las yemas de los dedos su mandíbula.

—Sé que no confías en mí ahora mismo y lo entiendo. Serás más comprensivo cuando te des cuenta de que tú también cometiste errores terribles. Y no te preocupes. Lo conseguirás, cariño, te lo prometo. Solo eres un poco más lento que yo. Pero, hasta entonces, disfrutemos el uno del otro físicamente. Aceptaste ser mi concubina.

Halo frunció los labios.

—Calla. No digas nada más. Estoy en medio de una reunión. Asiente con la cabeza si lo entiendes.

Ella asintió.

—De acuerdo. No te voy a desobedecer.

Él apretó la mandíbula, apartó la atención de ella y reanudó su conversación telepática con los otros Astra.

Sintió una mirada más ardiente de lo habitual sobre ella y examinó los rostros: él. Ian. El de cabello corto y negro, brillantes ojos negros y piel suave y oscura. La estudió atentamente. Siempre fue el más curioso del grupo.

—¿Estás tan aburrido de la reunión como yo? —le preguntó.

—Oh, te lo aseguro, me lo estoy pasando de maravilla —dijo Ian, e inclinó la cabeza con el gesto típico de los Astra—. Estás causando problemas entre las tropas. Se está desatando un debate. Algunos creen que ayudas a Erebus voluntariamente y que debes ser interrogada como es debido. Otros creen que un interrogatorio no vale una guerra contra las arpías.

—Inteligente.

Halo la abrazó.

—Presta atención a mis próximas palabras, arpía —le dijo, señalando a Silver—. Silver te leerá la mente y tú se lo permitirás sin protestar.

A ella se le revolvió el estómago. ¿Leerle la mente? ¿Compartir su universo de inseguridades con un auténtico desconocido?

—Antes moriré —siseó, soltándose del abrazo de Halo. Lo deseaba, sí, pero jamás accedería a algo así—. Mis pensamientos me pertenecen a mí y a aquellos con quienes decida compartirlos —dijo. Si alguien intentaba tomar lo que ella no ofrecía, lo mataría.

Él permaneció impasible.

—Si me hubieras dicho que te convertirías en las bestias desde el principio, esto no sería necesario. No lo hiciste, así que lo es. Ahora vas a demostrar tu lealtad hacia tus hermanas y vas a hacer esto.

Aquel corte fue rápido, seguro y profundo.

—Lo hice lo mejor que pude con las circunstancias que se me presentaron. No me gusta lo que te hice. Como dije, cometí algunos errores, pero tú también. No uses los míos como excusa para los tuyos.

Se giró para irse, pero él la sujetó de la muñeca.

—No te resistas, arpía. Solo conseguirás hacerte daño. Esta vez, no encontrarás un aliado en mí.

—¿Invitamos a Vivi a hurgar en tu mente? Por cierto, no usará telepatía, sino un picahielos. A petición mía.

Si la obligaban, Ophelia pondría su as sobre la mesa: la bendición que le debía Silver. Podía mantenerlo fuera de su mente con una sola orden: «No me leas la mente hoy ni ningún otro día». Pero, claro, eso podría ser lo que su diabólico Astra quería. ¿Por qué no obligarla a quemar la bendición de todos sin problemas?

Halo le apretó la muñeca con una fuerza desgarradora y le arrancó un grito ahogado.

—Lo que cualquiera de nosotros quiera o no quiera es irrelevante. Tú te aseguraste de eso. Ahora, pagarás el precio.

Su confianza flaqueó. No era Halo; era el Inmortal. La Máquina. No había conseguido convencerlo en absoluto. Aquel hombre no sentía nada.

—De una forma u otra, verificaremos todo lo que te ha dicho Erebus y cómo te están afectando las bestias —continuó él.

Tenía que recuperar a su Halo. Podía ceder un poco para conseguirlo.

—Astra —le dijo, apretándose contra él una vez más—. No tienes que usar a Silver. Yo quiero contártelo. Déjame.

Y lo hizo. Se lo contó todo. La tensión ensombrecía su expresión cada vez que ella mencionaba su fuerza. ¿Mala señal? ¿Buena? ¿Lo estaba alcanzando, aunque fuera un poco? Parecía que los demás Astra tenían multitud de preguntas en la punta de la lengua, pero nadie la interrumpió. Cuando terminó, Halo continuó como si nunca hubiera hablado.

—Silver puede leerte la mente sin marcarte. Pero debe ponerte las manos encima para hacerlo. No te enfrentes a él.

¿Alcanzar a Halo? Rotundamente no.

—Estás muy equivocado, cariño. Silver no puede leerme la mente porque tengo una bendición que dice que está prohibido, ahora y para siempre.

¿Quería su as? Muy bien. Ahí lo tenía.

—¿Qué sigue? ¿Alguien más quiere intentarlo?

Tanto Halo como Silver miraron a Roc, que se encogió de hombros. Finalmente, Silver asintió rígidamente.

Halo volvió a centrarse en Ophelia.

—No habrá lectura de mente. Pero habrá un ajuste de cuentas, como prometí.

Le tomó la mano y la llevó rápidamente a su dormitorio del reino duplicado. ¡Vaya! El lugar era el sueño húmedo de un guerrero. Allí guardaba sus armas. Todo estaba perfectamente alineado, nada fuera de orden. El único mueble era la cama, y era la única superficie libre de armas.

La soltó y preguntó, con una voz retumbante:

—¿Me deseas, Ophelia? ¿Sabiendo que no confío en ti?

Cuando su mirada se encontró con la de él, a ella se le cortó la respiración. A él no le gustaba, pero no podía evitar desearla. La deseaba con todas sus fuerzas, a pesar de todo. Sus iris giraban cada vez más rápidamente.

No tenía garantizado un final feliz, pero ella también lo deseaba con todas sus fuerzas. Cada centímetro de él, melancólico y oscuramente seductor.

—¿Ophelia? —dijo él, con la voz áspera. Su cuerpo estaba muy muy cerca del de ella, pero no lo suficiente.

—Te deseo —graznó ella.

Sus fosas nasales se dilataron.

—No cambiaría nada. Estarás aquí prisionera hasta que concluya mi tarea. Si apareces en un campo de batalla, te mataré. Nunca seremos compañeros.

Ella absorbió un golpe verbal tras otro, sin rendirse, y sonrió. Porque aceptaba lo que él no había aceptado: que aquello lo cambiaría todo.

—Todavía te deseo, Halo.

En un abrir y cerrar de ojos, él la agarró y la arrojó al colchón, donde rebotó, sin aliento.

—¿Qué quieres de mí? —le preguntó él, y merodeó por el borde de la cama, como un depredador jugando con su presa—. Dilo.

—Quiero tener relaciones sexuales contigo. —En lugar de incorporarse, se estiró, poniéndose cómoda—. Mucha y mucha penetración completa y que me llenes con cada gota de tu sexo satisfactorio.

A él se le oscurecieron los ojos.

—¿Por qué aquí? ¿Por qué ahora? ¿Qué ganas con esto?

Ay. Otro golpe tremendo. Pero podía aguantar una paliza y seguir adelante.

Ophelia permitió que sus emociones más profundas y secretas invadieran su rostro. Anhelo. Deseo. Esperanza. ¿Por qué no arriesgarlo todo? Si una arpía caía, caía luchando.

—Te gano a ti —dijo, simplemente—. En realidad, puede que esté enamorándome de ti. Encajamos —añadió. Allí estaba la verdad al descubierto. Ya no había vuelta atrás. A veces eres algo maravilloso—. Y, si podemos superar todo eso de que me estás asesinando, creo que tenemos una oportunidad de conseguir algo especial.

Él abrió y cerró la boca, emitiendo sonidos ininteligibles.

—¿Te estás... enamorando de mí?

—¿Y por qué no? Me abrazas y juegas. Me entrenas y me reconoces. Eres cálido y hueles bien. Y el placer que me das es inconmensurable. Y eres intenso e inteligente, y tienes tantos músculos, y te deseo tanto, ¿por qué seguimos hablando ahora mismo? Pon tus manos sobre mí, Halo. Tócame... y yo también te tocaré.

23

«¿Tocarla? Debo hacerlo».

Halo rozó con las yemas de los dedos el abdomen de Ophelia, donde su camiseta se había levantado por encima de sus vaqueros. Era suave como la seda.

Más.

Eufórico, le levantó el dobladillo de la camiseta. No debería buscar aquel contacto. Debería irse. Nada bueno podría salir de entrar en ella. Excepto para él. Cuando se corriera dentro de ella. Cosa que no haría.

Pero, aun así, no se marchó. Ante él se extendía un botín de feminidad. Ophelia estaba tendida sobre el edredón, con sus oscuros mechones extendidos sobre las sábanas, su piel morena sonrojada y sus labios rojos, entreabiertos. Unos iris verde claro lo devoraban, fragmentando su control. El deseo más intenso de su vida le desgarraba los nervios.

Mataría por hundirse en aquella mujer. ¿Por qué iba a seguir negándose?

No. Se negaría. Tras conversar con los otros Astra, había optado por encerrar a Ophelia en un ataúd trinita y ponerla en hibernación. Todos los señores de la guerra poseían esa habilidad. Para crear reinos enteros habían aprendido a manipular la atmósfera que los rodeaba. Su esperanza era apartarla de la tarea, volviéndola inalcanzable para los fantasmas, y dejarla sin posibilidad de comunicarse con él ni de responder a una invitación.

Quizá el ataúd y el sueño forzado no funcionaran. No había garantías de nada, salvo de cuál iba a ser su reacción. No lo perdonaría. De hecho, lo odiaría. No deberían importarle sus sentimientos. Su relación había terminado. Sus emociones no tenían nada que ver con la situación. Pero le importaba sin que pudiera evitarlo.

¿De verdad habían terminado? ¿Se acabaron los entrenamientos en el coliseo? ¿Se acabó la comida que ella pudiera ganarse o robar? ¿Se acabaron las pequeñas manos que lo buscaban constantemente durante todo el día y lo volvían loco?

Se mordió la lengua. Tal vez no necesitara dormirla durante los próximos días. Tal vez la siguiente tarea no incluyera ningún tipo de combate. Hércules solo había tenido que limpiar un establo místico lleno de miles de cabezas de ganado inmortal.

Él podía hacer eso. Podía hacer cualquier cosa, excepto volver a matar a la arpía.

—Por favor, Halo —dijo Ophelia. Empujó sutilmente con las caderas, como si estuviera hambrienta. Tenía las pupilas dilatadas y la respiración, jadeante. Su piel estaba teñida de un rubor febril que él anhelaba sentir presionado contra su piel. Sus labios—. Acaríciame.

¿Podría dejarla en aquel estado de necesidad? No era tan cruel.

«¿Vas a aceptar tu propia derrota?».

—Déjame mostrarte dónde me duele —dijo ella, y se quitó la camiseta de tirantes, revelando un sujetador de encaje del mismo verde claro que sus ojos—. ¿Quieres verlo, Halo?

—Sí. No. Rotundamente no —respondió él. Apretó los dientes. ¿Cómo podía Ophelia querer aquello? ¿Cómo podía desearlo? Él le había hecho a ella cosas peores que a Cinco—. Vuelve a ponerte la camiseta. Ahora.

—¿Te refieres a que me quite también los pantalones? Vale. —Se quitó las botas y se bajó los vaqueros, revelando unas bragas a juego con el sujetador, de encaje y de color verde claro. Era un trozo de tela apenas visible que podía arrancar con una sola garra. Se le crisparon involuntariamente los dedos.

La visión de aquella mujer le cortaba el aliento y hacía que le hirviera la sangre. La tensión vibraba de una extremidad a otra. Su miembro palpitaba. Cada. Desesperada. Pulgada.

«¡Resiste!». Merodeó alrededor de la cama una vez más. Respuestas. Después, hibernación.

—¿Crees que puedes ganarte mi lealtad por si acaso al final tengo que elegir entre los Astra y tú? Porque no te gustará el resultado de tal batalla —le dijo. Lo mejor sería que Ophelia lo entendiera bien. Él no dudaría en matarla. ¿De veras? Se frotó el centro del pecho y añadió—: Tú elegiste tu fuerza antes que acabar con mi tormento. Yo elijo la vida de mis hermanos por encima de la tuya.

—Eso dolería más si no tuvieras una erección que amenaza con reventar la cremallera de tu pantalón —replicó ella. Sin complejos, deslizó una mano en el interior de sus bragas—. Pero no tendrás que elegir, cariño. Encontraremos la manera de asegurarnos de que no sea tu oponente final. Simple. Fácil. Problema resuelto.

¿Simple? ¿Fácil? Solo había experimentado algo simple y fácil cuando la tenía entre sus brazos.

¿Cómo se suponía que iba a volver a su antigua existencia? Sin pasión. Sin Ophelia. ¿Por qué no podía tomarla? ¿Por qué no iba a conseguir lo que pudiera, mientras pudiera?

—¿De verdad vas a obligarme a que juegue sucio contigo? —le preguntó ella—. Entonces, de acuerdo. Solo recuerda que tú te lo has buscado.

Con la mirada entrecerrada, se ahuecó el pecho mientras jugueteaba entre sus piernas, tentándolo.

—Si no me satisfaces, tendré que conformarme con una fantasía tuya. Umm. Las cosas que imagino que me haces...

Él se limpió la boca. «No preguntes».

—¿Qué cosas?

—Tus manos me recorren por completo... Tu boca no se queda atrás. Oh, y cómo te mueves contra mí... Estoy deshecha.

Él respiró profundamente, intentando resistirse a su atracción, pero no pudo. Pronto, su control se hizo añicos y la ropa interior de Ophelia quedó reducida a confeti con unos pocos golpes de sus garras. Nada la impedía acariciarla.

Sin embargo, no se permitió tocarla.

—No hay vista más hermosa que tú.

Pechos gloriosos. Crestas de ámbar. Vientre plano, caderas acampanadas. Piernas magníficas.

—Deja que te enseñe más. Lo mejor está por venir.

Sin apartar la mirada de él, lasciva y salvaje, Ophelia abrió sus muslos y dejó a la vista un centro delicioso y brillante.

Él se acarició a través de su ropa de cuero. Una promesa brotó de sus labios. Aquella visión desató una locura como nunca antes había conocido.

—Te daré tanto placer que olvidarás cada punzada de dolor que te he causado.

«Entra en ella. Que nada te detenga».

—Sí. Dame —respondió Ophelia, arrastrando las palabras—. Por favor, Halo. Te necesito tanto...

Se le borró el pensamiento mientras se sacaba la camisa por la cabeza. Notó el aire fresco contra la piel al rojo vivo. Se quitó las botas y se desabrochó los pantalones. Ella lo observó con avidez mientras él tiraba la prenda al suelo.

Desnudo, se acarició con más firmeza.

—¿Es esto lo que quieres, Elia?

—Más que nada.

—Te lo voy a dar.

Se zambulló, reclamando su boca en una maraña de calor. Él. Sintió. Todo. Latigazo tras latigazo de sensaciones, cada una precedida por una tormenta de emociones. Pasión ardiente. Cariño juguetón. Tierno cariño. Anhelo salvaje. Una posesividad agitada que no podía reprimir. «¡Es mía!».

Intercambiaron alientos. Él se llenó los pulmones de ella antes de sumergirse en sus pechos y succionarlos. Hermosos capullos ámbar, uno tras otro. Ophelia se retorcía bajo él, gimiendo su nombre, y no había sonido más sexy.

Cuando ella le arañó el cuero cabelludo con las garras, él le rozó un pezón con los dientes. En un rincón oscuro de su conciencia, supo que necesitaba bajar el ritmo y prepararla. Metió la mano entre sus piernas y deslizó un dedo profundamente en su interior. Esas paredes interiores, calientes y húmedas, se aferraban a él, y era un tormento exquisito.

Aunque se sentía frenético, mantuvo una apariencia de calma.

Trazando sus curvas con la mirada, le ordenó:

—Dime que me deseas más que a nadie.

—Te deseo más que a nadie, Halo.

Movió el dedo y añadió otro, separándolos. Los metió y los sacó de su cuerpo. La miel los cubrió y humedeció la palma de su mano. Ella se retorció bajo él.

—Más. Dame más.

Ophelia le clavó las diminutas garras en los hombros para sujetar a su presa donde la deseaba. Como si él tuviera el poder de negarle el placer a aquella belleza.

—¡Por favor, Halo! Dentro de mí.

«¡Sí! ¡Reclámala!». La demanda llenó todo su cuerpo, pero, aun así, él se resistió. La complacería más que nadie, fuera cual fuera el coste para su cuerpo. O para su cordura.

—Halo, Halo. Necesito... necesito...

—Así es, cariño. Me necesitas.

Chupó uno de sus pezones al mismo tiempo que hundía un tercer dedo, provocándole un gemido de lujuriosa agonía.

—Siempre me necesitarás, ¿verdad, Elia?

—Siempre —dijo ella y gimió—. Siempre, siempre, siempre.

No era la única que se emborrachaba de placer. Mareado de deseo, Halo se arrodilló de golpe entre sus piernas y le abrió los muslos al máximo, desnudando su sexo ante su mirada inquisitiva. «Creo que puedo tener un orgasmo con solo verla».

El frenesí se intensificó cuando inclinó la cabeza para lamerle el clítoris. Perdida en la agonía, ella se retorció y gimió, apretando las sábanas con los puños, suplicando más.

Con más fuerza que nunca, se enderezó. Presionó su erección contra su centro, rozándola pero sin penetrarla. Todavía no.

Ella gritó, arremetiendo contra él.

—¡Halo! Estoy lista. Completamente preparada. Dame lo que necesito.

Él dio un gruñido.

—¿Estás segura de que estás lista para mí, Elia? —le preguntó él. Era una orden y una pregunta al mismo tiempo. No reconoció el sonido de su propia voz—. Asegúrate.

—Estoy segura, estoy segura, estoy segura —canturreó ella, mientras se retorcía.

Intentando controlarse, él colocó su miembro justo donde la había lamido y atravesó su abertura con un ligero empujón. Introdujo un centímetro y no más. Aún no. En cambio, enganchó los brazos bajo sus rodillas y levantó la parte inferior de su cuerpo para alinearla con el suyo.

El sudor le goteaba de las sienes y de los músculos tensos.

—Umm. Qué calor —gimió ella, moviendo las caderas para capturarlo más profundamente. Su dulce aroma adquirió diferentes matices, espesando el aire, nublándole la cabeza. Una droga adictiva. Para siempre.

—Más.

Él entró un centímetro más y comenzó a jadear. El placer era casi abrumador. Pero no se permitiría llegar al orgasmo hasta que la hubiera llevado al clímax a ella. Se negaba.

—Halo, por favor —gimió ella. Sus labios carnosos y rojos le suplicaron con una voz entrecortada por el placer y el dolor—. No pares. Lo quiero. Lo deseo tanto...

La idea de sus paredes internas envolviéndolo por completo...

Rugiendo, se hundió hasta el final. El placer, más intenso que antes, le quemó cada centímetro. Era demasiado bueno. No podía parar, era imposible. Se hundió dentro y volvió a salir, dentro, fuera... Abrumador.

—¡Halo! ¡Sí! —Se le arqueó la espalda y dio un grito. Arañó las sábanas con las garras, destrozando la suave tela.

Tal como él había imaginado, aquellas paredes resbaladizas lo apretaron con el orgasmo. De su garganta brotaron gruñidos roncos. ¿Cómo había podido vivir sin aquello?

Por medio de algún milagro, tuvo la fuerza suficiente para evitar una liberación inmediata. Aún no había terminado con ella. Ni de cerca.

Estaba jadeando y cada bocanada de aire era como una cuchilla en sus fosas nasales. Martilleó dentro de ella, embistiendo, golpeando, manteniéndola abierta y vulnerable a él. Los pechos de Ophelia rebotaban ante su mirada voraz.

—Mírame —le ordenó—. Quiero verte los ojos.

Sus párpados se separaron, sus brillantes ojos verdes lo encontraron.

Hubo una conexión mental y él notó una opresión en el pecho.

Ella jadeó.

—Sigo con el orgasmo. Es tan bueno... No hay nada mejor.

Él hundió los dedos en su pequeño mechón de rizos para acariciarle el clítoris.

Ella volvió a gritar.

—¡Esto! ¡Esto es mejor! ¡Halo!

«No estás listo para el orgasmo. Aguanta un poco más. No quiero que esto termine nunca». Sin embargo, al verla así, oírla y sentirla, ya no pudo contener su clímax. Con un último rugido, la embistió con fuerza.

El éxtasis lo invadió. Por primera vez en su vida, se deshizo de la tensión.

¿Aquello no cambiaba nada?

«Me ha cambiado para siempre. No puedo renunciar a esto. No lo haré».

En cuanto se desplomó sobre ella, ella lo giró con destreza y lo tendió boca arriba. Se elevó sobre él y se sentó a horcajadas sobre su cintura, asegurándose de que permaneciera enterrado dentro de ella. Se levantó la melena y dejó que los mechones cayeran en cascada. Comenzó a moverse sobre él.

Gimiendo, hipersensible, él la animó y se animó a sí mismo. La había probado y nada iba a impedir que se diera un festín.

—Cabalga, Elia.

Con los párpados entornados y los pechos erguidos, ella obedeció. Lentamente. Sin prisa. Lo montó hasta que ambos llegaron al orgasmo. Pero ni siquiera entonces terminaron. Él la puso a gatas.

—No pares —dijo ella, mirándolo por encima del hombro.

—Nunca —respondió él, mientras la embestía con todas sus fuerzas—. Vamos a seguir hasta que no puedas más. Intenta seguir el ritmo, ninfa.

24

—No más —jadeó Ophelia. Se desplomó contra Halo hecha un desastre deshuesado, sudoroso, exhausto y satisfecho. Él tenía el torso lleno de arañazos y mordeduras, como si acabara de salir de un campo de batalla—. No más.

—¿Estás segura? —preguntó él. La agarró por un mechón de pelo y la besó en la frente—. ¿Ni una vez más? ¿O quizá dos? Los números pares son mejores que los impares.

—Primero, una siesta rápida. Luego, una ducha caliente y, tal vez, una cena de siete platos. Ah, y, probablemente, debería aprender a caminar de nuevo. Luego, más sexo.

Él rio entre dientes, con un sonido oxidado que era la música más hermosa para Ophelia.

Le latía el corazón a mil por hora; si se le aceleraba más, podría salir disparada del bucle temporal. Sus extremidades temblaban por el esfuerzo, algunos músculos seguían con espasmos. El placer saturaba cada centímetro de su ser. Nunca había experimentado algo así. Un torrente interminable de orgasmos, uno tras otro, que se habían sucedido sin parar durante horas, hasta que se ahogó en un océano de satisfacción que jamás soñó posible.

En la cama, aquel hombre, habitualmente estoico, había cobrado vida. A veces había sido salvaje, otras juguetón, pero su ferocidad nunca había disminuido.

El poder, casi incontenible, se había hecho evidente en cada uno de sus movimientos. Había sido como un guerrero atrapado por el irresistible calor de la batalla, desesperado por encontrar un alivio que solo ella podía proporcionarle.

A veces le había inmovilizado las alas, dejándola tan débil como una mujer mortal. Sin embargo, nunca se había sentido más fuerte. Uno de los seres más poderosos del mundo había temblado por ella. Él la calentaba por dentro y por fuera. Con él siempre la dominaba la necesidad, pero siempre se recuperaba. Su intensidad la emocionaba. Aquellos orgasmos estremecedores eran la perfección. Iba a quedarse con él y punto.

En lo más recóndito de su corazón, ella siempre había soñado que encontraría un hombre. Sin embargo, nada la había preparado para Halo. Era el bruto más fuerte y feroz del pueblo. Por supuesto, tenía sus problemas, pero ¡vamos! Ella casi no había empezado a luchar por él. Halo no tenía ninguna posibilidad de librarse de ella, ¿verdad?

Se mordió el labio mientras levantaba un brazo hacia un rayo de sol que entraba por la ventana del dormitorio. Bien. No era para tanto, no quería sentir pánico, pero seguía sin haber polvo de estrellas.

¿Quizá porque él necesitaba confiar en ella de nuevo?

Se le revolvió el estómago. ¿Y si ella no era la gravita de Halo?

Él la deseaba más que nunca, pero eso no significaba nada sin el polvo de estrellas.

«Tú no eres mi gravita».

—Yo creía que mi ninfa tenía más resistencia —dijo él.

Los giró e hizo que quedaran uno frente al otro. Tenía una sonrisa sin el rastro de su anterior resignación y para ella fue devastadora.

Parecía más relajado que nunca. Casi infantil. Tenía los ojos oscurecidos y brillantes, y lo que ella vio en sus profundidades...

¿Acaso el Hombre de Hojalata había conseguido un corazón?

«No puedo estar sola en esto».

—¿Halo? —preguntó tímidamente.

—Sí, Ophelia.

—Lamento mucho haberte causado tanto daño. Tenía buenas intenciones. Sé que puedo derrotar a Erebus.

Aquello debió de relajarlo. La tendió boca arriba y se irguió sobre ella, sujetándola con su peso. Apoyó una mano en su garganta, donde solía llevar el collar de trinidad y, con la otra, le agarró los brazos por encima de la cabeza.

¿Por qué, por qué le gustaba aquel lado dominante de él?

—No vas a renunciar a tu búsqueda de la fuerza, a pesar de mi opinión al respecto —le dijo, fulminándola con la mirada—. ¿Lo harás?

—No —respondió ella—. Por favor, compréndelo. Tengo que hacer lo que creo que está bien.

—Yo también —dijo él, y la miró fijamente. No proyectaba ira, sino frustración—. He pensado en ello y he decidido que no te voy a dejar atrapada en hibernación. Si influyes en la tarea final, como cree el comandante, tu cooperación es necesaria, sea cual sea tu motivación.

Un momento...

—¿No me lo vas a impedir? ¿Confías de nuevo en mí?

—¿Confiar en ti? No. Pero creo que has dicho la verdad sobre tu actuación. Por ahora, eso es suficiente. Vamos a continuar como antes, afrontando cada día y cada tarea según lleguen.

Ya era suficiente. Ella no quería medias tintas, lo quería todo. Lo mejor. Eso significaba que tenía que ser la arpía que era y asumir sus sentimientos. No podía ceder al miedo, no podía seguir huyendo. Aquella era la lucha más importante de su vida.

—Reconócelo —le dijo, con una leve sonrisa—. El sexo lo ha cambiado todo.

Él dio un resoplido y, después, la besó en la frente y volvió a tenderla de costado.

—Puede que haya cambiado algunas cosas.

—Al menos, sospechas que soy tu gravita, ¿verdad, Halo?

—Eres mía, Elia —dijo él, y se pasó una mano por la cara—. Eso ya no puedo dudarlo. Estoy seguro de que produciré el polvo de estrellas para ti en algún momento. El motivo por el que llega debe de ser diferente en el caso de cada uno de los Astra, de igual modo que las gravitas son diferentes.

Aquellas palabras deberían haberle proporcionado alegría, pero tradujo mentalmente lo que él le había dicho:

«No eres lo suficientemente buena como para que el polvo de estrellas sea inmediato, Ophelia. Solo llegará cuando mi instinto te considere digna».

No, no, no. No debía seguir por ese camino.

Estaban progresando. Eran adultos y hablaban abiertamente de las cosas. Él le había perdonado sus errores y ella también. Habían acordado que trabajarían juntos, más o menos. Las bestias estaban bajo control y su confianza era casi inquebrantable. La vida era buena.

Él la estrechó contra su pecho y la amoldó a su cuerpo.

—No quiero volver a estar sin esto nunca más.

—Bien —dijo ella, y tragó saliva—. Entonces, necesitarás mi cooperación, ¿no?

Besó el pulso que latía en su cuello. Sus alevala estaban dormitando, tranquilos. ¿Era eso una señal de que Halo estaba en paz?

—Buenas noticias, inmortal. Mi cooperación se puede comprar. Hoy, el precio es la información. Háblame de tu batalla favorita.

—He matado a Erebus veintitrés veces.

—¿Veintitrés veces? ¿En serio?

Aunque ¿por qué le causaba sorpresa? Hasta el momento, ella había conseguido cuatro muertes. ¡Y la cuenta subiría rápidamente!

—Siempre regresa —dijo Halo, con tensión—. Igual que tú regresas después de tus muertes.

—¿Acaso te quejas de mis vidas extra? —le preguntó ella, con ira.

—Sabe que protesto por tus muertes.

Sí, era cierto. Lo mejor sería dejar de hablar del gran villano, dejarlo de lado.

—Creo que debería seguir yendo al campo de batalla como sacrificio voluntario. Lo creas o no, estoy aprendiendo a controlar a las bestias. Soy un activo para ti. Utilízame. Te ayudaré a vencer a Erebus.

—Tú quieres matar al dios antes de la batalla final. Digamos que acumulas el poder necesario para poder triunfar. ¿De qué servirá? Él siempre va a revivir a través del bucle temporal o de sus habilidades fantasmales. La tarea continuará hasta su fin. Si eres elegida como combatiente final, y estoy seguro de que ese es el objetivo de Erebus, me veré obligado a matarte definitivamente en la batalla final o a condenar a los Astra a quinientos años de derrotas.

Y elegiría a los Astra, tal y como había declarado. Y ella no podría echárselo en cara. Le dolía, pero ¿qué podía hacer? Halo se lo había advertido.

—Admito que lo de la última batalla parece un poco alarmante, pero sigo pensando que nuestra mejor baza soy yo, desbocada. Ojalá pudieras sentir mi instinto. Todo en mi ser grita que puedo y que voy a derrotar al dios. Te das cuenta de que la sangre de las bestias primordiales corre por mis venas, ¿no? Soy un milagro andante. Así es como todos podemos salir de esta. Podemos dominar tu tarea como Taliyah y Roc dominaron la suya.

—No hay una manera fácil de decirlo, así que lo diré sin pensarlo: es muy posible que Erebus sea el responsable de tu instinto. Te infunde una falsa confianza para atraerte al campo.

No. Era ella.

—Vamos a fijar nuestro objetivo en las estrellas, en vez de en las montañas.

—Los riesgos...

Halo se frotó el centro del pecho. Irradiaba tensión y, claramente, estaba sintiendo ira.

Ella decidió abordar el tema de la tarea que se avecinaba.

—¿Cuál es el siguiente trabajo?

—Limpiar un establo inmundo lleno de ganado inmortal.

—Ah, es cierto. Y, después, las aves devoradoras de hombres.

—Luego, un toro de Creta —dijo él, y cerró los ojos como si no pudiera soportar la idea de las batallas.

Ophelia optó por no mencionar el caballo carnívoro gigante ni al perro de tres cabezas que irían después.

—Está bien, Halo. Quiero que me mates.

—¿Y has tenido en cuenta lo que quiero yo? —preguntó él, con los ojos muy brillantes—. No quiero volver a matarte. Con solo pensarlo, vuelvo a sentir la mayor tensión posible.

—Halo, querido, la forma de superar tu aversión a utilizarme en las tareas es la práctica. Así que practiquemos.

Él entrecerró los ojos.

—¿Esperas que practique para matarte?

—No. Pero tu próximo desafío debe estar inspirado por una situación imposible de solucionar, ¿no? Bueno, pues, ahora, en lugar de un establo que no se puede limpiar, tienes a una ninfa insaciable que ha recuperado su resistencia. Así que vas a hacer todo lo posible por satisfacerla en una sola noche.

Le acarició el pecho y deslizó los dedos hacia abajo hasta que tomó su erección.

—Y la cuenta atrás empieza ahora.

Día 24
17:09

La nueva congelación había empezado hacía una hora. ¿Iba a atacar Erebus aquel día?

Por primera vez, Halo estaba perdiendo la noción de sus horas y sus días. Todo se confundía en un maravilloso *collage* de sexo, abrazos y charlas.

Cada mañana despertaba en su propia habitación y se veía reflejado en Ophelia. Compartían placeres y hablaban de todo menos de las tareas.

Con solo probar el clímax sin tener que esforzarse, se había vuelto adicto, tal y como temía.

Intentaba mantener distante e impasible una parte de sí mismo, pero todo lo que hacía ella, todo lo que decía, lo atraía más. Sus sonrisas, sus bromas, su pasión y su entusiasmo. Su sentido del humor. Le gustaban, incluso, su determinación y terquedad, el hecho de que no dejara que nada la distrajera de sus objetivos.

Como ya no tenía intención de mantenerla encarcelada, había desmantelado la puerta al reino duplicado; de todos modos, su creación había sido una tontería. Las circunstancias no habían cambiado. Tal y como se había recordado a sí mismo y le había recordado a ella, tal vez su victoria dependiera de Ophelia.

Entonces, ¿cómo podría llevar a cabo la tarea de bendición y poner a Ophelia a salvo? Debía mantenerla a salvo.

Tenía la sensación de que aquel día habría una tarea, por mucho que no fuera el momento adecuado. ¿La invocaría Erebus? ¿Se vería él obligado a enfrentarse a otra bestia? En parte, tenía esa esperanza. Tenía una idea, una teoría que deseaba probar: una forma de ganar... perdiendo a propósito.

Como había sugerido Caos, había aprendido algo durante las otras tareas. Aunque había ganado al matar a las bestias, también había perdido sin darse cuenta. Simplemente, no lo sabía. Pero eso no iba a repetirse.

En aquel momento, su arpía y él estaban en el vestidor. Ella se estaba poniendo la armadura que le había llevado, sujetando sus exuberantes pechos bajo las copas metálicas del peto. La falda corta le permitía lanzar largas miradas a

GENA SHOWALTER

las hermosas piernas que él prefería tener envueltas alrededor de su cintura. O sobre sus hombros.

Adoraba aquella parte del día, cuando estaban preparándose para enfrentarse juntos al mundo. Sin embargo, aquel día estaba destrozado. Sus pensamientos se centraban una y otra vez en el trabajo en el establo. ¿Qué le obligaría Erebus a hacer en aquella ocasión? La culpabilidad y el arrepentimiento le corroían, mientras afloraban a la superficie los recuerdos de las pruebas pasadas. Ophelia, muerta y ensangrentada.

—Oh-oh. ¿Cuál es nuestra regla, Astra? —le preguntó ella, y se abrazó a él.

Él le besó la punta de la nariz.

—Nada de hacer pucheros a menos que desee una verdadera razón para hacerlo.

—Bien. Tu ama está complacida —respondió ella. Se puso de puntillas y le besó la barbilla. Con una sonrisa, le acarició la mejilla con las yemas de los dedos—. Soy tu ama y bien lo sabes. Tú eres mi preciosa concubina, que se ha ganado una recompensa por recordar mis sabias palabras.

—Si me deben una recompensa, la cobraré —dijo Halo. La cargó sobre su hombro y, mientras ella se reía y se contoneaba, le dio una palmada en el trasero y la llevó al dormitorio—. Parece que nos hemos vestido para nada, ninfa. Alguien necesita el recordatorio de que me pertenece, y se lo demostraré...

Se lo recordó dos veces.

Después, la llevó al establo real para que echara un vistazo. ¿Habían llegado demasiado pronto para la batalla?

Se estremeció al analizar el edificio. Siete mil quinientos metros cuadrados. Veinticuatro habitáculos para arreos y equipamiento. Múltiples almacenes de comida. Lavaderos. Habitaciones anexas para los cuidadores. Salas de estar y cocina. Trescientos compartimentos ocupados por diferentes criaturas. La mayoría, caballos, además de caballos alados y unicornios.

Durante su reinado, la General Nissa había mantenido aquel establo lo más limpio posible y a los animales bien cuidados. Taliyah hacía exactamente lo mismo.

Allá por donde caminaran, el aire olía a heno fresco y a animales.

—A Nissa le encantaba venir aquí —dijo Ophelia, en voz baja, mientras entraban a una zona con el suelo de tierra, en forma de círculo, rodeada de barrotes de metal—. Siempre tuvo una conexión especial con sus animales.

Aquella era la primera vez que hablaba de su madre sin sentir dolor.

—¿Cuál es tu recuerdo favorito de ella? —le preguntó él.

Ella se adelantó y, de un salto, se sentó en la parte superior de la valla.

—Seguramente, una ocasión en la que me tendió una emboscada para evaluar mi reacción y yo la derribé de un puñetazo. Me dio una palmada en el hombro, como si estuviera orgullosa de mí.

—Sobrevive a la siguiente tarea, Ophelia —le dijo él— y yo te daré algo más que una palmadita en el hombro.

—Eh... Lamento interrumpir tu discurso, Halo, pero tengo que decir la verdad. ¡Bum! Soy insobornable, por muy adorable y sexy que seas tú. Si tengo que clavarme tu espada para morir durante una tarea, lo haré.

Él sintió un conflicto que hizo mella en su tranquilidad, entre lo bueno y lo malo.

—Creo que debes de ser la primera persona en este mundo que exige que la maten repetidamente.

—¿Qué puedo decir? —preguntó ella, y le guiñó un ojo—. Soy única.

Él experimentó resentimiento.

—Me estás obligando a revivir y repetir mis peores recuerdos.

—Oh, vaya. ¿La pareja feliz ha vuelto a pelearse? —preguntó alguien, con petulancia.

La voz de Erebus llenó el espacio. Estaba fuera del perímetro del ruedo, al borde de una plataforma que no estaba allí hacía unos segundos, y sobre la cual descansaban dos tronos—. Qué pena por vosotros dos.

«Lo sabía», pensó él. Se preparó mientras aparecían cientos de fantasmas alrededor del redondel. Flotaban a pocos centímetros del suelo y tenían las cabezas agachadas.

—¿Qué quieres que haga esta vez, eh? —le preguntó a Erebus.

—Ya hablaremos de eso.

Erebus, vestido con su habitual túnica negra, se acomodó en el trono de mayor tamaño y señaló a Ophelia con el dedo—. Ven, arpía. Te sentarás a mi lado.

Las negativas estallaron en la cabeza de Halo.

Para su sorpresa, ella levantó la barbilla.

—No soy tu mascota. Vete a la mierda...

El dios la teletransportó rápidamente al estrado, a su lado. La anhilla se agitó dentro de Halo. Inhalar, exhalar. «Ophelia estará bien». Pasara lo que pasara, sobreviviría.

Hasta que no lo hiciera.

Sonó una trompeta. Luego, otra. Eso indicaba que solo se trataba de una proeza de fuerza o astucia, no de un combate a muerte. Respiró con alivio y oyó su nombre.

—Halo Phaninon.

Ophelia le sonrió alentadoramente desde el estrado de su enemigo, haciendo todo lo posible por consolarlo. En el trono más pequeño, era una reina imperturbable ante lo que sucedía a su alrededor.

Erebus sonrió con satisfacción y alegría.

—Había tantas maneras de manipular esta tarea... Al principio, lo consideré un desafío urgente. Un rompecabezas imposible. Pero, al final, opté por divertirme. Solo tienes que limpiar los compartimentos con una pala y traer aquí tu botín. Nosotros observaremos. Yo entretendré a tu hembra con mi ingenio y franqueza, y tú te enfurecerás. Pasaremos buenos momentos.

—Bueno, si va a haber buenos momentos, mejor que empiecen ya —dijo Ophelia.

Atacó sin previo aviso arañando la garganta del dios y

él se hinchó de orgullo. Mientras el dios jadeaba, gorgoteaba y se sanaba, ella levantó su tráquea ensangrentada
como si fuera un trofeo de guerra.

—Bueno. Creo que está claro que algunos lo pasaremos
mejor que otros.

25

Ophelia fluctuaba entre la furia, la admiración y más furia. Erebus se recuperó de su degollamiento a los pocos segundos. Después, Halo tuvo que pasar horas recogiendo estiércol. Iba y venía entre los compartimentos de los animales y el ruedo, con la carretilla llena o vacía. Estaba sucio, sudoroso y acalorado. La miraba tanto como podía, siempre preparado para atacar si la cosa se ponía fea.

Erebus y ella lo observaban desde la tarima, mientras sus fantasmas seguían flotando alrededor de la valla metálica, rodeándolo.

—Me alegro de que tengamos este rato para estar juntos —dijo el dios, haciendo el papel de anfitrión de la fiesta. Estaba encantado. No se callaba y sus comentarios inoportunos actuaban como una picana para irritarla.

—Pues eres el único.

No era un hombre guapo, pero tampoco feo. Con sus hombros anchos y su imponente presencia, había algo naturalmente sexual en él. Su mata de rizos pálidos podía darle un falso aire de inocencia, pero sus ojos, negros como un abismo, no podían ocultar su arrogancia.

Tuvo una idea. Umm. Por supuesto, era algo peligroso y, probablemente, estúpido, y había muchas probabilidades de que se volviera en su contra. Sin embargo, si funcionaba...

Sonrió. Tenía un as en la manga, un arma de la que ni siquiera un dios podría defenderse: la feromona.

¿Debería probarla con él y ver cómo reaccionaba? ¿Podría obligarle a hacer algo? ¿No debería averiguarlo? Miró de reojo a Halo. ¿Qué pasaría si Erebus se concentraba excesivamente en mantener relaciones sexuales con ella? ¿Y si tenía que luchar contra él? Entonces ¿qué?

—En una de las próximas tareas participa una amazona —le dijo Erebus, acercándose—. ¿Conoces a alguna amazona por aquí, arpía?

Ella puso los ojos en blanco.

—A ver si lo adivino. ¿Se supone que debo ponerme celosa y hacer sufrir a Halo entre tareas? Lo siento, pero yo no funciono así.

Para ser sincera, Ophelia estaba impaciente por conocer a la amazona e intercambiar información. Si la otra mujer no tenía aspiraciones románticas con Halo, no tendrían problemas. Quizá, incluso, se hicieran amigas. Las amazonas tendían a ser más estoicas que las arpías y, sí, cierto, un poco pretenciosas, pero eran unas compañeras geniales.

—Vale la pena intentarlo —dijo el dios, y se encogió de hombros—. Hércules tuvo que convencer a una reina amazona para que le diera su cinturón místico y estoy sopesando mis opciones. Decisiones, decisiones. Estás conociendo a nuestro Halo mejor que nadie. ¿Alguna recomendación? Podría obligarlo a arrancarle el corazón a la reina que lo posee. Someterlo a otra batalla a muerte. O, quizá, debiera exigirle que satisfaga sexualmente a su antigua concubina amazona.

Los mismos celos que acababa de negar se unieron a la furia y la negación que, rápidamente, acabaron con su calma interior. «¡Mi Halo!».

Pero... ¿permitir que el dios supiera que podía dominar sus emociones con sus burlas? No.

—Sí, tengo una recomendación —dijo, dedicándole una sonrisa—. Que el premio sea tu cinturón interior. Evita que Halo te destripe, si puedes.

El dios reflexionó sobre su sugerencia.

—Si creyera que el acto le resultaría desagradable de alguna manera, lo haría.

—Espera. ¿Buscas la miseria del Astra más que tu propia victoria?

—Sí —respondió Erebus, y parecía sincero—. Sin su miseria, una victoria no vale nada para mí. Le debo mucho al Astra.

Era más malvado de lo que ella creía. No le importaba quién saliera herido en su búsqueda de la victoria. Así que sí se merecía experimentar su propio sufrimiento. Era el momento idóneo de liberar su feromona. Él había tomado la decisión en su nombre.

Cuando su feromona entraba en juego, solo había dos tipos de hombres: los acosadores dispuestos a cometer cualquier acto, justo o injusto, a pesar de lo peligroso o humillante que pudiera ser, con tal de acercarse a ella, y los sociópatas decididos a acostarse con ella fuera cual fuera su opinión al respecto. De cualquier modo, Erebus no se iría de rositas de su encuentro de aquel día. Iba a arrastrarse.

Esperó a que Halo saliera del ruedo para limpiar otro cubículo y se concentró en sí misma. En su interior tenía un fragante pozo de deseos infinitos, también conocido como «la feromona». Mientras giraba una manivela mental para llenar un cubo, cada vez más, y cada vez más, maldijo a su yo del pasado. ¿Por qué no había tratado la feromona como el arma que era y no había aprendido a manejarla como mandaba la naturaleza? Si lo hubiera hecho, podría haber invocado el aroma mucho más fácilmente, quizá, incluso, controlando la potencia de la dosis.

Un grito de guerra resonó en su cabeza. «¡Por Halo! ¡Por las arpías!». El nivel del cubo subió y lo más profundo de su vientre se calentó. ¡Sí! Una calidez y un poder dulce y delicioso se extendieron por ella, muy diferente del poder que había recibido de las bestias. Más suave, pero también, de alguna manera, más intenso. La feromona se filtró por sus poros, y formó una nube perfumada que envolvió la tarima en segundos. Erebus se aferró a los brazos de su trono; sus nudillos se tiñeron rápidamente de color blanco.

—Sabía que harías esto... Pensé que estaba preparado para ello... Pero no importa. No cederé ante ti, muchacha.

—Oh, cederás. Claro que sí —replicó ella, con una sonrisa lánguida y sorprendida—. Incluso ahora, en medio de tu gran confusión, anhelas complacerme. Admítelo.

—No..., no —balbuceó él. Se le hinchó una vena de la frente. Jadeó—. Haré..., no haré lo que me ordenes. Dime. ¿Qué me ordenas?

La pregunta terminó con un gruñido y ella sonrió aún más.

—¿Por dónde empiezo?

Halo entró de nuevo en la arena, con la carretilla llena. Inmediatamente, buscó a Ophelia con la mirada; al encontrarla ilesa, dirigió su atención a Erebus, frunció el ceño y aminoró el paso. El señor de la guerra se detuvo y olfateó el aire; todo su cuerpo se estremeció. Su atención volvió a ella. Sus ojos se encontraron en la distancia.

Un deseo abrasador irradiaba de cada centímetro de él y ella se estremeció. El anhelo la inundó.

Firmeza. Control.

—Apágalo, Elia —le dijo Halo, con los dientes apretados. Los mangos de la carretilla, prácticamente, se desintegraron en su agarre—. No estoy seguro de poder mantenerme alejado de ti mucho más tiempo.

—Renuncia a la tarea —le aconsejó Erebus. Se reclinó, como despreocupado, pero el sudor le caía por las sienes. Su pretendido buen humor no le iluminaba los ojos.

Oh, no, no, no. ¿Que Halo renunciara a la tarea y perdiera ante el dios por su culpa? No era de los que perdonaban a nadie por un crimen como aquel.

—Haz tu parte y yo haré la mía —gritó. Su nuevo mantra. Por fin, tenía a Erebus donde quería: bajo su bota, metafóricamente hablando—. Déjame demostrarte lo que puedo hacer.

—Sí, Halo —dijo Erebus, arrastrando las palabras—.

Deja que nos demuestre lo que puede hacer. Una demostración nos vendrá bien a ambos.

—No necesito tu ayuda para convencerlo —le espetó ella.

Mientras Halo vaciaba el contenido de la carretilla, le lanzaba diferentes mensajes silenciosos. Creyó captar un juramento de venganza, una maldición sobre su cabeza y la exigencia de que lo cuidara por una vez. ¿Acaso le costaba resistirse a su feromona? Vaya, vaya. El poder más delicioso se le subió directamente a la cabeza y dedicó a Erebus una mirada desdeñosa.

—Tu señora tiene sed. Tráeme vino. Solo el vino tinto más fino servirá.

—Tu feromona es potente, arpía, pero no lo suficiente como para obligarme —dijo él. Se removió en su trono y dio un áspero gruñido—. Sin embargo, yo también tengo sed.

—Claro que sí —dijo Ophelia, y le dedicó un gesto brusco con la mano—. Adelante, ponte cómodo, Bus. No te importa que te llame Bus, ¿verdad? Vamos a charlar.

Él dio dos palmadas y un fantasma apareció de la nada con una copa de vino en cada mano. Ophelia tomó una de ellas mientras se preguntaba si el dios podía controlar a aquellos demonios sin hablar. Ella pensaba que necesitaba dar las órdenes verbalmente.

—Dime la verdad —le dijo, mientras tomaba un sorbo del dulce vino—. Nunca habías conocido una feromona de ninfa más potente, ¿a que no?

—Una vez. Hace mucho —respondió Erebus, y apuró su copa de golpe. Después, se limpió la boca con el dorso de una mano temblorosa, tratando de luchar contra su atracción.

Tal vez, como ella había utilizado la feromona en muy pocas ocasiones, su potencia hubiera aumentado con el paso del tiempo.

—Puede que te encadene a mi cama cuando Halo esté derrotado —añadió—. El Astra pasará los próximos quinientos años soñando con todas las cosas sucias que voy a hacerte. Será especialmente satisfactorio para mí porque le harán sufrir.

—Siéntate en el extremo de una lanza —respondió ella, con una sonrisa dulce, mientras liberaba otra descarga de feromonas—. Vamos, hazlo por mí.

—No lo haré —respondió Erebus, aunque no parecía que estuviera totalmente convencido.

A la salida, Halo se detuvo y le lanzó una mirada abrasadora. Ella se puso la mano en el vientre. De repente, se había quedado sin aliento. Él casi no podía dominar su ferocidad. Estaba agonizando de deseo por ella.

Rápidamente, dejó de emanar la feromona.

El dios se recuperó al instante y le preguntó con petulancia:

—Te toca ser sincera. ¿De verdad te imaginas que vas a tener un final feliz con el Astra?

Sí. No. ¿Quizá? No sabía si era su gravita y si iban a compartir su vida. Si él se veía obligado a matarla de nuevo, albergaría un gran resentimiento hacia ella, aunque no quisiera. ¿Podía hacerle eso solo por conseguir otra dosis de fuerza?

—Crees que tienes opciones —prosiguió Erebus—. Te aferras a la idea de que Halo y tú tenéis alguna posibilidad de salir de esto con vida. Tal vez pienses que puedes sacrificarte a ti misma y volver a la vida, como sucedió con Taliyah. Pero te aseguro que, si alguno de los dos mata al otro el día final de la tarea, su muerte será eterna. Las reglas prohíben la resurrección. Me cercioré bien de ello.

—¿Y tienes intención de enfrentarme con él en la última tarea?

«Lo sabía».

—¿Por qué no iba a hacerlo? ¿Qué puede herirlo más? Tu muerte le causará más desolación que cualquier otra cosa —dijo él—. El pobre ha tenido una vida horrible. No solo por la muerte de su padre y de su madre. Para llegar a convertirse en la Máquina, el joven Halo se vio obligado a matar a otros niños, incluso a sus amigos.

«No reveles nada».

—Sí, me lo contó.

—Te ha contado algunas cosas, pero no todas. Te recomiendo que le preguntes por Cinco. Es el recuerdo que revive siempre que tiene que matarte.

¿Cinco? ¿A qué se refería? Tragó saliva, porque detestaba que su enemigo supiera más que ella sobre Halo.

—Gracias por ese consejo que no voy a seguir.

Él se encogió de hombros.

—Tú te lo pierdes. Pero te estoy ofreciendo una sabiduría vieja como el mundo: ese recuerdo es una amenaza para los cimientos en los que se basa vuestra relación. Si no conoces a tu enemigo, no te involucras en la lucha. Y, si no te involucras, perderás.

No se equivocaba.

—Ay. Casi parece que te preocupa mi bienestar.

—Espero conseguir que Halo y tú estéis más unidos. Si te ama más allá de todo límite, traicionará a sus hermanos, que son lo único bueno que tiene en la vida. Y ellos morirán uno a uno. Piensa en la culpabilidad que tendrá que soportar. Ya lo estoy saboreando. Aunque te adore, siempre te relacionará con esa culpabilidad y pasará de la paz al tormento continuamente. Por el contrario, si no te ama lo suficiente y no traiciona a sus amigos, deberá vivir con tu pérdida sabiendo que podía haberte salvado. Yo salgo ganando en cualquiera de los dos casos.

A ella se le encogió el estómago.

—Lo superaremos —dijo—. Ya tengo una idea en la cabeza.

—Ah, sí. Crees que reunirás la fuerza suficiente para controlar a las bestias y atacarme. Digamos que es cierto. Para Halo, las cosas no cambian. La batalla final no termina hasta que uno de los combatientes haya muerto.

—Lo superaremos —repitió ella.

—Mira lo que le hizo Halo a la cierva. Una criatura tan bella, nacida de la misma madre naturaleza. Y, sin embargo, tu Astra la decapitó sin vacilación. ¿Qué crees que te hará a ti durante la última batalla? ¿De veras piensas que te va a ir mejor?

No. No lo creía. Halo se lo había dejado bien claro. Los Astra eran lo primero y todos los obstáculos serían eliminados.

Aunque tuvo ganas de encogerse en la silla, se obligó a sí misma a permanecer erguida. Miró a Erebus a los ojos.

—Creo que tienes los días contados y estoy impaciente por que llegue el final.

Él sonrió, como encantado con ella, y luego extendió la mano. Con una voz suave como la seda, le ordenó:

—Entrelaza tus dedos con los míos o te los cortaré uno a uno y obligaré al Astra a que lo vea sin poder ayudarte.

¿Esperaba disuadir a Halo de su objetivo por medio de los celos?

Ella se reclinó y colocó el antebrazo sobre el brazo de su trono, un sacrificio voluntario incluso fuera del campo de batalla.

—Adelante. Córtalos.

Ya había sufrido cuatro muertes atroces y aquello no sería peor.

—¿Crees que voy de farol? —preguntó él. Lentamente, sacó una daga del bolsillo de su túnica. La daga. La Bloodmor. La que le quemaba el pecho cada vez que se la clavaba. Las bestias comenzaron a golpear sus jaulas e hicieron que su seguridad se tambaleara.

¿Iba a transformarse pronto? El sudor le cubrió la frente.

—Déjame contarte cómo se desarrollará el resto de las labores de Halo —dijo Erebus, tranquilamente, mientras giraba el arma con una mano suelta—. Un ave devoradora de hombres, un toro cretense y un caballo carnívoro gigante. Ellos, tú, atacarán a Halo. No recuperarás el control a tiempo. Como el caballo, casi lograrás matarlo —le explicó el dios, con un placer que se desprendía de cada palabra—. Después del caballo viene la amazona y comienza la verdadera diversión. El gigante de tres cuerpos, la manzana dorada y Cerbero. Quizá Halo produzca polvo de estrellas en algún momento..., eso es lo que pensarás. Pero no lo hará. Entre tú y yo, creo que se dará cuenta de que puede conseguir algo mejor que una arpía-ninfa ávida de poder.

Oh, eso dolió. ¿Y si era cierto?

A base de fuerza de voluntad, obligó a los monstruos a calmarse.

—Creo que te sorprenderemos —dijo.

Tenían que hacerlo.

—Nunca serás lo primero para Halo. Al final, su pasión se enfriará y te matará para salvar a sus hermanos. Ah, y antes de que lo olvide —dijo Erebus, y blandió la daga haciendo un movimiento cortante, con la intención de cortarle los dedos, tal y como le había advertido. Justo antes del contacto, un brazo tatuado salió disparado y capturó la muñeca del dios.

¡Halo! Se había teletransportado. Erebus parpadeó desconcertado.

Una sorpresa. El dios no podía predecirlo todo.

—Si la tocas de nuevo, aunque sea una vez, te mataré.

La amenaza del Astra la dejó sin aliento. Clavó los ojos en Erebus, con una respiración constante y una mirada glacial.

—¿Cuántas veces has muerto a lo largo de los siglos y cuántas veces he empuñado yo la espada?

¿Había habido alguna vez un hombre que irradiara tanta confianza? Y qué sexy era. Ella no dudaba de que Halo siempre había blandido la espada.

—¡Yo lo sé! Veintitrés.

Erebus separó los labios y enseñó los dientes. Eh... ¿Qué era aquel chasquido? Frunciendo el ceño, ladeó la cabeza y escuchó..., y se le aflojó la mandíbula. ¿Halo le estaba rompiendo los huesos a Erebus por la fuerza de su agarre?

Aquello la excitó sobremanera.

—Las reglas están muy claras —dijo Erebus. ¿Había un rastro de pánico en su voz?—. Atácame a mí y yo podré atacar a los demás.

—Estoy dispuesto a pagar el precio. ¿Y tú? —le preguntó Halo. El Astra se rio entre dientes—. ¿Quieres que me enfríe? Me tienes frío. ¿Estás contento con el resultado?

—Mátame, entonces —gruñó Erebus—. Perderás toda la prueba y yo ascenderé. Regresaré como vencedor.

—Sí, pero no volverás en varios días. Para cuando te regeneres, los Astra estaremos ocultos, hibernando. Tendrás que esperar quinientos años para desafiarnos de nuevo.

Ella sabía que los Astra habían sido derrotados por Erebus en dos ocasiones. También sabía que habían hibernado. Sobre todo, sabía que no estaba preparada para que la prueba terminara en descalificación.

«¡Haz algo!». No había ninguna regla que dijera que no podía dañar al dios.

Aleteando, apartó a Halo del camino antes de que ninguno de los dos hombres pudiera darse cuenta de cuáles eran sus intenciones y, luego, lanzó los puños contra Erebus, uno tras otro, una y otra vez. La sangre fluyó mientras la cabeza del dios se movía de un lado a otro. Básicamente, usó su rostro como saco de boxeo con su movimiento característico en el cuerpo a cuerpo. El martillo neumático. Oh. ¿Posible apodo? ¿Ophelia, el Martillo Neumático?

—¡Sí, nena! —exclamó. Casi no notaba el dolor en los nudillos—. Podría estar haciendo esto todo el día.

Con un rugido de furia, Erebus se desvaneció. Sus fantasmas lo siguieron. Una trompeta sonó en cuanto Ophelia y Halo se quedaron solos. La tarea había terminado y... ¿con éxito? Halo la observó atentamente, con los ojos brillantes de preocupación e ira.

—¿Estás ilesa?

Oh, no, eso no era posible.

—¿Esas son tus primeras palabras? ¿En serio? —preguntó ella. Se puso de pie de un salto, completamente enfadada—. ¿Acaso no me has visto aporrear a un dios? ¿Dónde está eso de «Te agradezco la ayuda, Elia? La tarea se habría ido al traste sin ti». ¿Soy la única dispuesta a ayudar a este equipo? Y mi prueba de la feromona ha sido un éxito, por cierto.

Él se echó hacia atrás, con cara de *shock*.

—La ninfa se queda en la habitación, excepto cuando está matando machos con su feromona, y la arpía manda en el campo de batalla. Tomo nota —dijo, y respiró hondo—. Hablando de esa feromona... Dijiste la verdad. No la habías usado conmigo.

De acuerdo. Aquello estaba mejor.

—Acéptalo, Halo. Tu hembra es increíble.

Él entornó los ojos. Sus gruesas pestañas casi se fundieron.

—No debes usar nunca tu feromona con otro hombre. Solo garantizas la muerte de quien la huela.

¿La codiciaba toda para sí mismo? Umm. A ambas facetas de ella les encantaba la idea.

Con movimientos rápidos, él la tomó de la mano y la llevó a su baño privado. Aunque no tocó nada más que a ella, el agua caliente brotó inmediatamente de los múltiples chorros y los roció. El vapor llenó todo el recinto.

Después de desnudarse y enjabonarse para quitarse la suciedad, se sintieron atraídos el uno por el otro.

Él tenía una mirada atormentada.

—Me necesitas dentro de ti, Elia.

¿Una pregunta... o una orden? ¿Ambas cosas?

—Sí, Halo. Te necesito dentro de mí.

—Vas a darme todo lo que quiero —dijo él, y le acarició las mejillas—. Incluso sin el polvo de estrellas. Para siempre.

¿Para siempre?

—Vayamos paso a paso, Astra.

¿Y por qué mencionar el polvo de estrellas, a menos que le pesara?

—En este momento hay demasiada incertidumbre. No debería ser así. Quiero que esto se resuelva entre nosotros —dijo él, obstinadamente—. Quiero que esto sea para siempre.

La frustración agujereó su deseo.

—Bueno, pues yo quiero garantías —le dijo ella.

«No me voy a exponer a otro fracaso».

«No eres mi gravita».

Ella se estremeció al recordar aquella frase. Si le prometía que lo suyo sería para siempre y, luego, él producía polvo de estrellas para otra hembra... Su parte de arpía chilló. Su parte de ninfa gimió.

—Placer ahora, promesas después. Es lo mejor que puedo ofrecer.

—Para siempre —insistió él. La obligó a caminar hacia atrás hasta que las frías baldosas la detuvieron—. Con o sin polvo de estrellas. Dilo... o no te daré orgasmos durante el resto del día.

Ohhh. ¿Estaban a punto de entrar en una acalorada negociación? Con los huesos a punto de derretirse, le dijo:

—Entre nosotros dos, cariño, soy la única con experiencia en la negación del orgasmo. Y no olvidemos que tengo una herramienta perfumada en mi arsenal.

En cuanto él perdiera la capacidad de resistirse, algo que sucedería, garantizado por Ophelia Falconcrest, ella le demostraría lo que había dicho. Desde el más fuerte hasta el más débil, los sentimientos eran fugaces y siempre estaban sujetos a cambios. Con la provocación adecuada, cualquiera podía cambiar de opinión sobre cualquier cosa.

—Nunca olvidaré esa feromona —dijo él.

Ella, con el corazón latiendo con fuerza, se sentó a horcajadas sobre uno de sus muslos y se derramó sobre él. Un pasatiempo favorito para ambos. Ni siquiera intentó ocultar su dificultad para respirar. Le preguntó:

—¿Te interesaría verme tener un orgasmo?

—Sí —siseó él, apretándole las caderas—. Me interesa mucho. Quiero ver cómo lo haces. Un día muy cercano insistiré en ello. Pero hoy no. No le harás nada a tu cuerpo a menos que yo te lo exija. Y, por si no he sido lo suficientemente claro, no te lo exigiré hasta que cumpla mi promesa.

¿Por qué le excitaba tanto aquello?

—¿Crees que puedes impedir que me ocupe de mí misma?

«Puede que tengas razón», pensó.

Empezó a ondularse. A jadear. Halo siguió manteniendo el control... y ella se quedó sin aliento.

—No tendré que detenerte. Te detendrás tú misma. Porque quieres que haga esto. ¿Verdad, Elia?

Le tomó los pechos y le pellizcó los pezones antes de apoyar la palma de la mano en un lado de su cara.

—Sabes que soy dueño de tu placer.

¡Maldición! Sí, lo sabía. Aun así, levantó la barbilla y le dijo:

—No voy a prometerte que esto es para siempre, Halo. Tenías razón. Hay demasiada incertidumbre.

Los iris de Halo comenzaron a girar.

—Entiende que te has buscado esto, ninfa. Que comience el *impasse* sexual.

La noche más frustrante de su vida.

Durante horas, Ophelia tentó a Halo con miradas ardientes, caricias ilícitas y fantasías verbales. Él se resistió a todo. No la besó. No la acarició. Sufrió junto a ella, igualando el campo de juego, haciéndolo aún más irresistible para ella.

¿Cuánto estaba dispuesto a luchar por su «para siempre»?

Después de la ducha, Halo se acomodó en la cama con ella. Bajo las sábanas, su gran cuerpo la envolvió por detrás. Cada aleteo de sus alas contra su pecho le causaba un nuevo escalofrío por la espalda.

—No sé cómo me siento sobre esto —gruñó ella. «Quería más». Cuánto le dolía—. No deberías disfrutar de los beneficios del sexo sin corresponder.

—Aun así, lo haré.

—Bueno, pues yo no voy a dormir contigo —resopló ella.

Él la besó en la nuca.

—Puedes disfrutar del privilegio de verme dormir.

¿Cómo podía estar tan tranquilo con su erección encajada entre sus nalgas?

—Si voy a ser tu guardia, debería vestirme como corresponde y acostarme aquí con la armadura puesta.

—Para nada. Dormimos desnudos, cariño. Resígnate.

—Por supuesto que dormimos desnudos —gruñó ella mientras se hundía más en su calor—. Si no vas a calmar a mi ninfa... —dijo ella. Hizo una pausa, dándole la oportunidad de intervenir.

—No, no lo voy a hacer.

—Entonces, necesito hablar contigo de una cosa. De algo que dijo Erebus.

Él se puso rígido detrás de ella.

—¿Por qué me entero ahora?

—Tranquilízate. Confirmó tus sospechas, eso es todo. Espera que nos enamoremos para que sufras, ganes o pierdas. Me aconsejó que mencionara... a Cinco. Tu peor recuerdo, supongo.

Él se quedó quieto, sin respirar.

—Tienes razón. —Con un suave suspiro que le abanicaba el pelo, la volvió a rodear con los brazos, apretándole ligeramente el cuello.

—No tienes que contármelo... —dijo ella.

—Creo que debería hacerlo —dijo él, y suspiró—. En la Orden, los niños eran conocidos por números. Yo era Cuatro. Cinco era mi amigo. O lo más cercano a un amigo, dadas las circunstancias. A veces compartía sus libros y su comida conmigo. Su corazón era demasiado inocente para la escuela, y el director lo sabía. Mi corazón estaba... —dijo, y se interrumpió. Después, carraspeó y continuó hablando—: El director me ordenó matar a Cinco y yo lo hice sin vacilar.

¿Se había arrepentido de su decisión desde entonces? No era de extrañar que se hubiera resistido tanto a las numerosas muertes de ella.

—Lamento que te pusieran en una situación tan terrible —le dijo. Sintió una opresión en el pecho—. Lamento la agonía que has padecido. Y lamento haberme tomado tus preocupaciones a la ligera.

En respuesta, él la abrazó con más fuerza. Un abrazo posesivo que ella apreciaba.

—Pero, Halo —le dijo, entrelazando los dedos con los de él—, tú no asesinaste a tu amigo. El director blandió su espada, que eras tú. Al igual que Erebus ha sido mi asesino, no tú —añadió.

Hubo una pausa.

—No quiero hablar más de esto —dijo Halo, en su tono monótono, el que ella odiaba—. Ahora me voy a dormir y tú te vas a quedar quieta.

En un nanosegundo, la respiración de Halo se estabilizó. Ella se quedó maravillada. Se había apagado completamente con una rapidez asombrosa. «Realmente, es un robot. La Máquina».

Aquel pensamiento reavivó su sensación de fatalidad. ¿Y si alguna vez la había descartaba tan fácil y rápidamente? «Sería el peor rechazo de mi vida».

Se revolvió en los brazos de Halo, preguntándose, preguntándose... ¿Había predicho el dios con exactitud los próximos combates? ¿La falta de polvo de estrellas? ¿Su muerte? ¿La desdicha de Halo?

Pasaron los minutos. Ella se movió y contempló el rostro que adoraba, tan infantil en el sueño. Una vez más, sintió una opresión en el pecho. Había decidido que él era suyo, por el momento, y eso significaba seguir luchando por él, por los dos.

Si querían tener alguna posibilidad de forjar algo a largo plazo, debían derrotar a Erebus. Halo había dejado claro que creía que tendrían más oportunidades si ella hibernaba. ¿Y si tenía razón?

¿Por qué no sacrificarse por Halo cuando más importancia tenía? Tal vez aquella fuera la manera de ayudarlo a derrotar a Erebus. Desde el principio, se había empeñado en que él fuera un jugador de equipo, mientras que ella misma era todo lo contrario. Él era un señor de la guerra experimentado, nacido de la guerra. Sabía lo que hacía.

Pero su instinto... Aprovechar la fuerza. Ganar.

Cada fibra de su ser sabía que podía lograrlo. ¿Podía confiar en sí misma? ¿Había manipulado Erebus su intuición o no?

¡Argh! Ya no sabía nada y, mucho menos, qué hacer. Por el momento, continuaría en su rumbo actual. No se resistiría a la siguiente transformación.

Ni a la siguiente.

Entonces, lo reevaluaría.

26

Halo examinó a Ophelia mientras ella acechaba desde el otro lado del coliseo, convertida en un ave devoradora de hombres de dos metros y medio de altura, con la cara de un pájaro y el cuerpo delgado y desgarbado de un humano. Unas afiladas plumas metálicas sobresalían de su columna vertebral y de sus extremidades. Tenía unos ojos salvajes y negros que brillaban con intensidad y un pico de bronce.

Hacía menos de media hora, Erebus la había invocado y transformado, y, desde entonces, ella lo había estado buscando. Otra batalla a muerte. Hasta el momento, lo había derribado tres veces.

Erebus lo observaba todo desde el palco real, riendo.

Ophelia escarbaba en la tierra, preparándose para cargar contra Halo de nuevo. Echó a correr. Disminuyó la velocidad. Se detuvo. Agitó la cabeza.

¿Había recuperado el control de sus actos? Lo que él estaba esperando.

Ophelia deseaba acumular más fortaleza, ¿no? Muy bien, que la acumulara. Pero, a partir de aquel momento, las tareas acabarían a su manera.

Había aprendido bien la lección. Ninguno de los

enfrentamientos que acabaran con la muerte de la arpía-ninfa era una victoria para él.

Decidido, sacó una espada que había encargado Taliyah a petición suya y presionó la punta contra la parte superior de su esternón. A Ophelia se le escapó un grito agudo. Entonces echó a correr de nuevo.

Él se clavó la espada y sintió un dolor abrasador. Si tenía que morir para ganar en aquellas tareas, que así fuera.

El mundo se oscureció mientras un frío gélido se extendía por su cuerpo. Lo que pasara después...

No supo nada más.

8:14 de la tarde
Día 39

Halo se enfrentó al toro cretense en el centro del coliseo. Aquella versión de Ophelia medía al menos dos metros y setenta centímetros de altura y tenía una masa muscular que doblaba la suya. De su cráneo brotaban dos cuernos de ébano y tenía colgado un aro de oro de cada fosa nasal. Las piezas tintineaban cada vez que el toro pasaba una pezuña por la tierra.

A escasos metros de distancia, giraron en círculo, enfrentados el uno al otro. Erebus observaba desde la tarima y reía, como de costumbre. Sin embargo, no reía con la misma exuberancia de siempre.

Ella se estaba volviendo cada vez más fuerte y sabía controlar sus acciones con mayor rapidez. Eso no le facilitaba el trabajo de defenderla hasta que se rindiera voluntariamente, dándoles a ambos la oportunidad de conocer sus límites, vulnerabilidades y debilidades. No para derrotarla, sino para garantizar su seguridad.

¿Y condenar a los Astra?

Sintió una opresión en el pecho. Él era un planificador. Un solucionador. Sin embargo, no encontraba la manera de salvar a todos. ¿Su tarea, como la de Roc, era un sacrificio necesario? ¿Debía ganarse el amor de Ophelia y aceptar su sacrificio durante la batalla final o hacer el suyo? ¿Y si ella moría por él y su tarea no era como la de Roc? ¿Y si él moría por ella?

Maldición si lo hacía, maldición si no lo hacía.

—¿Quieres intentarlo otra vez? —le preguntó—. ¿O estás lista para pasar al final?

Ella atravesó la tierra con un casco.

Él lo interpretó como una petición para pasar al final y sacó una daga. Ella se abalanzó sobre él, intentando arrebatarle la hoja de la mano con un cabezazo. El golpe hizo que saliera volando, pero no soltó el arma. Se apuñaló en el estómago justo antes de estrellarse. Con un rugido, ella corrió hacia él. Gimió y le rozó la cara con un cuerno.

—Era tú o yo, cariño.

Mientras el frío lo invadía, su piel se endurecía como piedra y se desmoronaba, le pareció ver una lágrima deslizándose por su mejilla curtida.

8:37 de la tarde
Día 46

La arpía podría derrotar a Erebus, después de todo. Halo yacía en mitad del campo de batalla, en el suelo empapado de sangre, partido en dos. Sus mitades superior e inferior ya no estaban unidas.

El dios ya no reía.

Ophelia se había transformado en un caballo monstruoso y estaba sentada a pocos metros de distancia, intentando destrozarse a sí misma. Para salvarlo a él. Si lo conseguía, moriría. A diferencia del Astra, no necesitaba ser la piedra de fuego para completar la hazaña.

Su fuerza lo dejó asombrado. Lo había derribado en cuestión de minutos. En aquel momento, su espada esperaba en el suelo, fuera de su alcance. ¿Dejar que se suicidara? No. Ophelia había luchado para llegar a aquel campo de batalla, así que tenía que lidiar con las consecuencias.

Mientras estaba distraída, él se arrastró con los codos

hasta su arma. Ella notó el movimiento y protestó a gritos, pero era demasiado tarde. Él sostuvo su mirada salvaje y se apuñaló en el pecho.

—Hasta la próxima.

9:28 de la mañana
Día 53

—¡He dicho que me pongas en hibernación! —exclamó Ophelia, y arrugó su hermoso rostro con un gesto de frustración y de furia adorable—. ¡Soy una arpía desquiciada y lo ordeno!

—Veo que nuestra paciencia no ha aumentado —respondió él, mientras le aseguraba los costados de la armadura. Le encantaba vestirla así, fuera cual fuera su estado de ánimo.

En aquel momento, estaban en la habitación de Ophelia, preparándose para el nuevo día.

Después de su reasignación diaria de Andrómeda, informó rápidamente a Roc y volvió apresuradamente junto a Ophelia. Pasaron horas en la cama, abrazados en silencio. Temiendo lo que vendría. Al menos, él lo temía.

¿Cuánto tiempo más debía esperar para acostarse con su arpía? El hecho de que hubiera durado tanto... era un milagro. Se moría por probarla otra vez. Otra dosis de aquella feromona. ¡Algo! Hasta que ella le prometiera una eternidad, no podía hacer nada.

Lógicamente, estaba... nervioso. Pero ella también. Lo que convertía la sensual batalla de voluntades en el momento más brillante de su vida. Y necesitaba cualquier momento brillante que pudiera conseguir. Se les estaban acabando los días. Solo quedaban cuatro tareas.

—No me voy a enfadar contigo, te lo prometo —gimió ella, dando un pisotón—. Hazlo. Hibernadme ya. Ayudaré a salvar a las arpías desde la comodidad de una cama y se lo restregaré en la cara a la General. Créeme, cariño. Estaré bien con todo.

—La información más reciente de Roux sugiere que ni la trinidad ni la hibernación tendrán efecto en la batalla final. Además, yo prefiero este compromiso. Tú recibes tu infusión de fuerza y yo no tengo que asesinarte.

—Sí, pero he tenido que verte morir yo a ti.

—El mismo número de veces que tuve que verte morir yo. Es lo justo, cariño.

—¡Argh! Deja de ser lógico. Es molesto —dijo ella, y apoyó la frente en su pecho un momento—. Es solo que... odio verte morir, ¿de acuerdo? Tenías razón. Es lo peor. Así que haz que pare.

Él terminó de abrocharle el peto de la armadura y le acarició la mandíbula con los nudillos.

—Estás tomando tu propia medicina, arpía. Si yo puedo superar esto, tú también. ¿No lo insinuaste antes?

—Deja de ser razonable, además de todo. No te sienta bien —dijo ella. Le apartó la mano y dijo, refunfuñando—: Quizá debiera usar feromonas para que veas las cosas a mi manera.

Él sintió una punzada de entusiasmo.

—Sí. Hazlo.

—Claro que no lo haré —continuó ella, altivamente, echándose el pelo por encima del hombro—. Disfrutarías demasiado. Si yo tengo que sufrir, tú también. Esa es nuestra nueva regla.

—Lo siento, cariño, pero esa regla en particular ha estado vigente desde el principio.

—¡Habla en serio! Entiendes que la siguiente tarea es la amazona, ¿verdad? Deberías sentir pánico. Lo que no deberías hacer es perder en más tareas, que son prácticas muy importantes. Tienes que mantener la cuenta de victorias a tu favor.

—Tengo dos objetivos: la victoria de los Astra y tu bienestar. Haré lo que sea necesario para conseguir ambas cosas.

—Eres tan frustrante... —dijo ella, y le golpeó los hombros con los puños—. Ya no me das nada de lo que quiero. ¿Cómo puede sobrevivir nuestra relación?

Él le pellizcó ligeramente la barbilla, algo que a ella le encantaba, y, con ternura, le dio un beso en los labios.

—Sabes lo que debes hacer para conseguir lo que quieres, arpía.

Él había estado a punto de rendirse en muchas ocasiones a su indomable voluntad. Cualquier cosa con tal de penetrar en su cuerpo. Pero no había exagerado. No se conformaría con nada menos que una promesa de eternidad.

La falta de polvo de estrellas ya no le molestaba... mucho. Lo que en realidad le hacía daño era que esa falta hiciera sufrir a Ophelia. A veces, ella le miraba las manos y su expresión oscilaba entre un anhelo infinito y una decepción desgarradora. Poco después, la sorprendía con la mirada perdida, absorta en sus pensamientos. Las pocas veces que le había preguntado al respecto, ella lo había ignorado y había cambiaba de tema. Pero él lo sabía.

¿Se cansaría de esperar el polvo de estrellas y lo dejaría? La mera idea le desgarraba las entrañas.

—Hoy habrá otra tarea —dijo ella, en tono mordaz.

—Sí —respondió él. Como de costumbre, ambos lo intuían.

—Por el bien de nuestra misión, deberíamos deshacernos de esta tensión sexual que nos distrae.

—Prométeme que lo nuestro será para siempre.

Ella lo intentó de otra manera.

—¿Qué te parece esto? Por el bien de nuestra misión, deberíamos conseguir que me mantenga fuerte. El placer ayuda a lograrlo.

—Te examino constantemente en busca de la más mínima señal de debilidad. Si alguna vez muestras alguna, cederé. Hasta entonces..., ya sabes lo que tienes que hacer.

Ella lo fulminó con la mirada.

—Erebus quiere que seamos desgraciados. ¿Por qué lo ayudamos?

—No voy a limitarme a vivir el momento —dijo él, y le robó otro beso rápido—. Vivo para el mañana. Quiero más, Elia.

—¿Y? —protestó ella. Se aferró a su camisa, arrugando la tela, e hizo un puchero—. Yo quiero tu cuerpo, pero no lo consigo.

—De todas formas, tenemos un día ajetreado —dijo él. Empezando por una merienda. ¿La invitada de honor? Su antigua concubina. Ophelia se había empeñado en que organizaran una merienda para conocer a la amazona.

—Bien —refunfuñó ella—. Solo quiero que sepas que eres lo peor.

—Tomo nota.

Terminaron de vestirse en silencio. Él ansiaba salir de aquel bucle temporal y que Ophelia pudiera mudarse a su habitación para siempre, con las cosas de los dos mezcladas, con su aroma impregnándolo todo.

«Halo, hay un problema». De repente, la voz de Ian llenó su cabeza y captó su atención. «Esta mañana enumeraste todo lo sucedido durante la misión de reconocimiento rutinaria, pero omitiste mencionar la pelea de gatas entre Taliyah y Blythe. Roc no está contento».

¿Una pelea entre Taliyah y su hermanastra? Eso era nuevo. Pero, claro, a pesar de que el día se repetía, ninguna mañana había sido igual. Cada vez que los Astra y las arpías se enteraban de que había un bucle temporal y de que sus recuerdos se borraban, sus ánimos se caldeaban mucho.

Otra valiosa lección que había aprendido. Justo cuando memorizaba la rutina de todos, algo cambiaba. El más mínimo ajuste lo alteraba todo. Incluso la decisión más nimia tenía importancia y contribuía a forjar el camino a seguir.

—¿Qué pasa? —preguntó Ophelia, consciente de su repentina inquietud.

—Ha habido un cambio. Nos necesitan.

Halo la teletransportó al vestíbulo del palacio, donde había grupos de arpías congregados delante de la repisa de la chimenea. Nada fuera de lo corriente. Pero aquellas arpías, en aquel momento, habían formado un círculo cada vez mayor y estaban cantando alrededor de la General y de

Blythe. La rubia y la morena. Ambas poseían cuerpos esbeltos y ojos azules, y ninguna de las dos tenía piedad.

—¡Lucha, lucha, lucha! —gritó Ophelia, abriéndose paso entre la multitud.

Él la siguió de cerca porque no quería que estuviera fuera de su alcance.

Delante de la multitud estaban las arpías que combatían. Le asombraba la ferocidad de cada golpe. Aquellas arpías eran familia. A pesar de su amor mutuo, no moderaban sus golpes y la sangre goteaba de sus múltiples heridas.

—¿Es esto un desafío por el liderazgo? —preguntó.

—La verdad es que no lo sé —respondió ella.

Ian, Roc y otros tres Astra también estaban en el círculo. Ian sonrió. Roc hervía de rabia. Silver miraba la pelea como si estuviera tomando las medidas de cada una de las arpías para hacer una jaula, mientras Azar, el guardián de la memoria de los Astra, la observaba con una gran concentración, absorbiendo cada detalle. Sparrow, la voz inquebrantable de la paz, esperaba con calma la oportunidad de intervenir.

Bleu, Vasili y Roux... estaban desaparecidos. Tenía sentido. Bleu, su jefe de espías, se movía entre las sombras. Vasili nunca interactuaba bien con los demás, especialmente con las mujeres. Y Roux evitaba todo lo relacionado con Blythe.

El señor de la guerra había hecho algo más que matar a su consorte durante la invasión. También, sin saberlo, había albergado a Blythe y a su hija dentro de sí mismo. Blythe, temiendo por la vida de Isla y la suya propia, obligó a su hija a desencarnarse y esconderse en su propio cuerpo. Después, ella también se desencarnó y se deslizó en su forma fantasmal dentro de Roux, sin que él lo supiera. Habían pasado mucho tiempo como muñecas rusas vivientes.

Las dos mujeres habrían muerto si Taliyah no las hubiera extraído. Blythe aún no se había enfrentado a Roux por nada de aquello, pero su odio por él era evidente.

—Ni se te ocurra hacerlo —espetó Taliyah, mientras le daba una patada a su hermana en el estómago—. Llevar a cabo una venganza de sangre contra Roux solo perjudicará a la raza arpía.

Ah. De eso se trataba. Una venganza de sangre. Muerte por muerte. Aquello no era nada nuevo para las arpías.

—¿Crees que no puede defenderse? —gritó Blythe, y le asestó un puñetazo brutal en la mandíbula a la General.

Taliyah se echó a un lado, con la sangre chorreando de la boca. Se recuperó rápidamente y las hermanas se lanzaron una contra la otra, rodando por el suelo.

—¿Crees que no usará nuestra disputa en su beneficio?

—Si hago algo, estoy condenada. Si no hago nada, estoy condenada. ¡No puedo soportarlo más! Me ha destrozado la mente. Las cosas que he visto...

Se aferraron, se separaron y se acercaron. Todo volvió a empezar. La batalla continuó hasta que Blythe se detuvo y cayó al suelo, aunque no había recibido ningún golpe.

Aplanó las manos sobre las sienes y se hizo un ovillo. Al instante, la ira de Taliyah se transformó en preocupación.

—Otra vez, no —dijo, y se sentó al lado de su hermana—. Respira, B —le dijo, suavemente. Después, con los ojos azules encendidos, gritó—: ¡Todas las arpías, fuera! ¡Ahora!

Los soldados entraron en acción, corriendo desde el vestíbulo. Solo quedaron las dos hermanas, Ophelia y él.

—Esta es mi señal —dijo la arpía-ninfa, mirándolo—. Quédate a jugar con tus amigos. Yo me voy a tomar el té.

Halo la rodeó con el brazo por la cintura, apretándola contra su cuerpo, mientras le enviaba un mensaje a Roc, que asintió.

—Blythe no es parte de mi tarea —le dijo a Ophelia—. El comandante tiene esta situación, sea cual sea, bajo control. Yo también iré a tomar el té, como se esperaba.

Halo la teletransportó a la sala de estar. Era una estancia espaciosa con muchas mesas redondas ubicadas estratégicamente. Andrómeda estaba sentada junto a Vivian al otro extremo de la entrada. Las dos estaban puliendo una daga.

—¿Ves esas cabezas en el vestíbulo? Es mi chica —estaba diciendo Vivian, con evidente orgullo.

Al recordarlo, él se puso tenso. Su propia cabeza estaba colgada en tres monturas diferentes junto a las de las bestias. Aquel despliegue siempre le arruinaba el buen humor. Si alguna vez despertaba y encontraba la cabeza de la arpía allí colgada... Creía que podría arrasar con todo el reino.

—¿Dónde está el té? —preguntó, en un tono más duro de lo necesario. Recorrió la habitación con la mirada, dispuesto a llevar y traer lo que fuera necesario.

—Ay. Eres tan tierno cuando me recuerdas que mi chico no está al día. El té ya está en nuestras bocas —explicó Ophelia—. El té es el chismorreo. Yo soy el té. Deberías aprender el idioma de tu novia. Es justo, ya que yo estoy aprendiendo el tuyo. Vamos.

Cuando se acercaron a la mesa, las invitadas guardaron silencio. Lo observaron con curiosidad. Él puso su cara de «en público con aliados»: una sonrisa que transmitía que no pensaba matar a nadie en ese momento. Ayudó a Ophelia a sentarse junto a Vivian, ocupó su lugar junto a ella y colgó el brazo del respaldo de su silla.

—Esa, eh, es una sonrisa muy bonita, Astra —le dijo Vivian, que, claramente, estaba intentando no echarse a reír—. ¿Preocupado porque tu novia va a conocer a tu concubina?

—Andrómeda ya no es mi concubina.

Pero... sí. Estaba preocupado. Salvo que no por las razones que ella podría imaginar. Temía que Ophelia notara la falta de polvo de estrellas en la piel de la amazona, que recordara la falta de polvo de estrellas en la suya y se llevara una decepción aún más desgarradora. Podría cansarse de esperar.

Notó que tenía sudor en el labio superior. «¿Cuándo lo produciré?», se preguntó. «¿Cuándo, cuándo?».

—Por cierto, soy Ophelia. No «la Novia». No me importan los rumores —dijo ella. Sacó una daga y empezó a afilarse las garras—. Teniendo en cuenta que he estado enfrentándome a este tipo... —añadió, y señaló a Halo con el pulgar—, podría cambiar mi nombre por el de «la niña que ha regresado de la muerte».

—No —le dijo él a la amazona—. Su apodo es «la Novia».

—Me alegra saberlo. Encantada de conocerte, Novia —dijo la amazona con un guiño—. Soy Andrómeda. Meda para mis amigos.

—¿Meda? —preguntó él, y frunció el ceño—. ¿Desde cuándo?

Ella se encogió de hombros.

—Desde siempre, supongo.

—Guau —dijo Vivian, y lo miró boquiabierta—. ¿Ni siquiera sabías el nombre de tu propia concubina? ¡Qué vergüenza!

—Exconcubina —la corrigió él. Quizá fuera mejor no responder a la pregunta de la arpía.

—¿Sabes quién no recuerda el nombre de su concubina, Halo? —le preguntó Vivian pestañeando—. Un mal amante.

«Me lo merezco».

—Fui un mal amante —reconoció. Le ardían las mejillas. ¿Por qué?—. Ya no lo soy.

—Doy fe —dijo Ophelia, y lo besó en la mejilla. Después, hizo una mueca, mirando de reojo a Andrómeda... Meda—. Lo siento. No quería restregarte en la cara la obsesión del grandullón conmigo.

La amazona se encogió de hombros nuevamente, sin mostrar la menor preocupación.

—Chicas. De verdad. Le tengo cariño a Halo, pero mis emociones nunca fueron parte de nuestra relación. Sin ánimo de ofender —dijo Meda, con una mueca—. Necesitaba una tarjeta gratis para salir de Amazonia y él me la dio. Ahora estoy pensando en salir con gente. El ejército se entrena a veces cerca de mi ventana y les he echado el ojo a unas cuantas docenas de cambiaformas. Y de berserkers. Y de vampiros.

—¿Sabéis de qué me acabo de dar cuenta? —preguntó Vivian, examinando su espada a la luz—. De que soy la única de esta mesa que no se ha acostado con la Máquina. Quizá debería, no sé..., solo lo pienso en voz alta..., ¿intentarlo yo también? Solo para ser justa con todos en la mesa.

Ophelia le tiró un trapo.

—Ve a buscarte un trozo de *pizza*. Luego podemos hablar de un intercambio nocturno.

—De acuerdo, de acuerdo —dijo Vivian, agachándose—. Mientras tanto, tu amigo tiene que conseguirme una cita con tres de sus amigos. Mínimo.

—Trato hecho —dijo Ophelia. Después, le guiñó un ojo a él—. Estoy bromeando, cariño, solo bromeando. No te cambiaría nunca... por una noche entera.

Él le pellizcó la barbilla y le sostuvo la mirada.

—Lo siento, pero estás atrapada conmigo para siempre.

Una promesa, tanto como una advertencia.

Después de la tarea de aquel día, subiría la temperatura. No pararía hasta conseguir su rendición total.

Ophelia charló con las chicas y se olvidó de sus problemas durante un rato.

Tenía problemas graves. Cada minuto de cada día aumentaba más y más su fascinación por el Astra. Su cuerpo estaba constantemente desesperado por el de él, y eso no era de ayuda. Se habían acercado mental y emocionalmente, pero no físicamente. ¡Ni siquiera había logrado convencer a Halo de que le hiciera una inocente caricia!

Por más artimañas que empleara coqueteando, desnudándose, acariciándose, haciendo pucheros, provocando, él seguía resistiéndose. Algo que no debería haber podido hacer, especialmente mientras estaba duro como una piedra. Lo cual ocurría siempre. Pero nunca se quebró, nunca fue más allá de un beso.

Al principio, temió haber perdido su toque. Entonces se dio cuenta de la verdad. No había perdido nada; Halo nunca ocultaba su ansia por ella. La anhelaba. La anhelaba con locura, pero deseaba aún más que le hiciera la promesa.

¿Se hacía una idea de lo sexy que era eso?

Cada vez le resultaba más difícil resistirse. A veces se imaginaba diciendo que sí a un «felices para siempre» sin la promesa del polvo de estrellas, mientras su resistencia se desmoronaba cada vez más.

Una vez que las chicas se fueron, la acompañó a una sala de entretenimiento vacía. El lugar donde le gustaba relajarse y ver películas. El congelamiento no ocurriría hasta las ocho de la tarde y la siguiente tarea comenzaría poco después. Últimamente, Erebus no perdía el tiempo. No podía. Se acercaban al final de toda la tarea de la bendición.

Y no podía olvidar la afirmación de Erebus de que la verdadera diversión comenzaba con la siguiente tarea. Una época en la que Ophelia y él, supuestamente, sufrirían agonías indecibles.

—Algo te preocupa —le dijo a Ophelia, mientras se quitaba la camisa. Se reclinó en un sofá y le chasqueó los dedos.

Ella se unió a él y se sentó a horcajadas sobre su cintura. Umm. Su núcleo descansó sobre su erección.

—¿Es el polvo de estrellas? —preguntó, mientras su alevala saltaba más rápidamente de lo habitual. La agarró de las caderas para evitar que se restregara.

Las bestias, sus bestias, le llamaban la atención cada vez que reaparecían. Pero, ay..., ¡cuánto odiaba ver sus batallas! Presenciar la agonía de Halo... Una vez que lo había visto morir en un campo de batalla, comprendía su disgusto cada vez que ella moría. Pasó la yema de un dedo sobre la leona. La que lo empezó todo. Saltó de nuevo, y otra imagen tomó su lugar. Una hermosa mujer de ojos bondadosos captó su atención...

Una neblina inundó la mente de Ophelia y su presente fue reemplazado por el pasado de Halo...

Se abrió un nuevo mundo. Seis lunas dispuestas en círculo alrededor de una séptima. Aquellos cuerpos celestes se presentaban en una variedad de colores, desde el rosa hasta el azul y el dorado, con rayos de luz entremezclados. Incluso las estrellas centelleaban en patrones circulares, creando símbolos. ¿Un reino mágico? La tierra misma la dejó sin aliento.

Un claro del bosque, iluminado por la luz de la luna. Árboles con copas que parecían rosas de algodón de azúcar, con pétalos como pelusa. Raíces que se arremolinaban sobre la hierba azul, simulando olas. Grandes rocas brillantes.

Cerca de ella flotaba una mujer hermosa con un vaporoso vestido de color rubí. Era la mujer del alevala. Estaba flotando sobre la hierba y a su alrededor había un anillo de fuego y humo que parecía un campo de fuerza. Un viento que solo ella podía sentir hacía ondear el dobladillo del vestido. Su larga cabellera rojiza ondeaba alrededor de una cara pálida. Sus ojos eran como un abismo. Los labios, del mismo tono que la sangre fresca. Había alineado su cuerpo perfectamente con las lunas.

Trece Astra rodeaban el anillo. Estaban en silencio e irradiaban preocupación. Halo se abrió paso para acercarse más a la mujer. Ella se quedó boquiabierta al disiparse el humo. No eran simples llamas, sino una horda de pequeñas criaturas con cuernos en llamas. Halo destrozó monstruo tras monstruo y lo salpicó una sangre negra cuyas gotas le devoraron la piel. No pareció que él se diera cuenta.

Hielo puro. Ella se llevó las manos al estómago. Y antes había pensado que era frío. Aquel hombre no sentía nada. Realmente parecía un robot con los rasgos cincelados, recién salido de la línea de montaje.

Su mirada permaneció fija en su objetivo. Al principio, la mujer roja no temía al depredador que se acercaba. Pero cuanto más se acercaba, más miedo demostraba y más pálida se quedaba. Sus ojos pasaron del negro al verde.

—No te he hecho nada, señor de la guerra —le dijo—. Me has perseguido durante semanas por las galaxias, golpeándome. Nunca te he devuelto el golpe. ¿Y aún piensas acabar conmigo?

—Sin dudarlo —respondió él, y cortó y destrozó a más criaturas.

Casi a su alcance...

—Por favor —suplicó la mujer—. No hagas esto. Solo sueño con una vida mejor. Dámela.

—Mejor es solo una ilusión, mujer —respondió él.

La atacó, y una espada apareció en su mano a mitad de camino. Mientras su cabeza salía volando de su cuerpo, su expresión impasible no flaqueó.

La mató con la misma facilidad con la que había matado a la cierva, sin remordimientos ni culpa.

El cuerpo se estrelló contra el suelo y las criaturas en llamas cayeron del aire. Ellas también murieron y el fuego se extinguió. Los Astra sonrieron. Roux se adelantó y le dio unas palmadas a Halo en el hombro. Ian corrió hacia él y le alborotó el cabello oscuro. Halo echó los hombros hacia atrás, con el pecho henchido de orgullo. Un hombre desconocido se unió a la fiesta.

—Nos has hecho un buen servicio, Halo. Descansa esta noche. Mañana empezaremos a planificar la siguiente tarea.

¿El antiguo líder, Solar, que había gobernado antes de Roc? ¡Guau! Su belleza era cegadora.

—Gracias, comandante —dijo Halo, confirmando sus sospechas—. Tengo una estrategia planeada.

Ya de vuelta a la normalidad.

Ophelia salió del recuerdo, volvió al presente y se encontró con la mirada perdida de Halo.

—¿A quién has visto? —le preguntó frunciendo el ceño.

—A una mujer pelirroja y su círculo resplandeciente.

—Ah. Dreama. Una diosa de los deseos. Mi quinta tarea con los Astra.

—En muchos sentidos, eres el mismo ahora que entonces —dijo ella, deslizando la yema de un dedo sobre sus abdominales marcados. Se le había quedado grabado algo que Halo le había dicho a la diosa: «Mejorar es solo una ilusión». ¿Seguía sintiéndose así, desesperanzado?—. En otros aspectos, has cambiado mucho.

En sus iris brillaba una promesa.

—¿Te gustan los cambios?

—Oh, sí. Mucho.

La luz y la sombra se disputaban su lugar sobre sus rasgos toscos.

—El polvo de estrellas no significa nada para mí. Lo sabes, ¿verdad? —le dijo él—. Lo que siento por ti es real y duradero.

—Es algo más que eso —dijo ella. ¿Por qué no iba a decirlo?—. Tengo miedo. Las dos veces que arriesgué mi corazón por amor, me estrellé y me quemé. Perdí mucho más de lo que gané.

Él le puso una mano en la nuca, la acercó y la besó en los labios.

—Esos hombres no eran yo, cariño.

—No lo eran, no. No se enfriaron. Como has demostrado, las emociones cambian.

—La conexión es más que una emoción. Es un vínculo intangible entre dos personas.

—Sí, pero los vínculos se pueden cortar.

—Los míos, no.

¡Maldición!

—De acuerdo. ¿Y qué hay del hecho de que Erebus me convertirá en un monstruo para la última batalla? Ambos sabemos que va a suceder. ¿Qué va a pasar entonces?

Él abrió la boca para responder.

—No, déjame reformularlo —dijo ella—. Cuando nos enfrentemos, ¿qué pasará? Si no me matas, los demás Astra serán malditos. Si mueres, todos estamos condenados. ¿Cuántas arpías crees que morirán junto a nuestros aliados Astra, que no podrán ganar? ¿Cómo vamos a salvarlos a todos?

¿Podrían?

Él le frotó la parte superior del esternón, por encima de la marca.

—Erebus ya no te necesitará si te quitamos el yugo del Bloodmor. Lo cual creo que puedo hacer, si no te resistes.

Ella levantó la barbilla.

—Recuerdo que dijiste que te quedas sin fuerzas al quitarte una marca, y que quitarme la mía no es garantía de ninguna solución. Y, bueno, seré sincera. La marca es mi última esperanza.

Una parte de ella se aferraba a la certeza de que podía derrotar a Erebus, de que lo conseguiría.

—Quizá debiéramos robar el Bloodmor —dijo él, acariciándose la barbilla—. No hay nada en las reglas que lo impida.

Robar el Bloodmor. No era mala idea. Usar el arma de Erebus contra él...

—Sí. Robemos el Bloodmor —dijo ella. Aquel mismo día, si era posible. ¿Qué tenía planeado Erebus para la próximo tarea?

Halo se inclinó y la besó en la base de la garganta, donde, de repente, su pulso se aceleró.

—Hasta entonces..., vamos a hacer este voto para siempre. Mi cuerpo extraña el tuyo, Elia —le dijo él, y la besó—. Y el tuyo extraña el mío. El dulce aroma de tu excitación me mantiene en guardia todo el día.

El dolor que sentía entre las piernas se duplicó. Se triplicó. Se le escapó un gemido cuando sus pezones se tensaron y su vientre se agitó.

—Me deseas —gimió ella— y puedes tenerme. ¿Por qué no hacemos una tregua de un día? Así me demostrarás lo que me pierdo cuando me niegue a aceptar tus garantías —le dijo. Se azotó las caderas y sus pupilas se dilataron y contrajeron, como una pulsación, un latido.

—Tiene sentido —respondió él. Le rozó la garganta con la punta de la nariz, inhalando profundamente. A ella se le contrajeron los pulmones. ¿Pronto cedería? ¡Perfecto! ¡Maravilloso! Nada decepcionante. Ni un poquito. La alegría le inundó el pecho. Sin duda, era alegría. Con el regreso de su apasionado amante, volvería a disfrutar del placer y de la satisfacción. Pero, eh..., ¿la alegría siempre había sido algo tan... insípido?

—Pero mi resistencia a tus encantos es la única manera de demostrar mis intenciones —prosiguió él—. Contigo, nunca me conformaré con nada menos que todo. Eres demasiado importante para mí. En esto, descubrirás que no cedo.

La arpía se quedó sin palabras. La ninfa, sin aliento. Halo la estaba conquistando por completo. ¿Y si pudieran hacer que su relación eterna funcionara?

Roux apareció cerca del sofá, con su pelo claro, los ojos rojos y todos aquellos músculos.

—Tengo noticias —dijo.

Los dos Astra entablaron una conversación telepática. Cuando Roux desapareció, Halo estaba enfurecido.

—Dime qué ha pasado —le dijo ella, con el estómago revuelto.

—Roux visitó Nova, nuestro reino natal. Cada Astra tiene su propio territorio y palacio, pero todos los palacios están conectados a través de un pasillo místico conocido como el Salón de los Secretos. Allí se guardan los susurros. Allí se guardan los secretos pronunciados por los inmortales. Hace quinientos años, Erebus me susurró un mensaje.

Dijo que mi hembra estará eternamente ligada al Blood-mor. Destruir el arma significa destruirla a ella.

—Espera. ¿Cómo iba a saber eso hace quinientos años?

—Posee la Espada del Destino. No estoy seguro de qué hace exactamente ni de cómo funciona, pero le permite ver múltiples futuros para tomar múltiples decisiones.

—Si eso es cierto, y estoy ligada al Bloodmor...

Las consecuencias eran mayores de lo que ella pensaba. ¿Cómo no lo había comprendido antes?

—Vamos a conseguir esa daga. Nada nos detendrá —dijo.

Nosotros. ¿Había una palabra más hermosa en algún idioma? Hacerse con el arma no sería fácil, obviamente. Erebus sabía que intentarían conseguirla, ya que él, oh, lo había previsto con tanta claridad.

—Sabía que debería haber hecho un doble grado en Robo, además de Asesinato. Vamos —dijo Ophelia. Se puso de pie de un salto y tiró de él—. Vamos a entrenarnos y a probar mis habilidades de ladrona.

Él la teletransportó al coliseo, donde trabajaron en sigilo. Él se concentró en mejorarla; sus manos rara vez se desviaban, incluso cuando las de ella lo hacían. Aunque sus caricias ilícitas cesaron cuando los monstruos sacudieron sus jaulas, aumentando la agresión.

Ella, una amante cruel, blandió una picana mental hasta que reinó la calma. Ophelia se entregó por completo al entrenamiento. Se entrenó como si su vida y su futuro dependieran de ello, esforzándose hasta que el sol se escondió del cielo. Algunas veces, pensó en dejar que una bestia escapara de su jaula, solo para ver qué ocurría. Sin embargo, aquel no era el día para arriesgarse.

—Pase lo que pase hoy, terminaremos nuestra conversación anterior después de la tarea —le dijo él, y le acarició las mejillas. A pesar de la intensidad y la duración de su entrenamiento, no mostraba signos de fatiga—. ¿Estás de acuerdo?

—Sí —dijo ella, con la voz áspera, agarrándole las muñecas—. Hablaremos.

Sintió una enorme satisfacción.

—El congelamiento llega en tres, dos, uno.

Ella contuvo la respiración. ¿Actuaría Erebus tan rápido como sospechaba? Sonó una trompeta.

—¡Halo Phaninon! —gritó él, sin apartar la mirada de ella.

Cuando sonó una segunda explosión, ambos exhalaron un suspiro de alivio.

—Esto no es un combate a muerte —dijo Ophelia. ¡Menos mal!

—No, no lo es —dijo Erebus, que acababa de aparecer, rebosante de alegría. Por una vez, su ejército de fantasmas no estaba congregado en las gradas ni desplegado tras él—. Esto será una proeza de astucia —anunció—. Hércules se hizo con el cinturón de una reina amazona. Tú, Halo, debes hacerte con el corazón de tu hembra. Metafórica o literalmente, es tu decisión. Y no tienes necesidad de agradecérmelo. Tu expresión es suficiente agradecimiento.

La rabia la abrasó. Todos los monstruos de su zoológico interior golpearon sus jaulas, buscando la libertad. ¿Entregarle el corazón? ¿Se había atrevido a forzarla a algo así?

—¡Tú, montón de...!

—Os dejo con la tarea.

Erebus desapareció sin dejar de sonreír. Ella se paseó de un lado a otro. O aceptaba la oferta de Halo de una relación para siempre o le obligaba a que le arrancara el corazón. Ambos caminos eran un asco para ella. Sí, para él también. ¿Estaba a punto de aceptar su oferta antes de que Erebus hiciera su anuncio? Sí, pero ¿ahora? ¿Apoyándose en el plan de batalla de su enemigo, como si fuera un regalo celestial? ¡Era una insensatez! Por Halo y por ella. Seguramente, Halo lo vería igual. Si aceptaban, él nunca sabría si ella había cedido para salvarse o porque realmente lo amaba.

Volvió la mirada hacia él. Y... Oh, vaya. Bien. Halo se cruzó de brazos y avivó su llama.

—¿Y bien? —preguntó, chillando—. No puedes estar de

acuerdo con esto. Quiere que me comprometa para siempre, lo que debe de significar que su próximo tormento depende de ello. Tal vez. Probablemente. ¿Por eso deberíamos... negarnos?

¡Argh! Había alcanzado el estado que más despreciaba, cuando no sabía nada de nada.

Halo se encogió de hombros.

—Su objetivo no significa nada para mí. Mi objetivo lo es todo. Usaré todas las armas a mi disposición para conseguirlo.

A ella se le aceleró el corazón. Aquello había sido casi dulce.

¿Qué iba a hacer?

—Dame un minuto para pensar —murmuró.

Las pupilas de Halo hicieron aquella palpitación suya y ella frunció los labios. Era obvio que la estaba manipulando y que le encantaba. ¿Acaso podía tener una pareja peor cualidad? No, en realidad, no. Además, una ganadora no se dejaba engañar ni superar. De hecho, una chica inteligente le obligaría a arrancarle el corazón antes que admitir que había caído lo suficientemente bajo como para sentir algo por él.

Pero... una chica inteligente también apostaría por un purasangre en lugar de un semental común. ¿Y no sería mejor sacrificar su miedo en el altar del amor, en lugar de su vida?

Pero ¿y si se equivocaba?

Sus alas revolotearon. ¿Cómo no iba a desear estar con él para siempre? Aquel Astra había luchado por ella. Había luchado con fuerza. Era delicioso. Ella le importaba. La deseaba como el aire. Se relajaba con ella. Reía con ella. La necesitaba como nunca la habían necesitado. Porque eran el uno del otro.

Y porque amaba a aquel tonto con todo su corazón. La ninfa que llevaba dentro no se cansaba de él y nunca lo haría.

«Él es mi compañero y mi consorte». Ya no podía negarlo.

Ophelia lo miró. En su interior, todo era suave y vulnerable.

—Halo —susurró.

Una trompeta resonó en la noche y él dio un paso hacia ella. Sus vibraciones eran agresivas, pero mantuvo los brazos a los costados, los puños cerrados.

—¿Te he conseguido?

Ella se mordió el labio inferior y asintió.

—Di las palabras —graznó.

Ophelia se humedeció los labios y lo hizo. Lo arriesgó todo.

—Ganaste, Halo. Quiero estar contigo para siempre. Yo... me rindo.

28

A Halo se le escapó un rugido de triunfo. Se abalanzó sobre ella y la besó. Ophelia necesitaba que su hombre le demostrase que era digno de su afecto, que era alguien dispuesto a luchar por ella, sin importar el precio, de la misma manera que ella había luchado por él. Él lo había hecho. Había demostrado paciencia y había ganado su premio. La hembra más sensual y juguetona que jamás hubiera podido soñar. Una belleza deslumbrante más allá de su imaginación. Una campeona que no estaba dispuesta a rendirse, por muchas veces que cayera. Un conducto de emociones que añadía colores vibrantes a su mundo en blanco y negro.

La teletransportó a su dormitorio. Eufórico por la victoria, la hizo retroceder en dirección al baño sin interrumpir el beso. Ambos estaban sucios del entrenamiento y tenían manchas de sangre en la piel, pero no le importaba. No podía dejar de saborearla.

Le arrancó la armadura y la ropa interior, quitándole cada pieza con la mayor prisa. El corazón le latía con fuerza en el pecho. El calor le inundó las venas. No, no solo calor. Era un infierno y sus células estaban en llamas. El humo le nubló la mente y el deseo oscureció cualquier otro pensamiento. «Tómalo todo. Da más».

Ofelia le clavó las garras en los hombros y devoró su boca. Los gemidos fluyeron entre ellos como un torrente continuo mientras él se abría la cremallera, liberando su miembro palpitante.

—Dame tu feromona. Cuando dije que lo quería todo, lo decía en serio —le pidió a Ophelia. Apretó el miembro contra su centro, extendiendo su humedad entre ellos, y siseó—. He estado demasiado tiempo sin ti.

El increíble aroma le llenó la nariz. Inhaló profundamente y levantó la cabeza. Sus miradas se encontraron. Sus cuerpos estaban separados por pocos centímetros. Saberlo le despojó de su control, pero también lo fortaleció.

—Umm. Nunca había sido tan fácil —dijo ella, entre jadeos. Sus iris verde claro parecían de vidrio pulido—. Creo que me estoy inyectando feromonas a mí misma.

—O estás ebria de deseo por tu hombre —repuso él, y le dedicó una sonrisa posesiva—. Me gusta que me reconozcas como tuyo, ninfa. Me encanta que te entregues a mí.

Aquella entrega lo convertía todo en un acto de promesa para los dos. Juntos para siempre. Era un honor.

—Sí —respondió ella, y se mordisqueó el labio inferior—. Así que no me hagas esperarte ni un momento más.

—Oh, cariño. Vas a esperar, eso te lo prometo. Vas a hacer lo que te diga.

Se hundió en ella con una presión cada vez mayor.

Ella arqueó la espalda entre jadeos.

—Está bien, está bien.

—No lo olvides.

La llevó a la ducha, donde se desnudó apresuradamente, y los dos se lavaron. Ella le acariciaba el miembro cada vez que tenía oportunidad. Cada segundo que pasaba sin que la flexionara y la embistiera quemaba otra capa de su cordura. Cuando ya no pudo más, le sujetó el pelo con las manos, ladeando su cabeza, y la apretó contra las baldosas. Llovió agua caliente, y cada gota era una pequeña caricia.

Él deslizó la mano entre sus piernas y le frotó el clítoris. A ella se le separaron los labios con un gemido ahogado antes de derramarse sobre él tal y como él adoraba, balanceando las caderas y ondulándose mientras la acariciaba.

El vapor hizo más denso el aire. Un suave golpeteo proporcionó el fondo perfecto para cada caricia, gemido y súplica.

Él le mordisqueó el labio inferior y esbozó lo que, seguramente, era una sonrisa feroz.

—Me complaces, Elia.

—¿Soy realmente tuya para siempre? —preguntó ella, ofreciéndole la garganta—. ¿Siempre me desearás?

—Umm-umm —murmuró él, y le lamió la carótida—. Necesito más diversión en mi vida y tú me la vas a dar. Cada centímetro de tu cuerpo es ahora mi patio de recreo. Creo que mi primer reclamo irá aquí —dijo, y metió un dedo dentro de ella, arrancándoles otro gemido a ambos. A Ophelia se le entrecortó la respiración y se le endurecieron los pezones.

—¿Y el segundo? —preguntó.

Él, sosteniendo su mirada, deslizó la otra mano hasta su pecho y lo amasó.

—Aquí —dijo, y rozó con el pulgar la cresta de color ámbar. Ella dio un grito de necesidad.

—Adivina de qué me acabo de dar cuenta. Me ganaste, pero yo también te gané a ti. Eso significa que soy más fuerte que tú. Derroté al gran y malvado inmortal. Mi coraje es descomunal. Algo que, seguramente, anotarás en tus cartas de recomendación para mi faceta asesina.

Halo sonrió ligeramente y la besó en los labios.

—No hay nadie más fuerte ni más valiente que mi Elia. No importan las adversidades, tú sigues adelante. Si un camino termina en un callejón sin salida, forjas uno nuevo. Cuando caes, luchas por volver a levantarte. Te has enfrentado una y otra vez a la muerte, de frente, incluso con entusiasmo. Nada puede detenerte a la hora de defender a quienes amas.

—Umm, soy increíble —bromeó ella.

—Sí, lo eres —respondió él.

Desnudo y mojado, la llevó a la cama, la tendió boca abajo y rindió homenaje a sus delicadas alas. A la elegante línea de su columna. Al trasero más perfecto del mundo. Imaginó su piel marcada por su polvo de estrellas y un deseo puro casi lo abrumó. La hizo girar y le chupó los pezones, la acarició profundamente, y gruñó:

—Te gusta que tu hombre te reclame, ¿verdad, Elia?

—Sí, me gusta. Me gusta de verdad —dijo ella, y se retorció. Le tiró del pelo. Le apretó los hombros. Lo pinchó con sus garras, dejándolo marcado.

—Voy a darte una recompensa por tu sinceridad —dijo él, y su fachada de calma se desintegró—. Vamos, ten un orgasmo fuerte para mí.

Presionó el dedo pulgar contra su clítoris hinchado. Ella gritó su nombre mientras sus paredes internas se cerraban alrededor de sus dedos. Él dejó que se retorciera y se moviera. Cuando ella, por fin, se desplomó sobre el colchón, él notó que su anhelo se había convertido en lujuria.

Al amainar los espasmos, ella gimió:

—Más, Halo.

Con gusto.

Él se apoyó sobre un codo y colocó su erección en la entrada de su cuerpo, deslizándose justo lo suficiente para enloquecerse.

Lentamente, ella se onduló, obligándolo a penetrar más. A cada centímetro que avanzaba, su placer aumentaba. El sudor le cubría la frente. Su corazón latía como un tambor de guerra.

Cuando ya no pudo soportarlo más, se hundió hasta el final. Ella arqueó la espalda y luego lo rodeó con sus extremidades, aferrándose a él.

Él se retiró. Empujó hacia adentro. Levantó la cabeza y sostuvo su mirada. Dentro. Fuera. Su cara sonrojada estaba enmarcada por largos mechones de cabello oscuro y húmedo. Sus iris ebrios de lujuria estaban protegidos por unos párpados pesados, mientras él se entregaba a un lánguido masaje. La luz de la lámpara proyectaba un brillo dorado sobre su piel morena. Sus pechos regordetes, con aquellos pezones color ámbar, exigían aún más su control.

Sus labios escarlata mostraban las pequeñas marcas de sus colmillos. A juzgar por su mirada hambrienta, Ophelia ansiaba hundir aquellos colmillos en su cuello antes de que salieran de la cama. ¿El derecho de una arpía sobre su consorte?

«¡Debe tener esto!». La sujetó por la nuca y se acercó su rostro a la garganta.

—Muerde —le ordenó él—. Bebe de mí.

—¿Estás seguro? —le preguntó ella, vacilando, mientras lamía su piel acalorada. Él la embistió una vez, dos veces. Otra vez.

—Muerde y succiona lo que quieras —dijo él. Otra vez. Más fuerte. Más rápido—. Dame lo que es mío, Elia.

—Sí... —respondió ella y, con un gemido, hundió los colmillos profundamente. Él aflojó su agarre hasta que le acarició el pelo.

—Así es. Llénate de mí.

Con su poder. ¿Estaba ella en lo cierto? ¿Era aquello lo que Erebus había deseado desde el principio? ¿Que él cediera su fuerza a un rival, poco a poco? ¿Para contribuir a su propia caída? En aquel momento, no le importó.

—Córrete. Aprieta mi longitud. Róbame mi clímax.

Extendió la mano entre ellos, rozando su clítoris. A ella se le arqueó la espalda de nuevo, y sus colmillos se retiraron de su vena mientras se le caía la cabeza hacia atrás. Un fuerte gemido le perforó los oídos. Era como la música. Aquellas tensas paredes internas se contrajeron una y otra vez mientras ella estaba en pleno clímax, abrasando su miembro.

La tensión se enroscó en su pecho hasta que finalmente, afortunadamente..., se hizo añicos. Él llegó al orgasmo con un rugido. Los fragmentos de lo que le había atormentado durante tanto tiempo desaparecieron. Fue la sensación más increíble que jamás había experimentado.

Por aquello, por ella, hubiera soportado cualquier cosa. Hubiera aceptado incontables siglos más de miseria. Aquello era correcto. Aquel era su derecho.

Cuando se desplomó y rodó de lado, Ophelia se acomodó sobre él. Los dos jadeaban, y sus corazones latían al unísono. La abrazó. Su futuro nunca había sido tan brillante... ni peor. Si lograba llevar a cabo la última tarea sin luchar contra ella, podría conservarla. No habría nada mejor. Pero ¿y si ganaba la batalla y la perdía?

Tuvo un dolor en el pecho. ¡No! Ya había perdido demasiado. Se negaba a perder a su arpía. Tenían otra opción: la jaula de trinidad y la hibernación. Tal vez hubiera descartado la idea demasiado rápido. Si aquello fallaba, tomaría otro camino. Solo tenía que averiguar qué implicaba tomar otra ruta.

Si no se le ocurría nada, quizá todos pudieran hibernar. Los Astra estuvieron dispuestos a dormir durante quinientos años para salvar a Roc y Taliyah. Era justo que hicieran lo mismo con Ophelia y él.

Salvo que el éxito de esta prueba conseguiría para ellos la ascensión. ¿Tendrían los Astra otra oportunidad como aquella? Con la ascensión, obtendrían el poder de eliminar a Erebus para siempre.

Ophelia bostezó y se estiró. Él le besó la sien y se levantó de la cama, pero solo para recoger los materiales necesarios. Después de limpiarlos a ambos, regresó a su lado.

—¿Soy tu consorte? —le preguntó—. Quiero oírte decir las palabras.

—Sí, ¿de acuerdo? Sí. Lo admito en voz alta. Eres mi compañero y mi consorte. ¿Qué puedo decir? Me fascina tu obsesión conmigo.

Ella alzó la cara para recibir sus besos. Después, cruzó las manos sobre su esternón y lo miró con una expresión de vulnerabilidad—. ¿Y yo? ¿Soy tu gravita?

Él le pellizcó un mechón de pelo.

—Eres absolutamente mi gravita. Pase lo que pase. Así que no nos preocuparemos de eso nunca más. No serviremos al propósito de Erebus ni permitiremos que la duda crezca entre nosotros.

—¿Cuál consideras que es, exactamente, su propósito?

—Que yo sufra el mayor tiempo posible y que se fortalezca tu resistencia a mis encantos.

Ella resopló y luego parpadeó.

—Ah, va en serio. De acuerdo. Entonces, ¿ahora crees que tienes encantos? ¿Podrías decirme cuándo se supone que ocurrió este milagro?

Él sonrió.

—La primera vez que mantuvimos relaciones sexuales, mi *software* se actualizó automáticamente.

Ella soltó una carcajada.

—Vaya, cuánto me gustas. Pero, para que quede claro, tu actualización de *software* sabe que puedes darme órdenes en la cama, pero no en el campo de batalla, ¿verdad? Porque lucharé junto a las arpías en combate.

—Lo entiendo.

Su habilidad y ferocidad le causaban asombro. Si ella tenía razón y aprendía a controlar por completo a las bestias, que eran algunos de los peores monstruos de la mitología, sería una oponente formidable para cualquiera, incluso para los Astra.

—No pondré objeciones a tu deseo de desafiar a Erebus y robar la Bloodmor.

Tuvo un presentimiento que despertó su temor. La siguiente tarea mezclaba a un gigante de tres cuerpos con ganado. Seguramente, sería otro combate a muerte. Pero ¿cuándo? Se suponía que Erebus no actuaría hasta después de siete días, pero al dios le encantaban sus trampas.

Halo se pasó una mano por el pelo. El dios era lo suficientemente rencoroso como para provocar una pelea entre Ophelia y él inmediatamente después de que se hubieran prometido. «Mi pesadilla. La miseria suprema».

—¡Oye! Deja de adelantarte a la siguiente batalla —le dijo ella—. Pase lo que pase, lo superaremos. Tampoco volveremos a mencionar el polvo de estrellas. Si dices que no es un problema, no es un problema.

Ophelia arrastró la punta de un dedo hacia su ingle.

—¿De acuerdo? —le preguntó—. ¿O tal vez necesitas un poco de motivación?

Sus pensamientos se centraron apresuradamente en sus próximos pasos.

—Necesito motivación —le dijo, y enredó los dedos en su cabello.

—En ese caso... —murmuró ella, y, con los ojos entrecerrados, inclinó la cabeza y le lamió los pezones, uno tras otro—. Creo que voy a beber directamente de tu grifo.

Él se estremeció. «¡Sí! Lo quiero».

—Te lo permitiré con mucho gusto —dijo, con la voz ronca—, pero estarás en deuda conmigo.

—De acuerdo —respondió ella, y se humedeció los labios—. Dime cuáles son tus exigencias.

—Me darás otro día de diversión y me permitirás presentarte a los Astra. En calidad de gravita.

Con una carnalidad perversa, ella se humedeció los labios de nuevo.

—¿Quieres presumir de mí?

—Estoy desesperado por hacerlo.

La excitación brilló en sus iris esmeralda, pero se apagó un segundo después.

—¿Dudarán de ti? Sin el..., ya sabes. El polvo que ya no se nombrará.

—Puede que sí —respondió él. La verdad era la verdad—. Pero hay otra manera de unirnos irrevocablemente. Una manera que nos permitirá comunicarnos telepáticamente, como hago con los Astra.

—¿Podré hablarte siempre, en tu cabeza?

—Si te marco con mi insignia, sí.

El vínculo le permitiría teletransportarla de un lado a otro sin contacto y conversar telepáticamente fuera cual fuera la distancia entre ellos.

—¿Lo soportarás?

—Sí..., algún día. Tal vez —respondió ella. Sonrió y descendió lentamente por su cuerpo—. Pero, primero, tú llevarás mi insignia. Dos marcas de colmillos...

29

Una pareja oficial. Hasta aquel momento, su compromiso eterno había durado una semana, más o menos, y habían pasado la mayor parte del tiempo en la cama. La relación romántica más larga de Ophelia hasta la fecha, y la primera de él.

Aquella noche, tenían pensado celebrar su increíble logro con una divertida fiesta de aniversario que él, en cierto modo, había solicitado. No había mejor momento para ello. Ninguno de los dos sentía la urgencia de la tarea.

Mientras se acicalaba frente a un espejo de cuerpo entero, Ophelia tuvo que admitir que estaba bastante elegante. Después de un increíble maratón de sexo y una siesta rapidísima de seis horas en brazos de Halo, lo había echado de su habitación. A pesar de sus protestas, gracias. Se había duchado y se había puesto un vestido de color marfil con aberturas entre los pechos y alrededor del ombligo. Tenía una falda suelta y con aberturas que llegaba hasta el suelo, jugando al escondite con sus altísimos tacones de aguja.

No era un vestido que hubiera elegido antes de conocer a Halo. En aquel momento, sin embargo, esperaba que su cuerpo, que era como un horno, la mantuviera caliente.

Se había hecho una trenza y se la había enroscado para formar una corona oscura. Su cuello estaba al descubierto y podía admirar el collar que Halo le había regalado aquella mañana.

Lo único que le faltaba era su marca. Se había quitado la idea de la cabeza, aunque no para siempre, solo por el momento. A Halo no le hacía feliz la falta de polvo de estrellas, pero, por otro lado, a ella le encantaba su método de persuasión...

Se acabó la negativa a los orgasmos. Ahora la colmaba de placer. Era solo que todo había cambiado tan rápidamente... Ella había admitido que quería estar con él eternamente. Había experimentado la verdadera satisfacción sexual por primera vez. Había dormido, también por primera vez, acurrucada contra otra persona.

Estaba al límite. Tener una marca literalmente grabada a fuego en la piel, una marca que establecía un vínculo mental con su hombre, quizá, incluso, compartiendo sin darse cuenta los pensamientos, inseguridades y preocupaciones que luchaba por superar con tanta dificultad... Todo aquello era casi más de lo que podía soportar.

Se llevó una mano al estómago encogido y respiró profundamente. La calma llegó poco a poco. No pensaría en el mañana. Ni en las últimas tareas. Ni en su zoológico mental, repleto de bestias que no paraban de agitar sus jaulas, haciéndole que se preguntara qué pasaría si alguna vez escapaban al mismo tiempo. Mantendría sus pensamientos centrados en el presente. Tal vez aquella noche se convirtiera en su recuerdo favorito. La guinda de un día ya maravilloso que había pasado con su prometido.

¿Cómo no iba a enamorarse del Astra? Por la forma en que respondía a ella y solo a ella. Por la absoluta adoración que demostraba por su cuerpo. Por aquella intensidad lujuriosa. Por su sentido del humor. ¡Por su fuerza!

Durante tres de las tareas, se había atravesado con una espada de piedra de fuego, se había convertido en piedra y se había desmoronado, solo para salvarle la vida. ¿Y cómo iba a olvidar su calor?

Ella estaba más feliz que nunca y eso hizo que sintiera pánico. Adiós, calma. Obviamente, algo tendría que perder. Tenía que ocurrir lo contrario, lo que la llevaría al momento en que perdiera absolutamente todo lo que había llegado a adorar. Aquel era su patrón de vida.

—La fiesta ha comenzado —dijo Halo. Su reflejo apareció a sus espaldas en el espejo, y a ella le dio un vuelco el corazón al verlo. Él abrió los ojos de par en par al examinar el cristal. Se le dilataron las pupilas—. No hay nada más hermoso que tú.

—Cierto, no te equivocas. Pero tu belleza le sigue de cerca —bromeó ella. Estaba muy bien. Llevaba la camiseta y los pantalones de cuero de siempre, pero le había añadido una mirada de adoración al conjunto y, bueno..., la dejó sin aliento—. Eres magnífico —le dijo, girándose para rodearle el cuello con los brazos.

—Preferiría que dijeras a gritos lo magnífico que soy —bromeó él, y la besó en la frente, en la punta de la nariz, en la mejilla—. Todos entenderán que lleguemos tarde.

Ella tuvo un escalofrío y se echó a reír. ¿Por qué había temido tener un consorte? Por primera vez en su vida, era libre de ser arpía y ninfa. Sus dos facetas podían ser opuestas, la amante y la luchadora, pero ya no estaban enfrentadas. Trabajaban juntas, fortaleciéndola sin la ayuda de las bestias. Pero ¿la fortalecían lo suficiente? ¿Podría combatir a las bestias si alguna vez se desataban a la vez? ¿Y si Halo no podía someterla entonces? ¿Y si ella... lo mataba? ¿Se había permitido volverse demasiado fuerte? ¿Era aquel el plan de Erebus desde el principio?

Se apartó aquellas preguntas de la cabeza. Aquel no era el momento. Halo siempre percibía el más mínimo cambio en su comportamiento. Al parecer, el humor del lobo feroz había pasado a depender de Caperucita.

—Primero, la fiesta —le dijo, con una sonrisa radiante.

Él había pedido diversión, así que, de una forma u otra, se divertiría.

Halo la miró con el ceño fruncido, porque, sí, había percibido el cambio, pero también asintió.

—Muy bien. Haré esto por ti, pero me deberás una.

Ella se rio disimuladamente mientras él la teletransportaba a la sala del trono.

La sala estaba abarrotada de seres vestidos para matar, tanto metafórica como literalmente. Había pequeñas mesas redondas, surtidas con una gran variedad de bocadillos. Las tarjetas decían *No comer*. De fondo sonaba una música suave. La luz de las velas brillaba suavemente en candelabros entrelazados con cadenas de cristal.

Roc y Taliyah observaban desde una tarima, sentados en sus tronos. Por todas partes había arpías y arpías-fantasma de alto rango, además de Vivi, Meda, las otras concubinas de los Astra, una pitonisa a quien Ophelia no conocía, la familia de la General y el resto de los Astra. Los señores de la guerra estaban dispersos por la sala, aunque ninguno participaba activamente en la fiesta; tan solo observaban cómo las arpías bebían copas y cantaban mal. Algunos observaban con más atención que otros.

Las arpías-fantasma se habían colocado cerca de las paredes, visiblemente incómodas y listas para desaparecer cuanto antes. Vivi, Meda y tres de las hermanas de la General fingían ser camareras, atendiendo un bar improvisado, discutiendo sobre quién servía los mejores cócteles y quién hacía las mejores provocaciones.

Sonriendo, Ophelia entrelazó un brazo con el de Halo, se agarró a su bíceps y apoyó la cabeza en su hombro. Aquel era el tipo de evento que su... madre solía organizar, pero al que nunca la había invitado. Ella nunca era lo suficientemente importante. Se le borró la sonrisa por unos instantes, pero se recuperó rápidamente. Halo sí la consideraba una persona muy importante.

—Estoy lista para mi presentación en sociedad —le dijo.

—Silencio —ordenó Halo a la multitud, y todos obedecieron. Las conversaciones cesaron, y lo miraban con expectación. Ella contuvo la risa. Con el orgullo marcado en cada línea de su ser, él anunció—: Les presento a mi gravita, Ophelia Falconcrest.

Ella hizo su mejor reverencia sin soltarse de su brazo.

—¡Por la Novia! —gritaron todos al unísono, brindando con sus copas.

—Tiene que ser una broma —murmuró ella.

—Ese no es su nombre —gritó Vivi, y dio dos tragos. Se subió a la barra y le guiñó un ojo a Ophelia—. Es la señora Inmortal.

La multitud aplaudió.

—¡Por la señora Inmortal, la Novia!

—Ya podemos irnos —refunfuñó.

A Halo le brillaron los ojos con un deleite perverso. Ian se acercó rápidamente, sorprendiendo a Ophelia con un gesto de deferencia.

—Un placer conocerte, Ophelia.

—Bueno, quizá podamos quedarnos un poco más —le dijo a Halo.

Con aquel gesto, Ian le demostró cuánto respetaba su posición como compañera elegida por Halo. También reconoció su papel como una soldado que estaba dispuesta a luchar y morir por mantenerlos a todos a salvo. Al igual que Halo, reconoció su increíble valor. Porque ella tenía algo. Y, ¡vaya!, qué ligue tan increíble.

—También es un placer para mí reencontrarme contigo, Ian.

Ojalá pudiera verla Nissa. Ophelia notó una punzada de tristeza, pero ya no era dolorosa. Ya no. Las aristas más agudas de aquella tristeza se habían desgastado. Pero, eh, ¿por qué Ian la miraba de repente como si le hubiera salido otra cabeza? Oh, mierda. ¿Lo había hecho? Halo también notó aquella atención.

—Puedes apartar la mirada de ella, Ian. De hecho, te sugiero que lo hagas. Ahora.

Ella se mordió el labio mientras luchaba contra otra sonrisa. A medida que las emociones de su Astra salían a la superficie, él mostraba cada vez más sus reacciones.

Ian también estaba conteniendo la sonrisa. Con una mirada oscura y vivaz, preguntó:

—¿Por qué no has cubierto a tu hembra con polvo de estrellas?

Halo forcejeó buscando una respuesta, con la incomodidad y la furia reflejadas en el semblante, y Ophelia se rio disimuladamente.

—Solo te está tomando el pelo —le dijo, y le dio una palmada juguetona en el pecho, atónita al descubrir que la escasez de polvo de estrellas cada vez era menos angustiosa para ella. Halo era un inmortal de sangre fría capaz de crear mundos. Conocía su mente y su corazón. Si creía que ella era suya para siempre, ¿quién era ella para dudarlo?

—Tomándome el pelo —repitió él, como si el concepto le fuera ajeno. Ya aprendería. ¿Su nuevo lema? «Sin polvo de estrellas, no hay problema». Tal vez el polvo apareciera algún día, tal vez no. ¿Para qué iba a basar su felicidad, o su tristeza, en una fuerza que estaba fuera de su control?

Halo debió de haberle respondido telepáticamente a su amigo. Algo así como «Esto no es broma, es mi mujer, retrocede». La sonrisa de Ian se desvaneció y el Astra levantó las manos con un gesto de inocencia. La afirmación de posesión de Halo siempre la emocionaba.

—Tranquilos, vosotros dos. Portaos bien. Esta mujer adorada ve una docena de tragos de vodka que necesitan ser robados.

Ophelia deslizó las manos bajo la camisa de Halo y posó las palmas sobre sus abdominales marcados. Piel con piel, su posición favorita.

—Durante mi ausencia, no puedes preocuparte, hacer pucheros ni darle vueltas a las cosas. Si lo haces, cancelaré la fiesta posterior en bragas. Pero que eso no te impida desnudarme con la mirada...

Le guiñó un ojo y lo dejó boquiabierto. Ella, complacida

consigo misma, con su hombre y con la vida en general, se alejó tranquilamente, exagerando el movimiento de las caderas.

—¿Quién eres? —le preguntó Ian.

Aunque el señor de la guerra estaba al lado de Halo, él apenas oyó las palabras. Estaba concentrado en la seductora que protagonizaba sus sueños más febriles. ¿Sentía ella su mirada mientras se alejaba?

Su forma de moverse era un festín sensual y él tuvo que reprimir un gemido.

Roux apareció junto a Ian y se cruzó de brazos.

—¿Le has preguntado?

—¿Sobre el polvo de estrellas o sobre su nueva personalidad? —dijo Ian, e hizo un gesto de desdén—. No importa. Sí. Le he preguntado. Todavía estoy esperando la respuesta.

¿Acababa de temblar Ophelia? ¿Debería ir con ella para darle calor?

Los señores de la guerra se colocaron frente a él y le bloquearon la vista. Sintió un impulso incontrolable de golpearles la cabeza y tirar sus cuerpos a un lado, pero respiró hondo. No debería hacerles daño a sus amigos.

Hasta el día anterior, él había sido un cascarón sin emociones. Hoy, sin embargo, ardía de deseo por una mujer concreta.

—Soy... yo —dijo, observando a Ophelia, que había ido a reunirse con sus amigas al bar—. Casi. Soy el mismo hombre. Decidido a derrotar a Erebus, cueste lo que cueste.

No podía permitir que el enemigo ganara.

—Hablando de Erebus. Tengo una idea...

De repente, Roux se quedó callado mientras su mirada se dirigía a la lámpara de araña, como atraído por una fuerza invisible. Allí había una arpía agazapada. Era Blythe, la Destrucción. Aquella belleza ágil estaba mirando a Roux con furia.

Cuando el señor de la guerra se inclinó, él entendió por

fin el apodo de la mujer. Sin ningún esfuerzo, estaba deshaciendo siglos de la cortesía de Roux, mientras que su odio amenazaba la calma que tanto le había costado conseguir a su amigo.

¿Acaso Roux deseaba a aquella arpía como él deseaba a Ofelia?

«Y yo que creía que mi cortejo estaba plagado de dificultades». El de ellos podría volverse... turbulento.

—¿Cuál era tu idea? —le preguntó, distraídamente. La arpía se reía de algo que había dicho alguien. Le robó un trago a otra mujer y vació el contenido. Las demás vitorearon cuando levantó el vaso vacío.

—Tenemos el poder de ser nuestro peor y más poderoso enemigo —dijo Roux—. ¿Crees que Erebus decidió enfrentarte a ti mismo?

Él apretó la mandíbula.

—Es posible. En teoría.

Al principio, Chaos había mencionado las lecciones que Halo debía aprender. ¿Qué había aprendido hasta el momento? Que, tan pronto como pensaba que entendía algo, salía a la luz nueva información que demostraba que no sabía nada. Había descubierto que tenía límites, que había líneas que no cruzaría, fuera cual fuera la provocación. Había descubierto viejos deseos, pasiones y anhelos que habían estado enterrados profundamente. Había descubierto una meta impactante: una vida con Ophelia, protegiéndola y complaciéndola. Después de todo, no era una máquina. Poseía un corazón, por muy maltrecho que estuviera, y su corazón necesitaba a su gravita para funcionar correctamente.

Pero ¿qué implicaría luchar contra sí mismo en un campo de batalla? ¿Qué significaría, al final?

Ian pensó por un momento y frunció el ceño.

—Si eres tu propio oponente, Halo, ganará uno de tus lados, pero el otro perderá.

Sí. Y, de cualquier manera, él solo tendría media vida. La victoria para los Astra significaba la derrota para

Ophelia. La victoria para Ophelia significaba la derrota para los Astra.

—Tengo mucho en lo que pensar —murmuró. Pero no allí ni en aquel momento. No lo haría hasta que hubiera pasado todas las tareas. Solo entonces podría tener una visión completa de sus lecciones.

Una risa mágica atrajo su mirada hacia su mujer. Sonrió sin poder evitarlo y algo se le aflojó en el pecho. Con las orejas moviéndose por voluntad propia, se concentró en la conversación de Ophelia con Vivian.

—No puede apartar la vista de ti —susurró la arpía—. Reconócelo. Haces trucos raros en la cama para mantenerlo así, ¿verdad?

—Probablemente, los más raros —susurró ella.

—¡Estás sonriendo! ¡Y pones cara de petulancia! —exclamó Ian, llamándole la atención una vez más—. No podrías estar más orgulloso de tu mujer.

No, ciertamente, no podía. Tuvo que esperar a la congelación, que sucedió al final de la fiesta, para llevarla a su habitación. De alguna manera, lo logró y dejó que ella disfrutara de aquel momento sin preocupaciones.

Finalmente, llegó la congelación. Ophelia se abrió paso entre los cuerpos inmóviles, corriendo hacia él.

Él abrió los brazos y ella saltó sobre él, rodeándole la cintura con las piernas.

—Te he echado de menos.

—Yo también. Mucho —dijo él, y la abrazó con fuerza.

Ella le tomó el rostro con las manos.

—Dame un...

De repente, frunció el ceño. El color desapareció de sus mejillas.

—Mi pecho. La marca. Arde como si Erebus y el Bloodmor estuvieran cerca.

Él frunció el ceño. ¿Un tarea aquella noche, aunque no lo hubieran intuido?

—No quiero pelear contigo, Halo —dijo ella, al borde del pánico—. Y no quiero verte suicidarte para salvarme.

Ponme en hibernación. ¡Por favor! La próxima vez robaré la daga.

No, si él la robaba primero.

—Tranquila. Haré lo que desees.

La llevó a su dormitorio del reino duplicado y la instó a dormir. La recostó suavemente sobre el colchón y susurró:

—Sueña conmigo, cariño. Volveré pronto.

Sus ojos permanecieron cerrados, con la cabeza inclinada hacia un lado. La tensión lo invadió, pero él endureció su corazón, invocó la caja trinitaria y depositó a la arpía en su interior. Sin su marca. Sin forma de comunicarse. Una preocupación para después.

La losa de piedra negra le recordó a un ataúd. No le gustaba la idea. De mala gana, regresó a Harpina, al coliseo, y evaluó la situación. Cielo oscuro, sin estrellas. Una luna brillante y luminosa. Inhaló profundamente. Exhaló lentamente. Se oyó el sonido de una trompeta. Volvió a sonar. Así pues, se trataba de una prueba de astucia. Respiró con más tranquilidad y gritó:

—¡Halo Phaninon!

Erebus apareció al otro extremo del campo, ya caminando hacia él. El dobladillo de su túnica negra arrastraba sobre la arena.

Lo flanqueaban tres arpías de cabello oscuro.

Sistemas sobrecargados. La mente de Halo fue incapaz de procesar lo que contemplaban sus ojos. No era posible que estuviera viendo tres versiones de Ophelia, cada una con la misma túnica blanca, observando a Halo como si fuera un banquete de delicias sensuales.

A menos que...

¿Eran ilusiones? ¿Transformaciones por cortesía de la Bloodmor? ¿Una real, dos falsas? ¿Todas falsas? ¿Todas reales? ¿Acaso la caja de trinidad no había cumplido su función?

No, no. Seguro que no.

—Son bastante notables, ¿verdad? —preguntó el dios, jactanciosamente—. El original y las copias, cada una hechizada para percatarse solo de ti.

¿El original? Una mentira. «Por favor, que sea mentira». Ophelia permanecía en hibernación, a salvo.

—Aunque, en realidad, todas son originales, supongo, teniendo en cuenta que las copias son ella en todos los sentidos —prosiguió Erebus, y sonrió al detenerse a seis metros de distancia—. Sienten lo que ella siente y piensan lo que ella piensa. Mis disculpas, Inmortal, pero en esta partida pierdes.

Halo apretó los puños y las tres mujeres se situaron detrás del dios.

Erebus extendió los brazos.

—Hércules le robó ganado a un gigante de tres cuerpos. Te presento a tu hembra, más dos. Simplemente debes elegir a la Ophelia que deseas salvar. Yo me quedaré con las demás. Y, por favor, tómate tu tiempo. No corren prácticamente ningún peligro por mi culpa..., por el momento.

Él reprimió una maldición. «No reveles nada».

Ajeno al dios, el trío de arpías hizo señas a Halo para que se acercara, con movimientos perfectamente sincronizados.

La bilis le abrasaba el pecho. ¡Dejar cualquier versión de su arpía-ninfa con Erebus! Pero si elegía mal...

—La Bloodmor es una verdadera maravilla —dijo Erebus, y serpenteó entre las hembras, deslizando la yema de un dedo por sus gargantas al pasar—. Transforma a individuos selectos en cualquier persona o cosa completamente diferente. Se convierten en el otro ser en todos los sentidos, y no hay vuelta atrás. Dos versiones de tu hembra se convertirán en mis mascotas. Por un tiempo —explicó, e inclinó la cabeza—. ¿Te ayudará saber que la repliqué con mis fantasmas?

Halo resopló. «Debo conseguir esa espada».

Erebus acarició la mejilla de Ophelia y aquella visión lo asqueó. ¿Cuánto más debía asquear a la arpía aquel contacto?

«Hazlo».

—Libéralas para que pueda hacer mi selección.

—Quizá no te importe quién viva y quién muera —continuó Erebus, ignorando su orden mientras pasaba a la siguiente hembra—. Parecen iguales. Producen las mismas sensaciones —dijo, y le rozó el cuello a una de ellas con la nariz—. Huelen igual. Lo admito, estoy deseando entrenar a mis mascotas para que satisfagan mis necesidades particulares.

Y así, tan fácilmente, la anhilla se activó y destrozó su capacidad de control.

Desconectó al despreciado macho y se concentró por completo en las arpías. A pesar de su inspección minuciosa, no halló diferencias entre ellas. Incluso llevaban la marca interna en el mismo lugar.

—¿No te das cuenta? —gritaron, al unísono—. ¿Halo? Soy tu gravita. ¿Cómo es que no puedes reconocerme entre miles?

¿Cómo se suponía que iba a hacer aquello? ¿Cómo no iba a hacerlo? Herirla le dolía y tocarla siempre le afectaba.

El trío lo fulminó con la mirada mientras él avanzaba a grandes zancadas. Se detuvo frente a la primera y, temblando, le tomó el rostro con las manos. Su piel se calentó..., pero él no se sintió bien. Parpadeó al darse cuenta. Después de todo, no era una copia exacta.

Lo invadió una sensación de calma y alivio al ver tan claramente la respuesta. Tocó a la hembra del medio. Otra vez, equivocada. La tercera. Vaya, vaya. El astuto Erebus.

Volviendo a la primera arpía, correspondió a la sonrisa arrogante del dios con una propia.

—Esta no es ella —dijo. Sin pausa, sacó una espada de tres filos y la apuñaló en el corazón.

La diversión del dios se apagó un poco.

—Esto no es un combate a muerte.

—Hay un vacío legal en las normas —replicó Halo, con seriedad.

Las otras dos hembras lo insultaron, maldiciendo su linaje familiar hasta mil generaciones anteriores. Él trató de ignorar el nudo que tenía en el estómago.

—Ella, tampoco —dijo, y la apuñaló.

Se detuvo frente a la última mujer y le clavó la espada en el pecho.

—Ni ella —dijo.

Rápido, pero no fácil. Las maldiciones murieron con los duplicados y sonó la trompeta. Sin embargo, a él se le revolvió aún más el estómago.

—He ganado. He realizado la tarea —dijo. De eso no tenía duda.

Erebus lo fulminó con la mirada. ¿Acaso no se lo esperaba? Era posible. Podría poseer la Espada del Destino, pero no lo sabía todo, como había demostrado con su sorpresa al ver que Taliyah se sacrificaba por Roc.

¿Acaso la decisión de último minuto de la General había redirigido su destino? ¿Había redirigido él mismo el suyo de alguna manera? Pero ¿qué había hecho, exactamente? ¿Qué decisión había tomado para lograr un cambio? ¿Cómo podía volver a conseguirlo?

—Al final, no ganarás —le dijo Erebus, en un tono monótono—. Aún no ves la verdad. Pero la verás.

Desapareció tan rápidamente como había aparecido, llevándose su hostilidad consigo.

Halo regresó al reino duplicado y encontró la caja de trinidad exactamente donde la había dejado. Con un pensamiento, alejó la piedra...

Ella estaba dentro, tranquila, profundamente dormida, y su preocupación se desvaneció. La esperanza prevaleció.

Hasta que lo asaltó una duda.

¿El dios había intentado invocarla y había fracasado, o no la había invocado, pensando en atraer a Halo hacia otra falsa sensación de seguridad?

Apretó las muelas. Necesitaba un plan B. La marca. Al día siguiente, no se detendría ante nada para lograrlo.

30

El día siguiente amaneció igual que cualquier otro, pero completamente diferente. Ophelia se sintió agitada por sus pensamientos desde el principio. Solo quedaban dos tareas y la repetición de los días estaba a punto de terminar. Lo cual era horrible. Se había acostumbrado a tener una segunda oportunidad garantizada. Le quitaba presión. Pero, pronto, no podría empezar de cero. ¿Y si cometía un error?

Halo la levantó y la llevó al balcón de su *suite*.

—¿Te gustaría hacer algo hoy?

—Déjame pensar.

Se quedó de pie junto a la barandilla metálica, disfrutando de una vista perfecta del mercado y del muro trinitario. La luz del sol brillaba sobre un paisaje montañoso. Una serie de edificios y el Árbol de las Calaveras proyectaban largas sombras sobre las calles vacías.

Las calles permanecían vacías durante todo el día. Al amanecer, Halo siempre emitía una orden de confinamiento para la multitud.

Él se aferró a los barrotes, a sus costados, y se apretó contra ella, envolviéndola con su gran cuerpo.

—Dime otro de tus lugares favoritos de Harpina, aunque esté detrás del muro.

Fácil.

—El Bosque del... —comenzó, pero el balcón desapareció al instante y, en su lugar, aparecieron árboles— Aprendizaje.

—¿Por qué este lugar? —le preguntó él, tomándola de la mano y llevándola hacia adelante.

—¿Por qué no? —replicó ella, y señaló un montón de piedras de diferentes tamaños—. Cualquier cosa puede explotar en cualquier momento. Las hojas parecen suaves como nubes, pero tienen puntas afiladas como cuchillas. Los pétalos de las flores cambian de color como luces de Navidad, tentando a los espectadores a mirar fijamente. Si miras demasiado tiempo, quedarás ciego durante horas —le explicó, y sonrió—. Aquí es donde se entrenan las niñas arpía. Una tierra de impresionante belleza capaz de infligir horrores impactantes.

Así era exactamente como ella había catalogado una vez las relaciones románticas. Ahora, sin embargo, veía la verdad. Esos supuestos horrores conllevaban beneficios insuperables. Protección. Apoyo. Afecto.

—Siempre me he sentido cómoda aquí.

Uy. No debería haberlo dicho. Halo era un tipo inteligente y podría darse cuenta de que no se sentía tan cómoda. Las bestias...

Él le acarició la mejilla, haciéndole saber que se había dado cuenta, pero que no iba a insistir.

—Tiene sentido que hayas encontrado consuelo aquí. Eres la encarnación del terreno. Exquisitamente traicionera. Engañosamente suave. Muy parecida a Nova.

A ella se le curvaron los dedos de los pies.

—Después de tu ascensión, me gustaría visitar tu mundo —le dijo.

Pareció que a él le complacía.

—Creo que te gustará Nova. Cada Astra gobierna su propio territorio. El mío es un lienzo en blanco listo para que se plasmen tus exigencias. En cuestión de días, puedo rehacer la tierra como quieras.

—¿Puedes redecorar la tierra? ¿Añadir árboles, lagos y

cosas así? ¿Podemos darle a Vivi su propia isla? Por favor, por favor, por favor.

Dio un salto y se colocó frente a él, deteniéndolo en seco. Junto a ellos pasó un pétalo rosa enroscado, danzando con la brisa.

—Ella siempre exigirá clima playero.

Él sonrió al rodearla con los brazos.

—Tú, en bikini... Sí, me gusta este plan. Podemos darle a Vivi mil islas —respondió, y la besó en la boca—. Dime qué es lo que te preocupa.

Bien, así que él no lo iba a dejar pasar. La culpabilidad se reflejó en sus ojos.

—¿Estoy fallando en satisfacer alguna de tus necesidades? —preguntó.

—Me estás satisfaciendo bastante, te lo prometo —le aseguró ella, y él la abrazó con más fuerza.

—¿Pero?

—Son las bestias, ¿de acuerdo? Están agitadas todo el tiempo. Y son fuertes. Puedo controlar una a la vez, pero ¿todas? Lo peor es que tal vez tenías razón y tal vez hubiera sido un poco tonto seguir aceptando mis transformaciones. Podía haber causado nuestra perdición.

Si él lo perdía todo por ella...

«Destrozas todo lo que tocas, Ophelia».

¡No! No era cierto. Halo había aprendido a controlar sus emociones gracias a ella. Y a sentir. Eso era bueno. ¡Más que bueno! Él había conseguido dominar sus tensiones más profundas.

—Creo que puedo ayudarte con las bestias —le dijo Halo. La levantó del suelo y la sentó en una roca, con las piernas abiertas—. ¿Recuerdas que me debes un favor? Deseo que me dejes ayudarte.

—Sé más concreto, por favor.

—A ver si esto te parece concreto —respondió él, y, con los ojos brillantes bajo la luz del sol, le pellizcó ligeramente la barbilla—. Ya has retrasado demasiado la aceptación de mi marca.

Ella hizo una mueca.

—Oh, entonces, ¿hablabas en serio?

—Voy a grabarte mi escudo real en la nuca. Se convertirá en parte de ti y no se desvanecerá cuando se repita el día.

Se giró y le mostró la nuca. Ella le vio la cicatriz circular con líneas que la atravesaba.

—Esto viene de Chaos y cada línea representa a un Astra diferente. Como expliqué antes, así es como podemos hablar telepáticamente.

Ella, con las garras enroscadas en sus hombros, se inclinó para besarle la marca.

—Piensas hacer algo más que comunicarte durante la hibernación. Esperas comunicarte también así cuando yo esté en forma de bestia.

—Sí —confirmó él, girándose de nuevo—. Te calmarás por mí. Sé que lo harás.

—¿Aunque las bestias no te hayan hecho caso fuera de mi cabeza?

—Sí —dijo él, y deslizó los dedos por sus muslos—. La marca también me permitirá teletransportarte sin tocarte.

Ahhh. Ella creyó que lo entendía. Si no había piedra de fuego de por medio, él podría ponerla en su camino o quitarla de él durante cualquier batalla, a voluntad y con solo un pensamiento. Para controlar si ganaba o perdía. Si ella aceptaba la marca, no solo ponía su corazón en sus manos, sino, también, su vida. Pero ¿no le había prometido una eternidad? ¿Y si él pudiera hacerlo? ¿Y si la calmaba? ¿Por qué iba a temer aquel último paso entre ellos? O quería la eternidad a su lado o no.

—¿Una marca no requerirá energía o algo así? —le preguntó. Una energía que necesitaba reservar, teniendo en cuenta las tareas que aún los esperaban.

—Erebus puede iniciar otra tarea en cualquier momento. No siento nada, pero tampoco sentí nada la última vez.

—Muy poca energía. Es mucho más fácil abrir la puerta que cerrarla —dijo él.

—De acuerdo. Está bien, lo haré. Por ti —respondió ella,

asintiendo. Pero, a cambio, te tatuarás mi nombre en alguna parte del cuerpo. Mi nombre completo: Ophelia Falconcrest, antes conocida como la Suspendida y erróneamente
apodada «la Novia». Apuesto a que solo hay un lugar lo
suficientemente largo.

—Trato hecho —respondió él, con una sonrisa. La besó
hasta dejarla sin aliento y luego la ayudó a ponerse de
pie—. Date la vuelta y sujétate el pelo.

No esperó a que actuara, sino que la colocó en la posición deseada con un movimiento de muñecas. Ella se preparó, esperando un dolor abrasador, pero solo percibió un
delicioso calor mientras él trabajaba, rozando su nuca con
la yema de un dedo. Aquel calor se extendió por el resto
de su cuerpo. Sus venas hormiguearon, su sangre se transformó rápidamente en combustible, como si se hubiera
conectado a una batería completamente cargada. ¡Guau!
¡Un subidón total! Las bestias se quedaron en silencio,
como si acabaran de ser alcanzadas por un dardo tranqui-
lizante.

¿Cuánto tardaría ella en poder proyectar sus pensamientos a la mente de Halo?

«¿Halo? ¡Halo! ¡Yo, yo, yo! ¿Quieres que te devore?».

Él la sujetó por la cintura y la atrajo hacia sí para besarle la marca. Una caricia sutil y un cosquilleo dulce.

—Terminado, amor. Llevas mi marca, nuestra conexión
es eterna.

«Y sí, claro que quiero. Inmediatamente».

A ella se le escapó un jadeo.

—¡He oído tu voz dentro de mi cabeza! —exclamó. Fue
como una caricia sorprendentemente íntima que le gustó
muchísimo. Él le acarició el trasero a través de los pliegues
de la falda.

—Veamos qué más puedo meter en tu cuerpo.

Halo se despertó a las a las diez de la noche en punto.
Estaba en el Bosque del Aprendizaje. Yacía sobre una roca,

desnudo y bañado por la luz de la luna, con Ophelia desnuda sobre su pecho. La satisfacción que sentía era inmensa.

Mataría por conservarla.

Dirigió su atención al terreno. Más al sur corría un arroyo. El aire fresco, con el perfume del follaje y del rocío, era denso, como si se acercara una tormenta. No hubo nada extraño que le llamara la atención y se relajó contra la piedra.

Quedaban dos tareas. La prueba final, seguida de la batalla decisiva. Victoria o derrota. El comienzo o el final de su unión.

En aquel momento, tuvo la sensación de que no estaban solos y soltó una maldición.

Alguien se acercaba.

Una bandada de pájaros alzó el vuelo y Ophelia abrió los ojos de golpe.

—Peligro.

—Sí —dijo él.

Se pusieron en pie rápidamente. No era el momento adecuado para una tarea, pero ¿cuándo había detenido aquello a Erebus? Halo hizo aparecer unas túnicas. Siempre tenía algunas preparadas, con los bolsillos llenos de armas, tal como le había instruido el director. Se vistieron en silencio. Ella trabajó más rápido, moviéndose al triple de velocidad que lo habitual. Luego palpó la tela y sacó una espada de tres filos guardada en un bolsillo.

Una trompeta sonó una, dos veces, anunciando un combate a muerte. Halo respiró con más alivio y gritó su nombre, proclamando su intención de ser su propio campeón.

—Si puedes quitarle la espada —murmuró Ophelia—, hazlo.

Erebus apareció a pocos metros de distancia. En su rostro no había ni rastro de la sorpresa del día anterior, sino un deleite petulante. Vestía una túnica y pantalones de cuero para mostrar mejor su falta de armas. La Bloodmor no estaba a la vista.

—¡Oh, cuánto he esperado este momento!

Él comenzó a analizar los hechos. No había percibido que se avecinaba la batalla anterior ni tampoco aquella. De repente, vio la verdad. «Manipulado desde el principio».

—Nos advertiste a propósito sobre las tareas anteriores, atrayéndonos hacia una falsa expectativa —rechinó.

El dios debía de haber alertado a Ophelia a propósito a través de la marca, permitiendo que Halo lo detectara a través de ella. Pero, si no había alerta, no se podía detectar.

—¿O fue ella quien te atrajo? —le preguntó Erebus—. Es mi luchadora, así que ese es su deber, después de todo.

La agresividad electrizó el aire alrededor de Ophelia.

—No estoy traicionando a Halo, tú... —le dijo ella, telepáticamente—. Sabes que no te traiciono, ¿verdad?

—Sí.

Al igual que los Astra, ella se había convertido en una confianza constante en su vida.

—Aunque —continuó Erebus— eso sí que parece algo que haría yo. A veces puedo ser un bribón.

Aunque su mano estaba vacía, imitó el movimiento de lanzar algo en dirección a él. En el aire apareció una manzana dorada.

—Para realizar esta tarea, solo tienes que darle un mordisco a la manzana. O a la chica. Si te niegas a hacer cualquiera de las dos cosas, seré declarado vencedor de esta ronda.

Halo atrapó la fruta y frunció el ceño. No percibió veneno ni toxina. Chaos había estampado una pequeña marca en el centro, para dar garantía de su autenticidad en la prueba.

—¿Qué esperas lograr con esto?

—La manzana te mostrará la verdad. Nada más, nada menos. Quiero que veas. Que sepas. Pero, cuanto más esperes, más rápido se pudrirá la fruta. Cuanto más se pudra, más turbia se volverá esa verdad. Créeme. Tú también quieres saber lo que yo sé.

Erebus desapareció un momento después. ¿Dejar que la manzana se pudriera, aunque fuera un poquito? Halo no dudó en darle un mordisco. Quería saber lo que sabía Erebus. Quedaban demasiadas piezas del rompecabezas sin identificar.

—¡Tonto! ¿Es que no has leído Blancanieves? —le preguntó Ophelia, y le quitó la fruta de la mano de un manotazo—. No comemos manzanas raras.

Él tragó saliva.

—Demasiado tarde.

Nunca había estado más dispuesto a conocer la verdad. Nunca había estado tan ansioso por nada. Esperaron en silencio a que surgieran los efectos. Pasaron los minutos, pero él no se sentía diferente.

Entonces se le escapó una carcajada y frunció el ceño. ¿Por qué había hecho eso?

—¿Qué ha sido ese sonido? —preguntó Ophelia, mirando a un lado y a otro.

A él se le escapó otra risotada. Luego otra y otra. Fluían de él continuamente, creando una corriente alegre. El tipo de alegría que nunca había experimentado. No, no era cierto. Se reía así de niño, con su madre, cuando jugaban. Él daba pequeños pasos y ella lo perseguía y le hacía cosquillas.

—¿Halo?

Él se agarró el estómago y se inclinó, riendo, riendo. Las lágrimas corrían por sus mejillas. Aquello era el verdadero éxtasis. Tranquilidad total. Posibilidades. Conexión. El tipo de dicha que habría experimentado a menudo si su madre hubiera vivido. El tipo de euforia que muchos daban por sentada.

—Me estás volviendo loca —exclamó Ophelia.

Pero ella también rio. La diversión brillaba en sus ojos.

—En serio. Para. Es contagiosa.

—En el fondo, no quieres que pare —le dijo. Con una gran rapidez, la agarró por la cintura y la hizo girar—. Anhelas jugar y yo anhelo jugar contigo.

La tiró al suelo y le hizo cosquillas como recordaba que le habían hecho a él.

—¡Para, para, para! ¡Halo! —chilló ella. Se retorció y se retorció y él absorbió cada segundo.

Ophelia se liberó y echó a correr por el bosque, gritando:

—¡Atrápame si puedes, Inmortal!

Oh, claro que iba a atraparla. La persiguió y la alcanzó..., pero ella se lanzó hacia la izquierda y evitó que la capturara. Se echó a reír.

—Vaya asesino todopoderoso eres —dijo. Le lanzó una rápida mirada por encima del hombro—. ¿Qué pasa, cariño? ¿Tu ninfa te ha dejado agotado? Pobrecito.

—Te haré rogar por mí en cuestión de minutos.

Él se teletransportó, pero, de nuevo, ella lo evadió. Él la anhelaba. Vibraba, reía, la perseguía, se zambullía y vibraba aún más. ¡Contacto! Se abalanzó sobre ella, envolviéndola en sus brazos y tirándola al suelo una vez más, girando en el aire para absorber el impacto. Derraparon e hicieron volar pedazos de tierra y hierba. Chocaron contra dos árboles y los arrancaron de raíz.

En cuanto se detuvieron, Halo rodó y dejó su premio en un lecho de musgo. Habían llegado al arroyo, en cuyas orillas crecían delicadas flores. Un pez pistola saltó del agua y escupió un pez más pequeño como una bala antes de sumergirse de nuevo.

Él hizo aparecer un escudo y, en cuanto el pequeño pez rebotó en el metal, arrojó el escudo a un lado y sonrió a Ophelia. Ella brillaba de pasión, con mechones de pelo negro pegados a su rostro húmedo. Sus ojos solo reflejaban lujuria y buen humor. Tenía los labios entreabiertos, listos para recibir sus besos. Él se frotó contra ella.

—¿Te gustaría disculparte con tu hombre antes de que supervise tu castigo? —le preguntó.

—¿Castigo? —inquirió ella. Se le cerraron los párpados mientras se derretía bajo él—. Dime, ¿cuál es mi delito?

—Me has provocado sin piedad y sin cesar.

—Si no quieres que se burlen de ti, deberías intentar no ser el hombre más irresistible del mundo —replicó ella, y se onduló contra él, respondiendo a sus suaves embestidas con más fuerza—. ¿De qué manera está disfrutando Erebus de esto? No estamos tristes. No estoy segura de haber sido tan feliz nunca.

—No lo sé y no me importa.

Él se rio mientras inclinaba la cabeza para recibir otro beso. ¿Era aquel el tipo de hombre que estaba destinado a ser? ¿El que debería haber sido..., pero no quien era?

Su risa se desvaneció a medida que veía más claro su futuro. Estaba condenado desde el principio. Erebus había jugado a largo plazo, usando las tareas para provocarle tristeza y prepararlo para un desastre. El dios se había centrado en la conclusión del trabajo: supervisar su muerte. El dios había elegido a Ophelia como su campeona, pero, al final, lo nombraría a él como luchador, tal y como había sugerido Roux.

Tendría que morir para ganar.

A Erebus no le importaba ganar o perder las tareas preliminares a la prueba porque a él mismo no le importaba ganar o perder la partida final. Como campeón del dios, él solo podía ganar la batalla final muriendo; peor aún, él mismo tendría que nombrar a alguien que actuara como verdugo. No había otra opción. Se negaba a nombrar a Ophelia, lo que significaba que tendría que nombrar a uno de los Astra.

Uno de sus hermanos se vería obligado a hacerlo.

¡Qué dulce había sido la manzana, pero qué amarga su verdad! Los Astra quedarían destrozados, lamentando la pérdida de su hermano de armas. Estarían mal preparados para la tercera tarea de bendición.

Él debía morir. Debía morir después de haber probado la vida por primera vez. Debía abandonar a su gravita después de haberle prometido la eternidad.

Por su bien, y por el bien de todos, debía dejarla incluso antes de morir.

Tanto las consortes como las compañeras seguían a sus parejas en la muerte, de una forma u otra. Si sobrevivían, se convertían en muertos vivientes. Como Blythe. La única manera de asegurarse de que Ophelia sobreviviera a la pérdida de Halo era enseñarle a hacerlo antes de su muerte.

Su sonrisa se desvaneció.

—¿Halo? ¿Qué pasa?

Erebus había usado la manzana como arma. Una crueldad destinada a burlarse de él con la vida que debería haber tenido, que podría haber tenido. Siglos de risas y paz. Placer. Satisfacción. Conexión. Pero no la tendría. Cuando llegara el momento, se sacrificaría, salvando tanto a los Astra como a Ophelia.

31

«No va a venir por mí». Ophelia pasó la primera parte de la mañana corriendo por la habitación, limpiando, poniéndose el uniforme y explicándole la situación a Vivi. Su amiga la escuchaba absorta. Como siempre, no expresó ninguna duda.

—Esto me suena. Es como si tuviera un recuerdo guardado en algún lugar de mi mente —dijo, y su mirada se volvió distante—. Si pudiera encontrarlo...

Interesante. ¿Los demás se habían puesto a recordar cosas ahora que solo quedaba una tarea?

Se dejó caer junto a su amiga en el borde de la cama y volvió al tema que importaba.

—¿Qué le mostró la manzana a Halo, Vivi?

Porque, vaya, había pasado de ser un amante juguetón a un imbécil frío en cuestión de minutos. ¡Y esa actitud había persistido durante los últimos seis días! Apenas le había dirigido la palabra desde entonces y cada mañana se reunía con ella un poco más tarde.

—Me colé y robé un bocado de la manzana antes del reinicio del día —continuó—, pero la estupidez de manzana se evaporó —dijo, y miró hacia la puerta—. ¿Dónde estará?

¿Se habría entretenido en su reunión con Roc?

—Dondequiera que esté, lo que sea que esté haciendo, hay un rayo de esperanza —dijo Vivi, frotándose las manos—. Tú puedes castigarlo.

—Cierto.

Y la verdad era que, con la última tarea en el horizonte, Halo tenía más gente a quien dirigir de lo habitual. Más cosas que hacer. Pero ¿no debería ser ella también una prioridad? Ahora estaban unidos. Eran, oficialmente, pareja. #Halophelia. #Ophelio. ¡Hasta sus nombres sonaban adorables juntos!

Pasaron otros diez minutos. Veinte.

Afloraron viejos miedos. Recordó los insultos de Nissa. El rechazo total de su madre. La ausencia de polvo de estrellas. Porque, sí, eso había empezado a molestarla de nuevo.

«¡Vamos, Halo!». No la iba a abandonar justo cuando se acercaban a la meta. Solo porque no hubieran robado la daga ni descubierto un camino hacia un final feliz…, bueno, eso no significaba que no fueran a conseguirlo. Que las cosas se arreglaran en el último segundo era algo que ocurría todo el tiempo.

Además, había luchado demasiado para conquistarla como para abandonarla ahora. Quedársela era su prioridad. ¿A menos que hubiera visto una verdad que ella se negaba a comprender? Que tal vez, posiblemente, no estuvieran… predestinados.

Sin polvo de estrellas, ella no podía ser su gravita.

Se le revolvió el estómago. Durante las últimas semanas había disfrutado de más placer del que jamás hubiera soñado. No se arrepentía.

¿Y él?

Tal vez…, si hubiera visto que ella iba a morir. O, incluso, él. Pero ¿por qué creer en una visión dada por una supuesta «manzana de la verdad»? ¿Solo porque Erebus había dicho que la manzana solo mostraba la verdad? ¿Y si había hecho trampas otra vez?

Ella se había comunicado con Halo varias veces aquella semana a través de la marca. Sus respuestas habían sido cortantes, así que había dejado de intentarlo porque no quería parecer una mendiga dispuesta a aceptar la más mínima migaja de afecto.

Pero... ¿y si se presentaba como una guerrera decidida a conseguir lo que quería? Con las alas ondeando, centró su atención interior en la cicatriz que él había grabado en su carne con tanta ternura. Mientras la marca en relieve se calentaba, le envió un mensaje a la mente: «¿Dónde estás? ¿Qué está pasando?».

Pasó un minuto. Nada.

—Oigo un alboroto en el pasillo —dijo Vivi, y se puso de pie de un salto—. Vuelvo enseguida.

—No hace falta. Te ahorraré la molestia. Todos están alborotados porque hay varias cabezas colgadas en el vestíbulo del palacio, y la mía y la de Halo están entre ellas.

Ver su réplica colgada en el muro de la victoria y la derrota había sido un *shock*. Halo la había mirado durante horas, con la expresión impasible.

—¿Tu cabeza está colgada en un muro y la mía no? ¡No es justo!

Ophelia se concentró, dejando que su voz interior se convirtiera en un grito.

«¡Halo!».

«Arpía», respondió él. La escarcha acompañó su timbre excesivamente áspero y ella se estremeció. Frío antes, gélido ahora.

«Te echo de menos, Inmortal». Las palabras se le pasaron por la mente sin que pudiera evitarlo.

«No deberías. Me han dicho que la tarea final ocurrirá en algún momento de hoy. La congelación ha terminado y el día ya no se repetirá».

¿Se les había acabado el tiempo?

«¿Qué te mostró la manzana? Por favor, Halo. Ayúdame a entender qué está pasando».

«Esto es lo que pasa: la tarea está a punto de concluir y nuestra relación también. Acostúmbrate a estar sin mí, arpía».

Entonces se quedó en silencio. No solo en silencio, sino distante. Como si hubiera erigido un bloqueo mental entre ellos. Un bloque de hielo.

Ella parpadeó rápidamente; le escocían los ojos.

—Creo que el Astra... me ha abandonado.

Se había quedado fría. Entumecida. No sentía nada.

—¿Qué ha hecho? —preguntó Vivi, alargando los colmillos.

La tarea ni siquiera había empezado. ¿Por qué se rendía en aquel momento? Sintió un escozor en los ojos y le tembló la barbilla.

—Creo que ha perdido la esperanza. Está seguro de que me estoy muriendo o de que se está muriendo él.

Las bestias asintieron. Se quedaron quietas y en silencio dentro de sus jaulas. ¿Querían ayudarla?

Su instinto se agudizó. Matar o morir. Un recordatorio. Halo había muerto por ella en el campo de batalla y no haría algo así por alguien a quien esperaba dejar. ¿Acaso tenía planeado hacerlo de nuevo? Solo que, en aquella ocasión, no habría vuelta atrás.

«Acostúmbrate a estar sin mí, arpía».

—¡Ese... ese... imbécil! No puede convencerme de que soy su amor eterno y luego apagarse inmediatamente. ¡No! Le están instalando otra actualización del *software*. ¡Me infiltraré si es necesario, pero haré que se arrepienta del día que decidió tomar este camino!

—¡Haz que se arrepienta! —exclamó Vivi, y apretó el puño—. Ni siquiera sé de qué estamos hablando ahora mismo, pero me encanta la energía. La señora O está en casa, ¿eh?

—Llámame «la Novia» —dijo ella. Oh. Asqueroso—. No. No lo hagas. Es un nombre más horrible de lo esperado.

Halo no moriría aquel día, si ellos dos se enfrentaban. Moriría ella. Entonces, ¿el que muriese no resucitaría, como Taliyah? ¿Y qué? Había otras maneras de revivir. ¿Y si ella no despertaba? De nuevo, ¿y qué? Vivir como una guerrera, morir como una guerrera. ¿Qué sería mejor?

—¿Estás conmigo? —le preguntó a Vivi.

—¡Estoy contigo!

—¡A la batalla vamos!

Ophelia salió disparada hacia la puerta. Vivi la siguió. Codo con codo, arrasaron con cualquiera que se cruzara en su camino. En el pasillo había más arpías de lo habitual, discutiendo sobre el muro de cabezas y horrores. Estaban también en los jardines, hablando sobre sus desacuerdos alrededor de la fuente de Nissa. Cualquiera que se fijara en ella la seguía.

Ophelia y Vivi subieron corriendo las escaleras. Por primera vez, dos Astra custodiaban la entrada del palacio: Ian y Roux. Las enormes bestias estaban mirando al frente mientras otras arpías entraban al vestíbulo. O eso parecía. Ella estaba segura de que anotaban a todo el que se acercaba.

Prueba: les impidieron la entrada a ella y a Vivi, convirtiéndose en un muro de músculos. Las arpías chocaron contra sus espaldas, hasta que ella empezó a dar codazos y gruñir, y todas retrocedieron.

¡Guau! ¿Aquel sonido animal acababa de salir de ella? Las cerraduras de la jaula se estaban fundiendo. Una fuga inminente. Aunque se sentía inquieta, siguió adelante. ¡Sin rendición!

—No debes pasar de este punto —le informó Ian—. Halo no quiere verte.

«¿Creen que pueden alejarme de mi hombre?». El calor se extendió por su pecho, le quemó la garganta y explotó de su boca, formando un gruñido. Una mezcla de rugidos, cortesía de sus bestias.

Los Astra ladearon la cabeza, como si acabaran de descubrir una nueva especie híbrida: dragón-conejo. Segundos pasaron sin una palabra. ¿Conversando entre ellos?

Bastaba de esperar. No había nada tan importante para ella. Abrió las garras. Era hora de actuar. Mientras Vivi y las demás cantaban: «¡Lucha, lucha, lucha!», ella, Ophelia, la Cazadora de Astras, atacó.

Ella sí que estaba a la altura de aquel apodo.

* * *

Halo, Roc y Taliya ocupaban la sala de reuniones habitual. Él les había explicado la situación y lo que había sucedido. Ellos habían protestado por su predicción sobre la batalla final, su principal argumento. ¿Y si se equivocaba?

Pero no, no se equivocaba. Sabía que aquello era lo correcto, igual que sabía que Ophelia podía hacerle cambiar de opinión. Por eso, precisamente, debía evitarla. No podía disfrutar de la vida con ella, pero podía hacer todo lo posible para asegurarse de que ella disfrutara de la vida sin él. Si se acercaba a ella, no tendría la fortaleza necesaria para dejarla. Debía permanecer en un vacío sin emociones, tan tenso que apenas funcionaba. Algo que no deseaba volver a experimentar.

Pero lo hizo; aguantó. Cualquier cosa por que su arpía estuviera a salvo. Lo que debía hacer a continuación... Y debía convencer al comandante también...

—Tiene que haber otro enfoque —dijo Roc—. No es posible que me estés pidiendo lo que creo que me estás pidiendo.

—¿Sugieres que no lo he estudiado desde todos los ángulos? Erebus me elegirá como luchador en su nombre. Su objetivo está claro. Enfrentarme a mí mismo, solo que disfrazado de otro —dijo él.

El campeón de Halo no podía ser el propio Erebus. El dios se suicidaría, él sería el perdedor y la maldición caería sobre los Astra. Entonces Erebus resucitaría solo, como siempre resucitaba, sin necesidad de ayuda externa. Uno de sus trucos.

No, el dios tenía que mantenerse completamente fuera del campo de batalla.

—Te elegiré a ti, Roc.

¿Lo único bueno de aquel final? Eliminar a Ophelia de la ecuación por completo.

—No voy a matarte —le espetó Roc.

—Yo mismo me encargaré de la hazaña. Tú solo necesitas estar en el campo.

—No —dijo Roc, y miró a Taliyah.

—No me importa salir al ruedo y hacerlo yo misma —dijo ella, con un firme asentimiento—. Pero no lo haré. ¿Te haces una idea de las pataletas que tendré que soportar del comandante Drama Queen si mato sin piedad a su soldado? No, gracias.

«Y volvemos a Roc».

—¿Me obligarías a elegir a otro para cumplir con tu deber para con los Astra? —le preguntó, entre dientes.

Roc entrecerró los ojos.

—En esto, tú no eres el comandante —insistió Halo—. Yo sí. No elegiré a otro y tú no me lo pedirás. Me debes una. Recuerda tu última tarea de bendición. Para conquistar a tu gravita, accediste a abdicar voluntariamente al final de la última. Mantén tu rango y mátame. Eso es lo que quiero de ti. Entonces harás todo lo que esté en tu poder para conseguir el Bloodmor de Erebus. No te detendrás ante nada.

Solo así podría liberarse completamente Ophelia de Erebus y de los fantasmas.

No poder salir de Harpina para ir a buscar la espada era algo que le corroía. Apretó los puños. Vaya, vaya. Parecía que ya no era tan impasible, teniendo en cuenta la furia y la frustración que sentía.

—¿Y si Erebus elige a tu gravita para que luche? —preguntó Roc.

—No lo hará.

No debería. Pero, si lo hiciera, había una buena probabilidad de que Ophelia se transformara en Cerbero, el último desafío de Hércules. Una vez que un perro del infierno seleccionaba una presa, nada podía apartar a la criatura de su camino. ¿Y Ophelia, como sabuesa del infierno primordial? Ella atacaría y él se lo permitiría.

Sin embargo, esperaba que el dios decidiera ir por otro camino. La idea de abandonarla con un recuerdo tan horrendo le dejaba un mal sabor de boca.

Un escándalo fuera de la sala de conferencias atrajo su mirada hacia las puertas dobles arqueadas, que se abrieron de golpe. Ophelia entró en la cámara, vestida para la guerra, seguida por un grupo de arpías vestidas de forma similar. Su cabello oscuro colgaba en ondas alrededor de sus delicados rasgos. Sus ojos verdes, entrecerrados, brillaban. Era magnífica.

—¿Quieres romper conmigo? —le preguntó. Tomó una silla y se la lanzó—. Bien. Adelante. Al menos ten las agallas de hacerlo en persona.

Otra silla.

Él esquivó ambos misiles con una opresión en el pecho. Más furia y frustración. ¿Dónde estaba su férreo control? Antes solía ejercerlo con mucha facilidad.

—Haré lo que deba, cuando deba —declaró.

Otra silla.

—¡No había terminado de hablar! —gritó ella—. ¿Te estás rindiendo? ¡Porque un desertor no es digno de ser mi hombre! —«Puedes meterte tu marca por donde te quepa».

Las palabras le llenaron la cabeza y frunció el ceño. «Recuerda el objetivo. La supervivencia de Ophelia, la victoria de los Astra».

—Encontrarás otro hombre. Es posible tanto para arpías como para ninfas. Algunas veces. En las circunstancias adecuadas —le dijo él, a pesar de que le subía un grito de negación por la garganta. Tuvo que apretar los labios.

Ella se estremeció un poco. Luego se quedó quieta y arrastró las garras por la silla de al lado.

—¿Sabes qué? Tienes razón. Encontraré a otro.

«¡Le arrancaré el corazón!».

—No me estoy rindiendo —le informó él, con toda la calma que pudo—. Estoy haciendo lo que es necesario.

Chaos le había dicho que aprendiera de las tareas de prueba y lo había hecho. Con la leona, descubrió que tal vez no estaba luchando contra quien creía estar luchando. O, mejor dicho, debería haberlo aprendido. No lo hizo, así que volvió a ser instruido con la hidra. Pero, por segunda vez, no lo aprendió.

La siguiente prueba le enseñó la misma lección desde

una perspectiva diferente, mostrándole que su pasado podía usarse como arma en su contra. Entonces llegó el jabalí. Otro recordatorio de que no estaba luchando contra quien creía estar luchando y de que su oponente importaba mucho.

En los establos, aprendió a no subestimar nunca lo bajo que podía caer Erebus. El ave devoradora de hombres, el toro y el caballo carnívoro demostraron que, para él, el sacrificio estaba por encima de la venganza. Al ganarse el corazón de Ophelia, llegó a comprender cuál era el verdadero premio en cualquier guerra. Al verse obligado a elegir entre el trío de Ophelias, aprendió a confiar en su instinto.

La manzana le enseñó que podía soportar cualquier cosa, excepto el daño de su mujer.

«Pero le haces daño ahora, alejándola».

«La salvo ahora».

—¿A que es genial? Me comprometí con un desertor y un tonto —prosiguió ella, y le arrojó otra silla. Las otras arpías se dispersaron por la habitación y vitorearon—. No se deja colgada a la mujer que te ama. Sobre todo el día que crees que vas a morir.

El sudor le cubría la frente y las emociones salían a la superficie.

—Moriré. Si Erebus no me elige como campeón, te elegirá a ti. Si te mato, perderé algo más que mi vida —le dijo. No podría continuar sin ella. Si algo salía mal y moría, tenía pensado ayudar a los Astra en sus tareas y, después, seguirla. Pero no llegaría a eso. A Ophelia le esperaba un buen futuro. En su ausencia, los Astra se encargarían de cuidarla.

Voló otra silla.

—Ohhhh. Algo más que tu vida. Cuéntamelo.

Él se frotó la cara con la mano. Una mano que, de repente, le ardía. Quizá no lo hubiera manejado bien. Había otras maneras de ganar su cooperación. También eso lo había aprendido.

—¿Y bien?— preguntó ella, tirando otra silla.

—Perderé todo lo que he llegado a amar —le dijo él—. No hay necesidad de que tú también lo pierdas todo. Así que me dejarás hacer esto por ti. ¡Por mí!

—¿Amor? —chilló ella, con los ojos muy abiertos—. ¿Me amas?

¿Ophelia no se había dado cuenta de la verdad? ¿Cómo podía haberla dejado sin compartir todo lo que significaba para él?

—¿De qué otra manera tendría fuerzas para mantenerte a distancia? —respondió él, y alzó la barbilla—. Disfrutar un día más contigo es un tesoro inmenso, pero palidece en comparación con tu futura felicidad. Así que voy a mantenerme indiferente y tú me lo vas a permitir. Haré lo que es debido.

Silla.

—Oh, lo haré, lo haré...

Una trompeta sonó a lo lejos y él frunció el ceño. ¿Tan pronto? No estaba listo. La sala de conferencias desapareció. De repente, él apareció en el centro del coliseo. Observó la zona. La mayoría de los Astra y un ejército de arpías llenaban las gradas, con una confusión desenfrenada. Ni rastro de Ophelia. ¿Dónde estaba?

Chaos estaba en el palco real, con Roc, Taliyah y Erebus a su lado. El comandante parecía imperturbable ante el cambio de escenario. Miraba al frente, con las manos apretadas a la espalda, fingiendo que no tenía a tiro a un hombre al que ansiaba asesinar. Atacar en aquel momento sería un acto de guerra contra el propio Chaos. Una decisión insensata en medio de una guerra con Erebus.

—La batalla final está a punto de comenzar —gritó Chaos a todos, provocando vítores—. Los dos combatientes son los únicos permitidos en el campo. Cualquiera que se una a la contienda morirá. Erebus, como retador, tú seleccionarás primero. Nombra a tu campeón.

32

—Elijo a Halo Phaninon —gritó Erebus, y una exclamación colectiva se elevó de la multitud. Lo sabía. Los abucheos proporcionaron un buen coro para la plétora de burlas e insultos.

—¡Tramposo!

—¡No puede hacer eso!

—¡Chúpate un saco de huevos peludos!

—¡Quítate la túnica!

El dios permaneció impasible ante los comentarios. Claramente, estaba encantado con su elección.

Insensato. Halo levantó la barbilla y fijó su atención en Chaos. Aquel era el resultado que él prefería. La parte de Ophelia había terminado, su relación había terminado. Ella viviría. En algún momento del futuro llegaría otro hombre y la conquistaría, ¡y él regresaría de entre los muertos para cometer un asesinato!

«Respira hondo. Mantén la calma». Quería que Ophelia fuera feliz. Lo que iba a hacer era lo mejor. Ella se lo había dado todo y él haría lo mismo por ella.

¿Dónde estaba?

—¿Y tú, Halo? —gritó Chaos—. ¿Quién lucha por ti?

Él dirigió la mirada bruscamente hacia Roc. El comandante mantuvo su postura firme, haciendo todo lo posible por calmarse para poder cumplir con lo que él le exigía: quedarse allí y no hacer nada mientras él se quitaba la vida. No era un destino que hubiera elegido para ninguno de los dos. Los recuerdos perseguirían a Roc el resto de la eternidad. Pero ¿qué otra cosa podía hacer él?

Un temblor sacudió el coliseo, el mismo suelo que pisaba, y frunció el ceño. Reconoció la sensación. La había sentido cada vez que luchaba contra una bestia...

Tuvo un presentimiento. Si Erebus había convertido a Ophelia...

«Cualquiera que entre en la contienda morirá».

Las sospechas mantuvieron a Halo en silencio. Si el dios había convertido a Ophelia en una mística sabuesa del infierno, si irrumpía en el campo y entraba en el anillo de arena, y no era seleccionada como campeona suya, Chaos la mataría, fuera cual fuera el resultado de la batalla.

¿Y si la criatura no era Ophelia y aquello solo era un truco?

La esperanza floreció.

Pero él sabía que no era así. Erebus la había convertido a ella y a ninguna otra.

La esperanza se marchitó y la desesperación surgió en su lugar. «Ya no soy tan frío».

El suelo tembló con más fuerza y a él se le aceleró el corazón. Unas barras de metal explotaron desde la entrada de las catacumbas; un perro de tres cabezas salió volando. No, la leona. No, la hidra. El ave. El toro. El caballo. Se transformó una y otra vez, hasta que varias partes de ella se solidificaron en diferentes bestias, creando una amalgama monstruosa.

—¡Ophelia Falconcrest! —gritó él, apresuradamente—. Elijo a Ophelia Falconcrest.

Así, Chaos no podía matarla por interferir. Podía sobrevivir. Sobreviviría. Él iba a asegurarse de ello.

El rumbo estaba escrito en piedra y el final estaba más claro que nunca. Pero, ay, cuánto despreciaba aquello. Detestaba la culpabilidad que ella iba a sentir el resto de su vida. La matanza... de su consorte. Sobre todo, odiaba no haber pasado sus últimas horas juntos en la cama, amándose.

Era un idiota.

Mientras la bestial Ophelia cargaba contra él, Erebus soltó su risotada habitual. Tres cabezas, tres dentaduras metálicas recubiertas de piedra de fuego. Las comisuras de las tres bocas se llenaron de espuma. Varios ojos negros y enloquecidos se clavaron en él.

Ella tropezó y agitó la cabeza, y pareció que fruncía el rostro destrozado. Pero, aun así, cargó hacia adelante...

—¿Esa es nuestra lady O? —gritó alguien—. ¡Qué envidia!

Él dejó de prestar atención a todos menos a su arpía, que se acercaba...

Levantó la espada con la intención de golpearse a sí mismo después del primer contacto. Rápido y fácil. Se convertiría en piedra y se derrumbaría por última vez.

Ella se abalanzó, acortando la distancia. El impulso la estrelló contra él, con una fuerza tan increíble que lo lanzó volando por el ruedo. Él se rompió los huesos y la espada se le escapó de las manos. Golpeó y derrapó un buen trecho, envuelto en una nube de arena.

En cuanto se detuvo, ella estaba allí, posándole una pata en el pecho y clavándole sus gruesas garras en el torso. Su enorme corpulencia le rompió numerosas costillas. En cuanto sanó, la presión lo destrozó de nuevo. El dolor fluía en oleadas incesantes.

Tal vez pudiera haberla tirado. En cambio, la miró fijamente. Cuando la había marcado, pensó en usar el puente entre ellos para calmarla en la batalla. Ahora...

«¡Hazlo! Destrózame, arpía. Soy el hombre que te abandonó al final».

Ella retrocedió y dejó de pisarlo. Sus ojos miraban en todas las direcciones entre jadeos y resoplidos. ¿Qué estaba buscando?

De repente, él recibió en su cabeza un torrente de pensamientos fragmentados de Ophelia. «Matar... No, no matar... Pensar..., pensar...».

Todo su cuerpo se estremeció bajo una catarata de

emociones. De sus emociones. Era algo que ella sentía con tanta fuerza que había conseguido pasar a través de su vínculo. Sin embargo, estaba luchando contra el impulso casi irreprimible de atacarlo...

Él se quedó tumbado boca arriba y se estiró en el suelo, ante ella.

Un bufé libre con las manos alzadas en señal de inocencia.

Quizá la hubiera manejado mal al darle órdenes. Creía que luchaba contra la arpía que estaba escondida bajo aquellos monstruos. Sin embargo, había llegado a sospechar que, en realidad, luchaba contra la ninfa. La amante. La que le proporcionaba poder a la arpía. La ninfa no respondía bien al frío, solo al calor.

Y, en aquel momento, supo lo que tenía que hacer.

La alcanzó lentamente. Ella se mostró rígida y recelosa, pero no lo mordió. Él le pellizcó suavemente la barbilla. Los tres pares de ojos se abrieron como platos.

—Haz lo que está bien, amor. Por favor —le pidió él, con tristeza—. Gana. Mejora tu currículum.

Ella hizo un gesto negativo con la cabeza y apartó los dedos.

Él frunció el ceño. No daba crédito a lo que estaba viendo.

Allí, en medio de la barbilla de Ophelia, sobre la piel de leona, había una huella dactilar brillante.

Polvo de estrellas de su creación.

Se miró las manos. ¡Sí!

El polvo de estrellas le cubría la piel y lo deslumbraba bajo la luz del sol.

Una satisfacción primitiva luchó contra una tristeza abrumadora.

Por fin le había dado a Ophelia lo que ella más deseaba. Y, sin embargo, tenía que convencerla de que lo matara.

—Elia, sé que me oyes. Sé que estás luchando contra tu instinto, amor, y necesito que dejes de hacerlo. ¿De acuerdo? ¿Sí? Muérdeme y no me sueltes. Hazlo porque me quieres. Esta es la única manera de salvar a todo el mundo.

Matar. No. Matar. Matar. ¡Matar! ¡Pensar!

Ophelia tomó aire. Exhaló. Con todos sus ojos, vio muchas cosas a la vez.

Cada par veía el mundo desde un ángulo distinto y le enviaba información a las mentes que competían por el dominio.

Allí estaba Halo, su amor. Había una multitud de arpías vitoreando. El estoico comandante. Erebus, sonriente. Un desconocido con pinta de aburrido.

«Piensa».

Halo le había dicho algo. Le había dado una orden. No, le había explicado algo. ¿Salvarlos a todos..., pero no a él? Para que Halo ganara y salvara a sus hermanos, ¿ella tenía que matarlo?

¡No tenía sentido! Halo formaba parte de todo y se suponía que él debía salvarlo todo.

Sin embargo, las bestias lo entendían perfectamente y le exigieron que lo hiciera, que le hundiera los dientes en el cuerpo.

«¡Devóralo!».

Allí, allí y allí. Qué carne tan tierna.

Pero una luz de cordura se negaba a apagarse mientras un calor abrasador se le extendía por la piel. Ophelia se aferró a aquel calor y luchó contra el instinto con todas sus fuerzas.

Ocurrió algo extraño. Las bestias comenzaron a doblegarse a su voluntad. A rendirse ante la reina de la selva.

Sin su interferencia, su mayor deseo se abrió paso, creció y se fortaleció. «Una vida con Halo. Y puedo tenerla».

No podía matarlo. La primera víctima de su currículum no iba a ser su consorte.

Él le había advertido que la angustia sería insoportable, porque se amaban. Y ella no iba a abandonar a su familia.

Sin embargo, ¿cómo podía alcanzar aquel objetivo? Él pensaba que tenía que morir y le pedía que lo matara para vencer a Erebus. ¿Y si tenía razón?

Había muchas maneras de morir y no todas ellas provocaban una muerte permanente. Ella no deseaba matarlo, pero ella misma le había exigido al Astra una y otra vez que se sacrificara por el equipo. Ahora había llegado su turno.

Decisión tomada. Mataría a su consorte. Su nombre encabezaría la lista de sus víctimas.

Se cumplirían los términos de la batalla y Halo resucitaría por sí solo, sin la necesidad de buscar una resurrección mística. Una vía de escape, un vacío que podía aprovechar, una pequeña trampa. ¿Demasiado fácil? Tal vez. Pero él ya se había curado y regenerado muchas veces en el campo de batalla y, si las capacidades naturales de Erebus no se iban a negar en aquel momento, al final, tampoco tenían por qué negarse las de Halo.

Pero ¿y si se equivocaba con respecto a aquello? De haber sido una opción viable, Halo la habría sugerido, ¿no? ¿Solo contaría una muerte definitiva y verdadera?

Sintió una gran inquietud, pero se sobrepuso. El instinto le decía que podía tenerlo todo. Tenía que creer en sí misma y en sus habilidades, o debería rendirse y aceptar lo que ocurriera.

«¡Nunca me rendiré!».

Ophelia, en su forma de monstruo indescriptible, recolocó su enorme cuerpo. No usaría su diente de piedra de fuego. Necesitaba detener su corazón de otra manera que no fuese permanente. Y, en aquel momento, solo tenía una manera de hacerlo...

Con un gruñido, se abalanzó sobre Halo. Él no se movió mientras le desgarraba el pecho con las patas. Llovió sangre.

—Buena chica —dijo él, y sonrió con ternura, con orgullo. Complacido.

La sangre manchó sus dientes perfectos y blancos.

—No pares ahora, cariño.

Ophelia notó que su mente gritaba y sus entrañas se revolvían. La visión era desgarradora para ella. Otro corte y los huesos ya no le bloquearían el camino hacia el corazón palpitante. Gimió al verse en el momento de la verdad.

No había vuelta atrás.

—Buena chica —repitió él. Hizo una mueca de dolor, pero siguió sonriendo—. Ahora, sigue. Muérdeme, amor.

Con un rugido, ella cortó el órgano con una garra y acabó con su vida.

Por un momento. Por favor, que solo fuera un momento.

La muerte era la muerte, y el sonido de la trompeta lo demostró. El combate había terminado. ¿Por qué no despertaba Halo? Ella resolló mientras observaba a su consorte. Yacía en la arena, inmóvil y ensangrentado. Su herida no se había cerrado. Su corazón aún no se había regenerado.

La multitud permaneció en silencio, todos en el borde de sus asientos, esperando. Erebus estaba de pie junto a la barandilla del palco real, aparentemente decepcionado.

«¡Vamos, Halo!».

Ella gritó su nombre, exigiendo que despertara. O lo intentó. Una cabeza aulló. Otra gimió y la tercera gruñó. Golpeó con la pata el pecho del Astra, bombeando su corazón por él. ¡Zas! Zas, zas, zas.

Inclinó la cabeza y le lamió la cara.

Halo respiró hondo. Su corazón y sus costillas sanaban mientras la carne se recomponía. Ophelia casi se desplomó de alivio. «¡Ganamos y vivimos!». Entonces recordó. El dios.

Lentamente, se giró hacia el palco real. Hacia él. El de cabello claro. Erebus. Enemigo. Había llegado el momento de rendir cuentas. Tenía una piel impenetrable, la capacidad de regenerar extremidades a raudales, una variedad de venenos y antídotos a su disposición. Las bestias se habían escapado de sus jaulas, sí, pero ella las sujetaba. Ella era una superbestia y se vengaría.

«¡Ataca!». Echó a correr a toda velocidad.

Erebus le gritó al hombre que estaba a su lado:

—La tarea ha terminado, Chaos. Permite que me vaya.

Aquel hombre, Chaos, sonrió y aplaudió, observándola.

—Magnífica. Simplemente, magnífica.

Ella saltó y atrapó diferentes partes de Erebus entre los dientes. Le atravesó el músculo con los dientes de piedra de fuego. Por mucho que intentara, él no lograba escapar de sus fauces mortales. El dios se estremeció hasta que no pudo más. Ella lo dejó caer a los pies de su padre. Chaos observó los restos ensangrentados de su hijo.

—Él volverá a la vida más fuerte.

A ella no le importó. Unas líneas de color gris oscuro se extendieron por la piel del dios y se desmoronaron algunos pedazos de él. ¿Estaban viendo aquello sus amigas? Ella había matado a dos en un día: a un Astra y a un dios. Aquello debía de ser un récord. Seguramente todas las arpías cantarían historias de sus hazañas.

«¡Mírame! ¡Mírame!». ¡Oh! Seguro que Halo querría alabarla en aquel mismo instante. Le arrebató la cabeza a Erebus y regresó corriendo al campo de batalla, luego corrió en círculos alrededor del Astra. Halo se sentó en el suelo, completamente curado, observándola con adoración. Ella escupió la cabeza de piedra a sus pies. Una ofrenda.

La cabeza rodó un poco, recordándole a una pelota. ¡Oh! ¡Oh! De verdad, de verdad, de verdad, probablemente debería seguirla.

«¡Concéntrate!». Jadeó, con la lengua fuera de la boca.

—¿Roc? —dijo Halo, aunque su mirada seguía fija en Ophelia.

—La tengo —gritó el comandante, levantando una daga. La daga Bloodmor. El metal y las joyas brillaban a la luz del sol—. Me han dicho que solo tienes que presionar la empuñadura contra la marca y decir su nombre para cambiarla.

Arrojó el arma, con la punta volando directamente hacia Halo, quien la atrapó por la hoja. La sangre goteó de su mano, pero él irradió satisfacción.

—Elia —le dijo, doblando el dedo mientras ella se ponía firme—. Ven. Siéntate.

La trataba como a un perro. Y, sin embargo, ella estaba ansiosa por obedecerlo. Ophelia se acercó de un salto y lo olió. Familiar. Mmm. Delicioso. Y su calor. Era agradable. Se acomodó a su lado.

Él la acarició, y cada una de las caricias la calentó por dentro y por fuera. Y, oh…, el calor era mejor que nunca. Se inclinó hacia su toque.

—Ahora tenemos la Bloodmor y la protegeremos como nos parezca. Nadie volverá a usar la espada contra ti —le dijo él. Golpeó la empuñadura contra su pecho, diciendo—: Ophelia, la Novia.

En segundos, los huesos se encogieron y la piel retrocedió, dando la bienvenida a la carne. Por supuesto, cuando la transformación se completó, estaba desnuda a la vista de todos. O lo habría estado si él no la hubiera protegido con su cuerpo de todas las miradas. No dejó de acariciarla y el calor no dejó de extenderse.

—¡Siempre he adorado a lady O y ahora sé por qué! —gritó alguien.

Estallaron vítores. A ella le pareció oír la voz de Vivian alzándose por encima de las demás:

—¡Esa es mi mejor amiga! ¿La habéis visto? ¿Habéis visto a mi mejor amiga salir desbocada? Soy su favorita, nunca lo olvidéis.

Ian gritó:

—¿Dónde puedo encontrar una ninfa para mí?

Halo dio un gruñido y apareció una sábana en su mano. Él la envolvió con la tela desde el hombro hasta el tobillo y la sentó en su regazo.

Ella se hundió en su poderoso cuerpo ensangrentado. «Está marcado por mí en todos los sentidos». Un momento. ¿Qué era aquello que tenía en la muñeca sudorosa? A ella se le escapó un jadeo.

—¡Halo! Tengo estrellas —exclamó. Eran las estrellas de una general—. Cuatro de diez. Sacrifiqué algo que amaba profundamente y supervisé una campaña militar victoriosa. Seamos sinceros, fui el cerebro de esta operación. Convencí a la General de hacer algo que no quería hacer. Y, finalmente, gané una batalla solo con mi ingenio... contra ti.

—Estoy orgullosa de ti, cariño. Y estoy tan... Siento mucho cómo te he tratado durante estos últimos seis días. Hoy, especialmente. Te lo juro, Elia, nunca volveré a tratarte así. Temía no poder dejarte si no me volvía frío y distante contigo.

—Lo sé, mi amor —dijo ella, y le acarició el pecho—. Pero tienes razón. No volverás a hacer eso. Si lo haces, me voy.

—No habría peor castigo para mí —le dijo él, con un escalofrío.

—En ese caso, ya estás perdonado. ¿Cómo puedo dudar de tu cariño por mí? Has muerto por... ¡Halo! —exclamó, y se enderezó de golpe mientras se observaba los brazos—. No estoy reluciente de sudor, estoy resplandeciente. ¿Me has cubierto con polvo de estrellas?

Él frunció los labios.

—Sí. Y lo llevas muy bien. Ahora, a resolver asuntos oficiales para que podamos pasar a nuestro sexo de reconciliación —dijo. Dirigió su atención al palco y gritó—: ¿Y bien? Ha sonado la trompeta, pero tú eres el juez final. Da tu veredicto.

Chaos extendió los brazos.

—El duodécimo asalto ha terminado con tu victoria a través de Ophelia, así como tu derrota como campeón de Erebus. Técnicamente, no deberías tener la capacidad de resucitar, pero, como también eres el ganador, no deberías ser castigado. Una laguna legal —dijo.

Así pues, la batalla final se daba por terminada, con él como vencedor oficial. Los Astra continuarían su camino hacia la ascensión. Como había dicho Chaos, Erebus regresaría pronto. Incluso más fuerte. En aquel momento, en aquel lugar, a Ophelia no le importaba.

Su consorte y ella habían sobrevivido y les esperaba un futuro brillante.

Halo se puso de pie y levantó el brazo en señal de triunfo.

—¡Por la Novia! —gritó.

La multitud estalló en vítores y ella se pavoneó. También se sonrojó.

—No puedo dejar de mirarte cubierta con mi polvo de estrellas —dijo Halo, besándole los nudillos—. Voy a marcar hasta el último centímetro.

—Nunca volveré a estar sin él —dijo ella—. Quizá deberíamos haberme llamado la Bomba Brillante.

Él se rio, complacido con ella. Todos los Astra de las gradas guardaron silencio y las arpías los imitaron. El silencio se prolongó y Halo miró a un lado y a otro.

—¿Qué está pasando?

—Que te has reído a carcajadas —respondió Ophelia—. Y creo que no te habían visto hacerlo nunca. Ayer mismo, para ellos eras el mismo robot sin emociones de siempre. Ahora, soy una feroz y todopoderosa hacedora de milagros que divirtió a la Máquina en menos de veinticuatro horas.

Los Astra se teletransportaron hasta ellos y los rodearon, mirando fijamente a Halo, que todavía estaba conmocionado.

—¿Qué ha sido ese horrible sonido? —preguntó Silver.

—¿Noto que sientes... placer? —preguntó Roux, como si de repente se le presentara el mayor misterio del mundo.

—Lo decía en serio —murmuró Ian—. No me importaría tener una ninfa propia.

—¿Halo? —ronroneó Ophelia.

—Sí.

Él la teletransportó a su dormitorio y la arrojó sobre el colchón. Mientras rebotaba, se zafó de la sábana, revelándole su cuerpo desnudo.

—Todas esas deliciosas curvas. Tu forma de mirarme, con esos ojos llenos de excitación —dijo él, mientras se desabrochaba el cinturón—. ¿Anhelas a tu hombre, Elia?

—Sí, sí —le aseguró—. ¿Voy a conseguirlo?

—Oh, por supuesto que lo vas a conseguir. A menudo.

—Eso no es suficiente. Exijo más.

Él sonrió.

—Entonces, tendrás más —respondió.

Subió a la cama, besó su cuerpo y le dio más. Se lo dio todo.

Epílogo

—Levántate de la cama, perezosa. La operación lady O Be Good empieza dentro de treinta minutos.

Ophelia gimió. Estaba despertándose del sueño más asombroso de su vida. Un sueño de placer, no de vodka.

—Eso no tiene gracia.

Abrió los ojos, pestañeando, le dio una palmada en el pecho a Halo y murmuró:

—¿Va a ser así todas las mañanas?

—Probablemente. Soy un hombre de costumbres —respondió él, y se echó a reír. Después, le tomó la mano y le besó los nudillos—. Hemos dormido la noche entera juntos y nos hemos despertado juntos. Es la primera vez para mí.

Su deleite era tan adorable que ella sonrió. Se tendió boca abajo, mirándolo. Aunque ya sabía la respuesta, le preguntó:

—¿Y cuál es el veredicto final de la noche?

Él respondió con una expresión intensa.

—Destruiría mundos enteros con tal de tener esto para el resto de mi vida —dijo, y la besó en la frente—. Mi mujer hace que desee más de todo esto.

Ella le lanzó una sonrisa resplandeciente.

Halo había cumplido su promesa y la había cubierto de polvo de estrellas muchas muchas veces, durante aquella noche.

La había observado con su visión de rayos equis y había

descubierto que aún portaba la marca de la Bloodmor. Eso tenía sentido, ya que las criaturas permanecían dentro de su cabeza, enjauladas de nuevo. Él podría eliminar aquella marca..., pero ella tenía que permitírselo.

Tras mucha deliberación, habían acordado que ella debía quedarse con las bestias. En el aspecto defensivo era insuperable. Podía transformarse en cualquier cosa o persona y, luego, volver en sí misma. La daga Bloodmor les pertenecía y solo ellos conocían su ubicación. La habían escondido entre encuentros amorosos.

—La siguiente tarea comenzará pronto —le dijo él, mientras le metía un mechón de pelo detrás de la oreja. ¿Otro Astra que debía encontrar a su gravita?

—¿A quién crees que le toca el turno?

—No tengo ni idea. Solo podemos esperar lo más inesperado.

—Bueno, sea quien sea, lo siento por él. A ti te tocó la mejor chica.

—Sí, es cierto —dijo él, y, sonriendo, la tendió boca arriba y la sujetó con su peso contra el colchón—. Es insaciable para mí. Hermosa más allá de lo imaginable. Brillante y astuta. Con la energía suficiente como para devolverle la vida a una máquina muerta. Un premio de valor incalculable.

—Vaya, veo que te han instalado una actualización del *software*. En esta ocasión, una actualización de romanticismo —dijo ella, y lo rodeó con su cuerpo.

Cuando Halo le decía cosas tan dulces, no tenía defensas. Aunque, claro, con él no las necesitaba. Disfrutaba desnudándose ante él en todos los sentidos.

Las estrías de los ojos de Halo se arremolinaron.

—Ten cuidado. La actualización no puede completarse hasta que esté enchufado y apagado.

Ella dio un resoplido. Adoraba su faceta provocadora.

—Bésame como si te fueras a morir sin mí, Astra.

Él le pellizcó ligeramente la barbilla y acercó sus labios a los de ella.

—¿Igual que siempre, entonces? —bromeó, antes de apoderarse de su boca y hacer desaparecer al resto del mundo.

Erebus recorrió el palacio de las arpías en su forma fantasmal, yendo de habitación en habitación, observando. Había una celebración. Varias mujeres rociaban champán desde las lámparas de araña, esparciendo las gotas sobre amigos y muebles. Otras arrojaban ropa a los guerreros Astra mientras gritaban sugerencias lascivas. Nadie notó su presencia.

Nadie lo percibió. No podían. Viajaba por un plano que estaba más allá de su comprensión. Un reino entre el pasado, el presente y el futuro, apilados unos sobre los otros, todos ocurriendo a la vez. Dar sentido al caos siempre era un desafío y aquel día no era diferente. Aunque necesitaba una gran concentración para no perder de vista la celebración y descartar el resto, la cabeza le daba vueltas.

Había perdido la batalla contra Halo, tal y como estaba previsto. La Espada del Destino, la llave de la puerta que conducía a su tierra, le había ofrecido muchas versiones de la tarea, nacidas de una multitud de destinos y decisiones cambiadas. Pocas narraban la derrota de Halo. Al final, Erebus había seguido el camino más doloroso para el Astra. Y qué divertido había sido.

Sonrió lentamente y se frotó las marcas de mordeduras que aún sanaban a lo largo de su clavícula. Oh, sí. Había valido la pena.

La siguiente tarea de bendición se avecinaba, y conocía la identidad del Astra que pronto tomaría la iniciativa. A diferencia de Halo, la mayoría de los caminos conducían a la derrota de aquel guerrero.

Erebus sintió la satisfacción más sublime.

Entró en la sala del trono, su destino final del día. El motivo de su visita se alzaba sobre el candelabro más grande, solo, sin que ninguna otra arpía estuviera dispuesta a acercarse a ella. Se tomó un momento para admirar sus mejores cualidades. Ojos azul hielo. Cabello negro azabache. Huesos delicados. Una madre devota. Una híbrida real de arpía y fantasma.

Su hija mayor, Blythe.

A diferencia de todos los demás, ella lo notó. Lógicamente, porque poseía habilidades que no poseía ninguna otra arpía o fantasma.

Ella entrecerró los ojos y desapareció, y volvió a aparecer a su lado. Permanecieron en silencio un largo rato, observando a través de la niebla del tiempo.

Finalmente, ella habló:

—Has vuelto de entre los muertos antes de lo habitual.

Erebus juntó las manos a la espalda.

—Me hago más fuerte.

Aquella no era su primera conversación, ni sería la última. Al igual que su otra hija, lo despreciaba por lo que le había hecho a su familia. Pero, a diferencia de Taliyah, Blythe odiaba mucho más a los Astra. Habían matado a su consorte. El esposo brujo al que había amado y adorado. El padre de su única hija y el único hombre existente capaz de calmar su peor temperamento. Ahora estaría sumida para siempre en una furia fría, empeñada en vengarse, tal y como él necesitaba que estuviera.

—Roux es el siguiente, ¿verdad? —preguntó.

—Sí. Se le encomendará la conquista de un planeta, Ation.

Un reino prisión lleno de arpías, amazonas y muchas otras mujeres depredadoras míticas.

—¿Fracasará por mi causa?

—Sí. Puedes elegir entre diferentes métodos.

Desde la niebla, vio cómo la hija de Blythe entraba en la sala del trono. La pequeña Isla Skyhawk. Una miniatura de su madre. Extremadamente poderosa. Potencial desaprovechado. Una pena que Isla también fuera a morir. Le habría gustado tener una nieta. En cambio, ella iba a ser sacrificada por un bien mayor: la caída de los Astra.

Se merecían todo lo que les esperaba.

Blythe observó la fiesta un rato más.

Se tensó cuando Roux entró en la sala. Irradiaba odio y Erebus volvió a sonreír.

—¿Lo matarás o lo dejarás vivir con su pérdida? —preguntó. Los futuros que había vislumbrado prometían que cualquiera de los dos resultados lo llevaría a la victoria.

—¿Qué opinas?

Él se rio entre dientes.

—Creo que deseas que sufra —respondió. Lo que la convertía en una hija a su medida. Si hubiera tenido corazón—. Entiendes que destruirás al consorte de tu hermana en el proceso, ¿verdad?

—Roc sobrevivirá con la ayuda de Taliyah. Pero lo más importante es que tú no podrás hacerle daño a la pareja. Una vez que Roux esté acabado, me centraré en ti. No vivirás lo suficiente como para causarles más problemas.

Él resopló.

—¿Crees que no he previsto tus movimientos contra mí? Fracasarás como el Astra, te lo prometo. Te derribaré.

—¿Crees que eso me detendrá? Sé qué papel jugaste en la muerte de mi esposo. Planeaste su muerte. Querías que me consumiera este odio para poder usarme en tu trabajo sucio.

Todo cierto. Y, también, falso.

—No soy yo el culpable. Tú sí. Si no hubieras sido capaz de esto, habría elegido a otra persona.

Erebus sabía que no le estaba tendiendo una trampa, con la intención de volverse contra él en cuanto comenzara la siguiente tarea, porque conocía los pormenores de los destinos y fortunas venideros. Todo lo que conducía a la muerte de sus víctimas, todo menos las razones para tomar cada decisión.

La curiosidad lo venció.

—¿Por qué lo haces? ¿Por qué me ayudas mientras, al mismo tiempo, planeas mi final?

Lentamente, ella giró el rostro hacia él y le clavó

aquellos ojos azules helados con una malicia tan pura y sin diluir que sintió que el hielo se extendía sobre él.

—Porque soy todo lo que mi nombre promete. Soy la Destrucción.